I0611761

ISBN : 978-2-9542950-0-8
Réédition n°2
Dépôt Légal : Mars 2019

Les Éditions du Chêne Liège
2, rue des chênes
LE BOULOU

Imprimé en E.U.

A toutes celles et tous ceux

Qui m'aiment comme je suis

Malgré ce que je suis

A ma femme en particulier !

Pour mes enfants à qui je n'ai pas raconté d'histoires pour les endormir
quand ils étaient petits...

Charles Le Barp

Le Frisé donne du fil à retordre

Roman

Toute ressemblance avec des personnes ayant existé

Serait purement fortuite.

Prologue

Prologue

Dans la salle du café de Georges, le brouhaha des conversations s'estompa soudainement. Georges força le volume de la radio.

«… Vers 6 heures ce matin, au lever du jour, deux malfaiteurs multirécidivistes, dont le tristement célèbre Manuel Lopez, se sont évadés de la prison de Muret avec un hélicoptère dont le pilote avait été préalablement pris en otage par deux complices. Les autorités ont déclenché les opérations nécessaires à leur capture. Ces individus sont particulièrement redoutables ; ils ont été interceptés près de Muret par une patrouille de gendarmerie sur laquelle ils n'ont pas hésité à ouvrir le feu, blessant grièvement l'un des militaires qui a dû être hospitalisé à Toulouse dans un état désespéré…

- Je mettrais tout ça au bagne à Cayenne comme autrefois, ça leur couperait l'envie de recommencer !

- Moi je te[1] les pendrais par les burnes !

- De vraies passoires leurs prisons ! Que font-ils de nos impôts ?

- Et puis, les juges, à peine les flics attrapent ces gibiers de potence, qu'ils les remettent dehors. Tout juste si on ne s'excuse pas ! »

Les commentaires se mirent à fuser chez Georges, comme sans doute dans tous les autres « Cafés du Commerce » de France et de Navarre.

Dans notre village des Hautes-Pyrénées, le café de Georges, entre l'Église, la Mairie et l'École est un trait d'union pour une bonne partie des habitants. C'est ici que se rencontrent et s'interpellent ceux qui vont à l'Église et ceux qui n'y vont pas, ceux qui sont pour l'école laïque et ceux qui sont pour l'école « des sœurs », les supporteurs du Stade Bagnérais, ceux du Stadoceste Tarbais, ceux du FC Lourdes et même quelques-uns du Stade Toulousain.

« En tout cas, qu'il ne leur prenne pas l'idée de passer par ici pour fuir en Espagne ! »

[1] te : pronom réfléchi explétif inconnu du français, traduction littérale de l'occitan ; renforce l'identité du locuteur.

Joignant le geste à la parole, Georges brandit un fusil de chasse surgi de derrière son comptoir.

« A coup de chevrotines que je vous les accueillerais moi ! »

J'observais mes compagnons de café pendant que Georges poursuivait sa diatribe vouant aux gémonies tous les trublions de la terre, ceux affectant la terre de France et, plus particulièrement, ceux menaçant la terre bigourdane. Comme chaque dimanche matin, la salle était presque comble ; il y avait ceux qui sortaient de la messe, ceux qui venaient faire leur Tiercé, en bref, ceux dont c'était la sortie de la semaine, l'occasion de rencontrer les autres. Je les connaissais naturellement tous puisque je suis né au village, et que mes parents et grands-parents y ont vu le jour eux aussi. La moyenne d'âge des habitants croit au fil des années. Le travail de la terre attire de moins en moins et les villes aux alentours captent de plus en plus de jeunes à la sortie d'études qu'ils sont de plus en plus nombreux à poursuivre. Après l'école normale d'instituteurs, je me suis trouvé fort heureux de pouvoir très rapidement venir enseigner dans ma commune. Mais ceux de mes élèves qui ont réussi des études universitaires n'ont pas trouvé de situation au village et l'ont quitté.

Autrefois, des citadins venaient passer quelques jours de vacances chez nous ; aujourd'hui ils ne boivent plus que du lait pasteurisé « *UHT* » et privilégient les hôtels sans âme des grandes chaînes internationales. Georges avait trois chambres au-dessus de la salle de son café ; parce qu'elles étaient trop souvent vides, il les a fermées, puis a cessé son activité de restauration. Son dernier client fidèle, celui que nous appelons « *Le Parisien* » a dû se réfugier chez la veuve de mon prédécesseur à la Mairie.

Parce qu'en plus d'être l'instituteur du village, j'en suis le Maire. Ne me demandez pas si je suis de droite ou de gauche ; ici, ceci n'a vraiment pas d'importance. Même si l'homme de gauche chez nous, c'est plutôt le Curé. Nos notions de comptabilité et de gestion sont différentes, nous ne croyons pas aux mêmes choses. J'ai appris l'arithmétique et je tâche de l'enseigner convenablement à mes élèves : 2+2 = 4. Si je gagne « 4 », je vais avoir du mal à dépenser « 5 ». Pour notre Curé, c'est tout à fait différent, il y a le miracle de la multiplication des pains et des poissons.

« Et vous, Monsieur, que feriez-vous si les évadés entraient ici ? »

Robert, notre mécanicien aux doigts de fée, avait beaucoup de considération pour « *Le Parisien* », son interpellation n'était pas agressive.

Nous savions tous qu'il s'appelait Charles : Charles Le Barp[2] ; mais nous l'appelions tous « *Monsieur* » bien qu'il eût peut-être aimé que nous l'appelions par son prénom. Son emploi du temps était quasi immuable ; il sortait de son logement au lever du soleil, été comme hiver, et partait pour de longues courses en montagne. Quelques jeunes avaient tenté de courir sur ses pas sans se faire remarquer ; ils n'y étaient pas parvenus, rapidement épuisés par son allure. D'autres l'avaient épié méditant dans la position du lotus au milieu d'une clairière dans la montagne.

« Placé comme je le suis près de la porte, je tâcherais de m'échapper pour prévenir les gendarmes. »

Il se replongea ostensiblement dans la lecture de la Dépêche du Midi ou de Sud Ouest, rubrique « *Votre Tiercé* ». Charles jouait toujours au tiercé lorsqu'il était là le dimanche ; il gagnait rarement, mais il jouait avec application. Ses critères de choix n'avaient rien d'objectif ; il jouait les noms des chevaux correspondant à ses amis et parents : Isabelle, Paul, Fred, Simon, Valérie, Anne. S'il ne trouvait pas de noms lui convenant, il jouait les dates de naissance de ses proches…

La conversation tournait toujours autour des évadés de Muret. La position du Parisien n'avait surpris personne dans le café ; quelques mois plus tôt, deux jeunes très excités y étaient entrés et lui avaient intimé l'ordre de « *dégager de leur table* ». Si Charles avait manifesté un tant soit peu la volonté de rester à sa place, Georges et les autres consommateurs lui auraient certainement prêté main-forte pour faire déguerpir les intrus. Mais Charles avait cédé sa place, sans la moindre résistance, au grand dam des autres clients du café. Son prestige dans le village en avait été sérieusement écorné ; on n'aime pas beaucoup les pleutres dans nos montagnes.

« Et vous, Monsieur le Maire, que feriez-vous ?

- L'idée de Monsieur Le Barp me paraît être la meilleure pour le moment. Pour l'aider à s'échapper vers la gendarmerie, je tâcherais de créer une diversion. Ce qu'il ne faut jamais, c'est exciter des scélérats

---

[2] Index des noms propres en fin de volume – Page 357.

de cette espèce. Tu vois Georges, je suis désolé de te le dire, mais saisir ton fusil pourrait alors conduire à une boucherie. »

J'étais assez content de moi ; mon avis semblait recevoir l'approbation générale et j'en avais profité pour faire remonter Monsieur Charles dans l'estime de mes concitoyens en valorisant sa position. Nous l'aimions tous « *le Parisien* », il était discret comme un véritable homme de la campagne, mais également aimable avec chacun. Tout le village le connaissait mais personne ne savait réellement grand-chose de lui.

« Je n'ai pas beaucoup connu mon père, nous disait-il, mais c'était un montagnard et je suis certain qu'il aurait aimé ce village. »

On pouvait parler avec lui de tout et de rien, il était ouvert à toutes les discussions, il aimait écouter les autres. Lorsqu'il lui arrivait de baisser les Ray Ban qui barraient son visage, c'était comme un tic pour mieux écouter, ses interlocuteurs se trouvaient comme hypnotisés par ses yeux, des yeux entre le jaune et le vert dans des paupières légèrement bridées qui trahissaient des origines orientales. Regard de tigre ou regard de cobra ? Regard en tout cas que n'oubliaient jamais ceux qui l'avaient croisé. Aucun d'entre nous n'avait jamais pu savoir sa profession. Immanquablement, il répondait à ceux qui lui demandaient ce qu'il faisait à Paris : « Je travaille dans un bureau » et il se refermait ensuite comme une huître. Même si cette énigme n'empêchait nullement la vie de s'écouler paisiblement dans notre petit village, elle faisait partie des bavardages classiques du café de Georges, comme de ceux du dimanche matin sur le parvis de l'église.

Il nous arrivait de l'emmener à la pêche ou chercher des champignons et ceci lui plaisait beaucoup, qu'il fasse beau ou pas, même s'il paraissait novice et pour l'une et pour l'autre de ces activités. À la chasse, par contre, nous n'avions jamais pu l'attirer. Nous avions compris qu'il n'avait aucun goût pour les armes à feu.

Même lorsqu'il n'était pas du tout d'accord avec vous, de sa voix douce et posée, calme et presque suave, il vous le disait courtoisement.

Le seul qui savait sans doute quelque chose de lui était notre médecin qui lui ouvrait régulièrement sa table. J'avais une fois ou deux tenté de faire parler le disciple d'Hippocrate ; il avait été aussi peu loquace que Le Parisien. J'avais seulement appris que, s'ils se voyaient souvent, c'était que notre médecin connaissait bien la mère du Parisien. J'avais posé la même question à ce dernier qui m'avait fait la même réponse. Comme je n'étais pas le seul à avoir formulé cette interrogation, la rumeur s'était répandue comme une traînée de poudre que « *la mère du Parisien et notre médecin avaient été amants* », puis, plus tard, il était devenu le fils caché de notre médecin !

J'en étais là de mes rêveries et réflexions lorsque, comme dans un cauchemar, deux individus armés franchirent le seuil de la porte.

« Que personne ne bouge, le premier qui fait un geste est mort. Nous sommes les évadés de Muret, nous venons de buter une saloperie de marchand de lacets[3] qui tentait de nous intercepter. »

Personne n'avait bougé, on aurait entendu voler une mouche. Seul Georges paraissait encore vivre, il me regardait comme pour me questionner. Je cherchai Le Parisien des yeux, il avait disparu ! Il avait réussi à fuir sans que personne ne le remarque, sans surtout que les deux bandits ne le repèrent. Il allait sûrement courir jusqu'à la gendarmerie et prévenir les pandores ; nous devions gagner du temps.

« Messieurs, je suis le maire de ce village, et à ce titre, je suis garant de la sécurité de mes concitoyens. Que voulez-vous de nous ?

- Dis à tous ces imbéciles de se tenir tranquilles, deux de mes hommes montent la garde dehors, ils intercepteront toute tentative d'évasion pour prévenir des renforts. »

Deux coups de feu interrompirent son discours.

« Vous voyez, ils viennent de régler son compte à l'imbécile qui était assis là et qui nous a filé entre les doigts… »

Il désignait la place qu'occupait tout à l'heure Le Parisien. Le ciel venait de nous tomber sur la tête ; non seulement nous étions désormais sous la coupe de ces brutes mais, qui plus est, notre ami venait sans doute de payer de sa vie sa tentative pour nous venir en aide.

« Salauds !

- Qui es-tu toi, le malin qui nous juge ? Tu sais ce que je fais des juges ? Je les flingue ! Lève-toi ou je tire dans le tas. »

Robert, le garagiste, esquissa un mouvement pour se lever, s'érigeant par-là même en cible idéale pour le chef des malfrats. Son acolyte s'était mis le dos à la porte et surveillait l'ensemble de la salle, la Kalachnikov à la main, tout en admirant béatement son chef. Lequel chef, les yeux exorbités, paraissait fou furieux.

---

[3] Argot : Gendarme

« Enlève ton pantalon, je vais te mettre une balle dans les valseuses, tu vas te vider de ton sang comme un porc et crever devant tous tes imbéciles de copains, en guise d'exemple… »

Dans sa colère, il avait oublié toute prudence et à cause de ses hurlements, il n'entendit pas le choc mat que fit l'objet abattu sur le crâne de son sbire. Celui-ci s'écroula comme une masse morte, retenu dans sa chute par celui qui venait de l'assommer pour le compte. Nos yeux rivés sur Robert et son bourreau, nous n'avions rien vu ni entendu non plus.

« Si tu bouges Manuel, tu es mort ; laisse tomber ton arme doucement, sans faire le moindre geste brusque. Regarde la prise de courant entre les deux fenêtres devant toi… Mais surtout, n'en profite pas pour esquisser le moindre mouvement… »

D'instinct nous avions orienté nos regards vers ladite prise de courant que nous vîmes exploser en même temps que nous entendîmes le coup de feu dirigé contre elle.

« La démonstration t'a-t-elle suffi Manuel ? Si je vois ton doigt bouger, la suivante sera pour ta colonne vertébrale, et dans ce cas, au mieux, tu seras paralysé à vie… En prison, paralysé après avoir abattu un gendarme, ce ne doit pas être une vie rêvée ! »

La voix était calme et posée, mais le ton dur et déterminé n'était pas celui que nous connaissions à notre Parisien. Derrière les Ray Ban, j'imaginais ses yeux de tigre ou de cobra ; j'étais encore paralysé par la peur mais aussi tranquillisé par le ton impressionnant de cet homme qui décidément ne pouvait pas être un employé de bureau comme les autres. Robert, lui aussi, avait repris espoir, il regardait son tortionnaire droit dans les yeux avec une nouvelle assurance :

« Vous devriez poser votre arme ; vous avez déjà commis suffisamment de méfaits pour ne pas en rajouter. Tirer sur des citoyens sans armes et sans défense n'a jamais été bien considéré dans ce pays… »

Robert avait remarqué que pendant qu'il parlait, Le Parisien s'approchait dans le dos du malfrat, souple et silencieux comme ce tigre dont il avait les yeux. Il décida donc de poursuivre sa conversation :

« Nous ne sommes ni riches ni puissants, nous ne pourrions que vous offrir un café et peut-être aujourd'hui la recette du Tiercé…

- Couchez-vous tous ! »

Le Parisien avait sauté sur le bandit dont il maintenait le poignet armé de la main droite comme dans un étau et, de la gauche, il serrait son adversaire à la gorge. Un coup de feu partit dans le plafond du café. Le gredin s'écroula d'un côté, inerte, son arme chutant de l'autre côté.

« Georges, prenez votre fusil et surveillez-moi ce gibier de potence ; s'il bouge, n'hésitez pas à tirer : visez les jambes… de préférence. Monsieur le Maire, allez chercher quelques gendarmes avec des menottes. Précisez-leur que les évadés sont inoffensifs, sinon ils vont attendre des renforts pour se déplacer. Et s'ils refusent de venir, tâchez au moins de ramener les menottes. »

L'homme était calme et froid comme la paroi nord du Pic du Midi en hiver. Rien dans son comportement, dans son attitude, ne trahissait la moindre émotion ; la salle entière était sous son emprise.

J'eus quelque mal à convaincre nos gendarmes que le Parisien avait rendu les quatre évadés de Muret tout à fait inoffensifs. La première préoccupation des militaires fut bien sûr de « *rendre compte* » à leur autorité. Je pouvais saisir quelques bribes de leur conversation.

«… Non Chef, ce n'est pas un piège, c'est Monsieur le Maire qui est venu nous chercher pour en prendre livraison… Non, nous ne savons rien du citoyen qui les a maîtrisés, ici nous l'appelons « *Le Parisien* », on le dit employé de bureau à Paris… »

Rassurés sans doute par mon calme, quatre militaires me prirent à bord de leur Estafette[4] en direction du café de Georges.

« Je le reconnais, c'est lui le chef » dit sentencieusement le brigadier-chef Laurent en désignant celui que Le Parisien avait appelé Manuel.

- Le Capitaine Sarbier, commandant le peloton de gendarmerie de Tarbes est en route pour nous rejoindre. »

Le nom du gradé de la gendarmerie sembla quelques instants éveiller l'attention du Parisien.

Il régnait une ambiance étrange dans le café de Georges ce dimanche matin, comme si nous nous réveillions d'un énorme cauchemar.

---

[4] Nom du fourgon Renault utilisé à cette époque par la Gendarmerie.

Je me résolus à poser « *La Question* », celle que chacun de nous se posait avec une insistance décuplée depuis quelques minutes.

« Monsieur Le Barp, bravo et merci pour ce que vous venez de faire pour nous ; j'ai du mal à croire que vous soyez réellement employé de bureau à Paris. Bien sûr, nous ne vous reprocherons pas de garder votre secret si vous le souhaitez ; mais soyez sûr que si vous nous en confiez un, nous saurons le garder pour nous, comme les montagnards que nous sommes.

- J'aime votre village et ses montagnes, ses torrents et ses forêts et j'apprécie énormément son calme et sa tranquillité. Ici, j'ai pu vivre de merveilleux week-ends, incognito, à l'abri de votre silence, de votre confiance. Monsieur le Maire, j'aimerais pouvoir continuer de venir ici en toute tranquillité d'une part et, d'autre part, il me plairait que vous cessiez de m'appeler Monsieur ; mon prénom est Charles et j'ai remarqué que vous vous appeliez tous par vos prénoms… »

Il y eut un silence respectueux dans l'assistance, personne n'osa le couper. Sauf Georges :

« À votre santé Charles !

- Je ne vous ai pas menti en vous disant que je travaille dans un bureau à Paris, j'ai simplement omis de vous dire que notre entreprise fournit des gardes du corps à des personnalités qui en ont besoin pour leur sécurité. Avant de gérer cette société, j'ai été officier dans les commandos de Marine.

- Oh couillon[5] ! Vous avez de fameux restes ! »

Serge le plombier n'avait pu se retenir ; nous applaudîmes chaleureusement à sa réflexion en riant de bon cœur.

« Et oui, ne serait-ce pas vous sur cette photo ? »

Georges avait sorti un Paris-Match récent ; debout derrière un roi du pétrole en visite à Paris, caché derrière ses Ray Ban, c'était bien sûr notre « *Parisien* ».

« Comprenez-vous pourquoi je me sens aussi bien chez vous ?

Tant que nous y sommes à nous faire des confidences, tordons le cou à cette rumeur dont j'ai entendu parler à mots couverts : le Docteur Sastres n'est pas mon père ! Il a simplement fait ses études de médecine en même temps que ma mère ; lorsqu'un jour nous nous sommes rencontrés ici et qu'il a entendu Georges m'appeler par mon

---

[5] Dans le Sud Ouest, cette interjection n'a rien de péjoratif.

nom, il m'a demandé si j'étais parent avec son amie de faculté qu'il avait complètement perdue de vue. »

Robert se remettait peu à peu de ses émotions :

« Putain ! J'ai eu la pétoche de ma vie ! Bien pire que le jour où le sanglier m'a chargé alors que j'étais à terre. J'ai bien cru que ce pirol[6] allait me descendre.

- Vous lui avez pourtant sauvé la vie…

- Comment ça ? Comment lui ai-je sauvé la vie à ce salopard ?

- Parce que si vous n'aviez pas courageusement fait diversion en occupant son attention pendant que je m'approchais de lui pour le neutraliser, j'aurais dû l'abattre pour éviter un carnage.

- Ça me plaît drôlement que vous me disiez que j'ai courageusement agi, parce que j'étais mort de trouille, pas du tout courageux !

- Seuls les imbéciles n'ont jamais peur ; les cimetières sont pleins de jeunes idiots qui n'avaient peur de rien. »

Charles avait repris la voix que nous lui connaissions tous, calme, mesurée, douce, même pour assener de brutales vérités.

Le brouhaha venait tout juste de reprendre dans le café que la porte s'ouvrit sur un officier de gendarmerie escorté par quatre gendarmes mobiles. Les militaires déjà présents dans le café rectifièrent la position et saluèrent les nouveaux arrivants.

« Charles Le Barp ? Capitaine Richard Sarbier.

- Êtes-vous Le Gendarme ?

- Oui, et vous, vous êtes Le Chinois !

- Comment va votre frère ? Cela fait près d'un an que je n'ai pas eu de ses nouvelles.

- Vraiment très heureux de vous rencontrer, depuis que mon frère me parle de vous. »

Le Capitaine Sarbier était un homme tout à fait sympathique mais habituellement très réservé. La rencontre avec Charles semblait l'avoir déridé. Il se permit de railler les bandits :

« Vous auriez pu choisir un autre endroit pour faire un hold-up que celui où le Capitaine de Corvette Charles Le Barp préparait son tiercé. »

---

[6] En langage du Sud Ouest : fou.

S'adressant ensuite aux gendarmes mobiles, il leur demanda de convoyer les prisonniers en lieu sûr.

« Veillez-y comme à la prunelle de vos yeux ; n'oubliez pas qu'il s'agit d'individus très dangereux. Ils ont déjà tué un des nôtres, je n'aimerais pas qu'ils recommencent. Méfiez-vous, soyez prudents, enfin : vous connaissez votre métier... »

Le Capitaine Sarbier connaissait fort bien notre Parisien, tout comme le Docteur, même si celui-ci n'était pas son père ! Charles Le Barp, le Capitaine et son frère étaient tous les trois anciens de Saint-Cyr. Alexis Sarbier, le frère du gendarme, avait servi au sein des prestigieux Commandos Hubert[7], sous les ordres de Charles Le Barp qui l'avait fortement marqué de son empreinte. La renommée de notre Parisien nous semblait d'autant plus impressionnante qu'il avait été discret, d'autant plus surprenante que nous l'avions vraiment pris pour un petit employé de bureau timide et froussard. Et voici que nous arrivait en pleine figure un homme dont notre Capitaine de gendarmerie nous disait :

« Ce garçon est une véritable légende parmi tous les corps de commandos de l'armée française. »

L'intéressé souriait aimablement comme si l'on parlait de quelqu'un d'autre, d'un étranger qu'il n'aurait jamais rencontré.

« Un jour, poursuivit le Capitaine, il faudra que vous preniez votre stylo pour conter les aventures de votre vie.

- Vous savez, je n'ai pas la plume courageuse, et la plupart de ces faits seront couverts par le secret-défense pour de nombreuses années. »

Le Capitaine continua :

« Tenez, je suis certain que Monsieur l'Instituteur, lorsqu'il ne sera plus maire ou plus instituteur, pourra vous aider à exploiter vos archives. »

Les yeux du tigre s'étaient posés sur moi, avec douceur...

« Je n'ai pas dit non, remarquez-le... C'est vrai qu'ici, autour d'une table, chez notre ami Georges, je me laisserais bien aller à quelques confidences. »

---

[7] Commando d'Elite de la Marine Nationale

Dès lors, je n'ai eu de cesse de prendre, chaque fois qu'il m'en donnait l'occasion, des notes précises de toutes les histoires qu'il me narrait. Il m'avait simplement fait promettre de ne rien publier moins de vingt-cinq ans avant la fin des faits évoqués s'il devait lui arriver le malheur de ne pouvoir me donner lui-même l'autorisation de le faire.

Je ne pouvais imaginer non plus, ce jour-là, que quelques années plus tard j'allais épouser une de ses plus proches collaboratrices qui allait me donner les deux beaux enfants auxquels je dédie également ce récit.

Une soirée très mouvementée

Vendredi soir à Paris 24 mai 1985

Dans son grand bureau aux parois vitrées, Charles Le Barp, le Directeur de la célèbre agence de protection rapprochée « *Escort* » était perdu dans de profondes pensées. Il se levait, faisait le tour de la pièce, regardait une carte ou des photos punaisées sur le seul mur opaque du bureau, puis se rasseyait, pour se relever à nouveau quelques instants plus tard.

Huit heures du soir ; tous les employés de l'agence, sauf les gardiens de nuit, avaient quitté les locaux.

Tous ?

Non, pas tous ; en levant la tête, Charles se rendit compte de la présence dans le couloir d'une longue jeune femme blonde, Valérie, son équipière. Il lui fit signe d'entrer, elle attendait manifestement ce geste depuis déjà un bon moment.

« Excuse-moi, j'avais la tête ailleurs, désolé, tu n'avais qu'à entrer…

- Anne te soucie ?

Ce serait une sacrée cagade[8] qu'elle nous quitte. Ça me met la rate à l'envers cette histoire, et je voudrais en parler avec toi. »

Anne, la seconde de Charles, vivait avec Michel son amour de toujours ; ils s'étaient connus à l'âge de l'école primaire, et ne s'étaient jamais quittés de vue. Ils avaient fréquenté la même faculté de droit. Anne au sortir de sa thèse de droit romain s'était inscrite avec succès au concours de commissaire de police. Lorsqu'elle avait été nommée à Paris, il l'avait suivie en créant son cabinet d'avocat en île de France.

La grande blonde qui venait d'entrer dans le bureau de Charles s'exprimait de manière aussi crue que les couleurs flamboyantes de la magnifique robe Versace qu'elle arborait fièrement. Quand elle

---

[8] Pas vraiment vulgaire en provençal : raté.

émaillait son discours d'expressions tropéziennes[9], comme elle venait de le faire, c'est qu'elle était très « *gonflée*[10] » !

« Anne travaille avec toi, ici, depuis cinq ans, tu en as fait ton bras droit, tu ne prends jamais une décision sans lui en parler et, moi, je lui dois beaucoup, ne serait-ce que le peu de bonnes manières que j'ai apprises depuis mon arrivée parmi vous. Je n'étais même pas capable de m'habiller seule : sans Anne, je serais toujours en battle-dress ! Comme lorsque j'étais para ! Alors, comprends que l'idée qu'elle puisse nous quitter me tourmente jour et nuit. »

Depuis quelque temps, la rumeur interne d'Escort bruissait du départ imminent d'Anne. Michel, son ami, marqué par un accident mortel qui avait frappé un garde du corps d'une société concurrente, lui avait posé un ultimatum : si elle continuait à travailler pour Escort, il la quitterait. Les apaisantes paroles de Charles n'avaient eu aucun effet sur sa détermination.

« Valérie, tu as mille fois raison, mais je ne peux quand même pas lui interdire de partir si elle veut partir ; je voudrais qu'elle choisisse en toute liberté. Je ne sais plus quoi dire, je ne sais plus quoi faire... »

Charles avait rencontré Anne pour la première fois cinq ans plus tôt. Ils participaient tous les deux à un championnat de tir interarmes ; Charles, au titre des officiers de réserve de la Marine, Anne au titre du ministère de l'Intérieur. La jeune commissaire de police avait impressionné Charles dès le début du concours par sa concentration, son calme, mais aussi par sa vélocité et son efficacité. Il l'avait, de plus, trouvée tout à fait charmante. Même s'il n'était pas un obsédé de la course aux jupons, Charles aimait les jolies femmes et, en général, elles le lui rendaient bien... Au réfectoire, il avait savamment manœuvré pour se trouver dans la file d'attente à côté de la très jolie brune qui tirait si bien. Il lui demanda l'autorisation de s'asseoir à sa table. Elle répondit, avec le sourire, mais très clairement, ne plus être un cœur à prendre.

« Dommage, mais ceci ne devrait pas nous empêcher de nous mieux connaître ; nous risquons de nous retrouver en poule finale. Je

---

[9] Valérie ne serait pas Valérie sans ses expressions provençales. Je me suis attaché à respecter la chaleur, la couleur, la saveur et le pittoresque de son langage.
[10] En provençal : en colère.

ne vous ferai pas de cadeau malgré vos yeux magnifiques, mais nous ne sommes pas obligés de nous étriper en dehors de la compétition ! »

Comme elle ne répondait pas, Charles poursuivit :

« Il serait peut-être courtois que je me présente le premier. Je m'appelle Charles Le Barp, je suis officier de réserve de la Marine Nationale et je travaille pour la société parisienne qui s'appelle : *Escort.* »

La jeune femme lui coupa la parole sans agressivité :

« Ne soyez pas modeste Commandant, nous connaissons tous l'entreprise que vous dirigez…

J'aime connaître mes futurs adversaires. Tous s'accordent pour dire que vous êtes le favori de votre propre succession ; tous, sauf moi : j'ai l'intention de vous battre, je vais vous battre parce que je le veux. »

Cette brune semblait avoir un tempérament de feu ; Charles se dit qu'il était peut-être sur une bonne piste. En plein développement, Escort commençait à être juste en personnel. Les critères d'admission étaient particulièrement rigoureux et les bons éléments très rares. Pablo, qui avait fondé Escort quelques années plus tôt en la greffant sur sa société de vigiles, avait préféré renoncer plutôt que de faire n'importe quoi. Les hasards de la vie lui avaient fait rencontrer Charles et tout avait vraiment commencé à l'arrivée de ce dernier. Très vite, le carnet d'adresses de Pablo et le professionnalisme de l'ancien officier des Commandos Hubert avaient fait démarrer l'entreprise sur les chapeaux de roues.

« Puis-je savoir où vous exercez votre activité ? »

La question avait vraiment perturbé la jeune femme. Charles eut l'impression que s'il lui avait proposé de coucher avec elle, elle n'aurait pas plus mal réagi. Il connaissait le machisme régnant Place Beauvau[11] comme à la Préfecture de Police. Il avait son idée là-dessus : il suivait décidément une bonne piste, une très bonne piste.

« J'exerce dans un bureau à la Préfecture de Police, je m'occupe de recevoir des femmes maltraitées en tous genres, battues, violées, prostituées… Vous imaginez sans peine…

- J'imagine sans peine que c'est un boulot formidablement utile car ces femmes ont le droit d'être reçues par d'autres femmes

---

[11] Le Ministère de l'Intérieur

puisqu'elles ont eu à souffrir des hommes, mais ce n'était peut-être pas votre vocation en entrant dans la police, lâcha-t-il perfidement.

- Depuis ma petite adolescence, j'ai rêvé d'être flic, flic comme dans les romans policiers, pas flic dans un bureau. J'ai travaillé pour réussir mes examens, toujours et encore et aussi pour être physiquement prête pour la vie dont je rêvais. J'ai fait de l'athlétisme, du judo, de la natation, du karaté. À l'entraînement, je souffrais parfois comme une bête, je me faisais mal pour être la meilleure, puis je me suis inscrite dès mes dix-huit ans dans un club de tir... Tout ça pour ça... pour faire un boulot d'assistante sociale. C'est vrai que si je pouvais gagner, peut-être que l'on me prendrait enfin au sérieux la prochaine fois que je réclamerai une affectation pour un poste d'action... Je ne vous laisserai pas me battre, Monsieur le charmeur. Vos beaux discours me laissent froide comme le marbre, je vous détesterais si vous gagniez ce soir. »

Sortant de ses souvenirs, Charles reprit en direction de Valérie :
« Aujourd'hui, j'attends sa lettre de démission...

- Elle ne demande qu'à rester ; elle n'attend qu'une chose : que tu le lui demandes clairement...

- Je lui ai dit qu'elle était libre de son choix, que je le respecterai quel qu'il puisse être. Que veux-tu que je dise de plus ?

- Tu as tout faux Charles, dis-lui donc que tu as envie qu'elle reste, qu'elle compte beaucoup pour toi, pour nous autres aussi... Au cas où tu ne t'en serais pas rendu compte, Anne est une femme et, nous les femmes, nous aimons qu'on nous dise qu'on nous aime, même s'il ne s'agit que de travail... Tu te crois encore avec tes commandos : tu ne l'es plus ! Elle est libre de partir, mais tu es libre de lui dire que tu en serais meurtri !

- Lui en as-tu parlé ?

- Oui, bien sûr, au nom de tout ce que je lui dois, au nom de l'équipe que j'ai formée avec elle pendant deux ans, et au nom de l'équipe que je forme avec toi aujourd'hui. Et je peux même te dire qu'elle a été très touchée que je lui en parle, que je lui dise combien je regretterais son départ s'il devait avoir lieu. Je lui ai même dit que tu souhaitais qu'elle reste avec nous, que nous en avions parlé tous les deux.

- Je t'avais pourtant demandé de ne pas lui...

- Je m'en souviens parfaitement, mais si je ne l'avais pas fait, elle aurait déjà démissionné… »

Charles paraissait un peu sonné par ces révélations. Il regardait Valérie comme si elle venait d'apparaître pour la première fois dans son bureau. La « *grande blonde aux yeux émeraude* » ne lui était jamais apparue aussi véhémente.

« Anne est à La Bergerie, elle sait que je suis ici avec toi, elle s'attend à ce que tu l'appelles pour avoir une vraie discussion avec toi.

Dis-lui que tu serais affligé si elle devait nous quitter et elle restera. Cesse de jouer au médiateur entre Anne et Michel, ce n'est pas ton rôle et ceci ne te vaudra rien de bon si tu persistes. Je t'ai dit ce que j'avais à te dire. Si cela te déplaît : tant pis, j'ai ma conscience avec moi. J'ai déjà perdu mes parents, je ne veux pas vous perdre : ni Anne, ni toi ! Vous êtes toute ma vie, toute ma famille aujourd'hui ! Alors, si j'ai été un peu trop violente à ton goût, je te prie de bien vouloir m'en excuser. »

Déchaînée qu'elle était Valérie ! Rien n'aurait pu l'arrêter. Elle fit demi-tour et sortit du bureau sans que Charles ait eu le temps de lui répondre quoi que ce soit. Interloqué, il la regarda partir dans le couloir de ce pas souple et long qui était le sien, beaucoup mieux adapté à son passé de commando parachutiste, qu'à sa tenue de soirée Versace.

Personne ne lui avait jamais parlé ainsi. Dans l'armée, des supérieurs lui avaient donné des ordres ; sa mère était beaucoup plus mesurée lorsqu'elle avait quelque chose à lui demander… Peut-être que, s'il l'avait connu un peu plus, son père lui aurait parlé de cette manière virulente…

La Bergerie, c'était ainsi qu'ils avaient baptisé la suite de chambres aménagée dans deux étages au-dessus des bureaux. Ce refuge servait de domicile provisoire à ceux et à celles ayant besoin de rester proches du bureau à l'occasion de leurs missions. À la Bergerie, il leur arrivait également de loger des invités dont la sécurité pouvait être menacée dans une résidence normale. Charles et Anne y avaient en permanence chacun une chambre. Charles décida d'appeler Anne.

Les deux premières sonneries restées sans réponse lui parurent une éternité. Et s'il était trop tard ? La jeune femme avait-elle rejoint son ami à Marly en lui laissant une enveloppe avec sa lettre de démission ?

Lorsqu'à l'issue de la troisième sonnerie, il entendit décrocher le téléphone, il attendit qu'elle parle…

« Anne Lafont…

- Oui, Charles ici. J'aimerais que nous parlions tous les deux… Veux-tu que je monte, ou préfères-tu descendre dans mon bureau ?

- Maintenant ?

- Pourquoi pas ?

- Michel étant en province ce week-end, je me proposais de rester ici pour classer quelques papiers et j'allais me coucher ; je me rhabille un peu, juste de quoi être convenable et je descends. »

Charles allait avoir besoin de tout son pouvoir de persuasion, de toute sa détermination pour convaincre la jeune femme de rester parmi eux. Cela faisait plusieurs semaines qu'il observait le jeu qui se déroulait devant lui avec anxiété et une extrême attention. Valérie l'avait persuadé que l'issue était toute proche ; il se sentait enfin résolu à se battre comme un lion pour décider Anne de continuer à travailler avec eux. Il connaissait la formidable force de caractère de la jeune femme ; il se rendait compte qu'il s'était masqué l'évidence : il avait eu peur de l'affronter en se cachant derrière une pseudo-volonté de ne pas intervenir dans son choix. Il se trouva soudain lâche, indigne de lui.

Charles se souvenait à nouveau de la finale de ce concours de tir qui les avait réunis. Il ne restait que dix cartons de cinq cartouches à tirer et tous les autres concurrents étaient éliminés. Contrairement à ce qui est de mise dans les concours habituels, les concurrents avaient coutume de s'agresser verbalement plus ou moins discrètement ; les juges fermaient les yeux, se bouchaient les oreilles, laissant les rivaux en découdre librement. Et à ce jeu, Anne avait fait preuve d'une redoutable maîtrise ; elle était restée imperturbable sous les quolibets lancés par les autres puis, elle avait toujours courageusement contre-attaqué. Mais, elle le savait, à ce jeu, contre Charles, elle partait avec un gros handicap : il avait déjà plusieurs fois remporté ce concours et sa maîtrise était bien connue sur le plateau. Lorsqu'il avait fini de se concentrer, il semblait totalement hors de ce monde, intouchable, inaccessible aux avanies de la planète. Devait-il à ses origines orientales son comportement Zen ou le devait-il à son éducation ? En tout cas, son flegme perturbait la confiance de tous ses challengers.

Anne avait cinq points d'avance sur Charles au départ de ce dernier tour. C'était à la fois beaucoup et peu par rapport aux cinq cents points encore disponibles pour chacun. Charles se souvenait avoir eu un petit passage à vide, à cause d'un manque de concentration, lors du tour précédent. Il avait voulu connaître le classement de la jeune femme espérant lui être confronté lors de la finale. Anne savait qu'elle n'avait ni l'expérience ni la maîtrise de Charles mais ce titre, elle le voulait. Il était peut-être sa seule et dernière chance de quitter son bureau de la Préfecture de Police pour intégrer une unité opérationnelle, pourquoi pas cette prestigieuse BRI[12] dont elle rêvait depuis son adolescence.

« Vous êtes mal parti Monsieur le charmeur, vous avez déjà cinq points de retard… »

L'arbitre vint effectuer le tirage au sort qui allait déterminer le premier tireur. Anne avait gagné, elle choisit de tirer en second…

« Matelot, tirez le premier… »

Le ton était ironique, agressif. Pas de quoi déconcentrer Charles tout de même qui tira cinq balles, toutes dans le dix !

« Cinquante points pour Monsieur Le Barp ! Annonça l'arbitre.

- Madame Lafont, à vous… »

Anne n'avait pas l'intention de se laisser reprendre du terrain ; elle tira ses cinq coups : cinquante points également. Des applaudissements nourris accueillirent sa performance ; seuls les représentants du ministère de l'Intérieur semblaient un brin contrits. Leurs favoris avaient été éliminés et pourtant les pontes de la Préfecture de Police n'encourageaient guère la jeune femme. Ceci parut à Charles injuste et immérité ; il en fut légèrement troublé. Il concéda deux nouveaux points à la belle brune.

Elle fit un nouveau carton plein à cinquante points.

À Charles qui passait près d'elle pour aller tirer à son tour elle lança, se voulant venimeuse :

« Alors, moussaillon, on prend l'eau ! »

Ceci n'eut manifestement pas d'influence sur la qualité du tir de Charles qui aligna un nouveau carton de cinquante points. Passant près d'Anne qui allait tirer il lui glissa doucement :

[12] Brigade de Recherche et d'Intervention - Souvent nommée Brigade Anti Gang

« Tout à l'heure, j'étais troublé : je vous ai imaginée nue en train de viser. Ceci m'a coûté deux points.

Anne parut rester imperturbable mais elle aligna un relativement mauvais carton de quarante-cinq, abandonnant ainsi cinq points à Charles. Bien dépitée en rentrant du pas de tir, elle détourna la tête pour ne pas croiser son regard alors qu'il se préparait à tirer.

Imperturbable, Charles aligna deux nouveaux cartons pleins de cinquante points. Pendant ce temps-là, Anne avait perdu trois nouveaux points abandonnant ainsi pour un point la tête du concours à son challengeur. Pour les cinq derniers cartons, l'ordre des tireurs avait été inversé et Anne maintenant tirait la première.

Lorsqu'elle se présenta sur le pas de tir pour le huitième carton, il lui restait trois fois cinq cartouches à tirer. Elle se rendit compte qu'elle avait du mal à finir le concours, ses nerfs étaient à bout : manque d'entraînement sans doute. Elle vida les cinq balles de son chargeur marquant quarante-sept points et abandonnant ainsi virtuellement trois nouveaux points à son concurrent. Il lui fallait impérativement tenter de déstabiliser son diabolique rival. Elle choisit de tenter le tout pour le tout. Tout à l'heure, il lui avait dit avoir été déstabilisé en l'imaginant nue sur le pas de tir. Au diable la pudeur judéo-chrétienne et les convenances bourgeoises, elle décida de tenter sa chance :

« Ça vous plairait vraiment de coucher avec moi ? »

Charles ne répondit pas, il tira ses cinq cartouches et aligna cinquante nouveaux points, comme si de rien n'était. Il ne restait plus que deux cartons à tirer et Charles possédait une avance de quatre points. Passant près d'Anne, il l'arrêta carrément :

« C'est quoi votre proposition ?

- Si je gagne, je vous promets une nuit de rêve…

- D'accord… Je vous croyais engagée dans d'autres amours…

- Il n'y a aucun mal à changer d'avis. Pourvu que ce soit dans le bon sens, dit-elle en lui lançant un regard de braise. »

Elle s'en fut tirer son avant dernier carton, le neuvième et réussit un splendide tir groupé pour quarante-huit points.

Il se rendit sur le pas de tir et aligna un formidable carton plein de cinquante points…

Passant près de Charles pour aller tirer ses cinq dernières cartouches Anne s'arrêta à sa hauteur :

« Ma proposition ne vous a pas ému, je la retire donc…

- Vous êtes bien mauvaise joueuse Mademoiselle Lafont…

- Vous avez été bien vain de me prendre au mot… Victor Hugo disait : *Une femme souvent, n'est qu'une plume au vent…*

- J'aurais dû me méfier de vous ; mon grand-père, quant à lui, dit qu'il faut toujours se méfier des femmes qui ont de très beaux seins. »

Certainement perturbée par leur conversation, Anne ne put faire mieux que quarante-quatre points.

Avant son dernier carton Charles n'avait que quarante points sur cinquante à réaliser pour l'emporter, c'était virtuellement gagné ; il avait noté la satisfaction outrageusement affichée des caïds de la Préfecture de Police devant le désarroi de celle qui aurait dû être leur favorite. L'un d'eux, que connaissait bien Charles, eut même le front de lui adresser un pouce levé triomphal dans le dos de la représentante de son administration. Retournant à sa place, Anne avait les yeux rouges de larmes ; d'un seul coup son rêve s'était fait mirage, elle savait qu'elle avait perdu. Elle était partagée entre deux sentiments, celui de ne pas avoir démérité face à un adversaire manifestement plus fort qu'elle et celui d'être passée très près de sa chimère. Elle avait tout tenté pour déstabiliser ce diable de quart de chinois, et elle avait perdu. Il lui faisait face se dirigeant vers le pas de tir. Elle eut le courage de lui lancer :

« Bravo, vous étiez le meilleur ; au moins aujourd'hui.

- Puis-je me permettre un conseil Mademoiselle Lafont ? »

Anne, les yeux inondés de larmes, ne répondait pas.

« Ne désespérez jamais, croyez toujours en vos chances, un combat n'est jamais perdu tant qu'il n'est pas terminé… »

Noyée dans son chagrin, elle ne vit pas Charles aligner ses deux premières cartouches à dix points puis saisir son épaule dans un mouvement de douleur après la troisième balle qui avait marqué un huit. Charles semblait souffrir terriblement. Elle regarda à nouveau lorsque le juge arbitre annonça impitoyablement « Plus que dix secondes, Monsieur ».

Charles paraissait souffrir de plus en plus, il prit cependant son arme de la main gauche pour tirer ses deux dernières cartouches in extremis : un six et un cinq. Anne était en tête pour un point. Charles se rendit près d'elle pour la féliciter.

« Vous avez peut-être eu de la chance sur ce coup, mais la chance se mérite et vous l'avez amplement méritée aujourd'hui… Je suis heureux de m'incliner devant vous. J'espère que vous saurez vous montrer secourable et que vous voudrez bien m'accepter près de vous lors du banquet final pour m'aider à manger. J'arrive à tirer encore à peu près bien de la main gauche, mais pas à couper ma viande… »

Le banquet se passa très bien, personne ne semblait s'être rendu compte de la manœuvre de Charles tant tout s'était déroulé rapidement. Les plus chagrins semblaient bien être les représentants du ministère de l'Intérieur alors qu'ils auraient dû être rayonnants. Leur comportement avait choqué Charles, il décida d'en tirer profit.

« Votre proposition de coucher avec moi vous a plus déstabilisée que moi ; vous l'avez retirée et je vous en donne acte bien volontiers. Ne croyez pas que je me serais lâchement défilé mais j'admire votre honnêteté. Vous avez un fiancé et je le respecte même si j'envie sa chance. Vos chefs se sont conduits de manière honteuse tout au long de ce concours ; ils ont contribué, presque autant que vos larmes, à mon lamentable dernier carton. J'ai vraiment été outré par leur comportement, j'aimerais vous offrir une vengeance, le moyen de leur faire… un bras d'honneur.

- Je vous ai peut-être compris, je ne suis pas dupe de votre comportement, mais j'aimerais que vous précisiez votre pensée…

- Sans doute, venez travailler avec nous au sein d'Escort ; vous y avez votre place. Je ne vous demande bien sûr pas de me donner une réponse immédiatement ; parlez-en avec votre fiancé et revoyons-nous ensuite. Croyez-moi, chez nous, il y a de l'action. »

Quelques semaines plus tard Anne quittait la Police Nationale et intégrait l'agence Escort. C'était en mai 1980.

Charles en était là de ses pensées lorsqu'il se rendit compte qu'il s'était écoulé une bonne demi-heure depuis qu'il avait appelé Anne à La Bergerie. Elle devait arriver après s'être habillée ; subitement, il fut inquiet. Il était prêt à lutter de toutes ses forces pour la convaincre de rester avec eux, mais encore fallait-il qu'il ait l'occasion de faire une dernière tentative. C'était sûr que Valérie avait eu raison de le bousculer pour qu'il change de comportement. Plus il était d'avis qu'elle avait eu raison et plus il s'en voulait d'avoir eu tort. Il s'en voulait d'avoir souhaité être chevaleresque comme dans les romans. Michel avait été son ami, certes, mais il n'avait pas hésité à chercher à leur subtiliser Anne. C'était Michel, et personne d'autre, qui avait posé l'ultimatum à Anne : « Eux ou moi… ». Et lui, Charles, avait joué les bons samaritains !

Sur le meuble qui se trouvait derrière son bureau, Charles regardait avec nostalgie quelques photos prises à l'occasion de dégagements organisés par Escort pour ses collaborateurs. Il en tenait une à la main sur laquelle Anne se serrait entre Simon et lui, les tenant tous les deux par la taille, manifestement radieuse d'être là.

Lui, qui avait l'ouïe si fine, était tellement absorbé par les souvenirs jaillis de cette photographie qu'il n'entendit pas la porte s'entrouvrir. Lorsqu'il se retourna, il vit Anne assise sur le coin de son bureau qui le regardait en souriant. Il eut un pressentiment heureux.

« Je viens d'avoir une longue conversation, une de plus, avec Valérie. Elle m'a affirmé que tu souhaitais réellement que je reste avec vous. Avec ton autorisation, je vais loger à La Bergerie pour le moment. Tant que Michel ne m'aura pas trouvé de substitut, je lui garderai une place. Mais je n'ai pas non plus l'intention de jouer les éplorées ; je n'ai pas connu d'autre garçon que lui jusqu'à présent. Il m'a placée devant un choix cornélien, j'ai bien l'intention de rattraper le temps perdu ! Il sait que je ne suis pas de marbre, que je suis plutôt bouillonnante ; il ne souhaite plus en profiter : à d'autres le tour ! »

Valérie venait d'entrer à son tour dans le bureau ; elle avait troqué sa robe Versace pour un tailleur-pantalon un peu moins habillé. Anne s'était jetée dans les bras de Charles ; il se rendit compte qu'elle pleurait au creux de son épaule. Charles se sentait interdit face à cette jolie femme en larmes. Plus Anne pleurait, plus il la serrait dans ses bras et plus il la serrait dans ses bras et plus elle pleurait. Caressant son dos au travers de la soie de son kimono, il constata qu'elle ne portait rien dessous. Lorsqu'ils s'éloignèrent enfin l'un de l'autre, il ne put retenir un regard plongeant dans l'échancrure du kimono et il eut confirmation de son impression précédente ; sous la soie, la poitrine d'Anne était libre comme l'air. Il en fut tellement ému qu'il laissa traîner ses mains sur les côtés de son buste alors qu'elle s'éloignait, effleurant en passant la courbe extérieure de ses seins.

La tension était intense dans le bureau, Valérie était absolument flegmatique mais Anne et Charles savaient bien que rien ne lui avait échappé de leur émoi.

« Puis-je émettre une idée ? Si nous allions fêter ça en ville ; que diriez-vous d'un petit repas au Quartier Latin ?

- Tu l'as bien mérité, Valérie, acquiesça Charles… »

Anne remonta à La Bergerie, mais cette fois-ci, il ne lui fallut que dix minutes pour revenir. Elle avait choisi pour sortir un tailleur-pantalon qui semblait venir de la même boutique que celui de Valérie ; autant Anne avait toujours été élégante et soucieuse d'attirer les regards masculins, autant Valérie, au début, avait dû faire des efforts pour ne pas faire tache parmi le personnel de l'agence.

Avec ses battle-dress, ses rangers et sa coupe de cheveux à la garçonne, elle avait failli faire tomber Charles à la renverse lorsqu'elle s'était présentée la première fois. N'eût-elle été recommandée par le commandant d'une unité de parachutistes collègue de Charles à Saint-Cyr qu'elle n'aurait peut-être même pas passé la première audition. Aujourd'hui, du haut de son mètre quatre-vingt quelque chose, sans doute cinq ou six, sans talons, les cheveux coupés longs sur les épaules, on l'imaginait bien plus en top-modèle qu'en commando parachutiste.

Charles se souvenait de son premier entretien avec elle en compagnie de Pablo son associé historique. Elle ne souhaitait manifestement pas s'étendre sur ces sept années qu'elle venait de passer dans les paras et elle avait eu du mal à expliquer pourquoi elle souhaitait travailler avec eux. Pour une fille qui allait se révéler être l'exubérance personnifiée, elle était apparue plutôt chien battu lors de ces entretiens. Elle avait beaucoup de difficulté à parler d'elle, elle semblait vraiment mal dans sa grande peau. Elle avait souhaité quitter l'armée ; pourtant, elle y avait été très bien notée et avait enchaîné les avancements à une vitesse surprenante. Elle en avait terminé, inutile de revenir là-dessus. Il s'était sûrement passé quelque chose là-bas dont elle ne souhaitait pas parler, ni Charles, ni Anne n'avaient jamais réussi à en savoir plus. Pablo l'aurait recalée sans l'insistance de Charles. Il connaissait bien le Commandant Walter qui la lui avait recommandée ; il en avait fait un portrait très élogieux assurant Charles qu'il ne regretterait jamais de l'avoir embauchée.

« Mademoiselle, à la suite de nos entretiens, des divers tests… J'ai décidé de vous proposer de travailler avec nous. »

Une drôle de flamme s'était allumée dans les yeux verts de la jeune femme.

« Je vous remercie Monsieur ; soyez certain que je ferai tout ce que je pourrai afin d'être digne de la confiance que vous m'accordez aujourd'hui. N'hésitez pas à me dire ce qui ne va pas, n'hésitez pas à me traiter durement. Sept ans chez les paras plus une année complète de galère m'ont beaucoup endurcie ! Je n'aime pas beaucoup parler de moi, mais sachez que j'ai l'obligation de réussir : à tout prix. Je n'ai pas le droit de me rater, c'est un problème vital et une question d'honneur maintenant.

Valérie s'était tout de suite parfaitement intégrée parmi ses collègues. Anne l'avait prise sous sa protection dès son arrivée, séduite par ses qualités hors du commun, elle avait rapidement fait de cette femme soudard une jeune femme élégante et bien élevée. Parfois, quand même, dans le feu de l'action, il lui arrivait de faire craquer la carapace de bonnes manières qu'Anne lui avait forgée. Alors, lui échappaient quelques expressions rappelant qu'elle était cent pour cent provençale et qu'elle avait fait merveille dans des troupes de choc composées plus de traîneurs de sabre que de fervents de La Bruyère ! Équipière d'Anne pendant dix-huit mois, elle était ensuite devenue celle de Charles. Mais Anne était restée sa confidente, son point de repère, un peu la remplaçante d'une mère dont elle n'avait même pas le souvenir.

« On y va ? »

L'un des deux vigiles qui gardaient l'entrée des bureaux nuit et jour adressa un sourire au joyeux trio et lança à Charles :

« Eh bien Chef, vous allez faire des envieux là où vous allez ! »

Au restaurant, ils avaient eu la chance de trouver tout de suite une table libre. Valérie, revenant des toilettes, semblait très excitée :

« Anne, je viens de voir ton sosie parfait ! J'allais entrer dans les toilettes lorsqu'elle en sortait, j'ai cru halluciner ; si je ne t'avais pas quittée quelques instants plus tôt ici, je me serais jetée dans ses bras en croyant que c'était toi. Bon, c'est vrai, pas du tout habillée « *classo* » comme toi, plutôt le genre à faire le trottoir…

- Mange-t-elle ici ? »

Valérie répondit à Charles :

« Tu ne vas pas me dire que tu aimerais une troisième copine pour ce soir ! Bon, c'est vrai qu'une solitaire convaincue plus la copine d'un ami, ce n'est pas terrible comme objectif pour terminer la nuit. Mais tu as choisi, maintenant, tu assumes ! Pour répondre à ta question, il me semble qu'elle est juste entrée pour utiliser les toilettes et pour consommer au bar, probablement à la recherche d'un chaland !

- Toi tu as un plan… »

Anne semblait avoir compris l'idée de Charles. Cette faculté de la jeune femme à lire dans ses pensées l'agaçait parfois mais le ravissait aussi. Elle précisa à l'intention de Valérie :

« Dans l'affaire que nous a proposée Meyer, on avait dit que ce serait bien d'avoir un sosie pour l'un des collaborateurs chargés de la protection de la vedette…

- Exact ! Répondit Charles en se levant en direction du bar. »

Lorsqu'il en revint, il était à moitié déconfit et à moitié satisfait.

« L'oiseau s'est envolé et tout ce que j'ai pu apprendre du barman, c'est qu'elle est une habituée des lieux. »

Lorsque le serveur revint à leur table, Anne l'interpella :

« Mon amie a croisé tout à l'heure une personne me ressemblant presque trait pour trait ; peut-être l'avez-vous remarquée. Je suis à la recherche de ma sœur dont je n'ai plus de nouvelles depuis fort longtemps ; ce pourrait bien être cette jeune femme. »

Le serveur, qui paraissait d'abord pressé de poursuivre son travail avait plongé son regard dans l'échancrure du chemisier d'Anne. Elle avait suivi les yeux du serveur ; comme machinalement, elle s'était mise à jouer avec le dernier bouton fermé du vêtement jusqu'à l'ouvrir : le serveur paraissait moins pressé de travailler et plus disposé à discuter…

« Quand vous êtes arrivés tout à l'heure, j'ai effectivement cru que c'était elle qui venait avec des amis ou des clients. Comme toujours dans notre métier, je suis resté discret et j'ai fait semblant de ne pas vous reconnaître ; j'ai bien fait en effet ! »

Il quitta leur table et partit poursuivre son service.

« Ton strip-tease lui a fait de l'effet ; au prochain passage, dit Valérie, tu enlèves le bouton suivant…

- Nous devons retrouver cette fille ; si elle se prostitue, c'est qu'elle aime l'argent. Ce que nous avons à lui proposer n'est ni dangereux, ni fatigant, ni déshonorant ; il n'y a pas de raison pour qu'elle puisse refuser notre proposition. Il suffira de convaincre son mac.

- Si elle en a un, ajouta Valérie.

- Elles en ont toutes hélas. Seules celles qui travaillent avec leur Minitel ont des chances de rester à peu près indépendantes en faisant ce boulot régulièrement… Jusqu'à ce qu'un mac les débusque, les tabasse et les prenne en main. »

Anne connaissait parfaitement le milieu du proxénétisme pour s'y être souvent confrontée lorsqu'elle était policière. Valérie opinait tristement ; encore un aspect de ce monde ne lui convenant pas.

« Sur les berges de la Seine, on peut avoir la chance de la retrouver.

- Anne, poursuivit Valérie, ce serveur en sait plus qu'il n'a bien voulu nous en dire, et il est très intéressé par ta poitrine. Alors, tu vas aux toilettes, tu enlèves ton soutif et la prochaine fois qu'il passe ici, il te donnera le nom de la demoiselle, son prénom et son numéro de téléphone ! »

Anne haussa les épaules en riant :

« Et si je le laisse toucher, crois-tu qu'il me donnera aussi son numéro de Sécurité sociale ? Mais tu me donnes une idée... »

Elle se leva et se dirigea d'un pas décidé vers les toilettes. Charles n'avait jamais vu Anne se comporter ainsi.

« Je l'ai connue plus mesurée et beaucoup moins délurée...

- Elle risque de te surprendre ; je sens qu'elle va se défouler de près de vingt ans de fidélité béate envers Michel. Même si elle veut encore croire en son retour, elle en a gros sur le cœur. Tant qu'elle n'aura pas la certitude que tout est perdu entre Michel et elle, elle ne se lancera certainement pas dans une grande aventure amoureuse ; mais je te prédis qu'elle va larder le contrat de coups de bistouri ! Anne a beaucoup de tempérament, pour la bagatelle comme pour le reste... »

Anne revint à leur table. À son sourire triomphant ils comprirent qu'elle avait obtenu des renseignements intéressants.

« Elle s'appelle Laure, elle a vingt-cinq ans, son souteneur est un type surnommé « Le Frisé », lieutenant d'un ancien du proxénétisme de Pigalle et de Nanterre « Le Chevalet ». Le dénommé « Le Chevalet » est un chef de réseau à l'ancienne, « Le Frisé » est un jeune type d'à peine trente ans ; tout le monde semble le craindre dans le milieu. Pourtant, il n'est jamais tombé entre les mains des flics pour un motif sérieux.

- Peut-on savoir d'où tu tiens ces renseignements ?

- Je me suis tapé le garçon dans les toilettes...

Non, soyons sérieux ; quand Valérie a parlé de toilettes, j'ai aussitôt pensé « téléphone » puisque ici les deux sont souvent liés géographiquement. J'ai téléphoné à un vieux copain, commissaire à la Mondaine[13], et je lui ai demandé s'il connaissait une pute me ressemblant comme deux gouttes d'eau. Depuis qu'elle exerce dans le quartier, tous les flics, qui m'ont connue, l'ont repérée à cause de cette analogie !

Anne et Valérie emboîtèrent le pas de Charles. Les cloches de la tour sud de Notre-Dame avaient sonné onze heures depuis un bon moment déjà et les rues du Quartier Latin grouillaient de monde. Cette foule disparate plaisait à Charles : étrangers en groupes ou solitaires, étudiants de toutes nationalités plus enclins à flâner dans les rues de Paris qu'à se plonger dans leurs bouquins, ou quidams comme lui se régalant, depuis les berges de la Seine, de l'incomparable vue sur la cathédrale illuminée.

Souvent, s'accoudant au parapet entre deux étals de bouquinistes, il tentait d'imaginer l'île de la Cité lorsqu'elle était le berceau de la Lutèce gauloise, puis au Moyen-Âge, au douzième siècle lorsque débuta la construction de la cathédrale. Il imaginait les progrès de son édification au travers des siècles, comme s'il était le témoin de ce fantastique spectacle. Il songeait aussi à ceux qui, à Angkor, à un millier de kilomètres du berceau de ses origines asiatiques, édifiaient au même moment d'autres fabuleux monuments à la gloire d'autres dieux. Il se réveillait au bout de longues minutes de rêveries, surpris d'être au vingtième siècle. Anne aussi aimait se retrouver ici, mais, ce soir, l'absence qu'elle pressentait définitive de Michel, troublait son bonheur. Elle n'arrivait pas à croire qu'il ait véritablement mis un terme à leur liaison pour les raisons qu'il avait invoquées. Elle ne souhaitait surtout pas trop y réfléchir ; de peur de trouver la réponse à sa question peut-être… Pas plus que ses amis, elle ne pouvait imaginer combien allaient être dramatiques les suites de cette soirée au départ bien banale.

Un bateau-mouche passant sous le pont Saint-Michel en éclairait la majestueuse voûte. Valérie aimait les vieilles pierres :

« Je n'ai pas votre culture, tant s'en faut, mais, lorsque j'étais petite, Papa m'emmenait voir des ponts en pierres autour de chez nous. Nous allions voir des ouvrages très célèbres comme le Pont du Gard ou le Pont d'Avignon, mais aussi des moins connus comme le Pont des Trois-Sautets près d'Aix en Provence, qui a pourtant été peint par Cézanne, ou comme l'aqueduc de Roquefavour qu'il disait être le

---

[13] Baptisée depuis 1975 Brigade des stupéfiants et du proxénétisme, elle conserva longtemps parmi les policiers son ancienne appellation.

plus grand pont en pierres du monde. Il avait été maçon et sculpteur sur pierre, il aimait les cailloux, il en parlait avec des mots simples comme il parlait des nuages aux formes changeantes, de l'eau claire de nos rivières dans lesquelles il fait bon se baigner et des fleurs qui sont belles et qui sentent bon. Ce n'était pas un érudit, mais je suis sûre que vous l'auriez aimé, vous aussi, si vous l'aviez connu ; tout le monde le chérissait chez nous à Saint-Tropez. »

Valérie passait souvent ainsi du bonheur apparent le plus complet à une forme de détresse particulièrement émouvante lorsqu'elle évoquait ses parents trop tôt disparus. Anne et Charles avaient pris Valérie sous leur protection depuis son arrivée à Escort ; même Pablo, qui au début n'avait pas voulu d'elle, s'était pris d'affection pour la grande blonde aux yeux verts. Suprême marque d'intérêt, il l'invitait régulièrement chez lui le dimanche midi pour déguster la *Fideua* ou *les pieds de porc aux escargots* préparés par Montserrat, sa compagne d'origine catalane.

Ils étaient sur le Quai Saint-Michel ; ils allaient descendre sur la berge après avoir profité encore quelques instants du spectacle. Charles avait passé ses bras autour des épaules de ses amies un peu comme au rugby un talonneur les passe autour de ses deux piliers. Lui aussi était un solitaire de la vie ; pas de père, pas de compagne autrement qu'à l'occasion de courtes liaisons ; son métier était dangereux, il en avait conscience et ne voulait pas fonder une famille dans ces conditions. Il savait ce que c'était qu'être orphelin de père. Il pouvait pourtant s'appuyer sur sa mère, sa grand-mère et son grand-père qui vivaient à Arcachon pour ses deux grands-parents et entre Arcachon et Bordeaux pour sa mère. Sa seconde famille : c'était bien Escort, son vieil ami Pablo qui l'avait accueilli comme premier associé, Anne l'impétueuse brune transfuge de la police, Valérie la femme aux yeux émeraude, Fred le malin qui connaissait Paris par cœur, Simon le fantasque prince des airs, Kiki la terreur des tatamis, Zoran l'ancien légionnaire et roi de la pentrite et tous les autres. Ils étaient sa seconde famille ; pour Valérie, ils étaient son unique foyer…

« Regarde : là-bas les deux types sur le pont, on dirait qu'ils cherchent à jeter quelque chose sur les gens qui se promènent en dessous. »

Une main plongée dans un grand sac en papier, ils semblaient en effet guetter quelqu'un ou quelque chose sur le quai, au-dessous d'eux. Deux touristes arrivant de face semblèrent retenir leur attention.

Lorsqu'ils furent arrivés à leur hauteur, ils laissèrent tomber des boulettes sorties de leur sac. Par chance les munitions n'atteignirent pas leur objectif.

« Que lancent-ils ? On va leur causer ? »

Valérie en avait oublié sa langueur, toujours prête à entrer en action.

« Non, ils ne doivent pas être seuls, ils doivent avoir au moins deux complices sur le quai. Je te parie qu'ils balancent de la fiente de pigeons, de mouettes ou de chiens sur les touristes qu'ils ont repérés. Ensuite, lorsqu'ils font mouche, leurs complices doivent profiter de la surprise désagréable des victimes pour les détrousser. Je suis même prêt à parier qu'ils doivent avoir au moins un acolyte pas loin de nous qui surveille tout. Valérie, tu prends le premier escalier à droite pour les intercepter s'ils partent vers l'amont et pour éviter qu'ils ne nous échappent par ce côté. Je descendrai par l'escalier de gauche. Anne, tu ne bouges pour rien au monde, tu n'interviens qu'au cas où nous serions en grande difficulté. OK ? »

Aucune des deux filles ne répondit, mais Charles savait qu'elles avaient tout compris : il pouvait compter sur elles.

Sur le quai, un nouveau couple de touristes captait l'attention des deux compagnons situés sur le pont. Il avait un très gros appareil photo, japonais probablement, et elle semblait sortir de chez Hermès. Heureusement pour eux, les munitions manquèrent à nouveau leurs cibles. Nos trois amis surveillaient également les péripatéticiennes qui allaient et venaient, mais pas de Laure à l'horizon.

« Regarde celle-ci… »

Valérie venait de désigner une femme apparemment seule qui, sur la berge, se dirigeait vers le pont.

« J'ai d'abord cru que c'était une pute, mais ce serait plutôt une touriste… »

Cette femme était brune et toute de rouge vêtue.

« Celle-ci sort de chez Chanel, sauf le sac qui vient de chez Hermès… »

Anne connaissait ses couturiers sur le bout des doigts.

« Beau châssis, marmonna Charles !

- Il me semble t'entendre dire qu'il faut toujours se méfier des femmes avec de gros seins…

- C'est une maxime de mon grand-père… »

En bas, les deux lanceurs avaient pris pour cible la brune en rouge et, ce coup-ci, ils avaient mis dans le mille. La jeune femme était maculée de la figure aux pieds ; son cri de surprise se mua en cri de dégoût lorsqu'elle crut avoir été la victime d'une déjection d'oiseau. Pendant que Charles et Valérie prenaient position comme prévu, Anne restait sans bouger, à observer la scène. Un petit attroupement s'était formé autour de la brune aux très gros seins ; Anne cherchait à distinguer, dans ce regroupement, celui ou ceux qui allaient maintenant sûrement intervenir pour tenter de dérober le sac de la touriste en Chanel. Elle surveillait également les deux lanceurs de fiente qui pour le moment ne bougeaient pas de leur poste ; personne ne semblait les avoir repérés, ils se tenaient tranquilles. Valérie était en haut de son escalier, prête à toute éventualité. Charles s'était positionné de la même manière en haut du sien. La malheureuse touriste, au milieu de son attroupement, semblait désemparée en découvrant les immondices qui la souillaient. Anne, Valérie et Charles, chacun de son côté, observaient la scène, attendant l'intervention inévitable des comparses des lanceurs de fiente. Il ne pouvait pas s'agir d'un simple jeu de mauvais gamins ; sinon, ils auraient visé n'importe qui et pas seulement les touristes porteurs de sacs ou de gros appareils photographiques. Les deux lanceurs se dirigèrent vers l'escalier où se trouvait Valérie. Ils passèrent à côté d'elle sans la remarquer ; elle leur emboîta le pas discrètement, histoire de ne pas être repérable par un tiers. Ils se dirigeaient vers l'attroupement qui s'était formé autour de leur victime. Celle-ci n'avait pas encore recouvré son calme ; des spectateurs lui offraient des mouchoirs en papier pour essuyer les excréments qui la barbouillaient de la tête aux pieds. Les deux attaquants, au milieu des touristes, paraissaient observer la scène avec indifférence. Charles et Valérie se tournèrent vers Anne qui leur fit un petit signe leur conseillant d'attendre. Bien sûr l'attitude passive des deux jeunes pouvait laisser supposer qu'il ne s'agissait de leur part que d'un jeu malfaisant. Il ne fallait pas intervenir tout de suite ; pour le moment, ils n'auraient mérité qu'une sévère réprimande, mais même pas d'être remis à la Police. Valérie aurait sans doute souhaité distribuer quelques taloches tout de suite. Elle était ainsi Valérie : grand cœur, grande gueule et la taloche facile ! Un touriste japonais de bonne taille semblait posséder une inépuisable réserve de mouchoirs en papier, sa femme en avait également dans son sac ; il s'activait consciencieusement à nettoyer le visage puis le décolleté de la victime qui tenait toujours précieusement son sac Hermès en bandoulière. Mais l'appareil photo du Japonais et le sac de la dame ne faisaient pas bon ménage, surtout lorsque le Japonais chercha à intervenir un peu plus profondément dans le décolleté abyssal de la brune. Il y prenait un évident plaisir malgré la présence de sa femme ; la victime, elle, semblait être très consentante. Mais décidément, le sac et l'appareil photo étaient gênants, il confia son appareil photo à sa moitié et proposa à la dame en-tartinée de confier également son sac à son épouse. Celle-ci se retrouva donc avec son sac, celui de la touriste et l'appareil photo de son mari... C'est le moment que les deux jeunes choisirent pour se déplacer vers la Japonaise. D'un seul mouvement, ils la ceinturèrent, la firent lourdement tomber à terre puis fuirent en courant avec son sac, celui de la passante entartée et l'appareil photo du Japonais. Celui-ci, absorbé par des réflexions aussi insondables que le décolleté de la sculpturale brune - et sans doute pas très avouables - ne réalisa pas tout de suite ce qui s'était passé. C'était bien trop tard pour se lancer à la poursuite des deux jeunes voyous partis à toutes jambes. Charles les vit arriver, se dirigeant vers son escalier. Il descendit quelques marches pour leur barrer plus facilement le passage et éventuellement les poursuivre s'ils décidaient de continuer sur les berges de la Seine. Valérie avait rejoint l'attroupement ; la touriste parlait un peu français, les Japonais semblaient l'ignorer. La touriste victime de la première agression était américaine, Valérie découvrit ainsi que les Américaines avec de très gros seins ne sont pas forcément blondes comme dans *"Play-Boy"*. Elle paraissait une bonne quarantaine d'années, mais il était sûrement facile de lui en donner une dizaine de moins ; Valérie remarqua ses yeux d'un mauve magnifique. Un passant français s'offrit pour traduire ce que la grande blonde souhaitait dire aux trois victimes de l'agression. La malheureuse Japonaise se plaignait d'une sérieuse douleur à l'épaule. Elle paraissait bouleversée, bien plus encore que l'Américaine qui semblait avoir oublié son corsage et sa jupe maculés par les déjections d'oiseau. La perte de son sac ne semblait guère l'affliger ; elle avait eu peur pour sa vie, le reste lui importait somme toute assez peu.

Valérie se voulut rassurante :

« Un ami s'est lancé à la poursuite des deux fripouilles ; il va les rattraper et revenir avec ce qu'ils vous ont dérobé... »

Le passant traduisait au fur et à mesure, les Japonais parlaient apparemment correctement l'anglais ; la belle Américaine semblait reprendre son souffle. Ils paraissaient sceptiques quant aux chances de retrouver leurs biens. Anne n'avait pas bougé de son poste d'observation faisant mine de ne rien comprendre à ce qui se passait quelques mètres sous elle. Elle remarqua qu'une voiture était venue se garer face à l'escalier où se trouvait Charles. Les voyous, en montant l'escalier, venaient de faire une mauvaise rencontre. L'homme qui descendait face à eux avait paru s'esquiver pour leur laisser la place, mais lorsqu'ils parvinrent à sa hauteur, ils se retrouvèrent à terre, du sang partout sur la figure, avec un énorme mal au crâne, comme s'ils avaient heurté le parapet en pierre de l'escalier. Charles avait déjà récupéré les biens subtilisés ; restait à gérer les agresseurs. Des témoins du forfait s'étaient lancés à leur poursuite ; lorsqu'ils arrivèrent au milieu de l'escalier, les jeux concernant les malfrats semblaient déjà terminés. Pourtant, Anne et Charles, sans rien en laisser paraître, étaient persuadés qu'il n'en était rien ; l'agression avait été manifestement trop bien montée, trop bien exécutée pour ne pas être le fait de vrais professionnels. Il leur fallait rester sur leur garde ; il devait y avoir, assez proche, au moins un complice essentiel, qu'il leur fallait démasquer. Avec un peu de chance, ils pourraient peut-être confondre le chef d'orchestre de l'opération. Anne se mit à crier en désignant du doigt le petit groupe formé par Charles, les deux gredins et les passants les ayant rejoints :

« Aux voleurs ! Aux voleurs ! »

Elle se doutait qu'un témoin l'ayant observée jusque-là serait ainsi dissuadé de l'imaginer partenaire de Charles et Valérie. En bas, celle-ci, après avoir examiné la blessure de la Japonaise lui avait rapidement fait une écharpe lui permettant de se tenir debout sans trop de douleur. Regardant en direction de Charles, elle le vit encombré des sacs des deux femmes et de l'appareil photo du Japonais.

« Mon ami a récupéré vos biens, je vais lui prêter main-forte pour garder vos agresseurs au frais, en attendant l'arrivée de la police. »

Anne surveillait toujours du coin de l'œil la voiture stationnée en haut de l'escalier dans le couloir d'autobus ; elle cherchait également à discerner parmi la foule un comparse des deux malfrats et de leur chauffeur. Valérie avait rejoint Charles ; elle avait relevé les deux voyous. Les témoins de la scène paraissaient estomaqués en voyant cette grande fille blonde tenir à elle seule en respect deux types normalement constitués. Charles montait le premier leur barrant la route de la fuite en avant. Valérie les avait avertis :

« Le premier qui tente de fuir, je lui explose la gueule… »

La vigueur qu'elle déployait à les tenir par le col de leur vêtement lui servait de force de dissuasion. Bien sûr, elle avait des épaules de nageuse de quatre cents mètres quatre nages, mais tout de même… C'était Valérie dans toute sa splendeur, jugeait Anne en la regardant faire. Elle n'avait pas d'états d'âme dans ces moments-là ; elle était tout simplement parfaite, irrésistible et magnifique. Soudain Anne vit arriver sur le quai qu'elle surplombait, remontant le cours de la Seine une silhouette qui lui était familière : la sienne… Pas de doute, la jeune femme qui passait en bas, lovée contre un homme d'une cinquantaine d'années, ne pouvait être que Laure, son sosie. Elle portait un trop petit gilet tricoté avec de grosses mailles sous lequel on devinait un soutien-gorge rouge qui ne masquait pas grand-chose d'une fort belle poitrine. Une minijupe lui couvrant à peine les fesses et des bottes au-dessus du genou complétaient sa tenue de dragueuse professionnelle. Anne songea que ce devait être rigolo de se promener ainsi dans la foule et se dit qu'un jour où elle serait bien accompagnée, elle aurait plaisir à s'offrir cette fantaisie exhibitionniste. Elle aurait voulu rencontrer Laure et tenter de discuter avec elle. Hélas, il lui fallait rester où elle était, monter la garde. L'urgence, c'était de démasquer le comparse qui ne s'était pas encore manifesté mais qu'elle ressentait de toutes ses pores. Charles, les deux voyous et Valérie, suivis d'une demi-douzaine de témoins arrivaient en haut de l'escalier. Un de ces témoins était-il l'acolyte qui ne devait plus maintenant tarder à se démasquer ? Il lui fallait en effet libérer ses coéquipiers avant l'arrivée de la Police. Anne scrutait les visages, aucun ne semblait devoir être le suspect. Elle choisit de se rapprocher du groupe sans pour autant se découvrir elle-même. Alors qu'elle se trouvait à deux mètres à peine du haut de l'escalier d'où venaient de déboucher Charles, les canailles et Valérie, un homme la bouscula pour se porter en avant. Il était très grand et très costaud, le genre de type que l'on n'aime pas rencontrer la nuit dans les coins sombres. Anne lui trouva un charme animal ; elle songea tout de suite à un de ces macs qui règnent sur les nuits parisiennes. Professionnelle avant tout, elle nota aussi qu'il avait la main droite dans la poche de son blouson ; elle aurait pu lui sauter dessus par-derrière et profiter de l'effet de surprise. Et si c'était un policier en civil qu'elle ne connaissait pas ? En tout état de cause, tant qu'il n'avait manifesté aucune hostilité, il serait impossible de le confondre : elle choisit d'attendre encore quelques instants. Le conducteur de la voiture garée dans le couloir de stationnement avait ouvert les portes de son véhicule et était retourné à son volant. Anne s'était portée à la hauteur de son suspect, sur sa droite, comme si elle aussi souhaitait voir… Le dénouement était proche, on entendait les sirènes des voitures de police se frayant un chemin jusqu'à eux depuis la Préfecture de Police située juste en face, de l'autre côté de la Seine.

« Fini de rigoler le cow-boy et ta copine ! Vous relâchez mes potes et vous leur rendez leurs biens ! Allez, on se casse les mecs ! »

L'homme, dos au mur, tenait l'assistance en joue avec un gros calibre.

Une petite voix timide, à côté de lui, se hasarda :

« Je vous avais pris pour un policier en civil ! »

Il eut le mauvais réflexe de se tourner vers la petite voix venue de sa droite. Ce qu'il lut dans les yeux bleu foncé de la jeune femme qui s'était adressée à lui n'avait rien à voir avec cette petite voix timide. Il se rendit compte trop tard de son erreur ; la mauvaise garce s'était agrippée de toutes ses forces à son poignet droit le tordant avec une habileté diabolique et simultanément, avant qu'il ait eu le temps d'esquisser la moindre protection, elle lui avait décoché un coup de genou d'une violence exceptionnelle dans les bijoux de famille. Soudain, il eut peur ; tout semblait se dérouler parfaitement jusqu'à ce que le type et sa copine blonde n'interceptent ses sous-fifres. Il était là en couverture, il avait bien vu cette belle brune appuyée au parapet du quai, il avait louché sur son arrière-train et rêvé qu'avec une croupe pareille elle aurait pu faire une belle gagneuse. Il se rendait compte qu'il avait tout faux, la drôlesse était probablement un flic en civil, appartenant sans doute à une unité d'élite. Elle avait déjà réussi à le séparer de son arme en la projetant hors de sa portée. Sa seule chance était de la maintenir en combat rapproché au sol, de la neutraliser rapidement par un étranglement, de la prendre en otage ensuite. Il arriverait à les tenir en respect. Ils pourraient encore fuir en voiture. En empêchant Anne de se relever, il limitait le risque de voir les autres lui porter secours. Charles était toujours encombré par les sacs et l'appareil photo du Japonais. Il avait lui aussi repéré le manège de la voiture et de son conducteur. S'il portait assistance à Anne, les deux autres pourraient fuir en voiture et le chef de forfait commis en bande organisée serait plus difficile, voire impossible, à prouver. Charles savait très bien qu'il serait très difficile de compter sur des témoins suffisamment courageux pour accepter de charger des racailles de cette trempe devant un tribunal. Il fallait absolument que le « *flag*[14] » soit clairement établi. En maintenant son étreinte sur Anne, son adversaire profitait de sa plus grande force physique, de sa taille et de sa masse ; elle ne pouvait compenser, dans ces conditions, ni par sa technique, ni par sa vitesse. Le type la brinquebalait dans tous les sens essayant de l'assommer chaque fois que possible en cognant sa tête contre les pavés. Anne se défendait de toutes ses forces tentant de saisir tout ce qui passait à sa portée pour pouvoir s'éloigner de son adversaire ; elle parvint à lui mordre le nez alors qu'il s'efforçait de l'estourbir d'un coup de tête. Les voitures de police se rapprochaient, Charles et Valérie observaient, impuissants, le combat opposant Anne et son adversaire. Il fallait impérativement qu'elle tienne jusqu'à l'arrivée des policiers à qui ils pourraient confier les deux malfrats pour intercepter le conducteur et venir au secours de leur amie. Celle-ci se battait avec un courage énorme ; elle parvint enfin à se défaire de l'étreinte de son adversaire s'éloignant de lui de près d'un mètre ; mais elle était trop fatiguée pour se relever suffisamment rapidement et échapper au placage qu'il lui imposa en se jetant sur elle de toutes ses forces, la projetant contre le parapet. Sa tête heurta le mur violemment lui faisant perdre connaissance. Le colosse s'était immédiatement relevé, la tenant dos contre lui, inerte ; il tenait un poignard de commando dans sa main droite et le tenait fermement appuyé contre sa captive. Il la tenait par la gorge de la main gauche ; cette fois, elle ne se défendait plus, semblant n'obéir qu'aux impulsions de son vainqueur. Les policiers étaient arrivés mais ils cessèrent leurs « *Police, personne ne bouge !* » lorsqu'ils se rendirent compte qu'ils avaient affaire à une prise d'otage. Valérie décida de tenter quelque chose et elle commença par en prévenir Charles :

« Tu veilles sur le tien et le butin, je me débarrasse du mien… »

Le voyou que détenait Valérie croyait avoir compris qu'il allait pouvoir s'échapper, il fut mis KO pour le compte en quelques secondes. Celui qui détenait Anne et la maintenait en très mauvaise posture ne pouvait pas faire grand-chose contre elle, la tuer et il

---

[14] Argot policier : Flagrant délit. Le malfaiteur est arrêté alors qu'il est en train de commettre un délit, si possible devant témoins.

perdait toute protection contre les policiers qui les entouraient et surtout contre ce type en face avec ses yeux bridés qui le fixait depuis un moment et qui venait de se débarrasser de leur rapine dans les mains d'un policier. Tant pis pour son complice, il lui fallait gagner la voiture et fuir, à tout prix, ne surtout pas gaspiller sa prisonnière. Valérie ne s'était pas étendue sur le sort de celui qu'elle venait d'assommer, elle s'était rendue jusqu'à la voiture, l'avait contournée par l'arrière et ouvert brusquement la portière du conducteur. Elle se mit en devoir de l'extraire de son siège par le col de son blouson. Le type eut le mauvais réflexe de sortir de sa main droite un pistolet qu'il n'eût pas le temps de rendre menaçant, la main gauche de Valérie s'abattit sur son poignet droit en le tirant vers le haut ; puis de toutes ses forces, sans relâcher sa prise, elle referma la portière sur le bras et la jambe de son adversaire. Il y eut un grand bruit, mélange de claquement de porte, d'os brisés et de hurlements du chauffeur. Valérie ouvrit à nouveau la porte et termina d'assommer sa victime terrorisée face à une pareille furie. Anne avait l'habitude de dire que Valérie se débarrassait de ses adversaires avant qu'ils aient eu le temps de se rendre compte qu'ils avaient affaire à une femme… Elle ouvrit le coffre de la Mercedes et s'y débarrassa du malfrat sans précautions avant de le refermer. Ensuite, elle récupéra le pistolet tombé à terre, en vérifia le fonctionnement puis subtilisa les clefs de la voiture. Tout s'était passé très vite et en contrebas du trottoir. Masqué par l'attroupement et le décalage de hauteur avec la chaussée, le tortionnaire d'Anne ne s'était rendu compte de rien ; il avançait doucement tenant sa captive semi-inconsciente devant lui comme un bouclier. Lorsqu'il atteint la première des quatre ou cinq marches qui descendaient vers la voiture prévue pour sa fuite, il fut interpellé par Valérie qui le tenait en joue avec le pistolet dont elle venait de se saisir.

« Tu es fait comme un rat, tu ne t'échapperas pas, j'ai les clefs de la voiture et j'en ai crevé les pneus. Dans un quart d'heure il y aura cinq cents policiers autour de nous. Pour le moment, tu n'as rien fait de très grave ; si tu blesses mon amie, ce sera déjà plus mauvais pour toi. N'avance pas, je ne te laisserai pas passer et si tu tentes quelque chose contre elle, je te mets une balle entre les deux yeux. Si tu ne m'en crois pas capable, regarde le cadenas du bouquiniste à ta droite. »

Le coup de feu qui avait retenti avait fait exploser le cadenas ; dans un silence quasi total Valérie reprit.

« Lâche mon amie, ne lui fais pas de mal, sinon je te jure que ma prochaine balle te refroidira. »

L'homme était blanc de peur mais il poursuivait son avance toujours sous la menace de l'arme de Valérie qui venait à sa rencontre. Il avait beau tenter de réfléchir très vite, il ne voyait pas d'autre solution que de continuer à avancer protégé par son bouclier humain. Et puis soudain il y eut un grand cri totalement inhumain pendant que l'homme et Anne chutaient en avant dans l'escalier. Seuls quelques yeux particulièrement exercés auraient pu voir Anne rater volontairement deux marches d'un seul coup et faire basculer son tourmenteur en avant en s'agrippant à la main qui tenait le poignard contre elle. Bien qu'elle se fût à nouveau sonnée pendant la chute, Anne trouva la force et l'énergie nécessaires pour s'écarter de l'homme suffisamment pour, quelques instants, ne plus être sous sa menace directe. Comme un tigre, Charles se jeta sur le preneur d'otage ; celui-ci eut le temps de voir les yeux bizarres qu'il avait repérés plus tôt le fixant d'un regard insoutenable puis il sombra dans le néant. La lutte n'avait pas duré dix secondes ! Charles se releva prestement, sortit un papier de son portefeuille qu'il remit au premier brigadier qui s'approcha de lui :

« Embarquez-moi tous ces zozos, celui-ci en particulier. En bas, il y a une blessée, il faudra une ambulance pour elle. Nous avons quelques témoins pour déposer, ce serait bien de venir les chercher en voiture. »

Le brigadier rendit à Charles, avec un respect évident, le papier que celui-ci lui avait remis. Valérie revenait en tenant par le col le voyou que Charles avait abandonné lorsqu'il avait plongé au secours d'Anne. Celle-ci s'était réfugiée dans les bras de Charles.

« Tu as été formidable, ils vont terminer la nuit sous les verrous grâce à toi. Celui qui t'a malmenée est peut-être un gros gibier.

- Quand j'étais noyée sous sa masse, submergée par sa force, je me suis juré de m'entraîner plus pour mieux pouvoir affronter ce type de situation. Si j'avais été seule, il m'aurait dévissé la tête. »

Valérie, après avoir remis son arme aux policiers, était à son tour venue prendre soin d'Anne ; constatant l'état de la veste de son tailleur et de son chemisier mis en lambeaux pendant la bataille, elle enleva sa veste et la passa autour des épaules de son amie puis l'aida à monter dans la voiture que leur proposait l'inspecteur de Police.

Nuit du vendredi 24 au samedi 25

À la Préfecture de Police, la rumeur avait vite fait le tour de l'immense maison : « Le Barp et Anne Lafont sont là, ils ont eu *El Loco*[15]. » À Paris, tous les policiers de haut rang connaissaient la société de Charles ; ils collaboraient souvent ensemble et Charles avait ses correspondants attitrés à la P.P. qu'il informait systématiquement de leurs missions de protection.

Un commissaire de permanence était venu les recevoir. Il connaissait bien Anne et Charles et son accueil fut chaleureux bien que tempéré par l'allure un brin cabossée de son ancienne collègue.

« Eh bien ma grande, tu nous as quittés parce que tu voulais de l'action ; j'ai l'impression qu'aujourd'hui tu as été servie… Veux-tu qu'on te conduise à l'infirmerie ? Félicitations, cela faisait un moment que nous souhaitions mettre ce gang hors d'état de nuire. Peut-être aimerais-tu te changer un peu avant que nous procédions aux auditions nécessaires, tu es en lambeaux.

- Tu es sympa Yves ; j'aimerais trouver un pull, un chemisier ou une veste d'uniforme ; je suis à la limite de l'indécence… Si vous aviez quelque chose pour notre amie américaine… L'idéal serait que nous puissions prendre une douche dans votre vestiaire. »

L'Américaine qui décidément comprenait et parlait assez bien le français ajouta :

« Oh oui ! S'il vous plaît ! » avec un accent tellement charmant que le commissaire aurait eu mauvaise grâce de lui refuser ce qu'il venait de proposer à son ancienne collègue. La brune américaine avait encore d'importants résidus de son agression dans les cheveux, sur son chemisier qui était largement maculé et même sur sa jupe.

« Je crois que j'en ai partout de cette merde, seule ma culotte doit être propre » ajouta-t-elle en exhibant son soutien-gorge souillé.

Anne poursuivit à l'intention de son ancien collègue :

« Concernant l'infirmerie, une simple poche de glace suffira pour le moment.

---

[15] « Le Fou » en espagnol

- Michel se fera un plaisir de te faire des massages apaisants. »

Le malheureux commissaire ne pouvait pas savoir et la réplique d'Anne le prit de court :

« Michel et moi ? C'est fini… »

Immédiatement Anne tempéra sa réponse.

« C'était gentil de te souvenir du nom de mon fiancé : tu n'as pas de chance, J'ai rompu cet après-midi ! Mais, j'espère bien trouver quelqu'un pour me passer du baume même là où je n'ai pas mal ! »

La jeune femme se fendit d'un grand éclat de rire lorsque le Japonais à qui Charles avait traduit ses propos en anglais se mit en face d'elle, s'inclina à la nippone les mains jointes et dit en français :

« Votre serviteur : seul ce soir ! »

Le Japonais se mit à rire à son tour, ravi de sa bonne blague. Il n'avait pas oublié son épouse transportée à l'hôpital de l'Hôtel-Dieu tout proche. Un policier venait de lui en donner des nouvelles rassurantes ; elle ne souffrait que de quelques contusions. Elle allait passer la nuit à l'hôpital pour plus de sûreté, il pourrait l'y récupérer en fin de matinée.

Anne et l'Américaine revinrent au bout d'une bonne demi-heure, heureuses de se sentir propres et présentables. Anne ne pouvait masquer les traces des coups qu'elle avait reçus et l'Américaine avait beaucoup de mal, même sans soutien-gorge, pour loger son impressionnante poitrine dans la chemise prêtée par une gardienne de la paix pourtant imposante. Les boutons du vêtement frôlaient l'extrême limite de leur résistance. Le Japonais quitta à regret le spectacle de ce chemisier prêt à exploser pour aller témoigner. L'Américaine rejoignit un autre bureau et un autre inspecteur pour établir sa déposition. Le commissaire prit lui-même, avec l'aide d'une secrétaire, celles d'Anne, Charles et Valérie.

« Ce type est bien connu de nos services, mais c'est un vrai malin ; nous le savions compromis dans du proxénétisme et du trafic de drogue mais nous ne nous attendions pas à le trouver impliqué dans de la petite délinquance de ce genre. Sans doute souhaitait-il ainsi mettre dans le bain de la criminalité de jeunes voyous destinés à grossir ses troupes. Il fait partie de cette nouvelle génération de truands que nous craignons particulièrement : intelligents, cruels, dégainant et tirant sans réfléchir même sur des policiers. Dans le milieu, il est connu sous le nom d'« *El Loco* » ce qui veut tout dire ;

lui et un autre du même genre, « Le Frisé », sont de véritables malades, mais des malades malins comme des singes et nous n'avons pas encore réussi à les coincer sérieusement. Chaque fois, ils s'en tirent avec des broutilles. Enfin, je devrais dire, ils s'en sont tirés, car j'espère bien qu'El Loco va moisir quelques années à l'ombre ; cette prise d'otage à main armée devrait lui être fatale. »

Anne avait deux ou trois bosses sur la figure qui la faisaient ressembler à un boxeur après un combat difficile ou à un pilier de rugby qui a eu une confrontation virile avec son adversaire en mêlée. Le commissaire lâcha dans un soupir en direction de Charles :

« Quand je songe qu'il y a des imbéciles là-haut qui lui ont toujours refusé de rejoindre une brigade de terrain, elle méritait largement la BRI ; c'est bien vous le plus malin Le Barp ! Cette fille est en or massif et nous l'avons jetée dehors. »

Le policier était manifestement sincère dans son emportement, il ne connaissait que trop les lourdeurs et les préjugés d'une administration se prenant les pieds dans le tapis à la moindre occasion. Et pourtant, il lui était fidèle ; jamais il n'aurait quitté son job pour rejoindre Charles et ses « mercenaires », même pour beaucoup d'argent. Charles admirait ce sens de l'État, de la République. Des hommes comme lui le mettaient mal à l'aise, lui qui avait quitté la Marine pour devenir fumiste[16]. Lorsqu'il s'en ouvrait à Pablo, celui-ci ressortait toujours le même argument :

« Tu avais déjà trois barrettes ; au galon suivant ils t'auraient mis dans un bureau jusqu'à ta retraite et l'opportunité de faire ce que nous avons fait ensemble t'aurait échappé… »

Et Charles savait que son vieil associé avait raison…

Le Japonais demanda la parole, il s'exprimait en Anglais :

« Monsieur le Commissaire, Mesdames, Monsieur, mon épouse sera sûrement très heureuse de fêter en votre compagnie sa sortie de l'hôpital où je vais la rejoindre de ce pas. Nous résidons à l'hôtel Nikko et ce serait un grand bonheur pour nous de vous y accueillir demain soir pour dîner. »

Ils répondirent en chœur au Japonais qu'ils seraient ravis d'accepter son invitation.

---

[16] Argot de Saint-Cyr - Un « fumiste » est un civil.

Celui-ci déclina l'offre du commissaire de le faire accompagner à l'hôpital ; il affirma qu'une petite promenade à pied lui ferait le plus grand bien. Charles décréta qu'ils allaient prendre un taxi et proposa à l'américaine de la déposer à son hôtel, elle accepta avec un plaisir évident et ajouta en anglais :

« Je m'appelle Maggy, Maggy Burton, j'habite Oklahoma City dans l'État du même nom, j'ai quarante-sept ans. Monsieur le Commissaire qui a vu mes papiers peut en attester. Je suis plombière à Oklahoma City, je suis venue passer ma semaine de vacances annuelle à Paris sans mon mari qui préfère la pêche au Canada ; lui aime les saumons du Canada, moi les hommes de Paris ! J'aimerais bien que vous m'appeliez Maggy. Puis-je vous appeler Anne, Valérie et Charles ? »

« Où se trouve votre hôtel ? » demanda Charles.

« Concorde Lafayette. Je suis presque en haut, au trentième étage, c'est une suite, on a une vue fantastique : c'est mon luxe quand je viens à Paris. J'aimerais vous y offrir une coupe de champagne avant de nous séparer. Bien sûr, nous aurions pu aller danser au Club tout en haut mais j'imagine qu'Anne n'a guère envie, après son badinage avec *El Loco*, d'affronter les regards du public... »

Ils avaient quitté l'Hôtel en ordre dispersé. Anne et Valérie au bout d'une petite heure et Charles au petit matin...

Maggy de l'Oklahoma

Samedi 25 mai 1985

Une minijupe portefeuille rouge mettant en valeur des jambes splendides, un chemisier noir en tulle mettant en valeur des seins que rien ne retenait, un mini-boléro pour faire comme si elle ne souhaitait pas exhiber sa poitrine, Maggy fit se retourner tous les clients du hall du Concorde Lafayette lorsqu'elle rejoignit Charles venu l'y chercher.

Charles avait invité à déjeuner au Bois de Boulogne Anne, Maggy et Valérie. Ses deux collaboratrices s'étaient ensuite éclipsées sous un vrai faux prétexte abandonnant Charles à Maggy.

Sur le récepteur de télévision qui était au pied de son lit, Charles avait pu survoler la Finale du championnat de France de Rugby. Ses mêlées avec Maggy avaient été aussi furieuses que celles qui avaient opposé les Toulousains aux Toulonnais. Le Stade Toulousain l'avait emporté par trente-six à vingt-deux après prolongations. Les commentateurs avaient salué une partie de rugby de légende avec une grande intensité et beaucoup d'engagement physique. Charles n'était pas près d'oublier sa joute amoureuse avec cette impétueuse maîtresse !

Le soir, la réception à l'hôtel Nikko avait été parfaitement réussie. Un représentant de l'Ambassade du Japon avait été invité par leurs hôtes pour faire office de traducteur. Les Français comprirent que leur hôte était un chercheur en électronique renommé. Probablement impressionné par le récit que ses concitoyens lui avaient fait de la soirée de la veille, le diplomate japonais demanda sa carte à Charles.

« Nous avons beaucoup de demandes de personnalités comme Monsieur Uzuhiko qui souhaiteraient bénéficier d'une protection rapprochée que nous ne pouvons pas leur procurer, que la police française ne peut pas leur assurer non plus. Nous avons travaillé avec la société de Monsieur Mauvoisin, mais nous n'avons pas été très satisfaits de ses prestations. On nous avait bien parlé de vous, mais on nous a dit que vos tarifs vous réservent aux Princes du pétrole ou aux vedettes du show-business américain.

- J'ai des racines en Asie ; j'aimerais travailler pour vous. Et puis, le Japon serait-il moins riche que les vedettes du Show-biz ?

Le fonctionnaire japonais avait été subjugué par Valérie.

« Et ma voisine, la grande blonde ? Hier, mes compatriotes ont été véritablement époustouflés par son efficacité, tant dans le combat que par son adresse au tir ; il paraît qu'à vingt-cinq mètres, elle a démoli un cadenas d'une seule balle. Je dois ajouter que je suis très heureux d'avoir passé la soirée en aussi séduisante compagnie ; il se dégage d'elle un charme exceptionnel. Lorsque je suis arrivé, je l'ai prise pour une hôtesse de luxe engagée en notre honneur par l'hôtel. C'est Monsieur Uzuhiko qui m'a informé de sa véritable identité.

- Je vous remercie, je lui ferai part de votre enthousiasme la concernant ; c'est mon équipière. Si vous voulez la faire travailler, vous êtes obligés de me prendre avec !

- À l'étranger, nous craignons souvent que certains de nos ressortissants remarquables comme Monsieur Uzuhiko soient victimes de bandits venus de notre propre pays, ou de réseaux de pirates internationaux. Nous nous reverrons probablement très bientôt Monsieur Le Barp… »

Les deux hommes s'étaient un peu écartés du groupe formé par leurs hôtes japonais et leurs autres invités. Ils les rejoignirent au moment ou les uns et les autres se saluaient et se congratulaient.

« On fait des affaires Le Barp ?

- C'est bien parti », répondit le diplomate.

Si Anne, Charles et Valérie s'étaient montrés, comme à leur habitude, particulièrement sobres, Maggy avait sérieusement honoré les boissons accompagnant le repas. Elle était bien émoustillée ; elle ne cessait de se tortiller dans une ravissante robe en tulle dont elle disait à qui voulait l'entendre qu'elle était un cadeau que Charles lui avait fait, l'après-midi même, dans une boutique du Faubourg Saint-honoré.

Dimanche 26 mai

Pendant que Maggy et Charles occupaient leur dimanche à faire des câlins dans la chambre de celui-ci, Anne et Valérie avaient arpenté tout le Quartier Latin à la recherche de Laure.

En vain, la péripatéticienne brune, sosie d'Anne, était introuvable.

Lundi 27 mai

L'avion de Maggy pour New York décollait à 13 heures, Charles avait décidé de la reconduire lui-même à l'aéroport.

La rupture fut, bien sûr, assez triste ; ils savaient qu'ils ne se reverraient probablement jamais, même s'ils avaient échangé adresses et numéros de téléphone.

Grâce à la complicité d'un ami commissaire à la PAF,[17] Charles avait pu éviter quelques queues dans l'aéroport. Après que ses bagages eussent été enregistrés, Maggy entraîna Charles dans un recoin du hall de départ, pour de dernières étreintes… Quelle ne fut pas sa surprise lorsqu'il lui remit entre deux baisers une petite boîte aux armes d'un grand joaillier de la Place Vendôme. Maggy l'ouvrit : il y avait une longue chaîne en or et un pendentif en forme de tigre avec deux yeux en diamant.

« Tu n'as cessé de me dire que j'avais des yeux de tigre… J'ai pris la chaîne assez longue pour que le tigre soit bien au chaud, à l'abri au centre de ta poitrine… »

Maggy laissa à Charles le soin d'enchaîner le félin à son cou. Charles avait bien visé, le tigre se trouvait juste au centre du buste de la fille de l'oncle Sam, à l'endroit le plus étroit entre ses seins.

« Je ne le quitterai jamais ! Il restera sur mon cœur. »

Ses immenses lunettes noires ne pouvaient masquer les larmes qui coulaient de ses beaux yeux mauves lorsqu'elle embrassa Charles une dernière fois. Et Charles ne put retenir un pincement au cœur lorsque la porte du couloir menant à son avion se referma sur la flamboyante Maggy.

---

[17] Police de l'Air et des Frontières

Sur la piste de Laure

Arrivé à son bureau, Charles se mit au travail. Anne le rejoignit aussitôt ; elle savait qu'il avait besoin d'occuper ses pensées pour ne pas se laisser obnubiler par l'envol de la rocambolesque Américaine.

« J'ai appelé Meyer et je lui ai dit que nous espérions nous procurer un sosie pour ses opérations. Il avait l'air emballé.

- Qu'as-tu fait de Kiki ? »

Kiki était l'équipière d'Anne.

« Elle est au sous-sol avec Valérie, elles sont allées tirer ensemble. À propos d'entraînement, j'aimerais vraiment pouvoir m'entraîner avec toi pour améliorer ma technique de combat au sol. »

Un grand blond vêtu d'une chemise à fleurs et d'un pantalon rose venait d'entrer sans frapper dans le bureau.

« Oh ! Désolé, la porte était ouverte, je suis entré, je ne savais pas que tu étais en train de proposer au boss de te rouler au sol avec lui, tout contre lui... J'en connais un qui va tirer la gueule, c'est l'avocat ! »

Anne ne se fâcha même pas :

« Simon, il faut que tu saches que j'ai quitté Michel vendredi. Par contre, si je souhaite me rouler par terre avec Charles, c'est en tout bien tout honneur et pour le bénéfice de l'entreprise ! »

Elle avait en même temps passé les bras autour du cou de son interlocuteur et l'avait vigoureusement embrassé sur les deux joues.

« Avez-vous quelque chose pour moi cette semaine ?

- A priori, non, mais tu sais ce que c'est... »

Simon ne faisait pas vraiment partie d'Escort et pourtant Escort n'aurait pas été Escort sans Simon. Ce grand gaillard athlétique, blond décoloré, était américain par son père et français par sa mère. Né aux États-Unis, il avait été pilote de chasse dans l'US Navy pendant la guerre du Vietnam. À la fin de celle-ci, son homosexualité ayant été dénoncée, il avait été exclu de la Navy malgré des états de service éblouissants. Dégoûté des États-Unis qui l'avaient si mal récompensé d'une guerre admirable, réfugié dans le pays d'origine de sa mère, il était devenu pilote de ligne. Sa fantaisie naturelle s'était mal accommodé de la rigueur vestimentaire réclamée par les compagnies aériennes ; « *conduire des bétaillères bondées de sardines ou de moutons* » ne lui convenait pas mieux. Charles l'avait connu en apprenant à piloter dans l'aéro-club de la région parisienne où il avait fini par se fixer comme chef moniteur à la satisfaction générale. Lorsque, pour les missions d'Escort, il y avait besoin d'un pilote ou d'un avion, Simon était systématiquement de la partie. Il était capable de tout piloter avec une maestria et une virtuosité étourdissantes, du McDonnell Phantom,[18] ainsi qu'il l'avait fait au Vietnam, au Jodel, en passant par les vieux avions illustres et couverts de gloire que leurs propriétaires n'hésitaient pas à lui confier pour des reconstitutions historiques ou des films. Il était capable de piloter tout aussi bien un hélicoptère qu'un Boeing 747. Sa devise était :

« Si vous avez une planche et un moteur, je vous les fais voler… »

Simon faisait partie de la garde rapprochée de Charles, une des rares personnes capables de le faire renoncer à une mission. Il savait que si Simon lui disait : « On ne saura pas le faire », il ne fallait pas le faire. Simon était chez lui à Escort, même s'ils n'avaient pas de travail à temps plein pour lui. Mais quand Charles et les siens avaient besoin de lui, il lâchait tout au plus tôt pour les rejoindre.

« As-tu vu Lemoine ? Il devait t'appeler.

- Oui, merci pour le coup de main. Nous allons affréter un 707[19] ; nous allons faire le tour du monde en quinze jours pour quelques-uns de ses clients et de ses employés. J'ai déjà trouvé un bon copilote, il ne me reste plus qu'à trouver le reste de l'équipage plus quelques hôtesses de luxe. J'étais venu pour proposer le poste de Chef de Cabine sexy à Anne.

Hélas, tu me parais bien bosselée pour faire l'affaire. Dommage, j'avais trouvé la microjupe, le chemisier transparent, les mini-sous-vêtements rouges qui allaient avec l'emploi !

Trêve de plaisanterie, que t'est-il arrivé ?

- Après ma rupture avec Michel, j'ai voulu m'offrir un gros morceau, histoire de me rattraper de dix-huit ans de fidélité : un grizzli ! »

---

[18] McDonnell Douglas F-4 Phantom II : Une légende de l'aviation militaire moderne ; chasseur de la classe Mach 2.23 pesant 13.8t à vide et 28t en charge maxi.
[19] Boeing 707 : Le premier jet civil ayant connu un grand succès commercial.

Anne et Charles lui racontèrent leur épopée du vendredi soir. Puis il repartit comme il était venu et tout le monde se remit au travail.

Il leur fallait retrouver la trace de Laure et parvenir à un arrangement avec elle. Elle serait peut-être heureuse de pouvoir échapper à la prostitution. Escort avait les moyens de racheter son contrat à son souteneur si elle en était d'accord. Ils décidèrent de mettre Fred sur le coup. Fred était un ancien inspecteur de la BAC[20] de Paris. À la suite d'une bavure, qui lui avait été injustement imputée, il avait rejoint Escort quatre ans auparavant. Il n'avait pas son pareil pour se fondre dans la foule, passant complètement inaperçu aux yeux d'observateurs moyennement attentifs. Il était malin comme un singe et capable, en improvisant, de se sortir de situations totalement inattendues.

---

[20] Brigade Anti Criminalité

Mercredi 29 mai

« Demain soir, je dîne avec Bourkoff.

- Anne, puis-je savoir en quel honneur ?

- Il m'a appelée ce matin pour me dire qu'il souhaitait me soumettre le contrat que ses clients de Beyrouth ont accepté.

- Il pouvait te rencontrer ici ou n'importe où ailleurs sans devoir t'inviter à dîner. Méfie-toi de lui, je te l'ai déjà dit, je suis certain qu'il travaille pour le KGB[21].

- Il a beaucoup de relations au Moyen-Orient et il semble très bien disposé à notre égard. Et toi ? Restes-tu ici cet après-midi ?

- À 17 heures, nous allons prendre livraison de la chérie d'un homme d'affaires du Koweït, la promener dans Paris, faire du shopping puis la conduire à son hôtel. Elle n'est a priori pas menacée, mais son mari a tenu à ce que j'assure sa protection jusqu'à l'hôtel. Demain, départ en fin de matinée, puis un tour pour se rendre compte du projet du Grand Louvres et de la Pyramide. Nous y serons pilotés par une personnalité du Ministère de la Culture et un représentant de la direction du Musée. Ensuite, visite plus ou moins privée chez un couturier avant le retour prévu à vingt-deux heures.

- Tu prends Valérie j'imagine, mais si tu as besoin de Kiki, elle sera libre : pour monter la garde devant les salons d'essayage, elle sera plus à l'aise que toi et mieux admise surtout. »

---

[21] Komitet Gossoudarstvennoï Bezopasnosti – Service de renseignement de l'U.R.S.S.

Jeudi 30 mai

Fred avait passé une bonne partie de la soirée au Café-Restaurant où Anne, Charles et Valérie avaient croisé Laure le vendredi soir. Il s'était accoudé au comptoir en lisant l'Équipe. Le journal avait fait sa une du drame qui, la veille, avait endeuillé l'Europe entière. Lors de la Finale de la Coupe d'Europe des Clubs Champions, au Stade du Heysel à Bruxelles, trente-neuf personnes étaient décédées et six cents blessées en direct devant les caméras de télévision.

Il n'avait pas voulu demander quoi que ce soit concernant Laure à qui que ce soit ; il ne voulait à aucun prix sembler la chercher. Anne l'avait prévenu : « Quand tu la verras, tu croiras me voir déguisée en marcheuse de la nuit. »

Il était près de minuit lorsqu'elle entra dans le café et s'assit au comptoir en commandant un Perrier. Fred l'observa quelques minutes, elle était seule ; il se décida à l'aborder.

« Bonsoir Laure ! »

La jeune femme regardait, un peu incrédule, cet homme relativement jeune qu'elle n'avait jamais vu auparavant et qui semblait la connaître. Qui pouvait être ce quidam qui l'interpellait ainsi ? Il n'avait pas l'air malsain qu'arborent les clients accostant une fille comme elle. Un *condé*[22] ? Avec son jean et son blouson, pourquoi pas ? Mais pourquoi elle ? Elle n'était même pas en train de racoler…

Elle était loin d'imaginer que sa vie venait de basculer ; elle ne soupçonnait pas de quelle manière celle-ci allait être bouleversée par la rencontre de cet homme d'apparence insignifiante.

- Que me voulez-vous ?

- Parler avec vous discrètement. Que diriez-vous d'aller prendre un verre au Club qui se trouve tout en haut du Sofitel Sèvres ?

– Vous savez vraiment qui je suis ? Ce que je fais ?

- Oui…

---

[22] En argot : Policier.

- Je ne peux pas quitter mon turbin jusqu'à au moins deux heures ou trois du matin…

- Mais je peux peut-être m'offrir une nuit avec vous ?

- C'est deux mille. »

Fred sortit de sa poche une liasse de billets de cinq cents Francs et il en tendit quatre à la fille qui les fit disparaître dans son sac avec l'habileté d'un prestidigitateur.

« Les spécialités : c'est en plus !

- Ne comptez pas là-dessus pour vous enrichir, mais j'ai des propositions intéressantes et honnêtes à vous faire.

- Vous me faites peur, vous me paraissez beaucoup trop honnête pour l'être. Je ne vais pas vous suivre. »

Elle avait rouvert son sac et ressorti les quatre Pascal[23] qu'elle y avait glissés deux minutes plus tôt ; elle les tendit à Fred :

« Non, reprenez-les…

- Avez-vous peur ? Ai-je l'air d'un malade ? D'un psychopathe ?

- Vous me prenez dans votre voiture et ensuite, un jour, on retrouve mon cadavre plus ou moins décomposé dans un fourré…

- Vous connaissez bien le garçon de ce bar ?

- Pourquoi ?

- Il peut noter mes coordonnées sur ma carte d'identité avant que nous ne partions ensemble…

- C'est vrai que vous me paraissez sincère, bizarre mais sincère. Et on restera à cet hôtel ensuite ?

- Laissez-moi leur téléphoner avant de vous répondre. »

---

[23] Billet de 500 Francs.

Vendredi 31 mai

Lorsque Fred arriva le lendemain en début d'après-midi devant le bureau de Charles dont, par grande exception, la porte était fermée, il n'était pas très fier de lui. Bien sûr, il avait rencontré Laure et en avait appris pas mal sur elle. Fille d'un harki et d'une Française d'Algérie, son père avait été assassiné quelques semaines avant la fin de la guerre, elle n'avait pas deux ans… Elle était arrivée en métropole avec sa mère lors du grand repli des pieds-noirs… La suite de son histoire n'était que naufrages, illusions perdues et véritables galères débouchant sur les trottoirs de Marseille puis de Paris. Elle lui avait laissé son adresse à Colombes et son numéro de téléphone, mais elle avait éloigné toute idée de coopération.

« Ils préféreraient me tuer. S'ils imaginaient ce qui s'est passé ici cette nuit, ce dont nous avons parlé, j'aurais droit à une bonne raclée, à un long séjour à *L'École Privé* et probablement à être exécutée.

- *L'École Privée* ?

- Tu me jures de n'en jamais parler à personne sauf si un jour on te dit que j'ai disparu. Alors, si tu connais quelqu'un de très important dans la Police, tu pourras leur raconter. Mais en te méfiant, ils sont très puissants ; il y a des ripoux très haut placés dans cette affaire.

- Je te le jure. »

Fred n'aimait pas l'idée de devoir rapidement se parjurer, mais il était persuadé qu'Escort serait la chance de cette fille. Charles et surtout Pablo avaient des relations dans les plus hautes sphères de l'État et ils n'étaient pas hommes à abandonner leurs amis.

« *L'École Privée*, c'est une propriété qui se trouve à proximité de Paris et *Le Frisé* et ses amis l'ont transformée en bordel clandestin où travaillent des filles complètement terrorisées. Ce serait trop long de te raconter tous les sévices subis par celles qui y sont enfermées ; rien que d'y songer me fait horreur. Si une fille se conduit mal au goût de ses geôliers ou de ses clients, elle peut-être torturée lors de séances très spéciales jusqu'à ce que mort s'ensuive. Mort assurée aussi pour les bavardes comme moi ce soir si elles sont seulement soupçonnées d'avoir parlé…

- Tu me fais froid dans le dos… »

Dans le bureau de Charles, l'ambiance n'avait pas l'air d'être au beau fixe. Fred avait l'impression qu'Anne et Charles se disputaient violemment. Il se mit à songer à Laure ; en le quittant ce matin, elle pleurait en lui répétant qu'elle était sans espoir. Elle le supplia à nouveau de garder secrètes ses confidences :

« Ma vie ne vaudrait plus un centime s'ils savaient… »

Alors, il y avait plus grave que d'affronter la prévisible mauvaise humeur de ses chefs.

Dans l'arrière-salle d'un café de Nanterre quatre hommes aux mines tout à fait patibulaires discutaient tout en jouant aux cartes. Celui qui paraissait être le chef ramassa les cartes et lança aux trois autres :

« Si ce type avec qui elle a passé la nuit est vraiment un ancien flic, c'est dangereux pour nous. Et vous me dites qu'il travaille pour une société de gardes du corps dirigée par un ancien officier de marine…

- Oui, *Frisé*, Ernest, le garçon de café est sûr de son coup ; le type, pour sécuriser Laure lui a présenté ses papiers d'identité ; nous avons tout vérifié. Cette fille en liberté, c'est une bombe atomique sous notre lit, le coffre-fort de nos secrets à portée de main de la poulaille ; il faut la neutraliser avant qu'ils puissent découvrir le pot aux roses… »

Dans le bureau de Charles, les choses se passaient mal. Derrière les glaces insonorisées, les sourires s'étaient vite estompés.

« Ça s'est bien passé avec la Koweïtienne d'après ce que vient de me dire Kiki.

- Oui, mais on remet ça cet après-midi ; avait répondu Charles sur un ton très laconique avant de poursuivre :

J'ai couché à La Bergerie cette nuit par hasard ; j'ai observé que tu n'étais pas rentrée. Je me suis inquiété pour toi jusqu'à ce que l'on m'apprenne que tu étais arrivée vers onze heures avec les traits tirés…

- Il y en a qui feraient mieux de s'occuper de leurs problèmes. »

Anne cru bon d'ajouter en souriant cette fois :

« Les traits pas beaucoup plus tirés que samedi matin de toute façon, mais le contrat de Bourkoff dans la poche. »

Charles paraissait pétrifié, Anne comprit combien il pouvait faire peur lorsque baissant ses Ray Ban il lui lança :

« Ne me dis pas que tu as couché avec ce type pour obtenir ce contrat. Ce n'est pas parce que notre société s'appelle Escort que tu dois t'envoyer les clients pour parvenir à tes fins. »

Charles s'en voulut immédiatement d'avoir traité Anne ainsi. Ce n'était vraiment pas le moment, mais il était réellement furieux :

« Et bien, si cela peut te dérider, sache que Bourkoff m'a remis le contrat signé pendant que nous prenions l'apéritif et non après m'avoir sautée. Parce que oui, j'ai couché avec lui, c'était très bien, je me suis régalée comme jamais auparavant… Avoir un amant, c'est super ! »

Du coup, Charles restait coi devant la colère de son bras droit.

« Quelle différence y a-t-il entre le fait pour toi de sauter cette Américaine que tu as rencontrée vendredi, et le fait pour moi de m'envoyer un client après, je dis bien après, avoir signé avec lui ? Je me suis tapé ce type uniquement parce que j'en ai eu envie. Le contrat est signé. Ivan est encore à Paris pour quelques jours, je te promets que je vais me vautrer dans son lit autant que je vais le pouvoir. »

Charles se souvint de la phrase de Valérie : « je te prédis qu'elle va larder le contrat de coups de bistouri ! »

Il y eut un long silence…

« Et quand as-tu prévu de revoir l'homme du KGB ?

- Et bien, pour te faire plaisir, je peux te confirmer que tu avais raison, il a travaillé pour le KGB ; il me l'a avoué sur l'oreiller…

- Je te l'avais dit, je les sens ces types-là… Il m'étonnerait fort qu'il ait cessé de travailler pour eux ; je suis certain que sa société d'import-export de Beyrouth n'est qu'une façade. »

Soudain, Charles remarqua, au poignet d'Anne, une montre qu'il ne lui connaissait pas, son regard se fit plus insistant, il baissa ses Ray Ban pour observer la montre : une superbe Breitling pour dames.

« Or blanc massif ! Ce fut mon cadeau de ce matin… »

Charles était à la fois furieux et admiratif. Furieux car Anne n'ignorait nullement qu'en agissant ainsi elle allait le mettre en colère et admiratif car, décidément, cette fille était une lionne. Et autour de lui, il ne voulait que des lions, ou des lionnes !

Fred conta son histoire à Anne et à Charles. Aucun des deux ne lui fit la moindre remarque sur les frais engagés pour la chambre au

Sofitel, ni pour les consommations prises dans la boîte de ce même hôtel. Il n'avait pas osé parler des deux mille Francs qu'il avait payés à Laure pour passer la nuit avec elle. Charles le délivra de ce poids :

« J'imagine que la demoiselle n'a pas passé tout ce temps avec toi gratuitement, sinon ce matin elle a dû avoir un très gros problème avec son souteneur... Combien t'a-t-elle pris ?

- Deux mille Francs... Fred avait répondu machinalement.

- Il y a encore des filles qui pratiquent des tarifs raisonnables. »

On aurait presque entendu le tic-tac d'une montre Breitling. Charles regardait Anne droit dans les yeux lorsqu'il ajouta :

« J'en ai rencontré de semblables prenant beaucoup plus cher ; sans doute un problème d'options ! »

Fred, ignorant tout de la conversation précédente entre Anne et Charles, crut bon de rajouter :

« Elle m'avait prévenu que les spécialités étaient en supplément, je me suis abstenu... »

Anne ne broncha pas ; elle avait avalé stoïquement le « *tarif raisonnable* » et le « *problème d'options* ». Il lui fallait bien payer le prix de son escapade ! Au sourire de Charles, elle avait compris que celui-ci venait de lui accorder son absolution. Elle n'était pas croyante et se souciait de la justice divine comme de ses premières socquettes mais l'absolution de Charles comptait énormément pour elle.

« Anne te fera un bon pour la comptabilité car j'imagine que Laure ne t'a pas fait de reçu ! »

Fred remercia Charles ; certes il gagnait bien sa vie mais deux mille Francs, c'étaient deux mille Francs !

« Je suis vraiment désolé chef, mais je n'ai pas réussi à la décider ; je ne suis pas très fier de moi...

- Fred, nous sommes persuadés que tu as fait ce que tu as pu et que personne n'aurait pu mieux faire que toi. Nous possédons des renseignements essentiels sur Laure : son adresse, son téléphone et nous savons qu'elle meurt de peur face à ses tortionnaires. Nous allons retourner la voir ensemble, toi et moi, le plus tôt possible.

- Aujourd'hui, elle fait relâche, exceptionnellement. Je sais qu'elle va chez son médecin, chez le coiffeur, chez l'esthéticienne, puis elle va passer la fin de l'après-midi dans une maison de retraite où se trouve sa mère. Ensuite, elle devrait rentrer chez elle.

- Sais-tu où se trouve cette maison de retraite ?

- Non...

- Nous irons l'attendre devant chez elle à partir de 20 heures. Départ d'ici vers 19 heures. On y va couverts légers, mais couverts. »

Le cerveau de Charles fonctionnait à toute vitesse.

« Anne, Laure est déjà en très grand danger. Si ses copains ont pu identifier Fred comme un ancien flic, travaillant pour nous qui plus est…

- C'est bien pour cette raison que j'ai dite à Fred que nous irions ce soir, à la rencontre de Laure, armés.

- Sage précaution. Que comptes-tu lui dire si vous la trouvez ?

- Tenter de la persuader qu'elle est désormais en danger de mort tant que ces rufians sont en liberté. Nous essaierons de lui faire comprendre que nous seuls pouvons la mettre en sécurité durablement.

- La Bergerie ?

- Bien sûr ; nous avons besoin d'une nouvelle secrétaire depuis pas mal de temps, Évelyne est standardiste à défaut d'avoir le vrai job de secrétaire dont elle a les capacités et que nous lui avons promis. Il ne faudrait pas longtemps à cette fille, qui n'a pas l'air sotte, pour devenir standardiste. Habillée correctement, elle présenterait correctement…

- Normal, elle est ta doublure ; il faudra quand même la prévenir qu'elle ne gagnera ni deux mille ni cinquante mille francs la nuit !

- J'en ai rencontré des centaines comme elle ; la plupart replongeaient parce que nous n'étions capables ni d'assurer leur sécurité, ni de leur trouver le moindre travail. Ce n'est pas notre cas : nous pouvons la protéger et la recycler.

- Si tu arrives à la convaincre… En tout cas, bonne chance pour ce soir. Soyez très prudents, n'oubliez pas ce qu'Yves Barnier nous disait samedi soir au Nikko : ce ne sont que de petits truands sans envergure, mais ils sont dangereux, vraiment très dangereux. »

Quelques heures plus tard, Anne embarquait Fred dans sa voiture. Une demi-heure plus tard, ils étaient devant la gare de Colombes. Anne y avait garé sa Mini pour rejoindre à pied le domicile de Laure.

Le temps était bien triste ce vendredi soir sur Paris et sa banlieue. Crachin, brouillard et pollution atmosphérique étaient au rendez-vous ; on se serait cru à Londres, un jour de smog au mois de novembre.

« Comme le dirait Valérie : *ça fout la galine…* »

Ils avaient pris la longue rue menant au domicile de Laure. À cause du changement de quinzaine, des voitures étaient garées des deux côtés de la chaussée rendant les croisements difficiles pour ses rares usagers. Anne et Fred avançaient prudemment, scrutant chaque coin de porte, chaque voiture en stationnement d'où auraient pu surgir des agresseurs.

« Nous allons nous rendre jusque chez elle et, si elle n'y est pas, nous reviendrons jusqu'à la gare. À moins qu'elle ne prenne un taxi, elle devrait arriver par ici. Cette rue est tout à fait déserte, lugubre et sinistre, tout à fait propice à une exécution sommaire discrète. »

Fred approuva. Il savait que l'ennemi pouvait surgir de n'importe où et qu'ils n'hésiteraient pas une seconde à leur tirer dessus dès l'instant qu'ils confondraient Anne et Laure. Pourtant l'ancien inspecteur de la BAC était calme, pas stressé. Il savait que l'entraînement que leur faisait subir Charles était ce qui pouvait se faire de mieux ; il savait que si l'ancien commando Hubert l'avait sélectionné parmi tant de candidats, c'est parce qu'il l'avait jugé capable. Entraînés comme aucune autre unité civile et comme très peu d'unités militaires, les hommes et les femmes d'Escort étaient redoutables. La conscience qu'ils avaient de leurs qualités leur assurait, dans les moments les plus difficiles, une sérénité leur permettant de rester à leur meilleur niveau. Fred s'en voulut d'avoir rêvassé à tant de choses, Charles disait toujours :

« Ne relâchez jamais votre attention quand vous êtes en mission, concentrez-vous sur celle-ci ; le quart de seconde dont vous aurez besoin pour vous remettre dans l'action peut vous être fatal. Vigilance, plus concentration, plus vigilance, font votre sécurité. »

Ensemble, ils marquèrent un temps d'arrêt imperceptible pour d'éventuels observateurs : une imposante limousine remontait la rue lentement… Rien ne justifiait son allure. Anne et Fred repérèrent une grosse voiture quelques mètres plus loin offrant un meilleur abri que la Renault 4 au niveau de laquelle ils se trouvaient.

« On s'arrête ; fais semblant de me prendre dans tes bras et surveillons-les. À la première alerte, on se jette à terre, on sort les armes. Tu commences les cibles à droite, moi à gauche.

- Ils ralentissent, la vitre arrière droite vient de se baisser ; on plonge dès qu'on aperçoit une arme. Regarde-les toi aussi maintenant. »

Comme s'ils étaient seulement intrigués par cette voiture qui ralentissait en passant à leur niveau, les deux pseudos amoureux virent surgir le canon d'un pistolet-mitrailleur. Ils n'attendirent pas d'identifier l'arme pour plonger à terre en même temps que celle-là commençait à cracher ses projectiles mortels les manquant heureusement de justesse. La grosse limousine s'était arrêtée une vingtaine de mètres plus loin ; les tueurs n'avaient sûrement pas encore imaginé que les cibles qu'ils venaient de rater n'étaient pas Laure et un de ses amis ou clients. Le porteur du pistolet-mitrailleur ouvrit sa portière et sortit de la voiture sans précaution, persuadé qu'il allait lui suffire d'arroser le trottoir pour en finir. Cette erreur allait lui être fatale, Anne et Fred, au lieu de partir en courant comme l'auraient sans doute fait Laure et un quidam quelconque s'étaient relevés rapidement en sortant leurs armes.

« À moi, murmura Anne.

- On ne bouge pas : laissez tomber votre arme et levez les mains en l'air ! »

Ce n'était décidément pas le jour de chance du malfrat ; il prit la mauvaise décision, celle de tirer dans la direction de la voix féminine qui venait de l'interpeller. Beaucoup trop bas pour pouvoir inquiéter Anne et Fred bien abrités derrière leur bouclier improvisé. Soudain l'homme s'écroula, il n'entendrait jamais le bruit assourdissant du Colt 45 d'Anne dont l'énorme balle de 11.43 venait de lui faire exploser le cerveau comme une citrouille trop mûre. Cette fois, les tueurs auraient dû comprendre, soit que Laure n'était pas seule mais bien accompagnée, soit qu'ils s'étaient trompés de cible.

La voiture partit dans un grand crissement de pneus, ils ne tentèrent pas de récupérer leur complice. Une centaine de mètres plus loin toutefois, profitant d'une rue perpendiculaire, ils firent demi-tour, cette fois à grande vitesse. Anne s'était installée au milieu de la chaussée, leur faisant face, les jambes écartées, les attendant bras tendus sur le Colt 45 braqué dans leur direction. Sous-estimant une fois de plus leurs adversaires, les tueurs fonçaient sur Anne debout face à eux, Fred avait mis un genou à terre et soigneusement visait l'un des pneumatiques avants de la voiture. La voiture des tueurs tentait de zigzaguer sur la chaussée. Arrivés à une trentaine de mètres d'Anne ils appuyèrent encore un peu sur l'accélérateur bien décidés à la réduire en charpie.

Charles voyait le temps passer lentement, très lentement. Il avait bien du mal à se concentrer sur la mission en cours. La Koweïtienne avait déjà acheté la moitié des modèles proposés par le grand couturier chez qui ils avaient fait escale en fin d'après-midi. À l'heure de la fermeture, étaient restés, outre le directeur de l'établissement, la responsable des ventes et toutes sortes d'employées qui s'évertuaient en coulisse à raccourcir par ci, à rétrécir par là, à rallonger par ailleurs pour répondre aux moindres désirs de leur richissime cliente. Charles était resté dans un salon avec le directeur. Kiki était venue lui donner des nouvelles :

« Elle essaie tout ; si ça continue, on y est encore à deux plombes du matin.

- Je dois la reconduire à l'hôtel pour 22 heures, alors dis-lui de s'arracher un peu ; dis-lui que j'ai une mission importante derrière...

- OK, je vais transmettre.

Oh ! Tu sais, dommage pour toi que tu ne puisses être avec nous, elle est drôlement bien foutue la gonzesse !

- C'est la chérie d'un roi du pétrole, lâcha Charles désabusé. »

Depuis le bureau du directeur, Charles avait téléphoné plusieurs fois rue de La Pompe. Personne n'avait de nouvelles, ni d'Anne, ni de Fred. Charles avait une très grande confiance en ses collaborateurs, il les savait parfaitement formés pour remplir les missions les plus difficiles. Il connaissait leur professionnalisme, leur très haut degré de préparation ; ils étaient les meilleurs et les mieux entraînés. Mais...

Un jour, il faudrait bien qu'il y ait un accident, une paille dans l'organisation, une minuscule erreur suivie d'une autre engendrant une catastrophe. Il avait déjà vu tomber plusieurs de ses hommes, un autre chef d'unité aussi quand il servait sous l'uniforme des commandos Hubert. Pourtant, ceux-ci étaient bien l'élite de l'élite...

Charles avait beau se raisonner, rien n'y faisait. Il n'était pas surpris, il savait que jamais il ne pourrait risquer la vie de ses femmes et de ses hommes sans être tourmenté. C'était peut-être une faiblesse ; était-il vraiment fait pour commander ? Il avait partiellement répondu quand il avait quitté l'armée : l'idée de ne pas pouvoir accompagner une mission de commando lui était insupportable. Faire prendre des risques sans les partager en première ligne, pour lui, c'étaient Gamelin en 1940 ou les politiques français gérant la crise d'Indochine ou plus tard celle d'Algérie.

Le téléphone sonna dans le bureau du directeur et celui-ci lui passa l'appareil, Charles eut une bouffée d'adrénaline. C'était Pablo :

« Je viens d'arriver ici ; Fred vient d'appeler, ils vont bien, mais je crois qu'il y a eu du grabuge... »

La rue de Laure à Colombes, éclairée par les projecteurs des voitures de pompiers, avait été bouclée à la circulation. Les voitures de police, faisant feu de tous leurs gyrophares et clignotants, ajoutaient à la confusion. Des policiers frappaient aux portes des immeubles de la rue pour trouver des témoins. Certains s'exprimaient déjà abondamment :

« J'allais secouer ma nappe par la fenêtre quand tout a commencé ; j'ai vu la voiture arriver, ralentir à la hauteur du couple d'amoureux qui se bécotaient. Je ne sais pas comment ils ont fait, mais ils ont plongé à terre juste avant que la mitraillette ne se mette à cracher. Le véhicule s'est arrêté environ vingt mètres plus loin ; le passager arrière est descendu avec son pistolet-mitrailleur. La jeune femme lui a demandé de déposer son arme ; il a recommencé à tirer en direction des deux passants. Il s'est écroulé après qu'un coup de feu a été tiré par un des deux promeneurs. J'ai cru lorsque la voiture est repartie en abandonnant leur mort qu'ils s'enfuyaient. Mais ils sont allés faire demi-tour au croisement suivant et sont revenus à toute allure. D'où j'étais, je voyais bien que le passager avant avait sorti un revolver et qu'à l'arrière gauche une mitraillette était dirigée vers les deux piétons. La jeune femme les attendait au milieu de la route braquant un pistolet en leur direction. L'autre était accroupi près d'une voiture en stationnement. Ils ont atteint ou le conducteur ou un pneu car la voiture a fait une embardée violente avant de partir en tonneaux. La jeune femme et son compagnon n'ont dû qu'à la rapidité de leurs réflexes de ne pas être victimes du carambolage qui s'est ensuivi. La voiture est restée immobile quelques secondes, on avait l'impression que personne ne bougeait dedans ; et puis, en moins d'une seconde, le feu s'est déclaré, embrasant la voiture accidentée, puis les voitures à côté de celle-ci. Police secours est arrivé à peine dix minutes plus tard ; nous, nous n'avons pas le téléphone, ce sont sûrement des voisins qui ont dû les alerter. »

« Fred, tu vas chez Laure, je m'occupe de nos anciens collègues. »

Lorsque la première voiture de police était arrivée, Anne s'était adressée au chef de la patrouille :

« Anne Lafont, brigadier. Permettez-moi de vous remettre ceci. »

Le brigadier lut attentivement le papier qu'Anne avait extrait de la poche intérieure de la veste de son tailleur puis la salua poliment.

Les policiers avaient sorti deux extincteurs de leur voiture mais c'était insuffisant pour maîtriser l'incendie qui maintenant s'étendait à une dizaine de véhicules. Ce n'est qu'avec l'arrivée des pompiers quelques minutes plus tard que le feu put enfin être maîtrisé. Les policiers avaient d'abord isolé le cadavre du premier tireur, celui qu'Anne avait envoyé rejoindre ses ancêtres d'une seule balle en pleine tête. Ils trouvèrent ensuite un autre cadavre crispé sur sa MAT49[24] après avoir été éjecté de son véhicule. Plus tard, les pompiers avaient extrait les cadavres carbonisés du chauffeur et celui du dernier tireur ; l'un toujours crispé sur son volant, la tête éclatée par une balle du Colt 45 d'Anne, l'autre recroquevillé sur son pistolet-mitrailleur.

Fred était revenu bredouille ; Laure n'était pas chez elle.

Un commissaire de police de permanence était arrivé sur les lieux. Il paraissait furieux d'avoir été dérangé. Il lut le papier tendu par Anne, puis le relut à voix haute comme s'il n'était pas sûr d'avoir bien compris à la première lecture.

« Mademoiselle Anne Lafont, dans l'exercice de ses fonctions au sein de la société Escort domiciliée rue de la Pompe à Paris XVI°, peut-être conduite à requérir l'aide de la force publique. Signé : Le Premier ministre.

- Vous êtes Mademoiselle Lafont ?

- En effet. »

L'homme était vraiment antipathique, mais l'important n'était pas là et Anne se mit à lui raconter le pourquoi de leur venue dans le quartier et le détail de la fusillade. Elle s'interrompit soudain, comme fascinée par ce qu'elle voyait. Elle se mit à suivre des yeux une silhouette discrète sur le trottoir, en face de l'endroit où elle se trouvait. Puis sans crier gare, elle se mit à courir de toutes ses forces vers la personne en question :

« Laure ! »

Anne regretta tout de suite d'avoir interpellé son sosie qui se mit à courir à son tour pour lui échapper. C'était trop bête, un complice des tueurs pouvait être masqué dans la foule et abattre la jeune prostituée.

Laure courait de toutes ses forces droit devant elle, elle ne savait pas pourquoi, elle ne réfléchissait pas. Elle était arrivée dans sa rue et avait pu franchir le barrage de police en exhibant sa carte d'identité attestant que son domicile était bien ici. Pas un instant elle n'avait

---

[24] Pistolet mitrailleur français produit par la Manufacture d'Armes de Tulle jusqu'à la fin des années 1990.

songé être la cause de tout ce remue-ménage bouleversant ce coin tranquille de Colombes. Et puis, le cri d'Anne l'avait glacée ; elle ne savait pas qui avait poussé ce cri, mais elle était certaine que la personne qui courait derrière elle et qui semblait gagner du terrain à chaque foulée qu'elles faisaient devait l'attendre depuis un moment, la guetter. Elle allait la rattraper, la tuer sans doute. Mais la fille du harki était courageuse ; elle avait dans sa poche un couteau à cran d'arrêt qu'elle ne quittait jamais. Elle savait qu'un jour ou l'autre, un client, son mac ou un de ses sbires s'en prendrait à sa vie. Elle n'aurait jamais dû faire confiance à ce Fred avec qui elle avait passé la nuit précédente. Elle avait pourtant ressenti quelque chose pour lui, quelque chose d'indéfinissable qui lui avait sans doute fait commettre l'erreur fatale de se confier à lui, de lui dire des secrets mortels. Elle allait mourir : mais elle allait mourir courageusement, les armes à la main, comme son père. Elle allait laisser sa poursuivante la rattraper petit à petit, puis lorsqu'elle la sentirait près d'elle, elle se retournerait d'un seul coup et lui planterait son couteau dans le ventre, puis le retirerait, puis le replanterait et ce, elle le répéterait jusqu'au bout de ses forces.

Enfin libérés de leur cliente du Golfe qu'ils avaient escortée à son hôtel, Charles, Valérie et Kiki fonçaient vers Colombes. Charles venait d'avoir Pablo sur son téléphone de voiture ; celui-ci lui avait répété qu'Anne et Fred s'étaient bien tirés d'une très mauvaise situation, qu'il y avait eu pas mal de casse. Mais il n'avait aucune nouvelle de Laure et ceci tourmentait Charles. Si les hommes du *Frisé* retrouvaient la jeune femme avant eux, elle était perdue.

Les pas de sa poursuivante se faisaient de plus en plus proches ; Laure fit brutalement volte-face, une manœuvre qui déconcerta Anne emportée par son élan. Face à elle, Laure remarqua que son adversaire portait un chemisier blanc sous une veste de tailleur qui bâillait aux quatre vents exhibant un holster dans lequel reposait un énorme pistolet. Pas de doute, cette femme était là pour la tuer ; Laure visa la peau du ventre de son adversaire entre deux boutons du chemisier avec le couteau qu'elle venait de faire jaillir de sa main. En même temps, elle regarda son ennemie dans les yeux pour la première fois et ce qu'elle vit la paralysa : elle crut se voir dans un miroir. Une fraction de seconde, elle hésita…

Anne avait eu tout le temps de désarmer Laure et de la faire rouler à terre sous elle ; une voiture venait de s'arrêter à leur hauteur dans un grand crissement de pneus. Anne entraîna Laure jusqu'au bord du trottoir tout en dégainant son Colt 45 bien décidée à vendre chèrement sa peau.

« Anne ? Laure ? »

Anne fut heureuse de reconnaître la voix de Charles, elle s'accrocha à Laure de toutes ses forces ; elles étaient sauvées, il ne fallait surtout pas laisser s'échapper son double.

« Oui Charles, nous sommes ici… »

Fred venait d'arriver, lui aussi, à grandes enjambées ; le blouson grand ouvert laissait voir un holster qui abritait son volumineux 357 Magnum. Laure était abasourdie, paralysée ; l'attitude amicale d'Anne, puis celle de Charles, de Valérie et de Kiki avaient calmé son épouvante. Lorsque Fred s'approcha d'elle en lui ouvrant les bras, elle en fit autant et s'écroula en larmes sur son épaule.

« Mon Dieu, lui dit Fred, tu sais que tu nous as fait très peur… »

Dans la voiture de Charles, ils revinrent jusque devant l'appartement de Laure, là où les pompiers arrosaient encore les carcasses fumantes des voitures et où la police scientifique relevait consciencieusement tous les impacts de balles.

Assise sur le bord du trottoir, Laure paraissait totalement résignée.

« Un jour, ils m'auront, j'ai parlé, ils s'en doutent, je suis sans illusion.

- Si j'étais seul avec toi, tu aurais peut-être raison. Nous tous, les collaborateurs d'Anne et de Charles serons solidaires pour te défendre aussi longtemps qu'il le faudra. Nous nous en doutions, nous venons de le vérifier : tu es en danger de mort. Nous sommes venus pour te protéger et pour te mettre à l'abri chez nous. »

Laure regardait l'homme que Fred avait désigné comme étant son chef. Elle le regarda dans les yeux ; elle les baissa immédiatement, puis les releva ; ceux de l'homme en noir étaient toujours fixés sur elle. Mais il y avait dans ce regard quelque chose qu'elle n'avait encore jamais rencontré dans aucun autre regard : une expression de force sereine mais aussi de bonté et de générosité. Du plus profond d'elle-même, comme jamais auparavant, elle ressentit qu'elle devait lui faire confiance ; si cet homme n'était pas sa providence, mieux valait mourir.

Après avoir récupéré chez elle tout ce qui avait un peu de valeur, ils se rendirent à La Bergerie où elle allait devoir rester tout le temps que la bande du *Frisé* ne serait pas sous les verrous ou tant que *Le Frisé* n'aurait pas signé un accord la libérant.

Fred était rentré chez lui après avoir avoué à Laure qu'il vivait avec une dame qui était son épouse et la mère de ses deux enfants. Laure l'embrassa chaleureusement sur les deux joues :

« Si les putes n'avaient que des célibataires comme clients, elles pointeraient toutes au Secours Catholique ! »

Laure n'avait manifestement aucune envie de fausser compagnie à ses nouveaux compagnons, surtout après qu'ils lui eussent expliqué ce qu'ils avaient prévu pour elle et les mesures de protection dont bénéficiait La Bergerie. Elle dit à Charles qu'elle craignait pour la sécurité de sa mère ; il la rassura, dès le lendemain matin il la ferait conduire en lieu sûr, en attendant de lui trouver une place dans une maison de retraite sécurisée.

Valérie passa, à son tour, accompagnée de Kiki.

« Ça va la nouvelle *coloc* ?

- Oui, vous êtes formidables…

- Tu es très gentille, nous sommes heureux que tu sois maintenant en sécurité parmi nous…

- Croyez-vous qu'on pourra retourner chez moi demain ?

- Tu as oublié quelque chose d'important ?

- Mon ours en peluche. Oh ! C'est un très vieil ours en peluche, mais c'était un cadeau de mon père, le seul cadeau qui me reste de lui ! Je ne l'ai jamais quitté.

- Tu viens Kiki ?

- On y va !

- Où allez-vous ? demanda Laure qui n'en croyait pas ses oreilles.

- Chercher l'ours en peluche de ton papa… »

« Non, il ne faut pas ! S'ils vous attendaient là-bas ? »

Laure avait crié si fort que Charles était entré dans la chambre. Valérie lui expliqua en trois mots :

« Vous avez oublié l'ours en peluche de Laure, c'était le dernier cadeau de son père… Je vais le chercher avec Kiki.

- Je viens avec vous… Ce serait rigolo qu'ils nous attendent sur le pas de la porte. N'oubliez pas les munitions les filles… »

Anne était arrivée à son tour et Charles lui avait expliqué pourquoi il avait décidé de ressortir avec Valérie et Kiki. Elle s'était assise au bord du lit de sa presque jumelle et tentait de calmer ses pleurs.

« Ne t'inquiète pas pour eux ; Charles ou Valérie auraient même pu y aller tout seul. Alors dis-toi qu'ensemble et en compagnie de Kiki, même si toute la bande du *Frisé* les attendait, ils leur feraient passer un très mauvais moment. »

Laure ne voulut pas tenter de s'endormir jusqu'au retour de Charles, Valérie et Kiki.

« Laure, il faut que tu saches que Valérie a perdu sa maman quand elle était très petite, je crois qu'elle avait deux ou trois ans. Son père l'a élevée, à sa manière à lui, et puis il est mort quelques semaines avant ses dix-huit ans. C'était une sorte de poète ; il avait été tailleur de pierre et puis sculpteur. Il n'a jamais beaucoup vendu de sculptures, mais il jouait aussi à la pétanque. Et à la pétanque, c'était un immense virtuose ; avec l'équipe qu'il avait formée chez lui à Saint-Tropez, il a été plusieurs fois champion du monde. Là-bas, ils l'appelaient : *Le Mozart des boules*. Il a légué à Valérie cette fraîcheur et cette honnêteté qui font son charme, mais il lui a aussi légué sa prodigieuse adresse ! Après le décès de son père, elle était tellement seule au monde qu'elle a décidé de s'engager pour être parachutiste. Huit ans après, c'est-à-dire il y a deux ans, elle est arrivée chez nous après une année de petits boulots et de galère… Aller chercher ce soir l'ours que t'a offert ton père, pour Valérie, c'est la chose la plus naturelle du monde. Peut-être que si tu lui avais dit avoir oublié ton portefeuille avec de l'argent dedans, elle t'aurait dit :

On va se coucher tranquillement et on ira demain…

- C'est la copine de Charles ?

- Non, Charles n'a jamais de copine dans la société. De plus, il trouve que c'est incompatible de fonder un foyer, d'avoir des enfants et de faire un métier aussi dangereux que le nôtre. Et Valérie prétend être attirée par les femmes. En fait, nous ne lui connaissons aucune liaison ; elle est excessivement discrète sur sa vie privée. »

Laure était suffoquée par tout ce qui lui arrivait depuis quelques heures, depuis qu'Anne s'était mise à courir après elle dans la rue.

« Et dire que j'aurais pu vous tuer, j'en avais vraiment l'intention…

J'avais fixé la peau de votre ventre, juste au-dessus de la ceinture, là où j'allais planter mon couteau. Mais quand j'ai regardé votre visage, j'ai cru voir le mien et j'ai hésité…

- Quand on est en danger de mort et qu'on veut tuer pour se protéger, il ne faut jamais hésiter. Sinon, c'est l'adversaire qui prend le dessus…

- Dieu soit loué ! »

Laure était tombée contre Anne ; elle était secouée de spasmes et pleurait à chaudes larmes. Lorsque les spasmes se muèrent en convulsions, Anne s'inquiéta un peu ; elle prit son sosie dans ses bras comme elle l'aurait fait pour un enfant. Petit à petit les convulsions s'espacèrent, les larmes cessèrent de rouler sur les joues de Laure.

« Je dois avoir l'air d'une folle, je vais me donner un coup d'eau… »

Anne l'avait attendue, songeuse, assise au bord du lit.

Laure revint au moment où Charles, Valérie et Kiki rentraient de leur expédition avec son ours en peluche. Charles et Kiki portaient chacun un ballot constitué d'un drap noué aux quatre coins et qui semblait assez lourd.

Valérie tendit l'ours à Laure qui se remit à pleurer en se jetant dans les bras de la grande blonde. Les yeux de Valérie, d'habitude si verts, rougirent un peu. Personne n'osait rien dire jusqu'à ce que Laure eût lâché entre deux sanglots :

« Merci mon Dieu, jamais je n'ai eu autant de chance dans ma vie. »

Anne qui était agnostique trouva bizarre que l'on puisse invoquer Dieu aussi souvent et être fille de joie. Charles, qui avait une bien meilleure culture religieuse que son bras droit, se souvint que Jésus avait embrassé Madeleine la pécheresse.

« Les filles ont cru utile que nous en profitions pour faire un déménagement un peu plus complet ; nous avons pris les draps de votre lit et nous y avons fourré tous les habits que nous avons trouvés, des produits de toilette et les parfums. En attendant de pouvoir y retourner.

Anne, as-tu expliqué à notre invitée les règles du jeu ici à La Bergerie ?

Laure, j'espère que vous avez compris que vous n'êtes pas du tout séquestrée dans nos locaux tout en l'étant. Vous êtes ici en sécurité totale, à une condition : celle de ne pas tenter de sortir dans la rue.

Tôt ou tard les choses évolueront, ou *Le Frisé* se fera raisonnable et acceptera de vous libérer, ou il finira par tomber sous les coups de ses semblables ou dans les filets de la police. Est-ce que ce que je viens de vous dire vous paraît raisonnable, acceptable ? »

Laure vivait depuis longtemps dans un état de captivité bien plus contraignant que celui-ci.

« Je vous l'ai dit tout à l'heure : je suis persuadée que pour la première fois de ma vie, j'ai beaucoup de chance. Je ne sais pas si un jour je pourrai vous remercier assez... »

Elle se jeta cette fois dans les bras de Charles en pleurant à nouveau...

Valérie trouvait que la journée se terminait fort bien :

« Mes enfants, je me permets de vous rappeler que nous travaillons demain et que si nous restons ici à nous embrasser, nous allons avoir de sales gueules au boulot : les traits tirés, comme dirait Charles...

- Oui, demain, nous allons interviewer le souteneur de Laure pour voir s'il sait se montrer raisonnable. »

Charles s'adressa alors à Laure :

« D'après vous, qui devons-nous rencontrer et où ?

- Le chef en théorie, c'est *Le Chevalet* ; je crois que lui a déjà accepté de rendre des filles, mais contre un gros paquet d'oseille. J'ai déjà mis un petit peu d'argent de côté, mais sûrement pas assez. Et puis *Le Frisé* me considérait comme sa chose ; je doute qu'il soit d'accord, il préférerait me tuer de ses propres mains. Leur quartier général, c'est le Café Gauguin à Colombes ; il appartient au *Chevalet*, mais c'est le frère du *Frisé* qui le gère.

- OK, merci. Nous en savons assez pour aller leur dire bonjour et pour nous présenter poliment demain à l'heure de l'apéritif...

- Ne commettez pas d'imprudences, ils sont complètement malades, et toujours prêts à tirer sur n'importe qui, même sur des flics. »

Prenant Valérie par l'épaule, et exhibant le pistolet rangé dans le holster de la grande blonde, Charles répondit :

« Ne vous inquiétez pas Laure, je prendrai mon contre-torpilleur avec moi, cette femme est encore beaucoup plus redoutable qu'elle n'y paraît ! »

Les choses se compliquent

Samedi 1er juin 1985

En fin de matinée, Charles et Valérie avaient quitté les bureaux de la rue de la Pompe ; Laure ne pouvait s'empêcher d'avoir peur.

Anne était remontée à la Bergerie un peu plus tard. Un bruit d'enfer l'accueillit, qu'elle identifia rapidement comme étant celui d'un aspirateur. Elle trouva tout de suite l'aspirateur et son utilisatrice. Assourdie par le bruit de sa machine, Laure n'avait pas entendu arriver Anne ; juste vêtue d'un chemisier, elle s'agitait comme une forcenée. Elle remuait les meubles, passait sous les lits, une vraie tornade ! Anne parvint enfin à se faire entendre ; Laure sursauta, paniquée, puis après s'être retournée vers l'intruse dont l'arrivée venait de la terroriser, s'excusa de sa réaction :

« Excusez-moi Anne, mais je n'ai pas encore l'habitude du bonheur d'être en sécurité.

- Je suis montée prendre un café avec vous…

Laure, personne ne vous a demandé de faire le ménage ici et personne ne vous le demandera jamais. Charles serait furieux s'il pouvait imaginer que je vous aie laissée faire !

- J'ai cru rendre service…

- Charles vous l'a dit, nous allons vous donner du travail très rapidement au bureau en bas si vous le désirez et vous serez payée comme tout le monde ici, c'est-à-dire plutôt pas mal pour un travail normal. »

Anne venait de commettre une gaffe qui pouvait blesser Laure :

« Enfin, par rapport aux équipes qui vont sur le terrain, c'est évidemment beaucoup moins ; mais les risques ne sont pas les mêmes. »

Laure avait très bien compris la bévue d'Anne et son souci de la rattraper ; elle savait qu'Anne n'avait pas voulu être désagréable. Elle décida d'en rajouter :

« Je le comprends d'autant mieux que je n'ai plus envie de risquer de ramasser le sida en vivant allongée ; plutôt trimer debout avec le mal au dos ! Je ne m'ennuierai jamais avec vous. »

Elle semblait tellement sincère qu'Anne la serra dans ses bras et l'embrassa longuement sur les deux joues.

« J'aurais voulu m'habiller un peu mieux ce matin, mais vraiment, je n'ai trouvé que des fringues de pute qui soient propres et repassées ; il va falloir que je cherche dans les affaires qui se trouvent dans les ballots ramenés hier soir par Charles et Kiki. J'y ai sûrement quelques jeans et t-shirts corrects ; j'ai vu qu'il y avait tout ce qu'il fallait pour faire la lessive ici : vous êtes super-bien équipés.

- Tu peux aussi prendre dans mes affaires ; tu vas dans ma chambre et tu te sers ; ce qui me va, doit t'aller. Tiens, viens, suis-moi… »

Anne se rendit compte que spontanément, elle avait tutoyé son sosie comme elle l'avait déjà fait la veille alors que celle-ci la vouvoyait encore :

« Si tu en es d'accord, on pourrait se tutoyer ; ici, nous avons l'habitude de nous tutoyer. »

Le placard dans le fond de la chambre d'Anne était une véritable caverne d'Ali Baba, à ceci près qu'il ne s'agissait pas d'objets volés ! Laure était émerveillée devant cette abondance de beaux vêtements :

« C'est à toi tout ça ?

- Oui ; tu peux y prendre ce que tu veux. Valérie et Kiki te prêteraient bien les leurs également, mais les vêtements de Valérie te seraient beaucoup trop grands et ceux de Kiki un peu petits.

Laure avait sorti un tailleur gris clair qu'elle observait avec attention. Elle tomba en arrêt sur la griffe :

« Putain ! Oh pardon ! C'est un vrai ?

- Imagines-tu Charles nous laissant acheter de la contrefaçon ? À force d'accompagner nos clientes étrangères chez les grands couturiers, nous avons lié des relations bien utiles…

- Vous avez l'air d'aimer ça les tailleurs-pantalons !

- Pour notre métier, c'est plus pratique que les robes longues ! »

Charles et Valérie avaient vite trouvé le café « *Le Gauguin* » à Colombes. Le Beretta 92 bien à sa place dans le holster, les deux compères entrèrent poliment. La salle, de taille moyenne, ne respirait ni la propreté ni l'abondance. Trois individus patibulaires étaient assis au bar discutant avec deux autres tout aussi peu engageants qui se trouvaient, eux, derrière le bar. Au fond de la salle un vieux juke-box serinait une chanson de Johnny. Assis à califourchon sur une chaise, un homme sans âge bien définissable faisait face à un chevalet. Sur la toile, il s'évertuait à reproduire une carte postale tenue par un fil de fer.

« Bonjour Messieurs ! »

Les six occupants du Café Gauguin tournèrent la tête vers les nouveaux venus. Charles et Valérie n'étaient manifestement pas le genre des habitués de l'établissement : trop élégants, trop propres, trop classe ! Seul le type assis devant son chevalet grommela un bonjour rendu inaudible par la voix de Johnny hurlant depuis son juke-box.

« Vous désirez ? »

L'un des deux individus debout derrière le bar s'était quand même adressé à eux.

« Un Perrier menthe, lui répondit Valérie.

- Un Perrier rondelle, lui répondit Charles. »

Leur tenue les avait rendus suspects dès leur entrée, leur commande en avait fait des ennemis ! Savoir provoquer l'adversaire, c'était parfois de bonne guerre. Et Valérie se disait que si ces six-là voulaient la guerre, ils n'allaient pas être déçus ! Elle se pencha vers Charles comme si elle souhaitait lui susurrer quelques mots doux à l'oreille :

« Le second devant le comptoir, ce serait bien le fameux *Frisé*.

- Je ne prends pas ce pari, lui répondit Charles. »

Le barman avait dédaigneusement jeté plutôt que servi les deux boissons sur l'extrémité du bar où se trouvaient Charles et Valérie.

« Ça fait douze Francs. »

Charles mit vingt francs dans l'assiette qui contenait la note. Valérie s'était assise à l'extrémité droite du comptoir, elle faisait face à la porte et pouvait surveiller toute la salle.

« Excusez-moi Messieurs, mais connaîtriez-vous celui que l'on nomme *Le Chevalet* ? »

Charles avait parlé de sa voix la plus douce et la plus polie comme s'il avait demandé le chemin de la mairie ou du stade mais, curieusement, sa phrase parfaitement anodine avait fait l'effet d'une explosion sur les cinq occupants du comptoir. Seul, le pseudo-peintre, était resté sans réaction apparente. Charles était sûr d'avoir mis dans le mille ; les indications de Laure se révélaient parfaitement exactes.

Valérie avait remarqué que l'un des deux personnages placés derrière le bar, celui qui semblait être le patron de l'estaminet avait le même profil, sinon les mêmes cheveux, que le type aux cheveux frisés.

« Il n'y a pas de *Le Chevalet* ici répondit le frisotté. Et puis, nous n'aimons guère les curieux chez nous. Si j'ai un bon conseil à vous donner, c'est celui de terminer vos consommations au plus tôt et puis de décamper toi et ta grande morue blonde. »

Charles eut peur une fraction de seconde que Valérie ne réagisse trop rapidement. Mais non, son équipière fit celle qui n'avait rien entendu. Charles quitta le comptoir pour se rendre près de l'homme qui faisait semblant de continuer à peindre.

« Par le plus grand des hasards, ne seriez-vous pas « *Le Chevalet* », celui que nous recherchons ? »

Derrière le comptoir, le voyou que Charles et Valérie avaient identifié comme étant le frère du frisé avait sorti un revolver et en menaçait Charles :

« On vous a dit de vous casser, vous n'avez pas compris ? »

Il y eut un coup de feu ; le type au revolver criait de douleur.

« Mon chef n'aime pas que l'on s'amuse avec des armes à feu quand il parle.

Le premier qui joue au con aura affaire à moi ! »

Tous, sauf Charles, s'étaient retournés vers Valérie. L'apparition d'une soucoupe volante ne les aurait pas stupéfaits davantage. Le type qui avait tenu le revolver paraissait souffrir du poignet, mais il ne saignait pas. La balle tirée par Valérie n'avait touché que le canon de son arme ; ils n'en croyaient pas leurs yeux.

« Vous considérez peut-être que c'est un hasard… »

Elle visa posément le lustre au plafond. Charles l'arrêta :

« Attends pour tout casser qu'ils aient été plus désagréables. »

Et il reprit à l'intention de l'homme au chevalet et du *Frisé* :

« Nous ne sommes pas des flics, nous ne cherchons pas la bagarre. Ce que nous voulons, simplement, c'est vous racheter Laure. Fixez-nous un prix raisonnable ; nous sommes prêts à payer.

- Il n'en est pas question, cria *Le Frisé*.

- Je crois que mon Chef n'a pas bien su se faire comprendre, lança Valérie, vous devriez baisser un peu votre bastringue là-bas. »

Le frère du *Frisé* se dirigea vers le Juke-box, en força le potentiomètre et répondit à Valérie :

« Viens le baisser toi-même salope ! »

Le Beretta 92 cracha une seconde balle qui vint se loger en plein milieu de la prise électrique alimentant le gros tourne-disque au milieu d'une gerbe d'étincelles et Johnny cessa de s'égosiller et de philosopher sur les problèmes de sa gueule.

« J'aime bien que l'on soit poli avec moi. Ça ne coûte rien de dire « *bonjour Madame* », « *merci Madame* » ou « *oui Madame* ». Par contre, c'est vrai que je n'aime pas trop que l'on me dise « *Non Madame* ». Et si tu ne veux pas comprendre les bonnes manières, je te garantis que je te plombe la gueule. Il me reste treize coups à tirer. Maintenant, *les arapèdes*[25] *de comptoir*, vous répondez poliment à mon chef, sinon je pourrais cesser de sourire et m'énerver pour de bon. »

Le Beretta toujours en alerte, Valérie tenait en respect les cinq malfrats en face d'elle. Ils devaient avoir compris qu'ils n'étaient pas de taille à lutter et ceci n'atténuait en rien leur aspect sinistre.

« Après ce divertissement offert par ma coéquipière, pouvons-nous reprendre une discussion sérieuse ? Combien pour la liberté de Laure ? »

Le Chevalet se hasarda à répondre :

« Mais que voulez-vous faire d'elle ? La mettre sur le trottoir ? Où ? Pour le compte de qui ?

- Nous l'avons sortie du trottoir, nous n'allons pas l'y remettre. Nous avons besoin d'une jeune femme qui soit le sosie parfait d'une de mes collaboratrices ; c'est tout.

- Pour faire un coup ? »

C'était *Le Frisé* qui avait posé la question.

« En quelque sorte…

- Un gros paquet de blé à la clef ?

- Pas mal en effet, mais c'est parfaitement légal, honnête et à peu près sans danger… »

- C'est une poule à moi celle-ci ; je veux bien vous la prêter et on partage l'oseille, mais vous me la rendez après.

- Je crois que vous ne m'avez toujours pas très bien compris ; je vais donc reformuler mon offre différemment. »

---

[25] Nom provençal de la bernique, ou chapeau de chinois, coquillage qui reste collé aux rochers. Son nom scientifique est « Patella vulgata ».

Laure était comme une gamine lâchée dans un magasin de poupées, elle sortait les tenues d'Anne les unes après les autres, palpant l'étoffe, examinant tous les détails de la finition, s'exclamant sans cesse devant leur élégance, leur qualité, leurs griffes prestigieuses.

Elle avait ressorti le tailleur qu'elle avait remarqué en premier.

« Essaye-le, s'il te plaît. »

Laure ne se le fit pas dire deux fois ; ses yeux, qui brillaient comme des étoiles dans le ciel, témoignaient de son ravissement. Anne aurait voulu que cet instant n'ait pas de fin ; elle percevait le bonheur de la jeune prostituée comme sa propre félicité. Elle en était bouleversée ; elle se dit que décidément, elle avait bien fait de rester avec Charles et son équipe. Pourtant, quelque chose lui disait que la protection de cette fille allait être dramatique. Les intuitions, Anne connaissait et celle-ci lui faisait peur.

« Ouah ! J'ai presque l'air classe comme ça.

- Tu es superbe en effet, et avec des chaussures, tu serais classe comme tu dis.

En principe, si Charles et Valérie ne rentrent pas trop tard, nous irons déjeuner dans un petit restaurant presque en face dans la rue de la Pompe. Tu devrais commencer à te préparer au lieu de passer l'aspirateur ! »

« Nous avons bien compris que vous ne souhaitiez pas de gaîté de cœur vous séparer de Laure. Mais Laure n'a pas l'intention de retourner chez vous ; surtout après le feu d'artifice d'hier soir à Colombes. Suis-je assez clair cette fois ?

Elle ne rentrera jamais chez vous !

Je vous rachète Laure, je vous paie en espèces sonnantes et trébuchantes et vous vous engagez solennellement à la laisser vivre sa vie tranquille. Ensuite, moi je ne vous connais plus, ni vous ni aucun de ceux qui sont ici ce matin. Mais si jamais vous rompiez le pacte, j'en prends l'engagement, aucun de vous ne survivrait longtemps à une agression contre elle. »

Personne ne soufflait mot ! Charles avait parlé calmement et doucement après avoir baissé ses Ray Ban ; il avait regardé chaque protagoniste dans les yeux. Il avait remarqué que seul *Le Frisé* avait soutenu son regard quelques secondes. Mais personne n'ouvrit la bouche pour lui répondre.

« Est-ce votre dernier mot, lança Valérie ?

Hier soir, on vous a mis *quatre à cherche*[26] ; ne nous obligez pas à recommencer. Vous pourriez devoir *embrasser le derrière de Fanny*[27] avant longtemps. »

Le voisin du *Frisé* crut bon d'interpeller Valérie :

« Hé ! Connasse de mes deux ! Si tu n'avais pas ton flingue, tu ferais sans doute moins ta bêcheuse. »

Valérie avait ostensiblement rangé son pistolet dans son holster avant de se lever de son tabouret et de se diriger vers le groupe des trois voyous. Le frère du *Frisé* parut avoir l'intention de se baisser derrière le comptoir. La balle du Beretta de Charles vint faire exploser le verre qu'il tenait à la main :

« Pas de bêtise, je vous en prie, je ne suis pas manchot non plus. Mon équipière a un petit différent à régler avec votre voisin *Le Frisé* ; celui qui chercherait à s'en mêler aurait affaire à moi ! »

Valérie s'était approchée du voisin du *Frisé* en veillant bien à ne pas gêner un éventuel tir de protection de Charles. *Le Frisé* avait esquissé une obstruction pour protéger son lieutenant :

« Pas touche à mes hommes ! »

Pas du tout le genre d'objection susceptible d'intimider Valérie.

« Toi, mêle-toi de tes affaires, sinon, celle que tu as qualifiée de grande morue blonde, va te mettre en pièces détachées. »

Elle était passée devant lui sans même tourner la tête avant de s'adresser à nouveau à son second.

« Et bien, bouffon ! J'ai posé mon flingue, qu'as-tu à me dire ? N'aie pas peur de la dame, approche-toi gentiment, comme un grand, comme si tu en avais… Ne me regarde pas avec ces yeux de gobi[28]. »

Le silence était total dans le Café Le Gauguin. Heureusement, les visiteurs en étaient rares, même à l'heure de l'apéritif. Ce QG de malfrats et de proxénètes n'avait que ceux-ci comme clients. Charles se convainquit que ce bar n'était qu'une façade destinée à blanchir de l'argent. Celui qui avait interpellé Valérie n'avait pas bougé de son tabouret, pas dit un mot. Il était devenu tout blanc depuis que Valérie s'était portée à sa hauteur.

---

[26] Expression des boulistes de Provence signifiant « quatre à zéro ».
[27] idem signifiant que l'on a perdu la partie sans marquer un seul point.
[28] Gobi : Petit poisson de la Méditerranée avec de gros yeux. « Regarder avec ces yeux de gobi » équivaut à dire : regarder comme un ahuri.

« Tu ne vas quand même pas te dégonfler face à une vulgaire gonzesse devant tes copains ? »

L'interpellé ne répondait toujours pas…

« Allons-y Valérie, je crois que tu n'en tireras rien, tu lui fais trop peur. *Le Frisé*, si j'ai un petit conseil à vous donner, trouvez des lieutenants un peu plus courageux si vous choisissez de nous faire la guerre. Si l'un de vous a la mauvaise idée de vouloir sortir derrière nous pour tenter un mauvais coup, je vous préviens, je le troue. Au revoir Messieurs, et réfléchissez bien à ma proposition. Valérie, laisse-leur notre carte pour qu'ils puissent nous téléphoner. »

Anne et Laure étaient descendues au bureau dès qu'elles avaient vu arriver Charles et Valérie. Fred et Kiki venaient également d'arriver d'un entraînement à la piscine.

« On se voit cinq minutes dans mon bureau pour le compte rendu de notre sortie au Gauguin et puis on va manger. »

Laure se retourna vers Anne, lui fit la bise et tourna les talons se dirigeant vers l'ascenseur de La Bergerie.

« Laure ! Charles aimerait sans doute que tu participes à la réunion…

- Que oui ! Nous devons identifier nos interlocuteurs de ce matin. Nous devrions avoir d'ici à quelques minutes les photos des zouaves que nous avons rencontrés. Valérie s'est donné beaucoup de mal pour distraire leur attention pendant que je les photographiais ! »

Charles et Valérie racontèrent leur visite au Café Gauguin. Ils n'avaient, ni l'un ni l'autre d'idée sur la décision que prendraient *Le Frisé* et *Le Chevalet*. Ce dernier avait-il seulement un pouvoir quelconque ?

« D'après ce que tu sais de lui, comment supposes-tu qu'il va trancher, demanda Fred à Laure ? »

Manifestement la jeune femme n'aimait pas se souvenir de cet homme, ni de lui, ni de tout ce qu'il avait représenté pour elle.

« J'y ai réfléchi pendant toute la nuit, depuis que vous m'avez annoncé votre intention d'aller les rencontrer pour racheter ma liberté. »

Regardant Fred droit dans les yeux elle lui dit :

« J'aimerais pouvoir vous aider d'une certitude, mais vraiment, vois-tu, je n'en ai pas. Est-ce la peur qu'il m'inspire qui fausse mon jugement ? Est-ce qu'au contraire, parce qu'il y a eu un moment où j'ai cru en lui et où j'ai été amoureuse de lui, que je le surestime ? Bien sûr, il se sent trahi, humilié devant ses hommes, mais cela fait bien longtemps qu'il n'y a plus rien entre nous que de la peur et de la haine. Je crois que je mourrais de honte si je devais vous raconter tout ce qu'il m'a fait endurer. Je t'en ai un peu parlé Fred ; je ne regrette pas de t'avoir fait confiance, sois en persuadé. Un jour, si j'arrive à guérir dans ma tête, je vous raconterai...

- Laure ? »

Charles avait retiré ses Ray Ban et la regardait droit dans les yeux. La jeune femme était hypnotisée ; elle en avait connu des hommes, des milliers qui l'avaient culbutée, qui l'avaient escaladée, qui avaient roulé sur elle, qui avaient cru la posséder. Elle avait regardé leurs yeux même parfois lorsqu'ils abusaient d'elle et qu'elle avait envie de les fermer, de les fermer pour toujours souvent. Mais jamais elle n'avait rencontré un tel regard. Il était comme un cobra, elle se sentait comme une caille attendant le bond fatal du reptile. Et puis en même temps, il se dégageait de ce regard une telle sincérité, une telle humanité qu'elle se sentit prête à s'offrir complètement à lui. Il ne la toucherait sans doute jamais, mais elle lui appartenait... de tout son esprit.

« Laure ? »

Perdue dans ses réflexions, Laure avait omis de répondre.

« Oh ! Je vous prie de m'excuser ! Oui Monsieur.

- Puis-je vous poser une question indiscrète ? »

Elle était prête à tout accepter de lui...

« Oui Monsieur... S'entendit-elle répondre.

- Comment se fait-il que vous tutoyiez Fred et que vous me vouvoyiez ? »

La jeune femme devint rouge comme une pivoine ; elle se tourna vers Fred comme pour lire une réponse sur ses lèvres. Fred était de la même couleur qu'elle !

« Sois gentil avec mon sosie Charles, elle n'est pas encore habituée à tes blagues. Si tu es jaloux de Fred, tu le licencies ou alors, tu demandes à Laure si elle accepte que tu la tutoies. Ensuite, si elle accepte, tu lui proposes à son tour de te tutoyer. Et si tu continues à mal te tenir, j'appellerai ta mère pour lui dire qu'elle t'a vraiment très mal élevé !

Un peu plus tard dans l'après-midi deux hommes discutaient âprement au téléphone dans l'arrière-boutique du café Gauguin avec un troisième. *Le Frisé* et son frère, le gérant du café, parlaient d'un ton déférent à un mystérieux interlocuteur.

« Monsieur, nous n'avons rien à faire de cette petite pute. J'ai vingt autres filles d'amour bien plus dociles qui ne demandent, elles, qu'à turbiner et à nous aider.

- Savez-vous au moins pourquoi ils la veulent ?

- D'après ce que nous a dit Ernest le garçon de café du Quai Saint-Michel, ils envisageraient de lui confier des rôles de sosie.

- Invraisemblable votre truc ! Il me faut absolument cette fille ou tout au moins son cadavre ! Elle détient beaucoup trop de secrets pour notre sécurité.

- Monsieur, ils m'ont déjà tué quatre hommes.

- Vous m'aviez bien dit que vous étiez d'accord pour la liquider *Frisé*. Oui ou non ?

- Oui, mais Monsieur, je ne savais pas à qui j'avais affaire ; depuis j'ai perdu quatre hommes : quatre de mes meilleurs, liquidés comme des mouches par une de leurs infernales gonzesses et par un misérable petit crabe dont personne n'avait peur quand il était dans la police...

Il y eut un long silence à l'autre bout de la ligne...

- Monsieur ?

- Je réfléchis ; je vous croyais plus fort *Le Frisé*. Votre défection me prend de court. Moi aussi, j'ai des responsables et ils ne font pas de cadeaux à ceux qui défaillent dans leurs missions. En vous engageant avec nous, vous avez pris vos responsabilités, assumez les maintenant.

Il faut descendre ce Le Barp par surprise, lui, ou un des siens. Nul n'est invulnérable, vous verrez que ceci les calmera. »

Charles, compte tenu du niveau élevé de l'alerte, avait décidé de garder les célibataires ou faisant fonction de célibataires le soir à La Bergerie. Kiki avait téléphoné au copain avec qui elle avait rendez-vous qu'il ne lui fallait pas compter sur elle.

Lundi 3 juin

« On est mal partis ; je le sens très mal, Frisé.

On pourrait peut-être se casser en Argentine avec notre magot ?

- Et les autres vont nous courir au cul, ils nous retrouveraient tôt ou tard…

- On fait disparaître le vieux et ensuite on fait croire à nos autres associés qu'il s'est évanoui avec l'oseille ! Crois-tu que les hommes de *La Voix* nous poursuivraient jusqu'en Amérique du Sud juste parce que nous les aurions laissés tomber ? Nous ne les aurions pas trahis !

- Attendons au moins que *La Voix* nous contacte à nouveau.

- Et Laure ? Si elle parle ?

- Elle n'a pas compris le fond de notre commerce. Mais c'est vrai, j'aurais dû tuer cette paillasse[29] ; comme les autres, que j'ai exécutées, pour l'exemple… et le plaisir. J'ai été trop bon avec elle ; on a le droit d'être amoureux une fois dans sa vie ! »

Vers vingt et une heures le téléphone retentit dans le salon de la Bergerie. C'était Pablo. Le vieil Espagnol n'avait pas l'habitude de déranger pour rien.

« Charles, peux-tu descendre dans ton bureau puis me rappeler ? »

Il avait raccroché immédiatement. Charles était resté immobile, sans réaction, sans marquer la moindre émotion non plus.

« Je descends dans mon bureau, Pablo a besoin d'un renseignement urgent… »

La porte de l'ascenseur se rouvrit au bout de quelques secondes.

« Anne, pourrais-tu m'accompagner, j'aurai probablement besoin de toi pour trouver les renseignements de Pablo… »

À peine dans l'ascenseur Anne demanda : « Que se passe-t-il ?

- Je n'en sais rien, Pablo voulait que je le rappelle au plus tôt. Cela sent mauvais…

- As-tu une idée ?

- Pas vraiment, mais ce pourrait bien être lié au carnage de vendredi soir, ce commissaire avait l'air d'un abruti prétentieux.

---

[29] Argot : Prostituée

Pourtant ce matin, Pablo a eu le « *dircab* » du ministre qui l'a assuré que le procureur avait déjà classé le dossier. »

Dans le même temps, Charles avait appelé Pablo :

« Pablo, je suis avec Anne.

- Vous êtes-vous bien amusés samedi matin à Colombes ?

- On a un souci à cause de notre virée au Café Gauguin ?

- Plutôt oui ! Enfin, pas de panique, on en a vu d'autres. Le gérant du café a déposé plainte contre Valérie et toi. Ils vous accusent de les avoir terrorisés pendant près de deux heures, d'avoir tiré plusieurs coups de feu qui n'auraient que miraculeusement blessé personne. Le pas de chance, c'est qu'ils ont déposé cette plainte auprès d'un certain commissaire Marcianni dont ils seraient indicateurs. D'après ce que m'a dit mon correspondant au ministère, ce Marcianni est un drôle de bonhomme, le genre de flic qui vit en symbiose avec le milieu. Rien dans son dossier pour le moment ; on sait qu'il protège pas mal de voyous, mais officiellement ce sont ses indics, de petits truands sans envergure… Deuxième pas de chance, il est connu pour détester tout ce qui n'est pas la police régulière… Même le GIGN[30] ne trouve pas de justification à ses yeux… Troisième et dernier pas de chance, il a refilé ça à un procureur qui partage ses idées et qui, comme par hasard, était de service juste au moment où il a remis son rapport. Inutile de te dire que cela sent le traquenard à cent kilomètres à la ronde. Le procureur va se faire un plaisir de transmettre à un juge d'instruction…

- Et nous allons avoir de gros soucis.

- Je préférais t'en parler de suite.

- Merci et bonne nuit Pablo, je vais réfléchir au problème avant de m'endormir » ; enchaîna Charles songeur en raccrochant.

« À quoi réfléchis-tu, questionna Anne ?

- À la même chose que toi sans doute. Est-il possible d'appeler Michel ? Il m'a demandé si nous continuerions à être ses clients malgré vos problèmes. Je lui avais affirmé que oui, qu'elle qu'en soit l'issue ; il avait eu l'air d'en être fort satisfait…

- C'était il y a une semaine… Veux-tu que je l'appelle ? Au pire, il sera au lit en train de regarder la télévision. »

---

[30] Groupe d'Intervention de la Gendarmerie Nationale

Anne prit le combiné, numérota et laissa sonner le téléphone. Personne ne répondait. À la neuvième sonnerie la communication fut coupée par l'opérateur.

« Serait-il absent ?

- Il met toujours le répondeur dans ces cas-là. »

La jeune femme avait pâli, elle semblait très dépitée.

« Tu sais très bien que les seules fois où le téléphone ne répondait pas chez nous, c'était quand on s'envoyait en l'air et qu'on avait oublié, dans la hâte, de mettre en marche ce maudit répondeur. »

Elle composa à nouveau le numéro de son ancien domicile. Charles la vit se décomposer lorsqu'on lui répondit. Néanmoins, très maîtresse d'elle-même, il l'entendit dire :

« Suis-je bien chez Maître Lefebvre ? Puis-je lui passer Monsieur Le Barp ? »

Anne semblait être au bord du malaise lorsqu'elle tendit le combiné à Charles. Elle quitta le bureau, se dirigea vers les toilettes et se regarda dans la glace : ce qu'elle y vit lui aurait presque fait peur ; avec ses ecchymoses qui viraient au bleu violet et ses yeux rougis par les larmes, elle ne se trouvait vraiment rien qui puisse attirer ou retenir un homme.

Un homme ? Les événements lui avaient fait sortir le Russe de la tête. Elle allait le rejoindre de ce pas ; il saurait lui faire oublier la trahison de Michel. Charles la vit passer comme une bombe devant son bureau puis soudain faire demi-tour et y entrer pour le rejoindre.

Il n'était pas dupe de la réaction de la jeune femme ; il fit semblant de n'avoir rien compris.

« Michel doit me rappeler demain dans la matinée. Il est assez optimiste. Le mieux est d'aller nous coucher et de dormir.

- Je vais prendre une douche, et rejoindre Ivan. Vous n'avez pas besoin de moi ici cette nuit, j'ai besoin qu'un mec me change les idées.

- Anne… »

La voix de Charles était calme, posée ; lorsque son chef parlait ainsi : il avait quelque chose d'important à dire.

« Oui Charles…

- Je crois avoir compris pourquoi tu souhaites soudain rejoindre ton ami russe ; je ne vais porter aucun jugement de valeur sur ta décision. Par contre, si tu veux vraiment le rejoindre maintenant, il faudra que deux d'entre nous t'accompagnent. Les sbires du *Frisé* ont peut-être posté un ou plusieurs guetteurs devant notre immeuble ; que tu sortes seule ne me paraît pas raisonnable. Si tu veux retrouver Bourkoff, n'y va pas seule ; je te le demande. Ne songeons pas au pire mais seulement aux conséquences si tu étais prise en otage par *Le Frisé*.

- Et bien, au moins je saurais où se trouve *L'École Privée* ! »

Avant de remonter à La Bergerie, Charles passa voir les vigiles de service. Il leur confirma qu'ils ne devaient en aucun cas hésiter à le prévenir si quelque chose leur semblait louche.

« Personne ne doit sortir d'ici sans mon autorisation. »

Si Anne persistait dans son idée de rejoindre le Russe, au moins, il le saurait et il l'accompagnerait avec Kiki ou Valérie, le cas échéant.

Lundi 10 juin

Ainsi qu'on pouvait le craindre, le substitut du procureur avait décidé de poursuivre l'affaire et de la transmettre au juge d'instruction compétent du tribunal de Nanterre.

Le commissaire Marcianni avait convoqué Charles et Valérie à la demande du juge d'instruction. Michel les y avait accompagnés ce qui n'avait guère plu au policier ; il avait déployé tout son talent pour tenter de convaincre le représentant de l'ordre public qu'il était normal que Charles et Valérie aient été un peu nerveux au lendemain de la tentative d'assassinat perpétrée à Colombes contre Anne.

« J'ai du mal à comprendre, Monsieur le Commissaire, que vous ne vouliez pas admettre qu'il y a un lien entre les tueurs qui ont agressé votre ancienne collègue Madame Lafont et la bande du *Frisé*. Les quatre tueurs ont été formellement identifiés pour être des proches de cet individu. Je suis surpris qu'au vu de ces renseignements, personne de vos services n'ait cru bon d'aller interviewer le fameux *Frisé* avant même qu'il ne vienne déposer plainte.

- Maître, je crois que vous vous égarez ; les seules balles qui ont été tirées l'ont été par vos clients. Quant aux soi-disant tueurs de Colombes, ce sont ceux que vous qualifiez ainsi qui ont été abattus !

- Tous les témoignages sont formels là-dessus, les premiers coups de feu sont partis de la voiture.

- Je vous ai bien entendu Maître ; notre réunion est terminée. »

Marcianni sentait bien que Michel n'allait pas tarder à le mettre en difficulté. Plusieurs fois, il avait fait consigner, contre la volonté du commissaire, par l'officier de police chargé de rédiger le procès-verbal d'audition, les réponses qu'il lui avait faites.

« Monsieur le Commissaire, vous êtes connu pour avoir de grandes antennes dans le milieu parisien ; j'espère que cette enquête n'aboutira pas à requalifier vos relations avec ce milieu. »

Le commissaire accusa le coup et blêmit.

D'après Michel, la chance semblait largement tourner en leur faveur. Le juge d'instruction qui avait été saisi du dossier était un jeune juge, certes, mais très malin et certainement pas du genre à se laisser influencer par qui que ce soit. Il devait entendre Charles et

Valérie la semaine suivante et il avait laissé savoir qu'il rendrait sa décision dans des délais très brefs. On pouvait donc espérer une ordonnance de non-lieu très rapidement après l'audition de Charles et Valérie.

Lundi 17 juin

Finalement, l'ambiance était revenue au beau fixe rue de la Pompe. Anne devenait chaque jour plus présentable. Valérie avait pris Laure sous sa protection et Évelyne la formait aux subtilités de l'utilisation du standard. Laure rayonnait de bonheur surtout lorsque le soir tous ses amis restaient à La Bergerie. Anne continuait à la fournir en vêtements qui émerveillaient la future standardiste. Anne s'était éclipsée un ou deux soirs, escortée par Kiki et Valérie qui l'avaient laissée à l'hôtel de Bourkoff. Charles n'avait fait aucun commentaire, mais Anne avait compris qu'il n'en pensait pas moins : le Russe ne lui plaisait pas.

Laure avait son explication : « Ne t'inquiète pas, il est sans doute un peu jaloux ».

Il y avait peut-être un peu de ça, mais Anne était convaincue que Charles ne faisait pas confiance au Russe. Ceci tombait bien car elle, non plus, ne lui faisait pas entièrement confiance ; même s'il était avec elle d'une exquise courtoisie, même s'il l'étonnait souvent par culture et sa grande éducation, même s'il était un amant exceptionnel, Anne restait sur ses gardes.

Il avait beau de sa belle voix de basse à la Ivan Rebrov adapter Tourgueniev pendant qu'il honorait son corps :

« Le temps qui vole souvent comme un oiseau se traîne aussi parfois comme une tortue...

Hélas, quand je suis avec toi, il vole comme la lumière... »

Mais il faisait du bien à Anne ; en même temps que son visage trahissait de moins en moins les coups assénés par *El Loco*, son esprit et son âme, douloureusement meurtris par le comportement de son ancien fiancé, redevenaient sereins.

Mardi 18 juin

Isabelle, la mère de Charles, devait participer à une réunion de médecins militaires au Val-de-Grâce. Elle avait prévu de passer le restant de la semaine à Paris près de son fils.

Tous les collaborateurs d'Escort aimaient la mère de Charles.

La jeune Isabelle avait entamé ses études de médecine fin 1939, juste avant la guerre, avec toutes les difficultés et les traquenards imaginables lorsqu'on est élevée par une mère restée seule du fait du conflit. Qu'en plus on est née d'un père indochinois et combattant de la Légion… En 1949, jeune anesthésiste fraîchement diplômée, elle avait saisi l'opportunité ouverte aux femmes de s'engager dans l'armée pour remédier au manque de volontaires disposés à suivre nos combattants en Indochine. Elle y avait rencontré le père de Charles qui y servait déjà : coup de foudre entre la jeune spécialiste en réanimation et le lieutenant-colonel de parachutistes vétéran des armées de Leclerc. Après la naissance de Charles, après la défaite de Diên Biên Phu, après que le décès accidentel de son compagnon eût empêché leur mariage programmé, Isabelle Le Barp avait courageusement décidé qu'elle élèverait seule le petit Charles et qu'elle ne referait pas sa vie. Hors quelques longues périodes effectuées en Algérie, elle vivait depuis en se partageant entre son fils, ses parents et son service à l'hôpital militaire Robert Picqué de Bordeaux.

Mercredi 19 juin

Michel avait fait du bon boulot. Se démenant comme un diable, il avait allumé plusieurs contre-feux pour soutenir Escort. Pablo avait de son côté multiplié les interventions en faveur de ses protégés et alerté tous ses réseaux pour les soutenir.

L'issue de la réflexion du juge ne semblait faire aucun doute. À la demande d'un très haut responsable de la police nationale, Charles avait rencontré, accompagné par Anne, le commissaire Leboucq, le supérieur de Marcianni. Il leur avait confirmé, à mots couverts, qu'il considérait parfois avec appréhension les relations de son subordonné. Mais Leboucq le considérait tout de même comme un policier remarquablement efficace n'ayant pas son pareil pour extraire des tuyaux issus du milieu.

« C'est vrai qu'il tutoie un peu trop à mon goût la lisière de la légalité ; mais on ne fait pas d'omelettes sans casser des œufs… Je vais lui parler de vous et lui demander de fermer les yeux sur ce qu'il considère comme des pratiques de cow-boys comme je ferme les yeux sur certaines de ses connaissances nauséabondes. À chacun sa méthode après tout, pourvu que la loi en sorte finalement gagnante.

L'attentat

Jeudi 20 juin

La date de l'audition par le juge d'instruction avait été fixée au jeudi 20 juin en fin de matinée. Isabelle et Anne avaient décidé d'accompagner Charles et Valérie jusqu'au tribunal.

« Plus tu feras jeune femme bon chic bon genre, moins tu risqueras de te faire cataloguer comme une sombre brute. Et plus tu seras séduisante, plus les choses risquent de bien se passer. »

Anne ne cessait de donner des conseils de présentation à Valérie ; il fallait que ce juge les perçoive pour ce qu'ils étaient réellement et non comme Marcianni et les siens avaient sûrement tenté de les dépeindre.

Valérie s'était habillée « *en fille* » : elle arborait une magnifique robe, assez longue et très décolletée, coupée dans un somptueux tissu à grosses fleurs très colorées qu'elle avait dénichée chez Maxi Librati.

Charles avait remarqué qu'Anne arborait ostensiblement la montre Breitling offerte par Bourkoff... Après tout, tant pis pour Michel. Quand on crache en l'air...

Le juge avait longuement entendu Charles et Valérie. Il avait soigneusement parcouru les témoignages que Michel avait demandés aux autorités militaires concernant son passé dans les commandos Hubert.

« Votre passé militaire est impressionnant Monsieur Le Barp même s'il semble qu'une bonne partie de vos activités soit encore couverte par le secret-défense. »

Il avait lu ensuite le dossier transmis par le ministère de la Défense Nationale concernant Valérie. Après l'avoir lu, il en savait beaucoup plus que Charles sur le passé militaire de son équipière !

« Si j'en crois ce document très confidentiel, vous auriez une nuit, au Tchad, infiltré les lignes d'un important groupe de rebelles pour délivrer quatre prisonniers de ces insoumis. Confirmez-moi, à titre de simple curiosité personnelle, que je comprends bien que vous avez mené cette opération toute seule !

- Oui Monsieur le Juge, je l'ai fait, avec l'accord de mes chefs, après m'être portée volontaire, parce que c'était la seule option possible pour délivrer vivants notre Chef, le Capitaine Walter, deux de nos collègues sous-officiers et un journaliste américain. »

Charles comprit pourquoi son « cô[31] » de Saint-Cyr lui avait chaleureusement recommandé Valérie...

« Et j'imagine que vous saviez quel sort ces gens-là auraient réservé à une aussi jolie femme que vous s'ils vous avaient capturée.

- Oui Monsieur le Juge, mais lorsqu'il s'agit de sauver vos amis, il y a des choses qui n'entrent pas en considération. De plus, mes chances de réussite étaient excellentes, la suite l'a prouvé.

- Monsieur le Commissaire, vous représentez le Parquet... »

Le commissaire Marcianni se montra beaucoup moins virulent que précédemment. Avait-il été impressionné par les états de services des deux anciens militaires ? Avait-il été sensible aux pressions du commissaire Leboucq ? Toujours est-il qu'il lâcha beaucoup de lest ; il admit à la suite du plaidoyer de Michel que les effectifs de police disponibles étaient insuffisants pour assurer la sécurité des innombrables personnalités de tous pays qui réclamaient une protection justifiée.

Sur le perron du tribunal, pendant que Michel réglait quelques formalités administratives, Charles et Valérie avaient rejoint Anne et Isabelle, la mère de Charles. Le commissaire Marcianni les avait croisés quelques minutes plus tard et les avait salués d'un sourire un brin pincé.

Michel et le juge arrivèrent ensemble. Le juge prit la parole sur un ton aimable et bon enfant :

« Vous avez beaucoup d'amis, mais aussi quelques ennemis assez tenaces. Ce dossier n'aurait jamais dû arriver jusqu'à moi. »

Aux côtés d'Anne et de sa mère, Charles faisait face au juge, à Michel et à Valérie. Le petit juge ne pouvait pas en dire plus, mais ce qu'il venait de dire était clair et sans bavure ; il avait tenu à les informer qu'il allait déposer une ordonnance de non-lieu.

Charles se dit que décidément la vie était belle. On lui avait annoncé un juge bien dans ses baskets et inflexible dans ses idées et

---

[31] Nom que se donnent entre eux les camarades d'une même promotion de l'Ecole militaire de Saint-Cyr.

son indépendance : on ne l'avait pas trompé. Sa mère rayonnait de bonheur, Anne semblait aux anges malgré la présence de son ancien ami. Charles regardait Valérie et se disait qu'il était vraiment bien dommage que les hommes ne soient pas, ou plus, sa tasse de thé ; elle était absolument splendide. Il se consola en se disant qu'elle était trop grande pour lui ; il cessa de fixer son décolleté qu'elle avait rendu vertigineux avant d'entrer dans le cabinet du juge et remonta jusqu'à ses yeux ; des yeux émeraude à damner un saint et à faire perdre la tête à un eunuque.

Mais ce qu'il lut soudain dans ces yeux n'avait rien d'engageant. Ce qu'il eût le temps d'entrevoir, c'était une chose invraisemblable dans les yeux de Valérie : une lueur de terreur. Il n'eut même pas le temps de se retourner pour identifier la cause de cette peur qui venait de saisir son équipière, il la reçut de plein fouet qui hurlait en même temps qu'elle le percutait : « Couchez-vous ! »

Les réflexes de Charles jouèrent à plein ; mille fois répétée à l'entraînement cette scène voulait qu'il n'opposât aucune résistance à l'intervention de Valérie. Il eut la présence d'esprit non seulement de ne pas résister à la collision avec Valérie mais d'anticiper la percussion de celle-ci et de l'attirer dans sa chute avec lui. Pendant cette chute Charles entendit un coup de feu tiré à moins d'un mètre. L'homme dirigeait à nouveau son arme vers eux et attendait sans doute qu'ils aient touché terre pour tirer à nouveau. Puis la silhouette de l'homme bascula à son tour emportée par un tourbillon gris foncé et vociférant tandis que retentissait un second coup de feu. Emporté par Anne, l'homme avait, dans sa chute, laissé tomber son revolver ; à moins que ce ne soit elle qui ait eu la force de le lui arracher.

Charles s'était relevé et avait bondi sur le revolver avant le tueur. Celui-ci fit immédiatement volte-face et se mit à courir en fendant la foule. Charles se rendit compte qu'il était couvert de sang, il se retourna pour découvrir Valérie, toujours à terre, inconsciente ; le petit juge était également au sol, la jambe gauche ensanglantée. Isabelle s'était précipitée sur Valérie. Aucune émotion ne semblait poindre sur son visage, aucune peur ne semblait l'effleurer ; elle était parfaitement imperturbable. De sa voix calme et posée, elle distribuait les ordres à droite et à gauche :

« Alertez le SAMU, les pompiers et la Police depuis la conciergerie du tribunal. Écartez les badauds.

Anne fais-moi une compression sur la jambe de monsieur et ne la relâche pas.

Charles, je m'occupe d'eux ! Essaie d'attraper ce type. »

Charles ne se l'était pas fait dire deux fois ; de toute façon personne n'aurait pu mieux faire que sa mère confronté à cette situation. Il se mit à courir dans la direction du fugitif qu'il venait de voir disparaître au bout de la rue. L'autre n'avait qu'à bien se tenir…

Valérie était maintenant assise contre la cuisse d'Isabelle qui s'était agenouillée près d'elle. Elle avait reçu la première balle du tueur entre l'épaule, le cou, la clavicule et l'omoplate. Où était passée cette saleté de balle ? Isabelle savait que le diagnostic vital de la jeune femme dépendait de la réponse à cette question. Le cœur, le poumon se trouvaient sur les trajectoires envisageables ; le sang coulait à flots abondants. L'absence de mousse laissait espérer que le poumon n'avait pas été touché, mais Valérie respirait tellement faiblement que le diagnostic était impossible à établir. Les minutes qui passaient lui semblaient des heures, des heures qui s'acharnaient à ravir la vie de Valérie.

Charles courait comme un diable sur les traces du tireur. L'homme n'avait plus qu'une vingtaine de mètres d'avance. Charles aurait encore pu forcer l'allure, mais peut-être que le fuyard allait le mener vers une base de repli, un complice qu'il pourrait alors également intercepter. Alors, il calquait sa course sur celle de l'autre, lui laissant parfois reprendre deux ou trois mètres d'avance de plus. Il accélérait ensuite son allure pour se rapprocher à nouveau. Voyant qu'ils atteignaient une grande avenue, Charles décida de se rapprocher pour ne pas risquer de le laisser s'évanouir au milieu d'une circulation plus intense. Bousculant un cyclomoteur garé sur le trottoir et le rejetant derrière lui pour qu'il entrave Charles à son tour, l'homme se rua entre deux camionnettes pour traverser la chaussée.

Il y eut un crissement de freins, un choc violent et mou et puis quelques cris venant des trottoirs. Charles s'était penché sur l'homme gisant à terre : il ne tirerait plus jamais sur qui que ce soit.

« L'autobus roulait prudemment… »

Quelques passagers de l'autobus tentaient de réconforter le malheureux conducteur descendu de son véhicule, livide.

Charles attendait la police ; il fallait absolument traiter le cadavre en priorité en médecine légale, vérifier ses papiers s'il en avait, tenter à tout prix de l'identifier rapidement.

Le petit juge était conscient et il avait demandé à être conduit à l'hôpital de Nanterre où officiait un de ses amis. Isabelle, après l'avoir examiné, l'avait tranquillisé :

« Vous allez souffrir tant qu'on n'aura pas pu vous faire de calmants ; vous aurez probablement une belle cicatrice. Vous n'êtes pas en danger, vous ne risquez pas la moindre séquelle à part esthétique. »

Dans l'autre voiture des pompiers, Isabelle avait rejoint Valérie ; les pompiers n'avaient même pas eu le temps d'être réticents, elle s'était installée dans l'ambulance et leur dispensait des ordres.

Ils avaient immédiatement compris qu'ils avaient affaire à une spécialiste des urgences.

Isabelle leur demanda où ils comptaient se rendre.

« À l'hôpital de Nanterre, Madame.

- Non Messieurs, direction le Val-de-Grâce…

- Nous ne pouvons pas Madame, les instructions sont formelles…

- Excusez-moi Messieurs, dans l'urgence, j'ai omis de me présenter : Médecin Colonel Isabelle Le Barp. Vous êtes des militaires[32] ; je vous prie d'exécuter l'ordre que je viens de vous donner. »

Il y eut un instant de flottement puis le chauffeur annonça :

« Oui Colonel[33] ; mais s'ils nous refusent ?

- Ils ne nous refuseront pas. Joignez-les avec votre musique.

- Bien sûr Colonel »

Assis sur le bord du trottoir, Charles était comme absent. Non, il ne pourrait jamais s'habituer au bruit que fait un homme percuté par un véhicule. Pourtant Charles avait vu pas mal d'hommes et même quelques femmes mourir devant lui, mais ce bruit lui était insupportable, à jamais…

---

[32] Les Pompiers de Pairs sont des militaires à part entière, comme les Marins Pompiers de Marseille.
[33] On ne dit évidemment pas « Mon Colonel » à une femme, mais « Colonel » tout court. Dans le cas présent, on pourrait également dire « Oui Docteur ».

Il voyait, trente ans plus tôt, la foule des deux côtés de la route qui attendait les coureurs du Tour de France et qui applaudissait quand des prospectus ou des échantillons jaillissaient depuis les voitures de la caravane publicitaire. Il voyait ce ballon de baudruche au milieu de la route, devant lui, qui hésitait sur le chemin à suivre. Il voyait cet enfant en face de lui qui courait au-devant du ballon de baudruche, et puis, l'homme qui était à côté de lui et dont il tenait fièrement la main qui bondissait vers l'enfant, le prenait dans ses bras, et puis cette voiture lancée à toute vitesse qui percutait l'homme. Pas l'homme et l'enfant, l'homme seul qui dans un ultime sacrifice avait stoppé son élan pour projeter l'enfant vers la foule à l'écart de la trajectoire du véhicule assassin. Et puis la femme, de l'autre côté de lui, qui s'était jetée vers l'homme gisant à terre. Charles entendait une fois de plus le cri horrifié de sa grand-mère en même temps qu'elle lui prenait la main.

La femme là-bas venait de pousser un hurlement de bête. Les gendarmes avaient bloqué la route ; l'un d'eux, accompagné d'un secouriste arborant une belle croix rouge, s'approcha de la femme couchée sur l'homme à terre. Elle ne disait plus rien, mais Charles n'avait jamais vu pleurer sa mère jusqu'à ce jour-là. Et cet homme, dont il connaissait surtout la photo, dont on lui avait longtemps dit que, quand il rentrerait de voyage, il faudrait qu'il l'appelle « *Papa* » et qui ne bougeait plus. Et le gendarme et le secouriste qui s'adressaient à sa mère :

« Excusez-nous Madame, laissez-nous lui prodiguer les premiers soins. »

Et Charles se souvenait de sa mère qu'il ne reconnaissait plus et qui répondait en hurlant entre deux sanglots :

« Mais ne voyez-vous pas qu'il est mort ?

- Ce n'est pas sûr !

- Si, hélas ! C'est fini ! Je le sais, je suis médecin. Il était le père de mon enfant... »

Charles savait que, comme sa mère, il lui faudrait vivre toute sa vie avec ce souvenir, avec cette douleur que certaines scènes leur rendaient insupportable. Les gens les croyaient de granit et d'acier, dotés d'une trempe inaltérable ; ils portaient cette croix profondément installée au cœur. Il leur faudrait la porter, jusqu'à la fin de leurs jours.

Aux policiers qui arrivaient, Charles laissa une carte avec ses coordonnées et il leur demanda d'avertir le commissaire Leboucq que le décédé était le tireur du parvis du tribunal.

Malgré la tension qui régnait dans l'ambulance qui se dirigeait maintenant à toute allure en direction du Val-de-Grâce, l'ambiance était relativement calme. Valérie gisait sans connaissance ; elle perdait toujours beaucoup de sang en dépit des compresses que ne cessaient de lui appliquer les deux infirmiers.

« Colonel, j'ai le Val-de-Grâce.

- Colonel Isabelle Le Barp, je vous convoie une blessée par balle qui perd beaucoup de sang. Je sais que le Général Étienne Martel est chez vous, joignez-le de ma part et dites-lui que je tiens à ce qu'il opère la blessée. Ne craignez pas de le déranger, c'est un très vieil ami à moi, nous avons opéré ensemble en Indochine et en Algérie.

- Bien Docteur, je transmets immédiatement. Connaissez-vous le groupe sanguin de la blessée ?

- Merci, oui ! Elle est A+... comme mon fils. »

Isabelle avait pris la main de Valérie ; elle n'était pas effondrée, on n'est jamais effondré quand on s'appelle Le Barp et que tout n'est pas définitivement perdu, mais elle se sentait prête à défaillir devant un tel malheur. Depuis que Valérie était arrivée chez Escort, elle l'avait adoptée. Elle la couvait de toute son affection et se désolait que la jeune femme semblât insensible au charme masculin ; elle aurait tant aimé l'avoir pour belle-fille. Alors, elle la traitait comme la fille qu'elle aurait souhaité avoir si le père de Charles avait vécu plus longtemps. Et maintenant, cette enfant s'était sacrifiée pour sauver son fils...

« Colonel, le Val-de-Grâce à nouveau pour vous !

- Docteur, c'est le planton de garde au téléphone : Le Général vous fait dire qu'il est parti pour le bloc de ce pas et que tout sera prêt à votre arrivée ; il compte sur vous pour pratiquer l'anesthésie. »

Isabelle regardait sa montre qui avançait trop vite et le paysage autour de l'ambulance qui n'avançait pas assez vite. Elle reprit la main de Valérie, l'embrassa doucement et, les larmes dans les yeux, lui dit :

« Ne t'inquiète pas ma chérie, nous en avons sauvé de bien plus mal en point que toi ; Étienne a fait des centaines de miracles sur des blessures comme la tienne. »

La joue appuyée contre le dos de la main de Valérie qu'elle ne lâchait pas, Isabelle se souvenait...

Elle se souvenait de l'Indochine, des conditions épouvantables qui régnaient là-bas, du manque de tout compensé tant bien que mal par le fantastique dévouement des uns et des autres. Elle se souvenait des jours et des nuits où ils devaient opérer sans relâche encore et encore, à l'extrême limite de leurs forces, parfois même au-delà. Elle se souvenait du bruit angoissant des mortiers amis et ennemis qui se rapprochaient, s'éloignaient, au gré du sort des combats autour d'eux. Elle se souvenait de certains qui ne pouvaient poursuivre sans de petits cachets qu'ils s'échangeaient discrètement. Et pendant ce temps-là, à Paris, les politiciens discutaient entre eux de l'attribution des maroquins...

Lorsqu'à l'intérieur de l'enceinte de l'hôpital les portes de l'ambulance s'ouvrirent enfin, Isabelle se dit qu'une partie était terminée, qu'il fallait maintenant gagner la seconde, la plus dure peut-être.

Sur le parvis du tribunal de Nanterre, les policiers avaient délimité une zone interdite. Toutes les deux minutes, Michel allait jusqu'à la loge du planton ; à la demande de Charles, il avait sollicité qu'on veuille bien les prévenir dès que l'ambulance arriverait au Val-de-Grâce.

« Anne, le type qui a commandité ce crime, je vais le retrouver ; je lui ferai payer ce qu'il a fait à Valérie.

- Charles, j'espère que tu ne doutes pas que je suis dans le même état d'esprit que toi. Nous le retrouverons, et si je peux tirer, sois sûr que ma main ne tremblera pas. »

Ils s'étaient ensuite rendus au Val-de-Grâce. Charles avait réussi à intercepter un médecin sortant du bloc opératoire. Le militaire avait quitté son mutisme lorsque Charles s'était présenté :

« Non, je vous assure, je ne peux rien vous dire. Votre parente a perdu beaucoup de sang, l'opération est très difficile et l'extraction de la balle est essentielle à sa survie. Mais elle est entre les meilleures mains qui soient. Ayez confiance, l'opération sera sûrement encore très longue, mais tant qu'elle se poursuit, c'est qu'il y a de la vie et donc de l'espoir.

- Merci et excusez-moi de vous avoir peut-être importuné. Mais comprenez que c'est désespérant de ne pouvoir rien faire qu'attendre…

- Si vous avez la foi, mon jeune ami, vous pouvez prier…

- Si je peux me permettre d'insister, qu'entendez-vous par une durée encore bien longue pour l'opération ? Une heure, deux heures ?

- Non, beaucoup plus probablement… »

Le médecin avait laissé Anne et Charles assez désemparés. Bien sûr, on aurait pu leur annoncer le décès de Valérie et c'eût été bien pire ; ils en étaient convaincus. Mais la gravité de l'état de la jeune femme leur avait été confirmée. Charles l'avait pressenti dès le début, dès qu'il avait entendu le coup de feu et qu'il n'avait plus entendu Valérie. Elle s'était écroulée, comme sans vie. Si elle n'avait pas été aussi grièvement touchée, elle aurait juré comme un charretier, insulté le tueur, et repris le combat.

« Je n'ai même pas eu le temps de te remercier ni de te féliciter. Sans ton intervention, ce salopard aurait certainement vidé son chargeur sur Valérie et sur moi qui étions à terre.

- C'est l'esprit que tu nous as insufflé à tous, sois-en fier Charles… Ce médecin m'a réconfortée. C'est vrai que si le chirurgien et ta mère s'acharnent sur Valérie, c'est qu'ils croient pouvoir la sauver. Tu connais très bien l'attachement, presque maternel, de ta maman pour Valérie ; elle ne tolérerait pas qu'on la charcute pour rien. C'est mon raisonnement, il est mon espoir.

- Fasse le ciel que vous ayez raison…

- Charles, tu es couvert de sang. Nous pourrions passer à La Bergerie pour que tu te changes et ensuite revenir ici… »

En arrivant rue de la Pompe, ils trouvèrent sans surprise leurs collègues en ébullition. Pablo avait quitté son bureau de la société de surveillance ; il occupait celui de Charles lorsque celui-ci arriva.

« Nous vous attendions… » Le vieil Espagnol était terriblement troublé ; il en avait pourtant tellement vu au cours de sa chienne de vie.

Evelyne, la standardiste, était en pleurs comme la plupart de ses collègues. Charles tenta de les rassurer en usant des mêmes termes que le médecin rencontré au Val-de-Grâce :

« Le temps qui passe travaille maintenant pour nous ; elle est dans les meilleures mains qui soient pour ce type d'interventions. Ce chirurgien a passé une bonne partie de sa vie à opérer des blessures similaires ; ma mère qui a travaillé avec lui en Indochine et plus tard en Algérie lui voue une immense considération...

- Viens Charles, tu vas te changer et on va retourner à l'hôpital... »

Puis, s'adressant à Evelyne :

« Savez-vous si Laure est au courant ?

- Nous ne l'avons pas vue Madame Lafont, mais elle peut l'avoir entendu sur le circuit de surveillance interne... »

Charles et Anne s'étaient engouffrés dans l'ascenseur.

« Si elle est au courant, elle ne doit pas être en bon état et si elle ne l'est pas, nous allons devoir le lui annoncer avec précaution. Depuis l'épisode de l'ours en peluche, on la sent prête à se faire hacher en petits morceaux pour Valérie...

- Laure ? Laure ? Laure ? »

Rien n'y faisait, elle ne répondait pas ; en un clin d'œil Anne et Charles avaient fait le tour de toutes les pièces de La Bergerie et ils durent se rendre à l'évidence : Laure avait disparu... Laure avait disparu, mais toutes ses affaires semblaient être là.

« As-tu une idée Anne ?

- Elle a pris son couteau ; il était dans le tiroir de mon bureau à côté de mon coffret à bijoux. Je n'aime pas du tout ça Charles.

- Moi non plus.

- Comment a-t-elle pu sortir d'ici sans être remarquée ? »

Charles se changea rapidement ; il ne put retenir un frisson en découvrant la quantité de sang crachée en quelques secondes sur sa chemise et sa veste par la blessure de Valérie.

Un silence de mort régnait à l'intérieur de la voiture. Anne, d'habitude si volubile, n'ouvrait pas la bouche et Charles ne desserrait pas les dents. L'ambiance était de plomb ; que l'on était loin de l'atmosphère joyeuse qui régnait sur le parvis du tribunal juste avant l'agression. Et la brusque disparition de Laure était venue ajouter encore à l'angoisse. Anne avait rappelé le bureau depuis la voiture de Charles, personne n'avait vu Laure. Anne en avait même parlé au commissaire Leboucq lorsque celui-ci avait cherché à joindre Charles pour lui demander s'il avait des nouvelles de Valérie. Le policier avait tout de suite émis l'hypothèse de la fuite de la jeune femme après l'attentat contre Charles :

« Et si c'était elle qui avait renseigné les proches du tireur ?

- Inimaginable, avait répondu Charles.

- J'en ai vu d'autres, avait rajouté le policier. »

Dans la circulation de la fin d'après-midi, il leur fallut près de trois quarts d'heure pour atteindre l'hôpital.

Charles dut montrer patte blanche auprès du militaire de faction à l'entrée de l'établissement.

« Nous avons des ordres extrêmement stricts pour ne laisser approcher que vous-même ou Madame Anne Lafont. »

Au bout du long couloir désert qui conduisait au bloc, près de l'entrée de celui-ci, une silhouette noire semblait prostrée la tête entre ses mains, les coudes appuyés sur ses genoux.

Ce fut Anne qui eut le premier pressentiment, il lui semblait bien reconnaître le vêtement dans lequel disparaissait cette femme. Mais Anne se mit à douter de ses yeux, elle n'osait pas y croire. Ce n'est qu'après avoir fait encore quelques pas qu'elle osa un timide :

« Laure ? »

La jeune femme se tourna vers eux, se leva lentement puis vint se réfugier, livide, dans les bras d'Anne qui avait couru à sa rencontre.

« Mais Laure, que fais-tu ici ? Tu aurais pu nous prévenir ! Comment as-tu fait pour pénétrer ici ? »

Charles était à la fois furieux de s'être fait tant de souci à son sujet et très heureux de retrouver à si bon compte leur protégée.

« Nous t'imaginions déjà découpée en rondelles par *Le Frisé*. Laure, ne recommence jamais ceci, je te le demande. »

Anne n'avait rien dit, elle tenait son sosie dans ses bras. Les deux jeunes femmes pleuraient de conserve dans les bras l'une de l'autre.

Entre deux hoquets, Laure parvint à dire :

« Et Valérie ? Personne ne m'adresse la parole. J'ai seulement vu quelqu'un qui m'a demandé d'attendre ici ; alors j'attends.

- Mais comment as-tu fait pour entrer dans ce bâtiment ?

- Quand je suis partie de La Bergerie, je me suis dit qu'ils risquaient, en bas, de me faire des difficultés pour sortir. Alors, j'ai pris ton passeport, je me suis coiffée avec un chignon comme le tien et je suis sortie. Ils ont dû croire te reconnaître et ils ne m'ont rien demandé. Et quand je suis arrivée ici, le planton m'a demandé mon nom ; je lui ai montré ton passeport en lui répondant que j'étais Anne Lafont. Il m'a autorisée à passer en me disant qu'avec Monsieur Le

Barp j'étais la seule personne, extérieure à l'hôpital, admise à entrer ici cet après-midi. Tu m'en veux ?

- Bien sûr que non ! »

Charles regardait sa montre, cela faisait maintenant près de sept heures que l'opération avait débuté. S'il se référait aux encouragements prodigués par le médecin rencontré lors de sa précédente visite, il fallait espérer de plus en plus fort... Mais rien n'aurait pu empêcher Charles d'avoir peur, de craindre le pire pour Valérie.

Laure était désespérée.

« Charles, depuis que vous m'avez recueillie, il ne vous arrive que des malheurs. *Le Frisé* m'a toujours dit que si je le quittais un jour il me tuerait et aussi tous ceux qui m'aideraient. Je ne veux pas que vous continuiez à risquer vos vies à cause de moi ; je veux me rendre au Frisé. S'il arrive quelque chose à l'un d'entre vous, ce serait bien pire que si je mourrais moi-même. »

Charles avait écouté Laure jusqu'au bout de sa supplique, il était ému ; sûrement beaucoup plus qu'il n'y semblait en lui répondant:

«Laure, lorsque nous t'avons prise sous notre protection, nous savions tous, et Valérie aussi, que c'était dangereux. Nous l'assumons en toute connaissance de cause. Si demain tu nous quittais pour mettre ton projet de reddition à exécution, ce serait une trahison. Valérie lutte contre la mort en ce moment même ; veux-tu que ce soit pour rien ? »

Laure regardait Charles comme s'il était le Bon Dieu et l'écoutait comme si sa parole était l'évangile.

Du côté du bloc, on entendit que quelque chose se préparait. Il y eut d'abord un brancardier, puis deux, qui ouvrirent les portes et puis un lit roulant. Et sur ce lit roulant, il y avait Valérie. Il fallait savoir que c'était elle derrière tous les tuyaux qui l'entouraient ; elle était d'une pâleur cadavérique qui fit frissonner Anne et Laure moins habituées que Charles à ce genre de spectacle. Laure était pétrifiée, elle s'était réfugiée dans les bras d'Anne pas beaucoup plus brillante qu'elle. Le convoi parcourut quelques mètres dans le couloir puis s'engouffra dans une chambre dont les brancardiers leur interdirent l'accès. Un infirmier et la mère de Charles arrivèrent alors pour installer Valérie dans sa chambre. Elle avait des tuyaux partout qu'Isabelle et l'infirmier branchaient soigneusement ainsi que des fils qui la reliaient à une sorte d'écran cathodique. Lorsque sa mère sortit de la chambre après en avoir terminé avec l'installation de Valérie, Charles l'interrogea du regard.

« Pour le moment, elle survit et c'est primordial. Nous avons pu extraire la balle, enrayer l'hémorragie et réparer l'essentiel des dommages. Le problème est qu'elle a perdu énormément de sang avant d'arriver ici. Nous l'avons plongée dans un coma artificiel et nous allons la maintenir ainsi pour une durée de trois jours environ. Si elle résiste jusque-là, ce que nous pouvons raisonnablement espérer, alors, ses chances de survie croîtront rapidement chaque jour, chaque heure même. Il est beaucoup trop tôt pour savoir si elle aura ou n'aura pas de séquelles. Si son cerveau a manqué d'irrigation sanguine, les conséquences peuvent être très graves. Elle peut aussi, dans deux mois courir et sauter comme auparavant avec juste une cicatrice là par où est entrée la balle. Pour paraphraser Ambroise Paré[34] je dirai maintenant que nous l'avons soignée, que nous l'avons pansée de notre mieux, et qu'il nous reste tous ensemble à prier Dieu qu'il veuille bien la guérir. »

Comme toujours, dans ces circonstances, la situation semblait échapper à ses acteurs comme à ses témoins. Le discours d'Isabelle Le Barp avait beau être à mille lieues des traditionnels communiqués langue de bois, il reflétait l'affreuse réalité des choses : le futur de Valérie était terriblement incertain. Malgré leur courage Anne et Charles étaient abasourdis, Laure, elle, était prostrée. Son front appuyé à la vitre qui isolait la chambre de Valérie du couloir, elle semblait anéantie. Elle finit par s'asseoir sur un banc à côté de l'entrée de la chambre, silencieuse, dans le vague, les yeux secs d'avoir trop pleuré. Isabelle reprit :

« Étienne et moi allons rester ici cette nuit, au cas où, et puis peut-être tout le week-end aussi. Rentrez chez vous, essayez de dormir. Vous allez en avoir besoin. A-t-on identifié le salaud qui vous a tiré dessus ?

- Il n'avait aucun papier sur lui et il ne serait pas connu des services de police ; tout au moins pas à première vue...

- Madame, est-ce que je peux rester ici ? »

Laure s'était adressée à la mère de Charles d'une voix désespérée, suppliante. La question avait pris de court tout le monde.

---

[34] (1510-1590) - Le père de la chirurgie moderne

« Écoute Laure, je crois que tu serais mieux en compagnie d'Anne et de Charles. On se réconforte mieux à plusieurs que tout seul. De toute façon, Valérie ne se réveillera pas avant au moins trois jours.

- J'aurais tant aimé rester près d'elle ; vous savez, je me ferais toute petite, je pourrais dormir ici, sur ce banc. Je vous promets que je ne dérangerais personne… »

Charles tenta de détourner la conversation :

« Avez-vous prévu une protection au cas où…

- Tout à fait. Tu sais que dans nos hôpitaux nous sommes tout à fait rompus à ce genre d'exercice, malheureusement ! Ne te fais pas de souci à ce sujet.

- Merci Maman. »

Laure faisait peine à voir. Elle qui clamait son bonheur depuis qu'elle vivait à La Bergerie avait atteint le fond de la détresse. Elle avait un grand sac noir, sans doute partie du déménagement express de Colombes. Instinctivement, mus par un réflexe professionnel, Anne et Charles sursautèrent lorsqu'ils la virent ouvrir ce sac et en sortir un objet dont la vue les remplit de confusion : l'ours en peluche…

« Madame, pourriez-vous le mettre dans la chambre de Valérie pour qu'il veille sur elle ? »

Charles se tourna vers sa mère. Ce matin, encore, il avait admiré sa maîtrise, sa lucidité lorsqu'elle donnait des ordres autour d'elle pour organiser les secours. Plus de trente-cinq ans d'armée lui avaient sérieusement endurci le cuir depuis qu'elle avait commencé à être parachutée pour soigner nos soldats en Indochine. Et là, il percevait comme une sorte de désarroi dans l'esprit d'Isabelle Le Barp. Laure tendait toujours son ours en peluche en direction de sa mère ; celle-ci connaissait bien l'histoire de la peluche pour l'avoir entendue d'Anne. Elle prit la bestiole des mains de Laure ; quelques instants plus tard, le petit ours trônait sur une chaise à côté de Valérie. À l'infirmier qu'elle avait sonné en pénétrant dans la chambre de Valérie elle dit :

« Finalement, je suis d'avis que l'on prépare un lit pour la demoiselle brune qui est ici. C'est une amie de la blessée. »

Laure était tellement traumatisée qu'elle eut du mal à comprendre qu'elle était finalement autorisée à rester près de Valérie comme elle l'avait souhaité si fort.

« Oh ! Merci Madame ! »

Elle n'arrivait pas à appeler la mère de Charles par son prénom comme celle-ci lui avait pourtant demandé de le faire la veille. Tout était si confus dans sa tête…

« Avant de te laisser entrer dans la chambre à côté de celle de Valérie, il faudra que tu te désinfectes, pardonne-moi le terme, que tu te changes et te déguises en infirmière. Dès que nous aurons décidé de sortir Valérie de son coma artificiel, tu pourras t'asseoir à la place de l'ours et parler à ton amie. Ce sera bon pour elle.

- En attendant Madame, comme vous nous l'avez conseillé, je vais prier, beaucoup prier. Je ne vais pas arrêter de prier. »

C'était dit sur un tel ton de sincérité qu'Anne, qui était pourtant une parfaite mécréante, s'en sentit bouleversée.

Qui cherche à couler le navire Escort ?

Vendredi 21 juin

« Ne serait-il pas judicieux, en l'absence de Valérie, que je te serve d'équipière, comme autrefois ?

- Je n'aurais pas osé te le demander.

Anne s'était proposée pour pallier l'absence de Valérie.

- Kiki peut très bien nous accompagner ; nous serons encore mieux à trois qu'à deux pour nous tordre *Le Frisé*. *Le Frisé* ou un autre !

- Celui-ci, j'ai une grosse envie de retourner le voir rapidement.

- Je n'ai jamais eu l'honneur de lui être présentée ! »

Pablo venait d'entrer dans le bureau de Charles.

« J'ai pas mal de nouvelles pour vous, dans le désordre :

Impossible d'identifier le type qui vous a tiré dessus. Aucun papier bien évidemment ; des vêtements ordinaires qui peuvent avoir été achetés en France, mais aussi dans n'importe quel pays d'Europe. Aucun ticket de métro, vraiment rien qui permette de l'identifier, au moins rapidement. Son arme semblerait avoir été achetée aux États-Unis. Son portrait a été diffusé par Interpol, à tout hasard.

Le petit juge va bien, mais en raison de son absence, il a été dessaisi de l'affaire et le dossier a été confié à une femme qui a la réputation d'être extrêmement compétente et sérieuse mais aussi d'être une emmerdeuse. Il est à craindre qu'elle décide de poursuivre, au minimum de demander un complément d'enquête.

Mon correspondant au ministère de la défense trouve bizarre cette affaire. Il veut nous aider dans la mesure du possible. »

Charles et Anne informèrent Pablo de leur intention d'aller saluer *Le Frisé* en compagnie de Kiki.

« Ce serait bien que nous y allions en nombre ; ils seraient moins tentés de faire les malins et si jamais ils décidaient de sortir les calibres les premiers, nous serions en état de légitime défense. Zoran qui est disponible pourrait aussi nous accompagner. Qu'en dites-vous ?

- Quand y allons-nous ? répondit Anne.

- Pas la peine de les laisser s'organiser ; dans une heure ! »

En débarquant au Café Gauguin, ils constatèrent immédiatement l'absence du *Chevalet*. Charles salua les cinq qui gardaient le zinc.

« Bonjour ! Contents de nous revoir ? »

Il n'obtint aucune réponse. Anne entra en jeu :

« Il paraît que l'un d'entre vous a eu une altercation avec mon amie Valérie. Figurez-vous que je me demande si ce ne serait pas le moins que rien avec qui elle s'était querellée ici qui aurait fait tirer sur elle.

Alors, qui d'entre vous a traité ma copine de : *connasse de mes deux* ? Elle m'a dit que c'était celui qui se tenait en permanence à côté du *Frisé*. Serait-ce toi ? »

Elle avait désigné comme par hasard celui qui avait effectivement ainsi interpellé Valérie. Elle l'avait facilement identifié grâce aux photos prises par Charles. Le type désigné par Anne ne savait pas quoi faire ; il sentait le piège mais ne le comprenait pas, alors, il attendait…

« Et toi le frisotté ? Selon ton ami Marcianni tu serais une terreur ; tu m'as plutôt l'air de l'avoir en berne !

Charles, ces tordus ne sont pas très bavards ; veux-tu essayer ?

- Anne, tu leur fais peur ! Dis-moi, *Le Frisé*, où est passé ton ami *Le Chevalet* ? Ensuite, pourquoi nous as-tu fait tirer dessus ? »

Le Frisé était manifestement perturbé par l'agressivité d'Anne. Cette femme, sosie de Laure, semblait animée d'une extraordinaire combativité ; tout le monde dans le milieu avait peur du *Frisé* et pas cette fille d'Ève qui les narguait tous. Pourquoi ? Comment ? Répondre à Charles lui parut être une bonne échappatoire.

« En ce qui concerne *Le Chevalet*, nous ne l'avons pas revu depuis votre visite. Peut-être s'est-il mis à l'abri pour ne pas vous rencontrer.

Quant à ceux qui ont fait tirer sur vous, je vous jure qu'aussi vrai que vous me rendrez un jour Laure morte ou vive, je ne les connais pas et je n'ai pas la moindre idée de leur identité. J'ai l'impression que finalement vous avez pas mal d'ennemis Monsieur Le Barp ! »

Il avait terminé son discours avec un air de mépris accentué à l'intention de Charles. Anne reprit la balle au bond :

« Je ne crois pas un mot de ce que tu viens de dire ! »

Elle s'était approchée du *Frisé* à pouvoir le toucher ; il n'était guère plus grand qu'elle. Elle remarqua qu'il avait une curieuse médaille en argent, en métal argenté ou en or blanc sur la poitrine. Il était velu comme un singe. Elle le fixait droit dans les yeux et, lui ne baissait pas son regard, mais il n'arrivait pas à l'impressionner.

« On dit que tu aimes violer… Oh ! Peut-être aurais-tu besoin de tomber un jour sur une fille qui te flanque une bonne raclée !

- Si on était seuls tous les deux, je te l'assure : tu serais moins arrogante, il ne te faudrait pas longtemps pour que tu me supplies… Comme d'habitude tes copains doivent être armés jusqu'aux dents et prêts à transformer à nouveau ce bar paisible en champ de tir.

- Moi, mon rêve, ce serait de me retrouver seule avec toi et sans témoin pour te faire payer ce que tu as fait endurer à mon amie Laure qui t'a aimée et à toutes ces femmes violentées sur tes ordres et à toutes celles qui ne peuvent plus parler. Un jour, je te le ferai payer.

- Vous avez entendu ? Elle m'a menacé !

- Oui, je t'ai menacé, mais leurs paroles de faux témoins ne pèseraient pas lourd si d'aventure, tu étais tenté d'aller, à nouveau, jouer les petits rapporteurs. Souviens-toi, frisotté : les voyous de ton espèce ont une durée de vie très limitée, et la tienne ne tient plus qu'à un tout petit fil. »

« Je vous dis qu'il y a quelque chose qui ne colle pas ! Ces types savent bien qu'ils ne sont pas de taille à lutter contre nous.

- Et pourtant, ils t'ont mitraillée à Colombes et ils sont probablement les commanditaires de l'attentat du tribunal de Nanterre. »

Dans le bureau de Charles, le traditionnel débriefing virait à la séance de questions sans réponses.

« Charles, je serais bien de l'avis d'Anne. Il y a quelque chose de totalement incohérent entre les agissements de cette bande et son importance. C'est la raison pour laquelle je suis venu avec vous ce matin… »

Pablo Escobar s'exprimait comme le sage qu'il était, comme le vieux combattant qu'il avait cessé d'être depuis l'arrivée de Charles mais qui était prêt à reprendre du service s'il le sentait nécessaire. Rescapé de la guerre civile espagnole qu'il avait vécue adolescent, engagé volontaire dans la Légion, il avait quitté l'armée après le désastre indochinois. En compagnie de Richard Cortaberg, un autre ancien légionnaire, d'origine suédoise celui-ci, il avait créé la société de surveillance « *Barberg* » comme (esco) BAR et (corta) BERG. Plus tard, *Barberg* étant devenue très prospère et jouissant d'une excellente réputation les deux compères avaient fondé « *Escort* » comme *ESC (obar)* et *CORT (aberg)*, à la demande de clients potentiels. Richard, que ses amis appelaient souvent « *trompe le mort* », avait perdu la vie en chutant d'une échelle laissant Pablo seul et pas mal désemparé à la tête de leurs sociétés. A la suite de la disparition de son associé, et faute de recrutement sérieux, Escort n'avait jamais réussi à s'imposer. Lorsque Charles avait rejoint Pablo, il n'en restait pratiquement plus que le nom.

En mémoire de Richard Cortaberg, Pablo avait absolument voulu conserver ce nom un peu ambigu…

Lundi 24 juin

Bravant tous les us et coutumes, qui voulaient que jamais on ne pénétrât dans le bureau de Charles lorsqu'il était fermé et que s'y tenait une réunion, Evelyne, la standardiste, venait d'ouvrir la porte :

« Un type, qui ne veut pas dire comment il s'appelle, veut absolument vous parler. Sa voix est bizarre…

- Envoie ! »

Son interlocuteur parlait d'une voix monocorde et sans expression.

« Livrez-nous la catin qui est réfugiée chez vous, vivante ou morte, peu importe. Nous ne vous laisserons aucun répit tant que vous ne nous aurez pas donné satisfaction. Ne vous méprenez pas sur notre détermination. Nous vous avons raté une fois ; vous avez eu beaucoup de chance. Nous espérons d'ailleurs que cette grande salope blonde, qui vous a sauvé, va crever. Nous recommencerons, et cette fois, nous vous aurons. »

Pablo prit la parole le premier :

« C'est une véritable déclaration de guerre ! Ils ont un très gros avantage sur nous, c'est que nous ne les connaissons pas. Je vous conseille de réfléchir à nouveau aux éventuels otages qu'ils pourraient prendre dans nos familles. Nous avons plusieurs forteresses où nous pouvons les mettre en sécurité.

Laure a souhaité rester au chevet de Valérie au Val-de-Grâce, c'est très bien. Ainsi, nous n'avons pas le souci de sa protection ; les gendarmes mobiles qui veillent sur elles le font avec le même niveau de protection que si c'était le Chef de l'État qu'ils défendaient.

J'ai rendez-vous cet après-midi avec le directeur de cabinet du ministre de l'intérieur et un collaborateur du ministre de la défense nationale. Charles et Anne, nous irons ensemble. Ta mère quittera finalement l'hôpital demain matin mardi sous bonne escorte jusqu'à Villacoublay. Ensuite Fred et Zoran devront veiller sur ses déplacements entre Arcachon et Bordeaux.

Ai-je été clair ? Ai-je oublié quelqu'un, quelque chose ? »

Anne prit la parole :

« Pour ma part, il me semble qu'il manque au moins deux personnes que nous devons protéger : Marie, la tante de Charles et Michel, mon ex. Ils seront aussi peu faciles à convaincre l'un que l'autre…

La tante Marie devrait facilement pouvoir aller loger chez Charles, c'est le même immeuble que le sien mais son logement à lui est sécurisé. Quant à Michel, il pourrait aller loger chez toi Pablo ; c'est proche de son cabinet. Je ne tiens pas à l'avoir dans les pattes ici ; il a sa souris dernier cri pour l'occuper… Et celle-ci aussi, nous allons devoir la protéger ! »

Pablo, Anne et Charles prirent l'enregistrement effectué le matin même pour se rendre au rendez-vous du directeur de cabinet du ministre de l'intérieur. L'homme était une vieille connaissance de Pablo.

« L'implication de hauts fonctionnaires est sinon certaine, du moins très crédible. Nous avons eu hier soir, de toute urgence, une réunion dans le cabinet du Premier ministre. J'ai longuement insisté auprès de nos interlocuteurs sur la confiance que j'avais en vous Pablo, ainsi qu'en vos amis.

Voici le document qui vous servirait de sésame si quelqu'un tentait de vous priver de l'usage de vos armes. Je compte sur votre sagesse pour ne pas abuser de leur utilisation ! »

Le fonctionnaire lut le sésame en question :

« Dans le cadre de la mission qui leur a été confiée le Capitaine de Corvette du cadre de réserve Charles Le Barp et la commissaire de police en congé sans solde Anne Lafont peuvent réquisitionner les forces publiques qui sont tenues de se mettre à leur disposition sans devoir rendre compte au préalable. Les susnommés bénéficieront également dans le cadre de cette mission d'une autorisation de port d'arme illimitée. Pour en garantir la parfaite confidentialité, ils ne rendront de compte de cette opération qu'aux soussignés représentés par leurs chefs de cabinet respectifs…

Avec, vous le verrez les signatures des ministres des Armées, de l'Intérieur et de la Justice…

Vous voici parés… Nul ne pourra entraver votre action. Méfiez-vous des provocations ; pour le reste, vous avez toute ma confiance.

Souvenez-vous quand même que si vous vous plantez : je saute ! Mais que ceci ne vous paralyse pas !

- Votre confiance m'honore ainsi que toute notre équipe.

Nous n'avons pas d'autre choix que celui de réussir, nous allons nous y employer totalement. Merci Messieurs.

- Oh ! Je sais que ce n'est pas primordial pour vous, mais je tiens à vous dire que nous tâcherons de vous défrayer, par l'attribution de fonds spéciaux provenant de nos différents ministères ! »

Anne, Pablo et Charles prirent congé de leurs interlocuteurs sur ces bonnes paroles et prirent la route du Val-de-Grâce.

« Ne sombrons-nous pas, quand même, dans la paranoïa ? »

Anne avait été troublée par l'importance accordée par les conseillers ministériels et, probablement, leurs ministres à cette affaire. Elle avait du mal à comprendre une telle mobilisation ; à moins qu'ils ne sachent quelque chose qu'ils leur aient dissimulée.

Au Val-de-Grâce, c'était : pas de nouvelles, bonnes nouvelles. La sécurité de Valérie et de Laure avait encore franchi un cran. En plus des deux gendarmes mobiles montant la garde devant la chambre, deux autres militaires arpentaient le couloir, prêts à toute éventualité. C'était rassurant ; ce qui l'était moins, c'est qu'alors que les trois jours de coma artificiel étaient achevés, Valérie ne donnait pas le moindre signe de vie.

Les traits tirés révélant qu'elle avait très peu dormi depuis l'opération de Valérie, Isabelle Le Barp essayait de réconforter Anne, Pablo et Charles venus aux nouvelles.

« J'ai autorisé Laure à demeurer dans la chambre de Valérie ; la présence d'un être cher est très bénéfique dans ces situations. Ce serait bien, Anne et Charles, que vous veniez passer un peu de temps auprès d'elle, ne serait-ce que pour que Laure puisse dormir un petit peu… »

« Nous allons avoir très peu de temps libre, mais nous allons faire notre possible ; si cela peut aider Valérie, nous le ferons.

- Valérie est pour nous la priorité des priorités renchérit Anne très fermement. Je resterai ici ce soir. »

Charles frappa un petit coup sur la vitre qui les séparait de la chambre de Valérie. Laure se tourna vers eux en esquissant un très pâle sourire après les avoir reconnus. Le visage de la jeune femme était entièrement ravagé d'avoir trop pleuré, de n'avoir pas dormi, de n'avoir pratiquement pas mangé.

« Cette enfant est extraordinaire, je ne regrette vraiment pas de l'avoir gardée ici mais, elle me fait peur. S'il arrivait quelque chose de funeste à Valérie, nul ne sait comment elle pourrait réagir ; elle me fait penser à ces chiens qui meurent de chagrin sur la tombe de leur maître. Pourtant, elle semble bigrement solide dans sa tête la gamine. »

Devant l'air perdu de ses interlocuteurs, Isabelle Le Barp ajouta :

« Soyez optimistes, nous avons déjà gagné quatre jours ; souvenez-vous de ce que je vous ai dit après l'opération : plus nous avançons dans le temps et plus nous avons de raisons d'espérer. »

Anne resta au Val-de-Grâce ce soir-là ; elle prit une douche, se désinfecta et s'habilla en infirmière avant de prendre la place de Laure. Elle aussi fut bouleversée par l'apparence de son sosie ; cette fois, il était tout à fait impossible de les confondre. Laure, meurtrie par sa vie de galère, malgré ses huit ans de moins, semblait ordinairement avoir à peu près le même âge qu'Anne. Là, elle était tellement marquée par la fatigue et les pleurs, qu'elle paraissait plus âgée. Laure embrassa Anne longuement avant de lui confier la garde de Valérie.

« La maman de Charles m'a dit que ce serait bien de lui tenir la main et de lui parler autant que possible. Alors je lui raconte des histoires, je lui dis que quand elle ira bien, nous irons nous reposer chez Charles à Arcachon. Parfois je rêve que je ressens comme une pression sur ma main et puis je me rends compte qu'il n'en est rien. Je continue à lui parler, encore et encore, comme si elle était mon bébé malade. Au début, je n'osais pas lui embrasser la main de peur de la contaminer et puis Isabelle m'a dit que je devais le faire si j'en avais envie, si je le pouvais. Alors, j'ai essayé, mais je n'y suis pas parvenue ; elle m'impressionnait trop tellement elle est blanche et froide. Maintenant, je n'ai plus peur d'elle et j'ai honte d'avoir réagi de cette manière ; la pauvre, elle est tellement mal.

Prends ma place, assieds-toi là dans le fauteuil. Et si tu ne sais plus quoi lui raconter, tu peux recommencer ou dire des prières… »

Laure était sortie ; un infirmier l'avait emmenée pour la conduire vers une douche, un repas réconfortant et un sommeil réparateur. Anéantie par le manque de sommeil, elle ne grignota que quelques petits morceaux avant de s'écrouler sur son lit sans avoir eu la force de se déshabiller.

Anne se retrouva seule dans la chambre de Valérie ; c'était la première fois qu'elle faisait ainsi face à la mort toute proche, presque palpable, qu'elle imaginait roder autour du lit de son amie. Elle aurait bien aimé prier, elle aussi, mais elle ne croyait pas. Elle se mit à le regretter ; ceux qui croyaient avaient l'air de puiser tant de force dans leur foi. Mais, elle ne pouvait pas croire, c'était contraire à la logique de son cerveau. Que pouvait-elle raconter à Valérie ? Comment Laure avait-elle pu passer plusieurs jours à lui parler sans cesse ? Elle n'osait pas prendre cette main reposée par Laure sur le lit à côté du grand corps inerte de la Tropézienne. Elle se croyait courageuse Anne. Elle l'était sûrement dans l'action, elle venait de le prouver à plusieurs reprises ces dernières semaines, mais là, elle se sentait terrorisée par l'idée de prendre la main de son amie à l'agonie. Il lui fallut un immense effort de volonté pour toucher cette main, la prendre entre les siennes. Elle se sentit renforcée par ce qu'elle venait de faire ; elle posa ses lèvres sur cette main blanche, froide et flasque pour l'embrasser. Réconfortée par sa propre audace, elle se mit à caresser le front de Valérie du dos de ses doigts. Elle avait entendu dire que les personnes dans le coma pouvaient percevoir ce qui les entourait, alors elle luttait de toutes ses forces pour ne pas pleurer. Lorsqu'elle reprit la main de Valérie entre les siennes avec l'intention de commencer à lui parler, elle vit, en face d'elle sur la table de la chambre, le petit ours de Laure. La peluche était devenue le symbole du courage de Valérie, de sa générosité sans limite pour ses amis. Anne ne put retenir le flot de larmes qui la submergeait, venant de tout son corps, inondant son visage : elle n'en pouvait plus, ce qui était arrivé à Valérie était beaucoup trop injuste. Il lui fallut longtemps pour reprendre son calme, pour être en mesure, enfin, de pouvoir parler à la Tropézienne.

Charles et Pablo étaient rentrés fort tard chez eux. Pablo avait insisté pour qu'avant de le ramener chez lui à Colombes ils passent prendre Zoran à La Bergerie.

« Nous n'avons plus de droit à l'erreur et te promener seul en serait une grave ; demain matin, j'attendrai, moi aussi, que tu m'envoies une équipe pour sortir de chez moi. Nous ferons le point sur nos ressources et nos besoins en chambres et peut-être viendrai-je avec Montserrat loger à La Bergerie. Ceci nous éviterait de devoir distraire deux personnes matin et soir pour me convoyer. »

Ils avaient passé la soirée à convaincre Michel, l'ex d'Anne, qu'il avait besoin d'une protection en permanence et qu'il serait bien chez

Pablo, dans son logement sécurisé, même en l'absence de celui-ci. Michel blêmit un peu lorsque Pablo lui asséna qu'Anne avait proposé que sa nouvelle copine soit, elle aussi, protégée. Finalement convaincu, le jeune avocat avait promis de se soumettre à leurs conseils. Il attendait pour le vendredi de la semaine suivante la convocation chez la juge d'instruction.

« Vos ordres de mission ministériels sont inattaquables ! Nous sommes déjà plus tranquilles ainsi, mais ce n'est pas ce qui va faire sortir le loup du bois.

Marcianni n'est pas clair dans cette histoire, il est sûrement impliqué dans le réseau de proxénétisme du *Frisé* et du *Chevalet*.

- C'est aussi notre sentiment ; nous allons essayer de faire le point sur ses réseaux ou pseudo-réseaux d'indics. Enquêtons sur son train de vie ; ce sera sûrement difficile, mais pourrait se révéler fructueux.

J'aimerais bien savoir aussi pourquoi ils insistent tellement pour que nous leur livrions Laure. Même si nous nous sommes pris d'affection pour elle depuis que nous l'avons recueillie ; pour eux, ce n'est qu'une prostituée parmi d'autres. Ils avaient l'occasion de récupérer facilement trois cent mille francs, ou plus, que nous étions disposés à leur verser en échange de sa libération et ils n'ont pas accepté. Ces gens n'ont pas l'habitude de faire de sentiments avec leur bétail ; cette attitude me déconcerte. Il nous faut la faire parler. Elle sait des choses dont elle ne se représente pas l'importance ; c'est certain. »

Michel avait écouté Charles avec la plus grande attention.

« Et vous êtes sûrs d'elle ?

- Absolument ; il n'y a qu'à voir comment elle dépérit en ce moment devant le lit de Valérie pour être certain que si elle nous cache quelque chose, c'est qu'elle n'en conçoit pas la valeur… »

Pablo ajouta le plus sérieusement du monde :

« Je partage tout à fait la confiance que Charles et Anne ont en Laure. Mais, comme Charles, je la soupçonne d'avoir eu connaissance de choses qui lui paraissent aujourd'hui inintéressantes, anodines, et qui sont très certainement explosives pour certains ou certaines…

- Pour le moment, elle est au chevet de Valérie vingt-quatre heures sur vingt-quatre ; elle est tellement épuisée physiquement et moralement que cela ne servirait à rien de tenter de discuter avec elle pour espérer mettre à jour son ou ses secrets. Elle fait partie intégrante de la thérapie de Valérie ; *Le Frisé* et ses alliés ont quelques jours de répit.

- Et si la situation de Valérie n'évoluait pas ? Il est des comas qui durent des mois, voire des années. »

Le jeune avocat venait d'évoquer une hypothèse que Pablo et Charles avaient refusé d'envisager.

« Il ne nous resterait plus qu'à espérer une faute de l'adversaire. »

Charles opina de la tête, approuvant l'idée émise par Pablo mais intérieurement bouleversé par l'éventualité évoquée par Michel.

Vendredi 28 juin

Les jours passaient, Charles et Anne venaient régulièrement passer quelques heures en compagnie de Valérie permettant ainsi à Laure de dormir un peu. Un soir celle-ci accueillit Anne totalement surexcitée.

« Elle m'a serré la main cet après-midi, très peu, juste un peu, de manière imperceptible. J'en ai parlé au médecin de garde, il a pris sa main, il lui a parlé, il m'a demandé de lui parler mais il ne s'est rien passé. Pourtant, je suis certaine de ce que je dis… »

« Te souviens-tu de ce que tu lui racontais ?

- Oui…

- C'était quoi ?

- Ben… Un truc qui m'est arrivé quand j'ai commencé à tapiner à Marseille, une histoire de cul.

- Et devant le médecin, as-tu raconté la même histoire ?

- Oh non ! J'aurais eu honte !

- C'est peut-être important.

- Tu crois ?

- Je ne suis pas médecin bien sûr, mais j'ai plus envie de rire si on me raconte une histoire de cul drôle que si on me lit le Code civil ! »

Charles arrivait en compagnie du Général Martel, celui qui avait opéré Valérie. Anne leur raconta son entretien avec Laure. Le médecin souscrivit tout à fait à son hypothèse.

« Vous allez reprendre votre histoire, je vais lui tenir l'autre main ; si nous avions la même sensation ensemble, ce serait un signe extrêmement encourageant, la marque d'une évolution positive. »

Laure expliqua en trois mots au médecin qu'avant de connaître Charles et son équipe, elle se prostituait. Encouragée par l'absence de réaction du général, elle poursuivit :

« Si vous saviez le nombre de tordus que j'ai rencontrés… »

Elle continua en narrant l'épisode qui semblait avoir quelque peu sorti Valérie de son sommeil :

« Le client était arrivé avec un grand sac. Tu sais, ils arrivaient souvent avec des sacs plein d'accessoires plus ou moins extravagants que tu peux deviner. J'avais l'habitude d'y jeter un œil pour vérifier qu'ils ne contenaient pas d'armes. Dans celui-ci, rien de tout ça, juste un déguisement : une tenue de Spider-man ! Il m'a ensuite demandé de me déshabiller complètement et d'enfiler l'accoutrement en question. Nue dessous, c'est vrai que j'étais sexy, mais…

Vous avez senti Docteur ? Elle a bougé ! »

Anne, Charles et Laure interrogeaient le regard du chirurgien emplis du fol espoir qu'il puisse valider l'impression de Laure.

« Ce serait incroyable que nous ayons rêvé ensemble ! »

Laure avait cessé de raconter son histoire mais elle n'avait pas lâché la main de Valérie, le médecin non plus. Cette fois, c'est lui qui brisa le silence :

« Il me semble avoir ressenti une nouvelle pression, pas vous ?

- Je n'osais y croire, et puis encore une autre…

- Reprenez votre histoire, peut-être en réclame-t-elle la suite… »

Laure reprit son histoire et la termina sans que Valérie se manifeste à nouveau.

Lorsqu'ils furent sortis de la chambre, Anne et Charles interrogèrent le chirurgien :

« Peut-on connaître votre avis ?

- Je devrais vous dire : je n'en sais rien, mais compte tenu de nos relations, je crois vraiment que nous sommes sur la bonne pente : enfin ! Bien sûr, pas un mot de ceci à l'extérieur. Je vais, de ce pas, appeler votre mère pour la tenir au courant. »

Pour la première fois depuis qu'ils venaient voir Valérie au Val-de-Grâce, Anne et Charles en sortirent assez optimistes.

« Qu'elle se remette ; le reste, on va s'en débrouiller ! »

Jeudi 4 juillet

Le miracle tant espéré eut lieu très tôt dans la matinée du jeudi 4 juillet et le Ciel, ou la chance, voulut que Laure soit présente lorsque Valérie revint enfin à elle. C'était sa juste récompense pour les journées et les nuits passées sans dormir, sans pratiquement manger, rivée au chevet de son amie. Anne et Laure furent tout de suite rassurées sur le fonctionnement à venir du cerveau de Valérie. A peine réveillée, elle les regarda comme si elle cherchait à comprendre ce qui lui était arrivé, pourquoi elle était là. Après les avoir bien regardées, elle prononça ses premiers mots :

« Comment va Charles ? »

Anne la rassura :

« Lui ? Très bien ! Sauf qu'il est très inquiet pour toi… »

Valérie n'avait pas bien l'air de comprendre pourquoi Charles pouvait s'inquiéter pour elle.

Laure avait pressé frénétiquement la sonnette des infirmières. Elle avait tant de fois rêvé de cet instant, du moment où elle pourrait prévenir du retour à la vie de son amie. En quelques minutes avaient suivi le Général Martel et Charles qui était arrivé en pyjama n'ayant même pas pris le temps de s'habiller. L'homme aux yeux de tigre avait du mal à masquer son émotion ; on eut même l'impression qu'il ne savait pas quoi dire. Au côté de Valérie il se mit à murmurer :

« Merci mon Dieu de nous l'avoir rendue… »

Valérie semblait toujours aussi surprise de tout ce qui se passait ou se disait autour d'elle ; le chirurgien jugea bon de répondre aux questions que d'évidence elle se posait :

« Valérie, permettez-moi de vous appeler par votre prénom tellement j'ai l'impression de bien vous connaître. Vous êtes ici à l'hôpital du Val-de-Grâce depuis quatorze jours. Vous y avez été transportée après avoir reçu dans l'épaule une balle de 9 mm tirée par un individu qui tentait d'assassiner votre chef, Charles Le Barp. Me suivez-vous ? »

Valérie le regardait avec de grands yeux étonnés.

« Oui Monsieur… »

« Nous vous avons opérée ici ; la balle avait suivi une trajectoire que je qualifie de très heureuse pour vous puisqu'elle n'a lésé aucun organe vital. Le réflexe de Charles de vous attirer dans sa chute vous a sans doute sauvé la vie. Par contre, le projectile s'était arrêté derrière l'omoplate et nous avons eu bien du mal à l'en retirer. Nous avons craint, compte tenu de l'importante quantité de sang que vous aviez perdue, des lésions irréversibles du cerveau. Vous voir ainsi souriante et causante quelques minutes après votre sortie du coma me permet heureusement d'éliminer totalement cette terrible hypothèse. »

Profitant d'un temps mort, Anne prit la parole à son tour :

« Ce que le Général ne t'a pas dit Valérie, c'est que tu as eu beaucoup de chance : tu as été blessée en présence de la maman de Charles qui t'a prodigué les premiers soins et qui a organisé ton transport jusqu'ici où son ami le Général Martel t'a opérée avec la réussite que nous constatons aujourd'hui et saluons avec bonheur.

- Le type qui a tiré, l'avez vous identifié ? Rattrapé ?

- Sans le courage d'Anne qui est parvenue à désarmer notre assaillant, nous serions tous les deux morts, lui répondit Charles.

Ensuite, le tueur a eu la mauvaise idée de se cogner à un autobus alors que je le poursuivais. L'autobus en a été quitte pour la peur, le chauffeur de l'autobus en a profité pour se faire arrêter quinze jours par son médecin, le syndicat des chauffeurs d'autobus en a profité pour réclamer une prime de dangerosité. Rien que du classique vois-tu ! J'oubliai de te préciser que le tireur s'en est moins bien sorti que l'autobus, il a rejoint ses ancêtres. Il a été impossible de l'identifier ; il n'avait aucun papier sur lui.

- Le juge nous a-t-il laissé nos ports d'armes finalement ? »

Le chirurgien eut une moue très expressive en écoutant la question de Valérie ; son cerveau fonctionnait à merveille.

« Il n'a pas eu l'occasion de rendre son ordonnance de non-lieu, l'une des balles perdues par le tueur lors de l'intervention d'Anne, lui a traversé la jambe. Il est arrêté pour encore au moins un mois et du coup un autre juge d'instruction a été saisi du dossier. C'est une femme, il paraît qu'elle est très compétente et très intelligente mais que c'est une emmerdeuse et elle m'auditionne demain en fin de matinée. J'irai avec Anne ; promis, nous ne traînerons pas sur le parvis du tribunal ! »

Le temps était assez rapidement passé ; le médecin de garde était venu administrer un calmant à Valérie qui commençait à souffrir de sa blessure. La jeune femme était fatiguée, il était temps de la laisser se reposer. Laure imposa sa volonté de continuer de veiller Valérie nuit et jour.

« Maintenant qu'elle va bien, elle va vraiment avoir besoin de moi. J'aurai tout le temps pour dormir chaque fois qu'elle le fera. »

Face à une telle détermination, personne ne songea à la contrarier.

Au retour d'un accompagnement « *Paris Roissy* » avec Kiki en cette fin de jeudi après-midi, Anne retrouva Charles qui était resté dans son bureau pour tenter de glaner des informations fiables sur *Le Frisé*, *Le Chevalet*, Marcianni et quelques autres de leurs familiers. Il était persuadé de l'implication du commissaire. Mais que pouvait-on faire contre ce type, qui, se sachant soupçonné, devait être sur la défensive ?

« Toujours rien de nouveau je suppose ?

- Rien en effet. N'oublie pas que demain nous allons ensemble au tribunal à 11 heures faire la connaissance de la juge d'instruction qui a repris l'affaire laissée en plan par le petit juge.

- Que projettes-tu de faire Charles ?

- Que ferais-tu Anne ?

Je crois que l'urgence, c'est la patience. Si nous ne bougeons pas, si nous attendons, ils vont s'impatienter, peut-être tenter quelque chose et espérons-le, commettre une faute. »

Charles s'arrêta pour répondre au téléphone qui venait de sonner.

« Oui, passez-moi le commissaire Barnier.

Oui Commissaire, je suis avec Anne, elle vous entend.

- J'ai quelque chose de nouveau pour vous qui tend à prouver que les choses ne vont pas au mieux chez vos adversaires. Des hommes-grenouilles des pompiers de Paris, qui effectuaient une plongée d'entraînement dans la Seine cet après-midi, ont trouvé un cadavre immergé au milieu d'un grillage métallique. Les vérifications d'usage sont en cours par les médecins légistes, mais d'après un de mes inspecteurs qui le connaissait, ce pourrait bien être *Le Chevalet*.

- Merde ! lâcha Anne.

- Barnier, s'enquit Charles, a-t-on une idée de la date de la mort et de sa cause ?

- Nous aurons les conclusions de la médecine légale ce soir ou demain, mais je peux vous répondre confidentiellement qu'il semblerait que la mort remonte à deux jours et qu'il ait commencé son bain cette nuit. On lui aurait bien glissé entre les côtes un truc genre alêne de cordonnier ou de pêcheur et ceci pour lui faire un trou dans le cœur.

- Merci pour le tuyau ; l'ambiance ne doit pas être au beau fixe chez eux. Merci de nous tenir au courant de la suite des événements. »

Le probable décès du *Chevalet* était un véritable élément nouveau. Qui pouvait l'avoir exécuté ? *Le Frisé* et ses hommes pour, profitant des événements, éliminer leur ancien patron ?

« Charles, nous verrons Marcianni demain au tribunal, ce sera l'occasion de le sonder un peu. »

Au téléphone qui venait de sonner, Charles avait répondu en appuyant sur les deux boutons commandant l'un le haut-parleur et l'autre l'enregistrement de la conversation.

Anne et Charles reconnurent la voix de l'homme qui déjà les avait menacés quelques jours auparavant ; il s'exprimait du même débit monocorde et sans expression :

« Le Barp, vous devez nous livrer la *pontonnière*[35] qui est réfugiée chez vous, vivante ou morte. Vous n'aurez aucun répit tant que vous ne nous aurez pas donné satisfaction. Nous vous avons préparé quelques surprises. Avant qu'il soit trop tard, prenez une décision raisonnable, sinon, nous allons vous détruire. Pour vous faciliter la tâche, j'ai même une idée à vous soumettre. Plutôt que de nous la remettre vivante, ce qui vous ferait perdre la gueule vis-à-vis d'elle, droguez-la un soir discrètement. Ensuite, quand elle sera inconsciente, vous lui mettez une balle dans la tête et vous l'abandonnez à un endroit... »

La patience de Charles avait des limites...

« Un jour, vous payerez vos ignominies ! »

Face à lui, Anne était livide. L'individu avait terminé son discours comme si Charles n'avait rien dit, toujours de la même voix uniforme.

« Il ne t'a pas répondu...

- Je ne serais pas surpris que le message soit enregistré sur un magnétophone avant d'être téléphoné à notre intention. Ceci

---

[35] Argot ; Fille qui se prostitue sous les ponts de l'île de la Cité.

permettrait, parmi d'autres avantages, au messager de modifier facilement sa voix, la rendant totalement méconnaissable.

- J'ai entendu parler de ces appareils qui permettent efficacement de modifier les voix, il me semble qu'on les appelle des 'vocodeurs'. Autant qu'il m'en souvienne, ils valent une petite fortune.

- Tu en sais des choses, tu m'étonneras toujours...

- On pourrait peut-être rechercher du côté des gens qui possèdent des ustensiles de ce genre.

- Au point où nous en sommes de voler dans la purée de pois, nous n'avons pas le droit de négliger la moindre piste. Que dirais-tu de mettre Fred sur ce coup ? Il est malin à souhait et fouineur comme il n'est pas possible. De plus, la protection de ma mère ne doit pas l'occuper à plein temps et il doit se morfondre dans son coin.

- Tu oublies qu'il est parti avec femme et enfants !

- Non, je ne l'oublie pas. Il m'a appelé ce matin pour me demander si on pouvait le relever ce week-end ; sa belle-mère fête ses soixante-dix ans à Nice, elle est seule dans la vie et... Bon, enfin, il est dans le bouillon ! Et moi, je n'ai personne de disponible pour le relever. »

Anne avait proposé à Michel de venir le prendre chez lui avec Charles pour l'escorter jusqu'au tribunal. Il avait poliment décliné son offre en invoquant le prétexte qu'il lui faudrait passer à son cabinet après la séance chez la juge et avant de partir en week-end.

Dans l'ascenseur qui les menait à La Bergerie, Charles s'était amusé de la réaction d'Anne :

« Il ne tient pas à ce que je rencontre sa nouvelle *calège*[36]. Je me demande à quoi elle peut bien ressembler. Encore un drôle de gibier pour se jeter dans le lit d'un mec seul depuis à peine une semaine ! »

Il évita de dire ce qu'il avait dans le crâne, mais il devait y réfléchir si fort qu'Anne, avec son flair exceptionnel, le devina.

« Tu te retiens de me jeter Bourkoff à la figure ! Mais ceci n'a rien à voir. D'abord, c'est Michel qui m'a plaquée et non le contraire, que je le veuille ou non, et même si ma fierté en est fortement ébranlée. Ensuite, tu ne peux comparer le fait d'aller faire quelques parties de jambes en l'air avec un mec que je n'ai pas l'intention de

---

[36] Argot : Prostituée chère ou femme richement entretenue.

revoir, qui est sûrement très bien occupé ailleurs et celui d'installer dans nos meubles - car ce ne sont pas ses meubles mais nos meubles - une nouvelle greluche. Ou l'amour le rend débile ou il la connaissait déjà et son cinéma n'était destiné qu'à avoir l'air de se séparer de moi à son avantage… »

Les yeux d'Anne étaient rouges ; elle allait sûrement passer une nouvelle mauvaise nuit.

Vendredi 5 juillet

Dans le cabinet de la juge d'instruction les choses se présentèrent tout de suite très mal. La frêle jeune femme brune sans âge semblait tout droit sortie de la naphtaline où l'on devait la remiser entre chaque représentation. Anne avait remarqué qu'elle avait les cheveux gras et sales, que ses vêtements étaient d'une tristesse à désespérer l'Armée du Salut et que le col de son chemisier trahissait que celui-ci n'en était pas à sa première journée de travail. Charles s'était interrogé sur ce que pouvait dissimuler le chemisier en question ; sans y parvenir.

« Mademoiselle Pietrelli ?

- Anne Lafont, Madame le Juge, je représente Mademoiselle Pietrelli actuellement hospitalisée au Val-de-Grâce suite à la tentative de meurtre de Monsieur Le Barp par un inconnu.

- Vous n'avez aucune qualité, à moins que vous ne soyez avocate pour représenter qui que ce soit ; je vous demande de sortir d'ici. »

Michel vint à la rescousse de ses clients.

« Madame Lafont est parfaitement au courant de ces subtilités juridiques, Madame le Juge, mais nous avions considéré que son témoignage pourrait être utile. Je vous demande donc exceptionnellement, avec l'accord de Monsieur Le Barp, d'autoriser la présence de Madame Lafont dans votre cabinet à l'occasion de cette audition de témoins.

- J'envisage de vous signifier votre inculpation dans les jours à venir. C'était tout ce que j'avais à vous dire aujourd'hui. »

Dehors, l'ambiance n'était pas à la joie ; Michel avait beau dire que rien n'était joué et que la mission dont Charles et Anne avaient été investis par les plus hautes autorités de l'État les mettait à l'abri d'une suspension de leur port d'armes, le moral n'y était pas. Michel partit avec ses gardes du corps et Charles et Anne prirent un taxi.

« Dommage qu'elle soit si obtuse et si peu soignée, elle a de très beaux yeux gris fer, lança Charles en guise de conclusion. »

Au Val-de-Grâce, ils avaient à peine passé la porte que Laure claironna :

« Le Docteur a dit que, selon toute vraisemblance, Valérie pourrait rentrer à La Bergerie, au plus tard, pour le week-end dans huit jours ! »

Valérie avait été débarrassée des tuyaux et câbles divers qui l'avaient longtemps reliée à la vie ; elle avait été autorisée à prendre une douche, à se laver les cheveux et à se maquiller.

« Tu fais vraiment plaisir à voir, tu as une mine splendide.

- Merci à Laure qui m'a douchée, merci à Laure qui a fait mon shampoing et merci à Laure qui m'a maquillée ! Si elle n'existait pas, il faudrait l'inventer ! Il faudrait, Charles, que tu rappelles Simon, il te cherche partout. Ce n'est pas grave du tout, m'a-t-il dit, mais c'est urgent. »

Charles appela Simon sur le champ. Celui-ci avait loué un avion privé pour le week-end pour un client américain qui venait d'informer l'ancien pilote de chasse qu'il avait dû annuler son déplacement en Europe pour d'impérieuses raisons familiales. La location de l'avion avait été payée auprès du loueur ; Simon suggérait d'en profiter pour aller faire un tour sur la Côte d'Azur ou en Corse. Se souvenant de Fred, Charles proposa à Simon un plan de vol pour arranger tout le monde :

« Peut-être pourrais-tu nous conduire jusqu'à Bordeaux-Mérignac, nous y laisser et prendre Zoran, Fred et sa famille. Fred serait sûrement ravi de prendre prétexte de ta présence et de celle de Zoran pour ne pas passer tout le week-end avec sa belle-mère. Il ne laisserait pas non plus la pauvre femme seule le jour de ses soixante-dix ans !

- Embrasse Valérie de ma part et dis-lui que je la ferai sauter dès qu'elle sera remise ! »

La plaisanterie datait de la première rencontre de Valérie et de Simon. Apprenant qu'elle était toujours fana de parachutisme, il lui avait proposé de l'emmener « *sauter avec lui* ». Valérie venait d'intégrer Escort ; elle ne connaissait pas encore le fantasque pilote. Elle avait mal compris la plaisanterie et lui avait répondu assez sèchement :

« Vous tombez mal, je n'aime pas les hommes. »

Il lui avait répondu dans un énorme éclat de rire :

« Au contraire, ça tombe bien, je n'aime pas les femmes ! »

Depuis, ils étaient les meilleurs amis du monde et chaque fois qu'il le pouvait, Simon faisait sauter Valérie et Valérie adorait dire à qui voulait l'entendre que Simon la faisait sauter mieux que personne !

Anne avait attiré Laure à l'extérieur de la chambre de Valérie.

« Réponds-moi sincèrement questionna Charles : puis-je te priver de Laure ce week-end ?

- Ça lui fera du bien si vous l'emmenez à Arcachon ; elle s'est vraiment vidée pour moi d'après ce que toutes et tous m'ont répété. Elle pourra un peu se reposer, même si, comme je le souhaite, vous faites la fête pour célébrer ma résurrection.

- Nous avons le sentiment que Laure sait des choses dont elle ne mesure pas l'importance. Nous aimerions en discuter avec elle à bâtons rompus pour essayer de trouver pourquoi ils veulent absolument la récupérer morte ou vive. Bien sûr, tu ne lui en souffles pas mot.

- Ne t'inquiète pas, je vais la convaincre ; laisse-moi faire !

Valérie eut quand même beaucoup de mal à persuader Laure de la laisser seule jusqu'au lundi matin.

« Tu pourras me téléphoner quand tu voudras depuis Arcachon, à condition que je ne dorme pas. Tu vas laisser ton ours sur ta chaise, je veillerai sur lui jalousement et lui me surveillera. Personne ne sera autorisé à prendre sa place ! Je suis certaine que Charles sera très heureux de te présenter à ses grands-parents et de te faire connaître la dune du Pyla et ses dahus[37]. Sa maman sera ravie de te recevoir chez elle comme elle aime recevoir tous les amis de son fils. Nous aurons, la semaine prochaine, des tas de sujets pour papoter ensemble. »

Anne avait prévenu Pablo par téléphone de leur départ :

« Excuse-moi de t'importuner avec mes pressentiments, mais je crains que nos amis tentent un sale coup. L'assassinat du *Chevalet* me fait soupçonner qu'ils pourraient bien souhaiter nous mettre un crime de ce genre sur le dos. Ce serait peut-être prudent de soigner nos alibis respectifs…

- Ton raisonnement se tient. Je vais y réfléchir rapidement pour ceux qui restent ici. Bon week-end, vous en avez besoin. Embrasse la belle Isabelle et salue bien ses parents de ma part. »

---

[37] Animal fantastique vivant dans certaines montagnes et sur la dune du Pyla. Responsable de la perte de la vertu de nombreuses jeunes femmes plus ou moins naïves lors de « chasses au dahu » nocturnes.

Laure était un peu pâle lorsqu'ils arrivèrent au Bourget ; elle avoua très rapidement qu'elle avait très peur en avion et que c'était la première fois qu'elle allait monter dans un petit avion. Kiki se chargea de la rassurer, mais Laure avait peur et elle n'y pouvait rien. Elle avait beau vouloir ne pas gêner ses amis, elle était blême comme une endive qu'on vient de sortir de terre. Lorsqu'ils montèrent dans le Beechcraft King Air, elle fut un peu réconfortée par l'aspect luxueux de l'avion. Elle avait déjà croisé Simon venu voir Valérie au Val-de-Grâce. Il l'avait choquée en y venant en chemise à grandes fleurs. En pantalon de toile et chemise Lacoste roses, il l'inquiétait tout à fait ! Ils étaient cinq à bord : Anne, Kiki, Laure, Charles et bien sûr Simon. Celui-ci passa ses passagers et passagères en revue ; en vieil habitué qu'il était, il se rendit immédiatement compte que Laure était verte de peur.

« Viens t'asseoir à côté de moi dans le siège du copilote ; tu pourras voir tout ce qui se passe, écouter tout ce que l'on se dit avec les contrôleurs aériens, observer tous mes gestes. Je te promets qu'au bout d'un quart d'heure, tu n'auras plus peur, plus peur du tout. »

Simon fit décoller son Beechcraft à 17 heures très précises comme prévu dans son plan de vol. A 18 heures 40, le petit avion se présentait en finale de Bordeaux-Mérignac et se posait quelques minutes plus tard de manière impeccable sur la piste de l'aéroport girondin. L'échange de passagers fut immédiat ; Fred, son épouse, leurs deux enfants et Zoran prirent à leur tour place dans le King Air après les embrassades d'usage. L'avion redécolla aussitôt pour Nice.

« Alors Laure ?

- C'est formidable ! Avec Simon, je n'ai pas eu peur ; c'est bien la première fois de ma vie que je n'ai pas peur en avion. »

Une heure plus tard, le minibus taxi déposait notre petite troupe au Pyla-sur-Mer où Isabelle Le Barp les attendait impatiemment. Pendant que Charles, selon l'habitude, allait embrasser ses grands-parents dans la maison d'à côté, Isabelle avait attribué les chambres à ses invitées. Après un dîner léger ils étaient allés faire une longue promenade entre dune et mer. Ils s'étaient arrêtés pour prendre une tisane dans un petit bar tenu par un ami de Charles.

« Alors, Peio le Basque, n'as-tu pas encore réussi à empoisonner tout le village ?

- Pas plus que tu n'as délivré la terre de toutes ses canailles, mon frère le Chinois ! »

Ils rentrèrent à la maison par le même chemin que celui emprunté à l'aller. La fatigue les rendait moins bavards et moins bruyants. Isabelle marchait devant tenant Anne et Kiki par la taille, Charles et Laure suivaient quelques pas derrière. Charles lui expliquait la formation du bassin d'Arcachon, celle du banc d'Arguin et de la Dune du Pyla.

Pendant ce temps, quelque part en région parisienne…

« Il a fallu que je disparaisse de la circulation, les flics me recherchent maintenant.

- Pas les miens en tout cas, je t'ai forgé un alibi.

- Je le sais bien, mais ça sent diablement le roussi.

J'ai déjà perdu quatre hommes dans cette affaire, et du coup j'ai du mal à recruter. Le vieux en aurait bien profité pour se débarrasser de moi. C'est pour ça qu'on a dû l'allonger. »

Marcianni et *Le Frisé* poursuivaient leur imprudente conversation téléphonique.

« Mais pourquoi donc veux-tu tellement récupérer cette petite pute ? Tu vas finir par faire une connerie que je ne pourrai plus couvrir et tu tomberas entre les pattes des poulets et peut-être moi aussi.

- Je compte sur votre ombrelle, cher ami…

- Tu n'as pas répondu à ma question…

- Les friqués en sont fous !

- Mais est-ce vraiment une raison pour la vouloir même morte ?

- Dépit et jalousie sans doute aussi, j'ai pris beaucoup de plaisir avec elle. Pour tout vous avouer, je l'ai même aimée, vraiment aimée. Parfois, je me demande même si je ne l'aime pas encore. Je crois me souvenir que vous passiez du bon temps lorsque je vous l'offrais à l'École Privée. »

Le commissaire Marcianni était trop habile pour insister ; *Le Frisé* venait d'opposer une fin de non-recevoir à sa question et n'avait pas hésité à lui rappeler qu'il connaissait bien *L'École Privée*. S'il avait jusqu'à présent fait admettre plus ou moins bien par sa hiérarchie ses relations sulfureuses, il aurait du mal à faire admettre ses visites dans la tanière secrète du *Frisé*. Mais pourquoi donc *Le Frisé* voulait-il tellement la peau de Laure ? Il y avait quelque chose qui dépassait complètement le vieux commissaire ; il n'aimait pas ça du tout. Cette affaire commençait à sentir le souffre et Marcianni s'y sentait de plus en plus mal à l'aise. Pour la première fois, il se demanda s'il n'avait pas mis les pieds là où il n'aurait pas dû, s'il n'était pas emporté malgré lui par les événements.

Samedi 6 juillet

Il faisait déjà bien jour lorsque Laure se réveilla le samedi matin. En ouvrant la fenêtre de sa chambre pour profiter de l'odeur des pins, elle entendit parler et rire fort Isabelle, la mère de Charles, et Anne.

Laure se jeta sous la douche, en ressortit deux minutes plus tard, hésita avant de finalement remettre les vêtements qu'elle portait la veille au soir. Elle avait oublié de prendre de quoi se changer en quittant l'hôpital…

Anne aurait bien un jean et un t-shirt à lui prêter.

Isabelle et Anne prenaient leur petit-déjeuner au soleil sur la terrasse séparant la maison de la piscine. Elles se mirent à sourire en voyant arriver Laure et à rire carrément lorsque celle-ci se mit à comparer son tailleur à leur tenue à elles : un simple bas de maillot de bain.

« Laure ! Bonjour ! »

Surprise, Laure en avait oublié de dire bonjour. Penaude, elle vint les embrasser, ne sachant pas quelle attitude adopter.

« Anne ! Je n'ai rien à me mettre. Je ne sais pas où j'avais la tête hier après-midi. Dans l'excitation du départ, j'ai tout juste pris une brosse à dents et du dentifrice.

- Ne t'inquiète pas pour ça, j'avais prévu le coup.
- Charles n'est pas là ? Kiki non plus ?
- Partis courir tous les deux, à six heures du matin.
- Mais il est plus de neuf heures…
- Ils ne vont pas tarder, entre neuf heures et neuf heures et quart…
- Quand Kiki vient ici et que Charles y est aussi, tu ne la retiens pas ; elle ne le lâche pas d'une semelle. Le matin, elle va courir et nager avec lui. Ensuite, elle va avec lui jouer aux boules. L'après-midi, elle le suit lorsqu'il va voir ses copains les pêcheurs et ostréiculteurs du Bassin. Le matin, Valérie, quand elle est ici, les accompagne. Mais l'après-midi Valérie aime bien rester à lézarder autour de la piscine ; pas Kiki.

- Et Valérie ne va pas jouer aux boules avec eux ? Pourtant j'ai cru comprendre qu'elle aime ça.

- Oui, mais ici, les joueurs jouent avec de l'argent, alors ils refusent de jouer avec Charles si Valérie joue avec lui.

- Parce que c'est une nana ?

- Non, parce qu'elle les plumerait tous. A dix-sept ans, elle a été championne du monde en faisant équipe avec son père. Tu n'as pas encore eu le temps de t'en rendre compte, mais tu verras que quel que soit le jeu ou le sport, elle est douée d'une adresse d'extraterrestre... »

Charles et Kiki venaient d'arriver.

« C'était marée montante, nous sommes partis vers l'Océan en courant et rentrés en nageant avec le courant. On s'est vraiment régalés.

- Etes-vous allés loin ?

- Trois ou quatre kilomètres...

- En courant dans le sable à l'aller et en nageant au retour ?

- Oui, c'est bon pour l'entraînement ! On a même pris un peu de temps pour bronzer entre deux. »

Kiki était dans son travail d'un sérieux irréprochable, mais sortie de son activité professionnelle, c'était un boute-en-train permanent.

« Et maintenant Charles, un peu de marche sur les mains... »

Charles n'y arrivait pas ; il avait essayé mille fois, il avait échoué mille fois. Ce n'étaient ni la force, ni l'équilibre qui lui manquaient, mais il n'y arrivait pas. Il était capable de sauter la tête la première de la fenêtre d'un premier étage, de se recevoir sur les mains au rez-de-chaussée puis de se rétablir instantanément sur les pieds, mais marcher sur les mains, il ne pouvait pas. Ceci amusait follement Kiki, l'ancienne gymnaste de haut niveau. Kiki avait entrepris de se diriger vers la maison en marchant sur les mains. Mais son T-shirt, gorgé d'eau à la suite de leur longue séance dans l'Océan décida de l'en empêcher. Au bout de deux ou trois mètres, elle se retrouva le T-shirt retourné, retenu par sa tête, et ce qui avait été la taille traînant par terre. Cette situation n'empêchait manifestement pas Kiki de se mouvoir mais l'empêchait de voir où elle se dirigeait. Elle ne voyait pas non plus ce qui se passait autour d'elle. Elle ne vit pas Charles s'approcher d'elle. Ce n'est que lorsqu'il lui eût pris les chevilles et qu'il l'eût soulevée qu'elle se rendit compte que la balade était terminée. Kiki se retrouva plongeant la tête la première dans la piscine sous les rires d'Isabelle, d'Anne et de Charles. Laure eut du mal à esquisser une sorte de sourire…

Anne s'arrêta soudain et s'adressant à Laure lui dit :

« Tu croyais que c'était le paradis avec nous, tu t'es trompée ! Ce n'est pas tout à fait l'enfer, mais presque. Surtout si l'on sait faire des choses que le grand chef ne sait pas faire. Kiki, qui voulait être militaire, devrait le savoir : quand on joue avec le chef, il faut toujours perdre. Elle est nulle Kiki ! Elle a essayé de faire marcher le chef sur la tête ; il n'a pas réussi, il se venge, c'est bien fait pour elle ! »

Kiki était immédiatement sortie de l'eau, elle avait bien entendu le discours qu'Anne prodiguait à Laure puis, sortant de son champ de vision avait rempli d'eau un seau qui traînait par là.

« Tu cogites beaucoup trop ce matin ma chérie, ton cerveau va surchauffer » lança-t-elle en lui retournant le seau sur la tête. »

Anne riait, ne serait-ce que pour que Laure puisse rire elle aussi. Elle se pita ensuite devant Charles en désignant Kiki :

« Il va falloir que tu révises tes maximes…

- Tu as raison Anne : il faut se méfier des femmes en général, pas seulement de celles qui ont de gros seins… »

La voix du *Frisé* n'était pas très assurée au téléphone :

« Mais, Monsieur, je fais ce que je peux ; depuis l'assassinat du *Chevalet*, ils ont redoublé de prudence et ne se déplacent plus que par trois ou même quatre et, dans ces conditions, il est totalement impossible de s'en prendre directement à eux. J'ai eu Marcianni hier soir au téléphone ; il a fallu que je lui rappelle qu'il avait passé de bons moments à *L'École Privée* pour calmer un peu son ardeur. Il voulait savoir pourquoi nous voulions Laure à tout prix. »

« Et que lui avez-vous répondu ? »

« Ce que je réponds toujours dans ces cas-là : que je ne sais pas. Je ne peux pas lui dire que vous m'avez promis cinq cent mille francs.

Je crains qu'il ne finisse par mettre à jour nos activités secrètes.

- Pour le moment, c'est parfait ainsi. Si vous le sentiez un jour proche de la vérité, il faudrait en tirer immédiatement les conséquences… »

Celui que *Le Frisé* appelait « *La Voix* » venait de raccrocher.

Charles, au grand regret de Kiki, avait décidé de passer l'après-midi à lézarder lui aussi au bord de la piscine. Il n'y aurait donc pas de sortie sur les pinasses des amis de Charles, pêcheurs ou ostréiculteurs. Le titi parisien avait fait de cette province d'Aquitaine qui n'était pas la sienne sa région d'adoption. Les huîtres, garbures, foies gras et autres cassoulets qu'elle appréciait plus que les fast-foods l'avaient ancrée ici ; elle épargnait consciencieusement pour pouvoir un jour se payer une belle maison comme celle des Le Barp et si possible très proche de la leur. Comme les autres piliers d'Escort, elle avait du mal à envisager qu'un jour tout cela s'arrêterait. Et pourtant, c'était inéluctable ; Kiki le savait, elle avait trente ans ; chaque année qui passait s'ajoutait aux précédentes. Charles avait trente-quatre ans, Anne trente-trois, et même pour Valérie qui n'avait que vingt-huit ans, un jour viendrait, il fallait au moins l'espérer, où ils devraient mettre un terme à leur activité trépidante et dangereuse. Mais, le pire qu'ils puissent envisager après avoir affronté tant de dangers ensemble, c'était de ne plus vivre en bande.

Ils avaient téléphoné à Valérie à l'heure du déjeuner. Elle leur avait indiqué qu'elle dormait toujours autant sous l'influence des calmants dont on l'abrutissait. Elle paraissait néanmoins avoir un moral d'enfer et sa voix commençait à reprendre son timbre habituel et son accent chantait à nouveau comme le Mistral en Provence.

Charles avait ensuite eu scrupule à troubler le bonheur de Laure qui paraissait vivre à mille lieues de son existence antérieure. Elle s'était regroupée avec sa mère, avec Anne et avec Kiki, et les rires fusaient spontanément, témoignages de bonne humeur contagieuse. Charles décida d'ajourner la discussion qu'il voulait avoir avec elle ; il l'aurait plus tard dans le week-end. Pour l'instant, il allait nager.

Isabelle et les trois jeunes femmes avaient repris leur papotage et les éclats de rire jaillirent à nouveau hauts et forts.

De temps en temps, Laure se levait et observait Charles qui nageait ; elle était ahurie de le voir aligner tant de longueurs de bassin sans fléchir de rythme, sans marquer la moindre pause.

« Et il va nager encore longtemps comme ça ? »

Anne lui répondit :

« Jusqu'à ce soir si personne ne l'arrête avant. »

Et les papotages avaient repris pendant que l'ancien des commandos Hubert se régénérait dans la piscine.

Après s'être à nouveau levée comme pour vérifier que Charles ne s'était pas noyé, elle lança :

« Et pour l'arrêter, comment fait-on ? »

Anne intervint à nouveau :

« Laisse-le, ça lui fait du bien ; il oublie nos problèmes pendant qu'il compte les longueurs. »

Laure, très admirative, s'était assise sur le bord du bassin et regardait passer, et repasser Charles ; elle se mit à compter les longueurs…

Kiki vint s'asseoir à côté de Laure.

« Sais-tu nager Laure ?

- Un peu ; si je tombais dans la piscine, je ne me noierais pas. Mais c'est tout. Rien à voir avec Charles. Et toi ? Nages-tu comme lui ?

- Non, personne parmi nous ne nage comme Charles, sauf Valérie. Grande comme elle est, elle est sacrément avantagée. Quand elle était gamine, elle a fait beaucoup de compétitions, elle a été championne de Provence du quatre cents mètres quatre nages et du deux cents mètres papillon ; elle a arrêté quand elle est entrée chez les paras. Moi aussi j'ai fait de la compétition, mais petite comme je suis, comment voulais-tu que je fasse contre des moulins à eau comme Valérie ? L'entraîneur avait beau me dire que j'étais avantagée par ma petite poitrine, il aurait mieux valu que je mesure vingt-cinq centimètres de plus ! »

Laure approuvait silencieusement le discours de Kiki. Elle n'y connaissait rien en natation, mais l'explication de sa copine lui semblait pertinente : avec de grandes jambes et de grands bras, on avance plus vite qu'avec de petits membres.

« Nous t'emmènerons t'entraîner avec nous à la piscine. Tu verras, tu progresseras très vite.

Veux-tu que je te montre comment on fait pour l'arrêter ?

- Oh non ! Laisse-le nager ! Anne a dit qu'il fallait le laisser nager.

- Ne t'inquiète pas, s'il a encore envie de nager, il repartira ! »

Kiki s'installa accroupie au bord de la piscine à l'endroit où, comme un métronome, Charles virait. Juste après qu'il eût viré, alors qu'il était encore sous l'eau, Kiki s'élança pour retomber juste au-dessus de Charles qu'elle parvint à agripper au niveau des épaules.

Comme si elle avait cherché à monter à bord d'un bateau pneumatique, elle avait progressé en glissant sur le dos de Charles jusqu'à être tête contre tête avec lui. Elle avait passé ses bras par-dessus ses épaules et se laissait traîner ainsi. A la grande surprise de Laure, Charles paraissait à peine freiné par le parasite qui était allongé sur son dos. Dans un grand bouillonnement d'écume le couple Charles-Kiki vira de l'autre côté de la piscine sans que Kiki soit désarçonnée. Toujours porteur de son chargement, Charles vint finalement s'arrêter au bord du bassin, radieux, souriant aux éclats, ravi d'avoir trouvé une partenaire de jeu.

« Tu m'as paru un peu plus lourde que la dernière fois, ou tu as grossi, ou je suis moins en forme… »

C'était une hantise permanente chez Charles ; à presque trente-cinq ans, il savait bien qu'il commençait à être sur la pente descendante de sa forme physique. Alors, il s'entraînait de plus en plus durement et s'astreignait à une hygiène alimentaire rigoureuse.

« Mais non, tu es toujours aussi en forme, je n'ai pas grossi non plus, mais cette fois, j'ai le bas de mon maillot de bain !

- Alors, je vais te l'enlever !

- Non ! Au Secours ! Isabelle ! Votre fils veut m'enlever mon maillot ! »

Isabelle et Anne avaient rejoint Laure sur le bord du bassin.

« Je ne sais pas assez bien nager pour me mêler de tes disputes avec ce garnement ! »

Charles avait plongé pour tenter d'enlever le bas du maillot de Kiki, mais celle-ci ne se laissait pas faire et se débattait comme un diable.

Dans de grands remous d'écume la lutte continuait dans la piscine. Une fois de plus Laure semblait un peu inquiète de la tournure des événements. Anne jugea bon de la tranquilliser :

« Ne t'inquiète pas Laure, Kiki y prend autant de plaisir que Charles. D'ailleurs si ce n'était pas le cas, il ne jouerait pas ainsi avec elle. Mais ne t'y trompe pas, à leur place, beaucoup seraient déjà noyés depuis un moment ! Ils ont, un souffle vraiment inépuisable. »

Soudain, Charles se mit à nager à toute vitesse vers l'autre bout de la piscine. Il avait entre les dents le maillot de Kiki ; laquelle Kiki le rattrapa avant qu'il ait pu sortir de l'eau. Mais elle eut beau s'accrocher à lui comme une pieuvre, il parvint à s'extraire du bassin… Avec Kiki sur le dos !

Les dix minutes de lutte plus ou moins sous-marine qu'ils avaient menée les avaient essoufflés tous les deux. Charles vint s'étendre là où les quatre femmes étaient allongées avant cet intermède. Cette fois, il était bien décidé à avoir une discussion sérieuse avec Laure.

« Laure ! L'acharnement que mettent tes anciens amis à exiger que nous te livrions est parfaitement anormal. Ces types ont déjà perdu quatre des leurs pour tenter de te faire taire à jamais. Il ne se passe pas une journée sans qu'ils nous menacent, sans qu'ils essaient de nous faire chanter. C'est totalement ubuesque ; nous n'arrivons pas à comprendre pourquoi ils agissent avec une telle constance contre toi ; il faut que tu nous aides. Tu sais sûrement quelque chose dont tu ne te rends pas compte qui justifie cette opiniâtreté. Me comprends-tu ? »

Laure, si détendue après la joute à laquelle Kiki et Charles s'étaient livrés dans la piscine sembla d'un seul coup se refermer comme un escargot rentre dans sa coquille. Elle avait d'abord quitté sa position couchée sur le dos, puis elle s'était assise en ramenant sa serviette pour dissimuler ses épaules et sa poitrine nues.

Quelque part derrière le Mont Valérien, à la limite de Nanterre et de Rueil-Malmaison deux hommes suivaient une jeune femme brune, seule depuis la gare du RER de Suresnes-Mont-Valérien. Ils n'avaient pas l'air de craindre qu'elle puisse leur échapper, ils semblaient sûrs de sa destination. Elle avançait tranquillement, sans se douter de quoi que ce soit. Bifurcation après bifurcation, ils la suivaient sans se presser. Petit à petit, ils réduisaient l'écart les en séparant. Lorsqu'elle s'arrêta devant un petit immeuble moderne pour chercher ses clefs, ils étaient presque à sa hauteur. Deux hommes qui venaient de sortir d'une voiture en stationnement la hélèrent :

« Madame le Juge ! Police ! Nous devons vous ramener au tribunal, Monsieur le Procureur vous réclame pour une affaire très urgente. »

La femme eut soudain peur ; elle n'avait pas le temps de sortir ses clefs et de rentrer dans l'immeuble.

Les hommes sortirent de leur poche quelque chose pouvant, vu de loin et rapidement, faire penser à une carte de police barrée de tricolore. La femme se pencha pour mieux voir. L'un des deux hommes la suivant depuis la gare la saisit par-derrière et lui mit la main sur la bouche pour l'empêcher de crier pendant que les trois autres l'empoignaient sans ménagement pour l'introduire de force dans la voiture. Moins d'une minute plus tard, la voiture était partie et Madame Clotilde Grouvard, juge d'instruction du tribunal de Nanterre, avait disparu sans laisser de trace.

Charles, Isabelle et Anne avaient beau aider Laure à se creuser la cervelle, rien ne jaillissait de ses souvenirs. La plupart de ses clients étaient des anonymes qui souhaitaient le rester.

« Parmi tes clients te souviens-tu de certains qui auraient pu te faire des confidences qu'ils pourraient juger dangereuses aujourd'hui. »

Anne menait la conversation depuis le début, elle avait tellement rencontré de prostituées pendant ses années de Police Nationale qu'elle y avait acquis une certaine dextérité. Isabelle et Charles observaient, se contentant d'apprécier la sincérité avec laquelle la malheureuse Laure fouillait dans ses souvenirs ; ils cherchaient une lueur susceptible de les mener sur une piste exploitable.

Kiki suivait la discussion comme accablée par les épreuves qu'avait dû subir leur nouvelle amie. Elle se sentait un peu inutile ; elle avait l'impression d'être en position de voyeur. Elle avait souvent un complexe d'infériorité par rapport à ses collègues. Elle n'était pas diplômée comme Anne ou Charles, et bien qu'elle soit réellement très séduisante, elle ne se trouvait pas belle comme Anne ou Valérie.

Les études avaient toujours ennuyé Kiki ; son truc à elle, c'était le sport ! Elle avait rêvé d'être Pompier de Paris ou professeur d'éducation physique ; la vie et l'époque avaient été injustes avec elle. Pour être professeur d'éducation physique, il fallait passer un concours d'entrée : elle avait échoué à cause de son insuffisante culture générale. Son rêve d'être Pompier de Paris s'était brisé sur le mur de la réglementation qui en excluait les femmes.

Elle avait longtemps traîné d'un poste de moniteur de tennis à un autre de moniteur de golf en passant par quelques intérims dans de grandes piscines comme maître-nageur. Mais tout ceci, même s'il la mettait hors du besoin, ne lui convenait guère ; la routine, les ronds de jambes n'étaient vraiment pas son truc. Combien de fois par jour devait-elle s'extasier sur le jeu, le swing ou le crawl de bourgeoises bouffies de l'arrière-train comme du portefeuille. Jusqu'au jour béni où elle avait rencontré Charles et Anne venus s'entraîner à la piscine Molitor… Escort l'avait accueillie à bras ouverts ; elle s'y était fondue comme un poisson dans l'eau, en devenant rapidement un des piliers.

Kiki aurait suivi Charles jusqu'en enfer, sans hésitation, s'il avait décidé d'y aller un jour. Ici à Arcachon, elle était tellement bien : elle suivait Charles partout où il allait et elle appréciait particulièrement qu'il ne l'oubliât jamais pour aller à une partie de pêche en mer même si le temps était gros. Kiki avait beaucoup de boy-friends auxquels elle ne s'attachait jamais bien longtemps ; le seul homme qui comptait dans sa vie, c'était le seul avec lequel elle ne songeait pas à flirter : Charles !

Laure poursuivait son récit :

« Il y a eu des clients avec qui je suis partie en voyage. Cela se passait presque toujours de la même manière. J'allais chez un médecin qui m'examinait et me faisait faire des analyses. Puis j'étais mise de côté à *L'École Privée* pendant une bonne semaine. Ensuite, je partais en voyage avec le client. Il faut croire qu'ils n'avaient pas très confiance dans les examens effectués en France parce que j'avais presque toujours droit à une nouvelle série d'examens arrivée sur place. Enfin, je crois que les clients avec qui je voyageais n'étaient que des pourvoyeurs car je ne les revoyais que pour rentrer en France. »

Laure n'avait manifestement pas envie de s'étendre sur ce qui se passait entre son arrivée et son départ…

« Et entre-temps ? » Anne avait posé la question, il le fallait.

« La routine que tu peux imaginer avec des hommes qui abusent de toi parce qu'ils ont payé cher pour ça.

- Même question que tout à l'heure ; d'après toi, certains étaient-ils connus ou peut-être même célèbres ?

- En tout cas, moi je n'en connaissais aucun. La seule chose sûre, c'est qu'ils devaient être riches et, ou, influents. J'avais l'impression d'être un cadeau, une récompense ou un pot-de-vin !

- Dans quels pays voyageais-tu principalement ?

- Un peu partout dans le monde, sauf dans les pays communistes. Beaucoup au Moyen Orient, en Asie aussi. Mais les gens que j'y rencontrais me semblaient y être plutôt des étrangers que des indigènes. A *L'École Privée*, il devait y avoir des personnalités connues. Pour certains clients ou certaines clientes, on nous mettait des masques collés sur les yeux et des boules de cire dans les oreilles. Ceux-là ou celles-là devaient être célèbres. Il m'est arrivé de discerner des voix que j'avais entendues à la télévision. Par peur d'être découverte je n'ai jamais cherché à savoir de qui il pouvait s'agir. La plupart des filles disparues alors qu'elles étaient à *L'École Privée* ont dû être liquidées pour cette raison. »

La voiture avait roulé plus de deux heures lorsqu'elle s'arrêta.

« Ici, vous allez avoir quelques loisirs pour méditer sur la toute-puissance du juge d'instruction. Sauf miracle, vous n'en sortirez pas vivante. Il vous appartiendra, par les efforts que vous ferez pour nous aider, de choisir comment vous quitterez ce bas monde, de manière rapide et plus ou moins indolore ou lentement après avoir beaucoup souffert ! »

Ses kidnappeurs l'avaient conduite dans ce qui avait dû être un logement de serviteurs. Les orifices en avaient été soigneusement occultés. La juge Clotilde Grouvard était terrorisée. Elle était devant un choix qu'elle n'avait jamais imaginé devoir faire un jour : ou elle cédait sans regimber à ses tortionnaires et elle avait une chance de prolonger sa vie, ou elle se rebellait et l'aspect menaçant de ces hommes lui laissait entrevoir une fin à la fois proche, lente et cruelle.

« On se la fait tout de suite, ou on attend les ordres ?

- De toute façon, on peut rigoler un peu avec elle, le chef a dit qu'il faudrait la violer avant de la torturer et de l'exécuter pour mettre les flics sur la piste du *Frisé*. »

Le type avait sorti un énorme revolver de sous sa veste et il le tenait braqué sous la mâchoire de la jeune femme.

« Déshabille-toi, morue ! Laisse-nous voir si tu es baisable ! »

Si elle n'obtempérait pas, ils la tueraient tout de suite sans avoir eu le temps de la violer et la police ne s'égarerait pas sur la fausse piste du *Frisé*. Les policiers iraient droit au but : les sbires de ce Le Barp aux yeux jaunes qui lui avait tant déplu. Mais, si elle obéissait à la brute, elle offrait à sa vie un petit espoir. Demain, sa sœur devait venir la chercher pour aller à Deauville avec ses neveux ; elle s'inquiéterait obligatoirement, on la rechercherait. Les policiers chercheraient forcément du côté de Le Barp qui avait intérêt à ce qu'elle disparaisse. Un miracle pourrait avoir lieu, elle serait peut-être sauvée… Elle se décida d'offrir à ses bourreaux ce qu'ils réclamaient d'elle ; sans trop rechigner. Peut-être arriverait-elle à les amadouer un peu, à prolonger sa vie suffisamment…

Charles avait décidé d'aller dîner le samedi soir chez des amis restaurateurs à La Teste-de-Buch. Leur établissement avait été installé dans un ancien hangar d'ostréiculteurs, autour des bacs d'affinage. Charles fréquentait le « *Reste-à-Terre* » depuis des années ; le patron et lui avaient été camarades de classe à l'école primaire et puis au lycée.

Ils avaient un peu dû prier Isabelle : par coquetterie, elle avait minaudé « les boîtes de nuit, ce n'est pas de mon âge », alors qu'on avait juste parlé de restaurant. En fait, elle était très fière que son fils la sorte, qu'il ne la laisse pas à la maison comme un vieil objet. Sortir avec les filles d'Escort était un bain de jouvence pour l'anesthésiste de la guerre d'Indochine, un de ses véritables moments de bonheur. Elle adorait chahuter avec ses cadettes de trente ans.

Vincent, le patron, avait tenu à offrir le champagne avant le repas au titre de la vieille amitié qui le liait à Charles.

« J'ai vu Ned avant-hier matin au marché, il se figurait que tu avais débarqué ici sans passer le voir. Je lui ai dit que tu n'étais pas venu depuis un long moment. Belles comme sont tes compagnes, vous devriez aller lui faire un coucou dans son Club tout à l'heure. Il en serait ravi ; il était triste en croyant que tu l'avais négligé. »

Kiki s'était gavée d'huîtres, avait achevé la daurade au sel d'Isabelle et parachevé le tout par une double portion de profiteroles au chocolat.

« Elle a toujours bon appétit la petite blonde ; ta grande équipière n'a pas pu venir ? »

Charles raconta à Vincent les malheurs de Valérie sans s'étendre sur les causes réelles de l'attentat.

« Quand elle sera suffisamment rétablie, attends-toi à les voir débarquer ici toutes les deux, la petite blonde et la grande blonde ; il est prévu que Valérie vienne se reposer ici une quinzaine de jours et Kiki lui servira de nounou quand maman ne sera pas là.

- Et bien, ces demoiselles seront les bienvenues !

- Tu pourras leur préparer des doubles rations ; chez nous grande ou petite, la blonde est vorace et a toujours faim ! »

Ils l'avaient laissée. Enfin Clotilde pouvait respirer, pleurer. Elle était seule maintenant et pouvait envisager autre chose que sa survie immédiate. Ils n'étaient plus pressés de se débarrasser d'elle.

« Finalement, tu es plutôt un bon coup, on rigole bien avec toi. On va t'accorder un sursis. Tout au moins tant que tu seras coopérative.

- N'essaie pas de t'échapper, au mieux, tu sauterais sur une mine antipersonnel, ou pire, mise en pièces détachées et dévorée par les chiens, selon l'itinéraire choisi. »

Elle avait fait le tour de son local après leur départ espérant y trouver, sinon une issue, du moins un espoir d'issue. Elle avait fini par trouver un cabinet de toilette ; elle se sentait tellement sale, tellement souillée que la douche froide lui avait paru merveilleuse.

La nuit était tombée, une triste ampoule répandait une lumière fadasse accentuant la misère des lieux. Couchée sur le lit, quelques minutes auparavant lieu de son supplice, elle tentait de porter son esprit ailleurs. Mais tout, autour d'elle, lui faisait revivre ce qu'elle avait subi. Les lambeaux de ses vêtements épars gisaient là où ces brutes les avaient jetés. Elle se leva pour les rassembler et les mettre hors de sa vue. Nue, elle s'était enveloppée dans le dessus du lit dont elle ne pouvait ignorer les salissures ; il était sa seule défense contre le froid qui la gagnait.

Ces barbares infantiles s'étaient révélés être de bien piètres amants. Elle avait connu peu d'hommes dans sa vie, mais certains lui avaient procuré du plaisir. Ceux-là, elle le ressentait de tout son corps meurtri, n'étaient que des violents encore plus fiers de la taille de leur revolver[38] que de celle de leur sexe.

Clotilde Grouvard sursauta, elle se souvenait soudain du rapport de police qu'elle avait lu et relu concernant l'armement des hommes de Le Barp. Ils utilisaient tous des pistolets[39] Beretta, à part l'ex-commissaire Lafont qui avait gardé son pistolet Colt 45 et l'ancien policier Fred Chassaing qui avait conservé son revolver 357 Magnum. Clotilde se souvenait très bien de ce Fred du temps qu'il était à la BAC, il avait participé à une reconstitution de crime qu'elle avait organisée et ils avaient longuement discuté ensemble. Tous les

---

[38] Un revolver est une arme de poing dont le chargeur est un cylindre qui fait des révolutions ; c'est le barillet.
[39] Un pistolet est une arme de poing dotée d'un chargeur linéaire, le contraire du barillet.

hommes qui l'avaient enlevée et qui l'avaient accompagnée ici avaient de gros revolvers. Quelque chose ne cadrait pas ; ces hommes en avaient trop fait pour lui faire croire qu'ils étaient des hommes de Le Barp. Etaient-ils pour autant ceux du *Frisé* ?

L'arrivée de Charles dans la boîte de nuit de son ami Ned, « *Le Nautilus* », n'avait pas été discrète. L'immense Ned avait accueilli par un hurlement couvrant presque la sono l'entrée de Charles et de ses compagnes.

Il était encore tôt lors de leur arrivée et la petite boîte était en conséquence aux trois-quarts vide. Au fond, à gauche, face au comptoir, une table était marquée « *Réservée* », Ned les y conduisit.

« N'est-elle pas réservée, s'inquiéta Anne ?

- Si, pour vous. Vincent m'a téléphoné pour me dire que vous veniez dîner chez lui ce soir. Je ne pouvais pas imaginer que vous ne passeriez pas faire un tour chez votre vieil ami le pirate. »

Charles était rapidement parti s'asseoir au bar avec son verre pour y tenir conversation avec l'ami Ned. Isabelle s'était retrouvée seule avec les trois autres filles à la table qui leur était réservée.

« Ne t'inquiète pas Laure, il ne nous fait pas la tête, mais il tient à nous laisser un peu libres. Ned est un vieil ami à lui, comme Vincent et Peio le tenancier du bar de la dune ; ils se connaissent depuis l'école primaire. Ned a été plongeur dans la marine, cela crée des liens supplémentaires, s'il en était besoin. »

Un homme d'une quarantaine d'années était venu inviter Isabelle à danser lorsque Les Rita Mitsouko avaient commencé à chanter « *Marcia Baila* », l'un des tubes de l'année.

Le cavalier d'Isabelle avait tout du parfait séducteur du samedi soir. Il dansait la tête haute en regardant autour de lui pour voir si quelques autres femmes le regardaient. Sûr de lui, de son charme imparable, il avait commencé à débiter le refrain poli chez lui toute la semaine devant une glace.

« Est-ce la première fois que vous venez ici ? Je ne vous y ai jamais rencontrée auparavant. »

Isabelle avait voulu se montrer bien élevée en acceptant son invitation. Se faire courtiser en présence de Charles ne la dérangeait pas. Ce qui la dérangeait, c'était ce type. Elle n'avait quand même pas eu de chance…

« Votre ami ne s'occupe pas beaucoup de vous me semble-t-il… À moins qu'il ne soit, comme moi, qu'une rencontre de passage. »

On a beau être Colonel, avoir plus de soixante ans et avoir pas mal souffert dans sa vie, on peut aussi avoir gardé l'esprit potache. Et Isabelle Le Barp, médecin des armées, en débordait !

« Oh non ! Je connais ce monsieur depuis presque trente-cinq ans !

- Les jeunes femmes qui sont avec vous sont-elles vos filles ? »

Isabelle avait été un peu flattée que l'on puisse la prendre pour la fiancée de Charles ; elle se sentit défrisée après la dernière remarque.

« Oui, les deux brunes sont mes filles et la petite blonde est la fille de mon compagnon. »

Anne, Laure et Kiki ne quittaient pas le couple des yeux tout en gardant un œil sur Charles, toujours assis au bar de son ami Ned.

Isabelle était rentrée après avoir remercié son cavalier. Il était parti en quête d'une proie plus consentante et plus facile à apprivoiser après avoir cérémonieusement baisé la main de sa partenaire en lui disant :

« A tout à l'heure pour les slows, si vous êtes encore libre… »

Elle avait raconté à ses trois comparses que son séducteur les avait prises pour ses filles, ce qui n'avait rien de bien extraordinaire et qui aurait pu être, mais qu'il avait estimé que Kiki était la fille de Charles. Anne avait failli s'étouffer :

« Quand on te dit que tu fais gamine… »

C'était aussi un tube de l'année ; Philippe Lavil chantait « *Elle préfère l'amour en mer* ». Un grand garçon à la coupe de cheveux militaire vint inviter Kiki. Il avait une bonne tête ; elle se blottissait contre lui chaque fois que la musique lui en donnait l'occasion. Elle avait attiré ses mains sur ses hanches et placé les siennes sur ses épaules. Le grand brun aux cheveux coupés très courts paraissait vraiment intimidé par cette très jolie femme extrêmement séduisante qui n'avait pas froid aux yeux.

Sa réflexion avait remis sur pied la malheureuse juge de Nanterre. S'ils avaient tant cherché à se faire prendre pour des hommes de Le Barp, quels qu'ils soient, c'est qu'ils avaient une raison. Avaient-ils peur qu'elle ne s'échappe ? Clotilde marchait dans tous les sens, tournait en rond ; mue par une nouvelle énergie, elle explorait son domaine lorsqu'elle découvrit une prise de téléphone derrière un meuble bas. Elle paraissait en bon état, mais il lui manquait l'essentiel : un téléphone. Elle décida d'aller fouiller le gigantesque bric-à-brac dans la pièce où elle avait pris sa douche. La chance semblait décidément être avec elle ; dans la deuxième armoire qu'elle avait ouverte, il y avait un combiné téléphonique. Il ne lui fallut pas longtemps pour le brancher ; son cœur battait à tout rompre, allait-elle avoir une tonalité ? Il y en avait une, mais bizarre ; elle raccrocha. Et si c'était un piège ? Et s'ils attendaient qu'elle ait téléphoné quelque part, pour dire qu'elle avait été enlevée par les hommes de Le Barp, pour l'exécuter ? Après tout, même s'ils étaient encore là à attendre, elle ne risquait rien à temporiser, à réfléchir un peu. Elle savait qu'elle n'avait aucun joker, aucun droit à l'erreur. Pour la première fois de la soirée, elle se mit à espérer. Mais tout de suite après la vague d'espoir, une de désespoir succédait : la moindre bévue lui serait fatale.

« Pas très entreprenant ton cavalier quand même, quelque chose me dit qu'il avait sa chance.

- Encore un qui doit aimer… »

Isabelle termina sa phrase :

« Les grandes bringues avec de gros seins ? Je n'en suis pas certaine du tout, je crois plutôt que tu l'as intimidé. Attends l'heure des slows pour prendre ta revanche. »

Ned et Charles continuaient de discuter dans un coin du bar. Charles avait suivi discrètement la drague malheureuse de Kiki. Son danseur était allé rejoindre un groupe de trois autres hommes qui paraissaient un peu plus âgés que lui.

« Les connais-tu ?

- Tu les surveilles ?

- Non, je les ai amenées ici parce que nous traversons une période très délicate ; des menaces graves pèsent sur nous. Elles sont célibataires, elles ont le droit de se divertir, mais je ne peux pas les laisser se distraire avec n'importe qui, même si elles sont de taille à se défendre. Tu les connais ?

- Oui, ce sont des chercheurs de je ne sais quel organisme qui travaille sur la migration des cétacés dans le golfe de Gascogne. Ils sont logés par l'Université de Bordeaux et le Lycée d'Arcachon. Ils ont un bateau ici. Tu peux être tranquille pour tes minettes et ta maman !

- Et le type qui dansait avec ma mère ?

- Un professeur de gymnastique du lycée ; sa femme l'a plaqué l'an dernier pour aller vivre en Californie avec un Américain richissime. Il est un peu paumé depuis, mais c'est un très brave type, je le connais bien ; il est incapable de faire du mal à une mouche.

Les clients avaient profité de la fin des musiques remuantes pour renouveler leurs consommations. Puis le disc-jockey avait embrayé pour une longue période de slows.

Dimanche 7 juillet

Sa première idée avait été de téléphoner à sa sœur pour lui dire qu'elle était prisonnière des hommes de Le Barp. Elle serait bien arrivée à lui glisser dans la conversation que son prénom s'écrivait Clotilde avec un « o » et non Clautilde avec « au ».

Pendant des années, quand sa sœur aînée sortait le soir, celle-ci l'appelait d'où elle était pour savoir s'il fallait qu'elle rentre rapidement ou pas selon que leurs parents étaient à Paris ou partis dans leur maison de Normandie. Les deux sœurs étaient convenues de ce code pour communiquer entre elles ; lorsque l'une d'elles l'utilisait, l'autre devait comprendre que ce qu'elle entendait était le contraire de la réalité ! Elle pouvait lui demander d'aviser son collègue le juge de Nanterre de sa situation ; elle avait confiance en lui. Lorsqu'elle était allée le voir à l'hôpital, il lui avait glissé avoir alerté directement un des hauts responsables du Ministère de la Place Vendôme. Cette affaire était un beaucoup plus gros coup qu'il n'y paraissait, il en était convaincu ; il craignait des fuites au plus haut niveau. Elle l'avait cru touché par la paranoïa ; elle devait maintenant admettre que, malgré sa moindre expérience, il avait été plus clairvoyant qu'elle.

Pour ne pas être abattue directement, il fallait sans doute qu'elle continue à satisfaire les vils instincts de ses geôliers, mais surtout qu'ils pensent qu'elle les prenait vraiment pour des hommes de Le Barp.

Elle avait troqué le dessus-de-lit qui lui servait de vêtement pour un pull-over d'homme beaucoup trop grand et malodorant trouvé en cherchant un téléphone. Dans la glace fendue de la porte de l'armoire, dans la faible lueur de la lumière de la pièce d'à côté, elle se voyait. Et l'image que lui renvoyait la glace cassée n'avait rien à voir avec ces stars des magazines de papier glacé. Ses jambes étaient blanches comme le reste de son corps ; peut-être que bien bronzées ou gainées de ces collants étincelants dont la publicité s'étalait sur les affiches des chantiers de la Défense, peut-être qu'elles auraient été attirantes, elles étaient assez longues somme toute. Elle fit glisser le col beaucoup trop grand du pull-over sur son épaule gauche pour la dénuder et laisser entrevoir la naissance de sa poitrine ; cette image n'était pas la sienne, jamais elle n'aurait osé paraître aussi sexy. Ses cheveux auraient pu être beaux comme ceux de sa sœur si elle les avait entretenus soigneusement, mais elle n'aimait pas ces trucs de bonne femme.

Bien sûr, elle avait eu quelques amants, certains avaient même été délicieux. Elle les avait renvoyés lorsqu'ils s'étaient montrés un peu trop audacieux, empressés, ou tout simplement lorsqu'ils avaient souhaité qu'elle s'habillât de manière un peu plus attirante. Elle considérait que se vêtir ainsi était incompatible avec sa fonction ! Elle se souvenait en avoir congédié un juste pour le motif qu'il la perturbait dans son travail. Le seul qui ait vraiment compté pour elle était ce commissaire de police de quinze ans son aîné qui l'avait draguée dès son arrivée comme jeune juge à Nanterre. Il était en instance de divorce, mais quand il avait divorcé, il avait tardé, à son goût, à la demander en mariage. Elle s'était vexée, avait sombré dans ses travers de pessimisme récurrent et l'avait éconduit lui aussi.

Il lui fallait trouver quelque chose pour qu'ils ne l'exécutent pas rapidement, son corps n'allait pas les amuser éternellement…

Son premier danseur était venu relancer Isabelle. Cette fois il s'y était mieux pris. Il était arrivé sur la chanson du groupe « *Il était une fois* », « *J'ai encore rêvé d'elle* » en proclamant :

« Et je viens de la retrouver… »

Puis il s'était tu un long moment avant d'oser :

« Votre ensemble est splendide, on tirait une tenue portée par Lynda Evans dans Dynasty…

- Vous êtes plus perspicace concernant la mode que concernant les liens de parentés entre adultes…

- Je vous prie de m'excuser, j'ai été nul tout à l'heure ; je n'osais pas revenir vous inviter. Si votre compagnon ne vous négligeait pas autant, je ne me serais jamais permis…

- Je vous l'ai déjà dit, pour deviner les liens de parentés, vous êtes nul : ce monsieur n'est pas mon compagnon, mais mon fils et les trois jeunes femmes sont ses plus proches collaboratrices. »

Encouragé par ce début qui lui semblait prometteur, notre séducteur en profitait pour jouer au jeu des mains baladeuses.

« Si ce n'est pas indiscret, où avez-vous trouvé votre ensemble ?

- Chez Harrods à Londres, c'est un modèle du couturier Nolan Miller, inspiré du feuilleton Dynasty. Voulez-vous acheter le même à votre épouse ou à votre compagne ? »

La diablesse venait une fois de plus de le mettre échec et mat. Il avait déjà connu bien des femmes mais cette eurasienne aux yeux bridés et à la peau mate lui semblait diantrement redoutable, pas du tout le genre femme soumise. Lorsque la chanson se termina, il faillit la lâcher, la saluer poliment, la reconduire à la table où l'attendaient ses amies et la remercier. Il se rendit compte qu'elle n'avait pas retiré les bras qu'elle avait passés autour de son cou et qu'elle n'avait rien fait pour restreindre leur étreinte.

« Puis-je abuser de vous pour une autre danse ? »

Eva chantait : « *Comme les Blés* » :

« *Si tu devais partir... Je resterais là sans te rappeler, je ne pourrais pas pleurer... Triste comme les blés quand le vent les a quittés... Pleure le vent pour moi...* »

Cette fois, il la tenait fermement contre lui, et elle ne faisait rien pour résister à son attraction. Il savait que cette étreinte allait être furtive, qu'elle était sans issue, mais il espérait pouvoir la prolonger, peut-être une, deux ou trois chansons. Jusqu'au moment, il le pressentait, où le grand type brun aux yeux de tigre qu'elle avait présenté comme étant son fils sonnerait la fin de la récréation.

« Pourrait-on concevoir de se revoir un jour ? »

Il avait murmuré ça doucement au creux de son oreille alors que depuis de longues secondes, masqué par un mur, il caressait la soie de sa jupe.

« À quoi bon ? Vous avez votre vie, j'ai la mienne. Nous aurions pu ne jamais nous rencontrer ; le hasard en a voulu autrement mais il veut aussi que je ne sois pas vraiment libre ce soir.

- Et un autre soir ?

- Sachez que je ne suis pas femme à m'attacher à un homme. »

Il comprit que c'était sans espoir. Il avait trop d'expérience pour s'acharner comme un jeune coquelet empressé autour d'une jolie poulette. Lorsqu'il tenta de glisser sa cuisse entre les siennes au pas de danse suivant, elle ne se déroba pas. La nuit commençait à être bien avancée et la piste noire de monde leur servait désormais de refuge.

Clotilde Grouvard était retournée sur son lit toujours enveloppée du vieux pull-over ; elle avait complété son vêtement avec le dessus-de-lit pour se soustraire au froid qui commençait à envahir la pièce.

Elle avait presque forgé sa religion, mais elle voulait se donner encore du temps pour être sûre que ce ne soit pas son ultime décision, celle qui la mènerait à sa fin. Tant qu'ils ne lui avaient pas logé une balle dans la tête ou tant qu'ils ne l'avaient pas suspendue à un croc de boucher par le sexe comme ils l'en avaient menacée, elle serait vivante. Seule la mort pouvait être définitive dans sa situation. Elle se réconforta en se disant que des hommes, qui étaient des criminels certes, mais des hommes habitués à vivre avec des prostituées dont certaines étaient superbes, avaient envie d'elle. Elle s'en sentit ragaillardie ; si elle s'en sortait, elle se jura qu'elle changerait sa vie. Elle était tellement triste sa vie depuis qu'au lycée, elle se battait pour être toujours la première, pour avoir les meilleures notes partout. Elle avait travaillé, travaillé et encore travaillé quand ses copines de classe travaillaient un peu moins, collectionnaient les flirts et passaient leurs examens comme elle, même si c'était un peu moins brillant. Et maintenant, chez elle, elle potassait des livres professionnels comme une malade. Quand elle quittait le tribunal, seuls quelques huissiers s'y trouvaient encore, elle avalait des dossiers, et puis d'autres dossiers encore ; elle ne s'arrêtait jamais. Peut-être que si elle s'était abstenue de venir travailler ce samedi, elle n'aurait pas rencontré ces hommes. Tout devint très confus d'un seul coup dans sa tête : elle se mit à hurler de peur, elle avait quitté l'abri de son dessus-de-lit, arraché ce pull-over que soudain elle détestait. Elle hurla à nouveau ; personne ne lui répondit ; elle allait et venait sans but entre ces deux pièces. Elle vit, dans la glace de l'armoire, une femme nue et hagarde qui la dévisageait ; il y avait une traverse en bois qui traînait par terre, elle la jeta de toutes ses forces sur la folle impudique qui l'examinait et qui semblait la haïr. Et puis, elle s'écroula en même temps que se brisait la vitre.

Le grand brun timide aux yeux bleus était revenu inviter Kiki à danser lorsque le disc-jockey avait annoncé le quart d'heure d'Alain Barrière. Anne était restée tenir compagnie à Laure malgré l'invitation d'un des collègues du danseur de Kiki. Si Anne était très attentive au spectacle qu'offraient Kiki et son grand brun, Laure semblait captivée par le spectacle du pseudo-flirt de la mère de Charles avec son cavalier.

« Elle est souvent comme ça ?

- Elle est toujours comme ça : elle est formidable ! »

- Vraiment ?

- Pourquoi ? Es-tu choquée ? Parce qu'elle a soixante ans passés et qu'elle s'amuse comme Kiki ? Moi, je trouve ça fabuleux ; elle prouve qu'il peut y avoir une vie pour les femmes après cinquante ans. Imagine le contraire : que ce soit le père de Charles qui ait été veuf à trente-quatre ans. Imagine que ce soit lui qui nous ait accompagnées ici. Serais-tu choquée s'il roucoulait sur la piste avec une dame d'une quarantaine d'années ? Isabelle vit sa vie depuis près de trente ans ; elle est restée fondamentalement fidèle au père de Charles et elle a bien élevé celui-ci comme tu as pu le constater ; je suis heureuse de la voir se comporter ainsi, sans complexe. Cette femme est vraiment admirable. »

Laure avait écouté Anne presque religieusement. Elle se mit à penser à sa mère qu'elle n'avait pas vue depuis plus d'un mois. Charles et Pablo lui avaient trouvé une place dans une maison de retraite du Var où elle était en sécurité, elle lui avait téléphoné à plusieurs reprises, mais, sourde, elle avait du mal à soutenir une conversation lointaine. Avait-elle eu une vie après le décès de son père ? Laure se rendit compte qu'elle ne s'était jamais posé la question.

Elle vit soudain, dans le cadre qui trônait dans leur petit logement, son père en uniforme de supplétif de l'armée française, ce père qu'elle avait si peu connu… mais qui était son dieu. Elle était persuadée que là-haut, elle l'avait beaucoup déçu ; et pour Laure, c'était infiniment dur à porter.

Le cavalier de Kiki semblait avoir découvert la tenue de sa partenaire de danse. Et c'était vrai, Kiki était diablement sexy avec sa minirobe en stretch blanc constituée d'une très minijupe reliée à un très mini-top à bretelles par une bande de dentelle ajourée attirant les regards sur son ventre plat. Deux bandes verticales de la même dentelle séparaient sur les côtés l'avant et l'arrière de la minijupe.

Alain Barrière chantait « *Ma Vie* »…

« *J'en ai vu des amants… L'amour, ça fout le camp… Mais c'est long le chemin…* »

Et sur la piste, les couples se resserraient encore plus, les mains des cavaliers se faisaient de plus en plus audacieuses. La température montait dans la petite discothèque ; les cavalières qui ne regagnaient pas leur place se faisaient de moins en moins dissuasives, de plus en plus lascives et de plus en plus abandonnées aux caresses de leurs assaillants.

Kiki et son partenaire venaient de passer au hasard des mouvements de la marée des danseurs devant Anne et Laure. Le jeune homme tentait maintenant de rattraper le temps perdu. Quand ses yeux ne plongeaient pas dans ceux de Kiki, c'est qu'ils se noyaient dans son décolleté. Elle avait de petits seins, certes, mais les garçons en raffolaient ; leurs lèvres ne semblaient plus pouvoir se quitter.

A un peu plus de six cents kilomètres de la pénombre du Nautilus, dans celle d'un bâtiment désaffecté en bordure de la forêt de Compiègne, l'ambiance était fort différente même si la lumière y était aussi discrète. La terrible juge d'instruction de Nanterre gisait au milieu des débris de la glace qu'elle avait détruite d'un coup de massue dans une crise de démence. La peur et la prise de conscience de sa situation l'avaient subitement rendue folle. Reprenant peu à peu ses esprits, elle en vint à la conclusion que tout serait mieux que de rester à se lamenter sur son sort par terre, nue et gelée. Elle s'entendit dire :

« Mais enfin, Clo, tu n'es pas une nouille au beurre ! »

Et c'est vrai qu'elle avait toujours débordé de courage dès qu'il s'agissait de travailler plus que les autres la petite Clotilde. L'idée l'avait fouettée, elle était retournée sous la douche avant de revêtir le vieux pull-over nauséabond.

Elle savait qu'en prenant le risque de téléphoner à sa sœur, elle pouvait déclencher un processus fatal, mais elle avait décidé de courir ce danger. La maison était silencieuse, on n'entendait aucun bruit susceptible de donner une quelconque indication sur le lieu où l'on se trouvait. Etait-on dans un endroit désert ? Elle prit à nouveau le téléphone ; il lui apparut très vite qu'il était branché sur un standard ; elle essaya le « *0* » comme depuis son bureau, puis le « *1* » comme elle l'avait fait une fois dans un hôtel ; c'est avec le « *9* » qu'elle parvint à forcer ce premier barrage. Après plusieurs sonneries elle entendit enfin la voix empâtée de sa sœur lui répondre.

« Elizabeth ? C'est Clotilde, ne m'interromps pas, écoute-moi bien, j'ai été enlevée hier soir devant chez moi par quatre types qui m'ont conduite dans une ferme perdue à deux heures de route de Nanterre. J'ai été très maltraitée, ils veulent m'exécuter dès qu'ils auront fini de s'amuser avec moi.

Ne me coupe pas, je t'en prie, j'ai peur que le téléphone soit interrompu. Tu vas aller voir tout de suite, cette nuit, mon collègue le juge Duplat du tribunal de Nanterre, il est encore à l'hôpital de Nanterre. J'allais poursuivre les gens de la société Escort ; dis-lui que ce sont eux et pas les hommes du *Frisé* qui m'ont enlevée. Tu écris ça tout de suite pour ne rien oublier, tu le signes de ta main en lui disant que tu es la sœur de sa collègue Clotilde Grouvard. Et surtout, tu n'oublies pas que Grouvard s'écrit avec un « d » à la fin et Clotilde avec un « o » et non avec « au ». Tu as bien compris sœurette, c'est essentiel que tu te dépêches, je suis en danger de mort. »

La voix de sa sœur tremblotait, mais elle avait répondu :

« Oui Clo, j'ai bien compris, tout très bien compris et même si je suis moins bonne en orthographe que toi, je file direct à l'hôpital de Nanterre et je ne transmets ton message dans son intégralité qu'au juge Duplat. À propos, Duplat, tu écris ça comment à la fin ?

- Avec un « t ». Sois très prudente. Tu es mon seul espoir. J'espère te revoir un jour ma grande, mais je n'y crois pas trop. »

Elle raccrocha. C'était fait, elle avait tenté sa chance ; que risquait-elle ? Même s'ils avaient écouté leur conversation, ils seraient persuadés qu'elle avait mis en cause les hommes de Le Barp et affranchi ceux du *Frisé*. Elle savait qu'elle pouvait faire confiance à sa sœur pour transmettre dans les meilleurs délais son message à son collègue de Nanterre. Elle avait manifestement bien compris qu'elle devait lui traduire que c'étaient les hommes du *Frisé* qui avaient fait le coup. Sa sœur était intelligente et maligne comme un renard. Sa sœur ? Elle était tout son contraire ; autant Clotilde avait toujours voulu être la première, autant Elizabeth s'en était moquée. L'important pour sa sœur aînée, c'était de réussir à passer dans la classe supérieure, même la dernière ! Clotilde avait été la plus jeune juge d'instruction de France, Elizabeth avait été reçue dernière au concours de l'agrégation de lettres classiques, mais elle était agrégée quand même et aujourd'hui, elle était un professeur adoré par ses élèves ! De seize à trente-cinq ans, elle avait eu des amants autant que Clotilde avait épluché de dossiers. Elle avait vécu trois ans avec un gentil collègue qui lui avait fait deux beaux garçons et elle l'avait plaqué : pas assez fantaisiste à son goût !

Aujourd'hui, elle était sa dernière cartouche…

Isabelle, Anne, Kiki, Laure et Charles avaient déjeuné à midi précis chez les parents d'Isabelle. Valérie avait eu beau lui parler très souvent du grand-père de Charles et de sa grand-mère, Laure avait été très impressionnée par l'allure et le dynamisme des deux octogénaires. Si on lui avait dit qu'ils avaient soixante-dix ans, elle aurait pu le croire. Elle se dit qu'ils formaient un couple curieux, lui le petit homme des montagnes vietnamiennes et elle la grande femme des Landes.

« Nous nous sommes rencontrés très jeunes à Hanoï, nous nous sommes aimés tout de suite. Alors, nous nous sommes mariés, avec beaucoup de difficultés. À cette époque, le mariage d'une jeune fille française et d'un indigène était très mal vu, même s'il était un soldat français. Mais à force d'opiniâtreté, nous y sommes parvenus, et cela fait soixante-quatre ans que cela dure. Nous avons connu un immense bonheur ensemble. Parfois, je me demande si le grand malheur qui nous a frappés ensuite n'est pas le prix que le très haut nous a fait payer pour tant de félicité conjugale. »

Laure avait écouté, religieusement, la grand-mère de Charles. Elle avait compris que l'immense malheur dont avait parlé la vieille dame était l'accident qui avait coûté la vie au père de Charles et dont ces gens portaient le fardeau avec une force intérieure qui imposait le respect.

« Reprenez-en Kiki, je sais que vous l'aimez… »

Et Kiki avait repris du foie gras…

« Reprenez-en Kiki, j'ai sorti deux boîtes exprès pour vous. Vous savez que c'est ma spécialité… »

Et Kiki avait repris de la lamproie à la bordelaise.

« Reprenez-en Kiki, ce sont des cèpes à l'huile que j'ai faits moi-même l'an dernier ; je sais que vous les aimez… »

Et Kiki avait repris des cèpes…

Et Kiki avait aussi repris de l'omelette norvégienne « *faite maison* ».

« Vous ne mangez rien vous Mademoiselle. Vous n'aimez peut-être pas ? »

Charles vola au secours de Laure :

« Grand-mère, Laure est une grande fille ; elle sait ce qu'elle a envie de manger. Je trouve qu'elle mange très normalement pour une jeune femme de son âge ; n'est-ce pas maman ? »

« Bien sûr, tu as raison. Je peux vous dire que si je mangeais la moitié de ce que mange Kiki, je serais obèse ; je ne sais vraiment pas où tu le mets ! Mieux vaut t'avoir en photo qu'en pension ! »

Tous éclatèrent de rire, à l'exception du grand-père de Charles qui manifestement n'avait pas très bien entendu :

« Tu sais que je perds l'oreille de temps en temps ; je n'ai pas compris la dernière partie de ce que tu as dit à Kiki. »

Isabelle répéta :

« Mieux vaut t'avoir en photo qu'en pension.

- Est-ce un vieux proverbe chinois ? »

Le grand-père était content de son effet, il riait de tout son cœur !

Kiki était totalement fascinée par cet homme depuis qu'elle le connaissait. Lorsque Kiki entendait parler de regard intelligent, elle se référait immédiatement à celui de cet homme dont elle ne se rassasiait jamais d'écouter les histoires. Elle aurait passé des années entières à l'écouter, à converser avec lui : lui aussi, se disait-elle, elle l'aurait suivi en enfer ; décidément, c'était de famille !

Dans la chambre du petit juge de Nanterre, ils étaient cinq à arborer des mines sombres. Il y avait le petit juge, Pablo et les trois hommes qui avaient accordé à celui-ci leur blanc-seing pour lutter contre la conspiration dont *Le Frisé* n'était sans doute qu'une particule.

« Nous n'avons pas avancé d'un centimètre, et en plus, on risque de se retrouver avec le cadavre d'une juge d'instruction.

- Un coup dont la presse, qu'elle soit de droite ou de gauche, risque de faire ses choux gras. Si nous alertons officiellement la police, nous risquons que la taupe, sûrement très proche de nous, soit informée et répercute l'information auprès de ses comparses. »

Pablo avait l'air d'être tout à fait d'accord avec cette hypothèse

« S'ils se rendent compte que Madame Grouvard nous a fait comprendre qui sont ses ravisseurs, elle n'a plus une heure à vivre.

- Seule la police de terrain, que ce soient les policiers de l'intérieur ou les gendarmes pourraient nous aider, et nous ne pouvons pas faire confiance aux courroies de transmission puisque nous n'avons aucune indication sur la nature de cette taupe.

- Il y a bien Marcianni !

- Il faudrait trouver un moyen pour le faire tomber, mais il est sur ses gardes en ce moment ; il se sait soupçonné et surveillé.

- Et *Le Frisé* ?

- Disparu, sans laisser de traces, même leur café est fermé « pour cause de vacances » ; il est recherché par toutes les polices…

- Nous tournons en rond Messieurs, et la vie de ma collègue ne tient plus qu'à un fil ; si elle n'a pas déjà été exécutée. »

Pablo intervint vigoureusement à la suite du commentaire un peu irrité du jeune juge ;

« Avez-vous une amorce de solution Monsieur le Juge ? Ce n'est pas le moment de nous désunir, ce serait criminel.

Charles rentre demain après-midi, convoquez-le pour l'entendre sur la disparition de votre collègue. Faites venir Marcianni en même temps au motif de lui confier l'enquête. Au moins, ils supposeront que vous avez mordu à leur hameçon ; ceci peut prolonger la vie de Madame Grouvard. Et pour le moment, ce ne serait déjà pas si mal. »

Le juge et les trois hauts fonctionnaires approuvèrent le plan de Pablo ; personne n'avait trouvé mieux jusque-là. Ils écoutèrent encore le vieil Espagnol comme des gamins écoutent un maître d'école respecté.

« Il me semble, Monsieur le Juge, que vous devriez organiser une protection très lourde autour d'Élizabeth Grouvard, la sœur de votre collègue et de ses enfants. Je vous aurais bien offert de les protéger nous-mêmes, mais ce serait un brin bizarre qu'on fasse protéger ces personnes par les bandits d'Escort ! »

Et Pablo de poursuivre :

« Vous demandez l'assistance des gendarmes mobiles et vous en faites affecter un autobus pour cette protection. Et puis, même chose pour vous Monsieur le Juge ; nos hôtes seraient mal barrés si vous vous faisiez descendre. Le risque est très important ; ils peuvent réitérer le coup de votre collègue Grouvard pour essayer de compromettre mon associé. »

Après le repas Charles et Kiki avaient décidé de rejoindre les nouveaux amis de celle-ci sur le port d'Arcachon. Ils l'avaient invitée à faire une sortie sur leur bateau à la poursuite d'hypothétiques dauphins. L'après-midi la BA120[40] de Cazaux organisait un meeting aérien à l'occasion de son baptême au nom du Commandant Marzac, son fondateur en 1913. Isabelle, en alerte à quatre-vingt-dix minutes, devait rester chez elle. Du coup Anne et Laure avaient décidé de lui tenir compagnie et de se reposer en profitant du soleil au bord de la piscine.

Chaque minute qui passait était une minute de gagnée sur la mort. Clotilde Grouvard en était persuadée. Depuis la veille au soir, elle n'avait revu personne. Epuisée, elle n'avait pas dormi de la nuit, elle se replia dans son dessus-de-lit et s'écroula de sommeil.

A quelques dizaines de mètres d'elle cinq hommes écoutaient le sixième qui téléphonait.

« Non Monsieur, elle n'imagine pas que nous soyons ses ravisseurs. Cette nuit, elle a téléphoné avec l'appareil que nous avions laissé à son intention mal dissimulé dans une armoire. Elle a joint sa sœur pour lui dire que c'étaient les hommes de Le Barp qui la détenaient… »

L'homme au téléphone avait branché le haut-parleur :

« Ce n'est pas une raison pour la conserver en vie trop longtemps. Vous pouvez lui révéler la vérité maintenant, ceci n'a plus aucune importance. Elle aura plus peur de vous que de Le Barp. Vous lui dictez la lettre dont nous avons parlé tout à l'heure et vous la liquidez.

- Mais Monsieur, puisque, de toute façon, nous devons fuir le pays dès que vous nous aurez remis le magot, nous pourrions nous passer de la trucider.

- *Le Frisé*, avez-vous oublié que pour le moment vous ne risquez pas de toucher le magot comme vous dites : je n'ai toujours pas vu le cadavre de Laure. Ceci devient très urgent. Mes amis vont m'en vouloir si je ne leur donne pas satisfaction rapidement. Débarrassez-

---

[40] BA120 : Base aérienne 120 « Commandant Marzac »

nous de cette salope de juge et puis occupez-vous de votre ex-chérie dare-dare.

Kidnappez sa mère dont vous m'avez parlé, faites le savoir à Laure et demandez-lui de se livrer en échange de la mémé. Sachant ce dont vous êtes capable, elle n'hésitera pas longtemps si elle est une bonne fille et ensuite, vous les liquidez toutes les deux.

- C'est-à-dire, Monsieur, que Le Barp a déjà fait disparaître la grand-mère, impossible de savoir où. Je vous l'ai déjà dit, nous avons affaire à de super professionnels.

- Ils ne vont pas tarder à être dans la mouscaille ; le juge va les inculper dès l'instant que la frangine Grouvard les aura dénoncés. Et celle-ci, dès qu'elle aura grillé Le Barp, vous me la descendrez également. Ces cons de flics vont se persuader que Le Barp est coupable. Faites écrire la lettre par votre amie la juge.

- Entendu Monsieur, nous allons nous en occuper de ce pas. J'aimerais quand même la garder vivante jusqu'à dimanche prochain ; Marcianni doit venir ici samedi soir, je lui ai promis du plaisir avec de nouvelles filles. J'ai un peu peur qu'il nous lâche, il a le trouillomètre dans le rouge. Je crains qu'il découvre nos autres activités ; si je pouvais le filmer en train d'outrager la juge, on renouvellerait notre bail avec lui pour cent ans !

- J'y réfléchirai. N'oubliez pas la lettre. J'ai dit tout de suite. Et puis, si vous avez l'occasion de tirailler sur n'importe qui de la bande à Le Barp, ne la gâchez pas cette fois. »

Il avait raccroché.

« Heureusement que Le Barp a éloigné la vieille de Laure. Je ne me vois pas en train de tuer une femme qui pourrait être ma mère et qui m'appelait « *mon fils* », quand elle croyait que j'allais épouser sa fille.

- Nous risquons d'avoir le problème avec les neveux de la juge si nous devons la descendre.

- Ce sera la responsabilité de ceux qui exécuteront cette mission. Il sera essentiel de ne pas commettre ce genre de bavure, vous devrez m'en répondre. Je ne me sens pas encore assez tordu pour faire abattre des gamins innocents. Allez, descendons, on va se payer une nouvelle tranche de rigolade avec leur tante. Ça m'emmerde vraiment de devoir descendre un juge de sang-froid. On va la garder de côté suffisamment vivante pour pouvoir s'offrir du bon temps tant que nous sommes consignés ici. »

Les scientifiques avaient paru déçus de voir arriver Kiki accompagnée de Charles. Certes, ils avaient bien invité Kiki et une de ses amies ou un de ses amis, mais ils n'avaient vraiment pas eu de chance. Sûr qu'ils avaient dû se faire quelques films coquins dans la tête en imaginant embarquer la fringante petite bombe blonde seule sur leur bateau ou accompagnée par une de ses charmantes copines. Ils avaient prétexté un problème moteur pour ajourner la sortie ; Kiki et Charles avaient fait semblant d'être dupes. Charles avait été beau joueur ; il avait invité les scientifiques à prendre un pot sur le port. Ils y avaient gagné une longue description de leur mission : suivre les migrations de tous les cétacés fréquentant les eaux du Golfe de Gascogne. Ils leur implantaient une ou plusieurs puces électroniques destinées à les reconnaître ultérieurement et à les suivre dans leurs déplacements. Ils se détendirent au bout d'un moment en constatant que leurs deux interlocuteurs s'intéressaient réellement à leurs travaux. Charles et Kiki étaient passionnés et les universitaires en parurent flattés au point d'oublier leur déception du début de l'après-midi. Ils devaient rester sur place encore près d'un mois, jusqu'au début des vacances estivales. Ils invitèrent Kiki et Charles à les rejoindre lors de leur prochaine venue sur le Bassin et cette fois, ils les attendraient bien tous les deux ! Sur le chemin du retour, Kiki n'avait cessé de poser des questions à Charles sur ce qu'elle n'avait pas compris. Aux questions portant sur la physiologie des cétacés, Charles répondait souvent qu'il ne savait pas. Il était ainsi Charles, quand il ne savait pas, il ne faisait pas celui qui savait, il cherchait à savoir !

« Nous poserons toutes ces questions à Maman, elle en sait heureusement beaucoup plus que moi en matière de biologie ! »

Mais Kiki avait été captivée lorsque Charles lui avait parlé des sons, des infrasons et des ultrasons, de leurs fréquences, de leurs portées, de leur utilité dans le cadre de la guerre sous-marine.

Cette conversation interpellait beaucoup Charles ; il savait combien Kiki souffrait secrètement d'avoir négligé ses études. Chaque fois qu'il avait l'occasion de s'entretenir longuement seul à seul avec elle en dehors de leur travail, il était frappé par son intérêt pour ce qu'elle ne connaissait pas. Et, chaque fois, il avait constaté la même chose : si on lui expliquait clairement les choses, elle les assimilait parfaitement.

La juge Grouvard avait mal partout en revenant à elle. Elle ne se souvenait sûrement pas de tout, tellement ils l'avaient abrutie de coups. Elle se remémorait le type qui s'était présenté devant elle en début d'après-midi. Elle le découvrait, mais il correspondait tellement aux portraits anthropométriques qu'elle avait vus dans ses dossiers, qu'elle n'avait eu aucune hésitation concernant son identité ; c'était *Le Frisé*. Il lui avait paru tellement énorme qu'elle avait eu quelques doutes sur sa mémoire pourtant légendaire. Elle avait lu dans un rapport de police que la coéquipière de Le Barp l'avait menacé « *de le mettre en pièces détachées* ». Elle n'avait pas pu auditionner cette Valérie Pietrelli puisqu'elle était au Val-de-Grâce et qu'on lui en avait interdit l'accès, mais elle la trouva soudain bien sympathique et eut vraiment envie de la connaître un jour !

Le reste lui revenait par bribes, pas forcément dans l'ordre, tandis qu'elle cherchait son pull-over devenu son dernier refuge.

Le Frisé s'était approché d'elle, seul. Il portait un costume beige foncé sur une chemise ouverte dévoilant une énorme médaille en argent ou en or blanc. Il avait vraiment l'air de ce qu'il était : un maquereau. Elle attendait le moment, qu'elle pensait imminent et inéluctable où il allait lui arracher le pull-over qui dissimulait l'essentiel de son corps jusqu'au-dessous des fesses. Il allait la violer, lui aussi : elle le savait. Comme hier, ce serait un mauvais moment à passer ; elle puiserait au fond d'elle-même la force nécessaire pour subir cette nouvelle épreuve et faire semblant de prendre du plaisir : elle devait absolument survivre dans cet enfer.

Mais comment se faisait-il que *Le Frisé* se soit dévoilé à elle ? Quelle erreur avait-elle pu commettre ? Sa sœur avait-elle été imprudente, ou bien son collègue le juge avait-il commis une erreur fatale ? Il avait pris le bas de son pull-over et l'avait remonté jusqu'au niveau de sa taille ; il lui avait demandé de le tenir ainsi. Elle s'était exécutée. Il avait reculé de deux pas et la contemplait comme un maquignon observe une bête sur le marché.

« Je n'aime pas les femmes qui ne sont pas rasées… »

Elle se souvenait avoir répondu sans avoir réfléchi :

« Je ne le savais pas, mais n'y comptez pas. »

Il lui avait décoché un coup de poing d'une violence inouïe, dans le ventre, au-dessous du nombril. Elle en était tombée à terre. Il lui avait alors bourré le ventre de coups de pieds.

Elle se souvenait qu'ils lui avaient confirmé qu'ils n'étaient pas les hommes de Le Barp mais bien *Le Frisé* et ses amis. Ils l'avaient obligée à écrire une lettre à son ministre lui faisant part de son enlèvement par les hommes de Le Barp, et de sa rencontre avec lui : « il avait abusé d'elle en personne ainsi que tous les hommes qui l'accompagnaient. » Elle avait écrit avec le canon d'un revolver enfoncé dans la bouche. Ils lui apprirent ensuite que le coup du téléphone avait déjà été monté par eux pour faire accuser « *ce tordu de Le Barp* ».

Le reste, elle ne voulait plus s'en souvenir… C'était trop dur. Avant de partir, après l'avoir remise sur pied par une énième douche froide, ils avaient enfilé des gants de boxe et pendant une éternité, ils lui avaient tapé dessus, sur tout le corps jusqu'à ce qu'elle s'écroule. Un seau d'eau l'avait relevée et ils avaient recommencé en riant aux éclats. Au quatrième ou cinquième seau d'eau, elle ne s'était pas relevée. *Le Frisé* lui avait mis son revolver sur le bas-ventre :

« A dix, je tire… »

A neuf, elle s'était encore relevée, ivre de douleur… elle ne se souvenait plus de la fin sinon qu'elle avait cru entendre :

« Marcianni sera content… se la faire… Samedi… vraiment bien bonne… »

Si elle n'avait pas rêvé, si elle avait compris… Elle avait gagné quelques jours de vie, peut-être une semaine… Et pour ce résultat, elle aurait encore accepté n'importe quoi.

Clotilde Grouvard n'avait jamais beaucoup apprécié sa vie, il lui arrivait même de se sentir très aigrie. Très aigrie comme lorsqu'elle s'était trouvée en face de ce Le Barp aux yeux de tigre et de sa copine. Si elle l'avait acceptée comme témoin spontané, si elle les avait écoutés, si elle avait réfléchi… Elle leur aurait annoncé qu'après avoir lu les notes de son collègue, elle avait pris la décision de délivrer une ordonnance de non-lieu. Elle en était certaine, *Le Frisé* ne l'aurait jamais enlevée. Il le lui avait dit ; il ne l'avait kidnappée que pour faire accuser Le Barp. Pourquoi n'avait-elle pas respecté son raisonnement, sa conscience ? Marcianni et Leboucq l'avaient mise en garde contre les cow-boys d'Escort, mais surtout, cette ancienne commissaire de police, qui s'était présentée comme son adjointe dans Escort, l'avait tout à fait hérissée. Sans elle, les choses se seraient probablement passées différemment. Ce n'était sûrement pas avec son salaire de commissaire de police qu'elle aurait pu se payer des vêtements comme ceux qu'elle arborait fièrement. Ah, ce petit tailleur bleu foncé de chez Jean-Louis Scherrer avec ses fines rayures tennis et ses parements blancs ! Elle ne risquait pas de se le payer, elle, avec son salaire de juge d'instruction, même après avoir été première partout. Elle était sûrement sa maîtresse celle-là. Trop belle, trop propre, trop sexy ; elle l'avait expulsée avec volupté de son bureau, histoire de se venger. Et maintenant, elle était la captive soumise de ce sadique de *Frisé* !

Elle n'avait jamais songé sérieusement au suicide mais l'idée l'en avait effleurée à plusieurs reprises à force de se retrouver seule avec son travail comme unique compagnon. Mais lorsqu'elle réfléchissait à tout ce qu'elle venait de subir pour tenter de rester vivante quelques heures, quelques jours de plus, elle se dit que si un miracle faisait qu'elle puisse en réchapper, elle vivrait tout à fait différemment. Mais n'était-il pas trop tard, beaucoup trop tard pour songer à jouir de la vie pour l'amère petite juge Clotilde Grouvard ?

Sur le chemin de L'École Privée

Lundi 8 juillet

En fin de matinée, l'avion s'était posé en douceur sur la piste 25 du Bourget.

À peine en étaient-ils descendus que Pablo avait pris Charles, Anne et Kiki à part pour les tenir au courant de l'enlèvement de la juge de Nanterre et des décisions prises pour tenter de gagner du temps. Ils avaient décidé de passer par le Val-de-Grâce pour y embrasser Valérie avant d'aller s'enfermer rue de la Pompe.

La grande blonde les attendait de pied ferme, debout, vêtue d'un survêtement, le bras gauche en écharpe bien sûr, mais tenant à la main l'ours en peluche de Laure et de la main droite un sac d'effets personnels. Ils eurent à peine ouvert la porte qu'elle leur lança :

« On s'en va ; le Général m'a autorisée à vous suivre à La Bergerie à condition que je n'y fasse pas la folle. Ils ont tout organisé pour les soins là-bas. »

Le retour de Valérie au bercail, s'il n'ajoutait rien à l'effectif disponible d'Escort, était comme un signe du destin que les choses pouvaient se mettre à évoluer dans le bon sens.

Par téléphone, Charles avait interrogé Fred, qu'il n'avait fait que croiser le matin sur le tarmac de Bordeaux-Mérignac, à propos des fameux vocodeurs certainement utilisés par l'individu réclamant sans relâche la peau de Laure.

« Il y en a eu pas mal de vendus ces dernières années dans des studios de musique électronique, d'autres sont loués, d'autres ont été volés, même la police en aurait quelques-uns, mais je n'en suis pas sûr. »

Il fut décidé d'abandonner, au moins provisoirement, cette piste trop incertaine.

Charles avait été convoqué par le juge Duplat en fin d'après-midi en compagnie d'Anne, Kiki, Laure et Pablo.

Au détour d'un des couloirs du tribunal, ils avaient rencontré leur concurrent Mauvoisin. Il les avait croisés avec un immense sourire :

« Alors Le Barp, j'ai cru entendre que vous aviez de graves ennuis ; n'hésitez pas à m'appeler si je peux vous aider. »

Kiki, à côté d'Anne n'avait pas pu se retenir :

« Quel enfoiré ce mec ! Un jour, je vais lui en mettre une… »

Marcianni souhaitait faire placer Charles et Anne en détention préventive pour leur implication dans l'enlèvement de la juge Grouvard.

Théâtral, il avait remis au juge Duplat un document « confirmant la participation de Monsieur Le Barp à l'enlèvement et au viol de la juge d'instruction. »

« Je vous lis, Monsieur le Juge, ce que Madame Grouvard a écrit de sa propre main. Nous possédons ici suffisamment d'écrits de votre collègue pour pouvoir être certains qu'il s'agit bien de son écriture.

…J'ai été enlevée par quatre hommes de Monsieur Le Barp samedi après-midi en rentrant chez moi. Depuis je n'ai cessé d'être tabassée et violentée par les hommes de ce mercenaire…

…Un de ces hommes a fini par me prendre en pitié, il m'a promis de risquer sa vie pour transmettre cette supplique : mettez Le Barp hors d'état de nuire et faites lui avouer très vite où il me détient…

J'ai du mal à lire la suite en songeant à ce qu'un officier de l'armée française a pu commettre :

…Le Barp, lui-même, m'a fait subir les pires outrages cet après-midi.

Et pour terminer :

Demandez à ma sœur Elizabeth d'authentifier pour vous ce document écrit par sa sœur Clotilde avec un « o » et non avec « au », Grouvard avec un « d » à la place d'un « t ». J'ai promis au porteur de ce pli que son cas serait dissocié de celui des autres tueurs de Le Barp.

Marcianni avait remis le document au juge Duplat qui l'examinait avec une extrême attention.

« Alors, Maître, Monsieur Le Barp ? Je ne souhaitais pas suivre le conseil de Monsieur le Commissaire Marcianni, mais je ne vois pas maintenant comment je pourrais ne pas vous faire incarcérer immédiatement à titre préventif ainsi que ceux qui vous accompagnent. »

Pablo semblait absent, Charles aussi. Marcianni triomphait ! Ou croyait triompher… Michel prit la parole :

« Monsieur le Juge,

Ceci n'est qu'un piège grossier ; c'est hélas certainement Clotilde Grouvard, que je connais très bien, qui a écrit ce document. Mais cette lettre, elle l'a écrite sous la contrainte… »

Marcianni, toujours très virulent, lui coupa la parole :

« Prouvez-le ! »

Michel reprit la parole :

« Commissaire, avez-vous vérifié l'identité du porteur de ce pli ?

- Il a été remis au planton du secrétariat de mon commissariat par une jeune femme et…

- Et, Monsieur le Commissaire, au lieu de vous réjouir béatement de ce qui vous tombait comme un fromage bien fait sur un plateau, vous auriez pu enquêter un minimum. »

Marcianni, flairant un piège, tenta de prendre du recul :

« Nous n'avons pas une seconde à perdre Monsieur le Juge, je suis débordé de travail et je n'ai pas eu le temps d'interroger Monsieur Le Barp, ni de le mettre en garde à vue comme j'aurais pu le faire. Mais je savais que vous l'aviez convoqué pour cet après-midi et je ne voulais pas lui laisser l'occasion de s'enfuir à l'étranger…

- Pour que je donne suite à votre requête, Commissaire, il faudrait aussi que Monsieur Le Barp n'ait pas d'alibi. »

Avant que Michel ait eu le temps de dire quoi que ce soit, Laure avait bondi :

« Nous avons passé tout le week-end ensemble à… »

Marcianni, sans réfléchir s'était emporté. Il tenait sa revanche :

« Monsieur le Juge, je ne saurais imaginer que vous puissiez retenir le témoignage à décharge de cette demoiselle fichée comme péripatéticienne dans tous nos services. Qu'elle prétende avoir passé le week-end à batifoler au lit avec Monsieur Le Barp, n'a aucune valeur ! Je maintiens que Le Barp a violé Madame Grouvard hier. »

Le juge avait repris la parole, s'adressant à Laure :

« Mademoiselle, je me permets de vous demander de ne plus interrompre personne désormais, de ne prendre la parole que si on vous la donne. Sinon, ce sera le bazar. Et je n'aime pas le bazar. »

Michel intervint à nouveau :

« Je regrette, Monsieur le Juge l'emportement de mademoiselle, mais je suis certain que vous comprendrez son indignation lorsque je vous aurai dit que mes clients ici présents, à l'exception de Monsieur Escobar, ont pris vendredi soir un avion qui les a menés à Bordeaux-Mérignac, puis un taxi qui les a conduits à Arcachon. Ils en sont revenus ce matin de la même manière et nous pourrons vous fournir une liste considérable de personnes qui les ont vus, qui ont discuté avec eux tout au long du week-end. Difficile donc de continuer à soutenir que Monsieur Le Barp ait pu violenter Mademoiselle Grouvard hier après-midi, quelque part en région parisienne. Cette lettre d'accusation n'est pas qu'un faux, elle est la preuve qu'une machination est en cours contre mes clients. »

Marcianni était devenu livide sous le coup.

« Par quels vols prétendez-vous avoir voyagé ? »

Charles répondit en citant le nom de la compagnie de location et en précisant :

« Les plans de vol réguliers ont été déposés par le commandant de bord tant auprès de l'Aéroport du Bourget qu'auprès de celui de Bordeaux-Mérignac et le manifeste passagers devait obligatoirement les accompagner.

J'ai passé l'après-midi d'hier, d'environ quinze heures trente à dix neuf heures avec Mademoiselle Christiane Devaz ici présente et l'ensemble des membres de la mission du CNRS qui travaille actuellement sur la migration des cétacés dans le Golfe de Gascogne. Si le témoignage de ces scientifiques que j'ai rencontrés pour la première fois de ma vie ce week-end ne suffisait pas, je me fais fort d'en trouver de supplémentaires, mais cette fois de gens qui ont l'habitude de me rencontrer à Arcachon ou au Pyla et qui m'y ont croisé tout au long du week-end. »

Marcianni s'était effondré, comme liquéfié au fond de son fauteuil.

Le juge Duplat reprit la parole :

« Commissaire, je ne peux absolument pas retenir votre document comme étant à charge de Monsieur Le Barp. Vous allez bien vouloir vous retirer pendant que je vais demander à ces dames et ces messieurs des précisions sur leurs témoins d'alibi. Nous nous verrons ensuite, mais sachez déjà qu'ils sortiront libres d'ici. Il est manifestement évident maintenant que quelqu'un cherche à leur faire porter le chapeau pour nous égarer. »

Marcianni était sorti du bureau du juge avec le sourire idiot du boxeur qui se relève après avoir été mis KO.

La double porte fermée, le ton changea immédiatement.

« Il est mouillé comme une anguille qu'on sort de l'eau, mais, il nous échappe comme la même anguille… »

Le juge Duplat avait demandé des nouvelles de Valérie ; Charles s'étonna qu'il soit, lui, déjà revenu au travail.

« Je devais me ressaisir de ce dossier pour que nous puissions gagner du temps, Clotilde est en terrible danger et nous n'avons pas une minute à perdre. Nous pouvons espérer qu'ils n'abandonnent pas l'idée de vous mettre son enlèvement sur le dos. J'aurais pu faire venir sa sœur qui nous aurait confirmé l'histoire des messages codés qu'elles échangeaient. Il est mieux qu'ils croient, que nous n'avons pas identifié les ravisseurs. »

Comme à l'école, timidement, Laure avait levé la main à hauteur d'épaule. Le juge Duplat lui donna la parole avec le sourire :

« Oui Mademoiselle, vouliez-vous dire quelque chose ?

- Si je peux me permettre d'apporter une réflexion fruit de mon déplorable passé avec eux : ils garderont en vie votre amie tant qu'ils pourront s'amuser avec elle, tant qu'elle résistera moralement à leurs sévices, tant qu'elle survivra physiquement à leurs tortures, à leurs jeux barbares.

Mais, s'ils avaient l'espoir de pouvoir l'échanger, je suis persuadée qu'ils feraient en sorte d'épargner sa vie…

- Je vous comprends Mademoiselle, mais contre quoi estimez-vous qu'ils accepteraient d'échanger ma collègue ?

- Ils semblent tellement attachés à me récupérer vivante ou morte que vous pourriez peut-être leur proposer cet échange… »

Le juge eut l'impression de tomber dans un gouffre et aucune branche ne le retenait… Anne vint à son secours :

« Laure, nous te l'avons déjà dit, il est hors de question que nous te rendions au *Frisé*.

Première raison : Monsieur le Juge ne peut pas le faire.

Deuxième raison : personne chez nous à Escort n'acceptera jamais de te livrer. Non seulement nous ne souscrirons jamais à ta proposition mais en plus, nous allons te surveiller pour être sûrs que tu ne tentes rien de ce genre.

Troisième raison : je le dis devant Monsieur le Juge, tu détiens un secret, un secret qui te dépasse, que tu ignores, qui met aujourd'hui ta vie et d'autres vies en danger dont celle de la juge Grouvard. Ce secret serait perdu à jamais si tu disparaissais, s'ils mettaient la main sur toi. Si nous tremblons pour le sort de Clotilde Grouvard, d'autres tremblent sûrement encore plus que nous, mais pour des raisons que nous ignorons. »

Laure semblait abattue et résignée, son idée ne valait rien. Elle n'avait jamais entendu dire auparavant que la vie d'une petite pute valait celle d'une juge d'instruction. Elle se jura de se souvenir aussi de cette leçon ; Anne venait inconsciemment de lui rendre une partie de son honneur.

Dans le silence qui avait suivi la véhémente admonestation d'Anne à Laure c'est Charles qui prit la parole :

« Loin de moi l'idée d'échanger Laure, même contre tout l'or du monde, mais si Monsieur le Juge ne peut envisager un tel échange, rien ne nous empêche de le leur proposer. Le secret que détient Laure doit en effet être inestimable pour qu'ils se battent ainsi pour la faire taire. Mais Laure a raison quand elle dit que s'ils ont l'espoir de pouvoir la troquer contre Madame Grouvard, ils n'abattront pas celle-ci. Notre intérêt primordial est de gagner du temps. Nous ne donnerons jamais Laure, mais nous pouvons leur faire croire que nous sommes disposés à le faire. »

Pablo approuva la position de Charles. Le juge confirma qu'il n'avait rien entendu mais qu'il leur souhaitait bonne chance.

« Pablo nous servira de liaison permanente… »

Sur un banc, en face de la double porte insonorisée du bureau du juge, Marcianni attendait, visiblement abattu, pour entrer à nouveau ; il se doutait que le juge allait sérieusement le malmener pour avoir porté cette ridicule accusation contre Le Barp. Anne se rua sur lui, le prit au collet et lui dit doucement pour que lui seul entende :

« Tu es une charogne Marcianni, tu déshonores la police, mais tu ne vas pas tarder à le payer. Si un jour, nous nous retrouvons seuls, je te jure que je te ferai payer très cher d'avoir traité de pute mon amie Laure ; très, très, cher. Elle vaut cent mille fois mieux que toi, crapule. »

Michel et sa nouvelle compagne logeaient chez Pablo ainsi que les deux vigiles que Pablo leur avait affectés ; ils étaient suffisants pour assurer la sécurité de l'avocat d'Escort. Pablo s'était installé à La Bergerie avec Montserrat depuis le début des opérations pour s'éviter des allées et venues entre son domicile et son lieu de travail. Montserrat, Laure et Valérie se relayaient à la cuisine et jamais on n'avait aussi bien mangé à la Bergerie. En ce lundi soir, on ne s'attarda pas à table. Montserrat, discrète comme à son habitude, s'en fut se coucher et tous les autres se retrouvèrent dans la salle de réunion d'Escort deux étages plus bas : il n'y avait pas une minute à perdre pour tenter de retrouver la juge vivante.

« Maintenant que Valérie est sauve parmi nous, notre priorité est de tenter de retrouver Clotilde Grouvard.

Chacun d'entre nous, à son tour, va émettre une idée pour retrouver sa piste et va l'exprimer librement. Personne ne se moque d'une idée émise.

Pablo, à toi de commencer :

- J'avais songé à faire suivre Marcianni ; il paraît que Leboucq a déjà tenté de le faire. Mais le type est un vieux flic malin et expérimenté qui se méfie. Chaque fois, il a déjoué le piège.

- Kiki, à toi !

- On pourrait se le toper dans un endroit désert, lui serrer les trucs un peu fort jusqu'à ce qu'il craque… Si on ne trouve rien de plus légal ! »

- Laure, à toi !

- J'avais songé à me faire échanger contre la juge, mais vous m'avez convaincue que c'était une idée nulle…

- Pas nulle du tout puisque nous avons décidé de prendre contact avec eux pour organiser cet échange afin de gagner du temps.

- Anne, à toi !

- Tenter de localiser cette fichue *École Privée*… Mais comment ? La seule chose que nous sachions, d'après Laure, c'est qu'elle serait du côté de Compiègne.

- Valérie, à toi !

- Laure, pourrais-tu reconnaître la propriété vue du ciel ?

- Peut-être, j'y suis malheureusement allée bien souvent…

- Alors, on pourrait tenter de survoler la région de Compiègne en avion ou en hélico avec Simon aux commandes et Laure. Hélas, la région est vaste et très peuplée, ce serait très long, trop long sans doute. »

Laure avait levé la main.

« Laure ? Cette idée t'inspire-t-elle quelque chose ?

- Non, mais je songe qu'il y avait une fille avec qui j'étais très amie, qui m'a dit qu'elle croyait savoir où se trouvait *L'École Privée*. Moi, je ne voulais pas en entendre parler, j'avais peur que l'on puisse simplement croire que je le savais. Je lui ai dit que son tuyau ne m'intéressait pas. Elle s'en souvient sûrement, si elle existe encore... »

C'était de très loin le meilleur espoir à cet instant de localiser le repaire des truands du *Frisé*.

« Sais-tu où rencontrer ton ex-copine ?

- Elle ? Non ; mais son jeune frère : oui. C'est moi qui l'ai déniaisé à la demande de sa frangine ; il m'aimait bien et, de temps en temps, on se roulait ensemble chez lui, discrètement, pour ne pas que *Le Frisé* soit au courant : je ne le faisais bien sûr pas payer ! Si Gilda Biasi existe encore, il devrait savoir où elle habite. »

Charles reprit la parole :

« Nous allons faire un petit tour avec Laure chez ce jeune homme pour tenter de retrouver sa sœur. D'ici à demain, il va nous falloir trouver un moyen de prendre contact avec *Le Frisé* pour lui demander d'étudier l'option d'un échange entre Laure et la juge. Pablo, je suppose que tu veux être des nôtres pour cette petite virée nocturne.

- Pardi ! Plutôt deux fois qu'une.

- Laure, nous ne pouvons nous passer de toi bien sûr, mais nous sommes là pour veiller à ta sécurité.

- Sauf à le torturer, vous n'obtiendriez rien du frère de Gilda, et d'elle, sans doute encore moins. Vous verrez, ils n'ont pas été *vaccinés avec des aiguilles de phonos*[41] dans la famille et ils sont, l'un et l'autre, plus portés sur les femmes que sur les longs discours. »

Depuis une cabine téléphonique du vingtième arrondissement, Marcianni avait appelé *Le Frisé*. Il n'aurait vraiment pas eu de chance

---

[41] En argot : ils ne sont pas bavards

si quelqu'un avait décidé de mettre sur écoute cette cabine isolée de tout et condamnée au silence par les palissades d'un chantier en cours.

« Si tu me reconnais, tu me dis oui, mais surtout pas de noms, j'ai l'impression d'être cerné de partout.

- Oui, je te reçois.

- Vous n'auriez pas dû insister avec votre lettre ; ils avaient bien marché après le coup de téléphone. Mais là, lui faire dire que c'est Le Barp qui l'a violée tout dimanche après-midi, c'était une connerie.

- Pourquoi ? Il n'en a pas ?

- Au lieu de sortir des vannes à deux balles comme ça, dis-moi comment leur faire gober que ça ne vient pas de vous alors que Le Barp, hier, était à Arcachon avec des témoins insoupçonnables.

- C'est *La Voix* qui a absolument tenu à cette lettre.

- Belle connerie, une de plus et il nous fout tous dedans !

- Il voulait aussi qu'on flingue la juge tout de suite ; j'ai obtenu un sursis jusqu'à dimanche soir en lui disant que j'avais prévu une petite fête autour d'elle pour le week-end.

- Et après ? Qu'as-tu l'intention d'en faire de cette gonzesse ? Ce serait surprenant qu'elle soit soudain prise d'une envie de tapiner pour tes beaux yeux !

- Tu sais que bien arrangée, ça pourrait faire une sacrée gagneuse. Une fois enlevées ses fringues de petite fonctionnaire de merde, elle est vachement bien roulée la môme. Elle a un cul magnifique et des roberts[42] splendides. Lorsque tu viendras, tu l'essayeras et tu constateras que c'est une sacrée panthère au plumard, même contrainte et forcée !

- Tu t'égares ! C'est une sale pute de rouée[43] !

Crois-tu encore pouvoir récupérer Laure ? A ta place, je ne me ferais pas trop d'illusions ; elle est trop en sécurité chez Le Barp.

- J'ai songé à attirer dans un piège la fille de Le Barp qui est son sosie. Ensuite, on la bute et on envoie les photos de son cadavre dépecé à *La Voix*. Le temps qu'ils se rendent compte de la méprise, on aura touché l'oseille et on sera loin de Paris !

- C'est vrai que tu as de bonnes idées *Frisé* ; Je te rappelle pour te dire quand je peux venir vous rejoindre. Je suis obligé de faire très

---

[42] En argot : sein de femme
[43] En argot : juge d'instruction.

attention, mon chef m'a dit de surveiller mes fréquentations et il ne m'a pas caché qu'il pourrait me faire suivre. Sois prudent toi aussi… »

Ils avaient garé la Renault 30, dans la rue où habitait le frère de Gilda, à une cinquantaine de mètres de son domicile. Il n'y avait aucune raison pour que celui-ci soit surveillé, mais nos amis savaient les vertus de la prudence. Pablo devait rester dans la voiture, seul ; Anne lui avait fait passer le FAMAS[44] qui reposait sous une couverture sur la lunette arrière de leur voiture.

Anne et Kiki s'en furent en éclaireurs vers l'appartement d'Alessandro. La porte du bas du petit immeuble du XIX° siècle était fermée par une grosse serrure à l'ancienne qui ne résista pas dix secondes au passe de Kiki. Charles attendit, comme prévu, deux bonnes minutes pour, à son tour, sortir de la voiture avec Laure. Une minute plus tard, ils étaient devant la porte du jeune homme.

Ils avaient eu du mal à le convaincre ; sans la présence de Laure et son insistance, ils n'y seraient sans doute jamais parvenus. Il avait enfilé un jean et un polo et pris une minuscule mallette. Ils avaient rejoint la Renault 30. Ils étaient quatre maintenant à l'arrière de la voiture blindée : objectif, l'appartement de Gilda près de Melun. « As-tu ton sésame demanda Pablo à l'intention de Charles ; si les flics nous arrêtent, ils risquent de nous trouver en surcharge ! »

« Ne t'inquiète pas ; j'ai tout ce qu'il faut ! »

Anne et Kiki se rendirent vite compte, comme Laure les en avait prévenus, qu'Alessandro avait les mains très baladeuses… Elles ne résistèrent pas, il n'était pas question de le braquer. Malin, il le comprit rapidement et en usa sans vergogne.

Gilda vivait seule et semblait morte de crainte dans son appartement. Charles eut même peur qu'elle se jetât par la fenêtre pour leur échapper tant elle fut paniquée de voir son logement envahi par autant de personnes à la fois. Toute la persuasion de Laure, d'Anne et d'Alessandro fut nécessaire pour qu'elle acceptât enfin de les suivre vers La Bergerie.

---

[44] Fusil d'assaut de la Manufacture d'Armes de Saint-Etienne – Probablement le meilleur fusil d'assaut du monde en 1985

Anne constata que les mains de Gilda étaient tout aussi promeneuses que celles de son frère. Pour les mêmes raisons, elle s'abstint de toute rébellion ! Décidément, elle plaisait aux Biasi !

Charles tenait à auditionner Gilda au plus tôt. Il fallait tenter de localiser *L'École Privée* dans les meilleurs délais.

Dans le petit salon de La Bergerie, ils s'étaient retrouvés à sept : Pablo, Charles, Anne, Kiki, Laure, Valérie et Gilda. Ils avaient d'un commun accord envoyé Alessandro se coucher…

Clotilde Grouvard n'avait vu personne depuis la veille, depuis l'épouvantable visite du *Frisé* et de ses hommes. Elle souffrait comme une damnée et n'osait pas se regarder dans un des morceaux de la glace de l'armoire qu'elle avait brisée l'avant-veille. Son corps entier n'était que tuméfactions. Elle avait compris qu'ils ne la conservaient en vie que par lubricité, pour l'avilir de tous leurs vices, pour l'humilier de toute leur sauvagerie. Comment pouvait-elle encore les intéresser dans l'état dans lequel elle se trouvait ? Elle n'aurait jamais pu imaginer que des hommes pussent prendre plaisir à des jeux d'un tel sadisme, d'une telle perversité. Sa dernière heure n'était probablement pas loin, elle allait mourir d'épuisement, vaincue par leurs coups. Ecrasée par le désespoir, elle se mit à pleurer. Dans sa tête soudain se mirent à résonner les paroles de la chanson « *Le Gorille* » de Georges Brassens :

«… Car le juge au moment suprême, criait Maman, pleurait beaucoup, comme l'homme auquel, le jour même, il avait fait trancher le cou… »

Pourtant, elle n'avait jamais fait trancher le cou de personne ; elle n'avait failli à sa déontologie qu'une fois, lorsqu'elle avait brimé volontairement Charles Le Barp et sa trop étincelante collaboratrice. Elle allait le payer de sa vie au bout d'un épouvantable chemin de croix.

Laure, Anne et Charles avaient aussi brièvement que possible mis Gilda au courant de l'histoire qui les impliquait. Elle n'avait pas revu *Le Frisé* depuis plus de deux ans ; elle avait été embauchée comme majordome par un couple de commerçants aussi fortunés que libertins. Lorsqu'ils en avaient eu assez d'elle chez eux, ils l'avaient dotée d'un petit pécule, et lui avaient déniché un logement : celui où ils l'avaient débusquée cette nuit, près de Melun, loin des terres du *Frisé*. Elle était serveuse dans un petit bar café-restaurant ; parfois, de gentils clients l'invitaient à dîner tard le soir après son travail. Même si elle n'aimait pas beaucoup les hommes, elle arrondissait ainsi ses fins de mois ; elle se trouvait fort heureuse de son sort jusqu'à leur arrivée…

L'observant pendant qu'elle parlait, Charles avait l'impression qu'elle disait vrai. Elle était rassurée par les propos de Laure et par les leurs ; elle avait conscience d'être bien traitée et elle connaissait trop bien *Le Frisé* pour juger invraisemblable leur histoire. Charles se demandait par contre comment une fille comme Gilda avait pu, pouvait encore, vivre de ses charmes… Son ensemble en jean ne parvenait pas à masquer la maigreur de son corps. Elle avait les cheveux gris ou teints en gris et coupés courts ; on lui aurait donné plus de cinquante ans alors que, selon Laure, elle en avait à peine quarante.

Kiki avait glissé à l'oreille d'Anne :

« Elle doit connaître des trucs extravagants pour vivre de ses charmes, mais, sûr que ce n'est pas avec elle que j'aurai ma première expérience homosexuelle ! »

Se souvenant des mains de Gilda, Anne ne put réprimer un frisson. Décidément, elle était vraiment en manque…

« On se tait les filles et on écoute. »

Charles avait rappelé tout le monde à l'ordre !

« Selon Laure, vous devriez être capable de nous mener à *L'École Privée*…

- Je ne peux rien vous affirmer mais je devrais pouvoir y parvenir. Toutefois, auparavant, j'aimerais que vous m'expliquiez ce que vous comptez faire pour me protéger ensuite… »

Elle manipulait de haut en bas et de bas en haut le curseur de la fermeture éclair de sa veste en jean laissant entrevoir qu'elle ne portait rien dessous ; elle l'avait remonté d'un seul mouvement jusqu'au cou.

« Gilda, Laure vous l'a déjà dit, nous n'avons jamais abandonné ceux ou celles qui nous ont assistés. Si nous sommes aujourd'hui ici avec vous, c'est pour assurer la sécurité de votre amie, quel que soit le prix à y mettre. Nous avons retiré votre frère de la circulation et nous allons le faire transférer dès demain par avion privé sur Naples où il nous a dit que vous aviez de la famille de confiance. Nos correspondants en Italie seront à sa disposition s'il le juge utile... Nous aurons besoin de vous jusqu'à ce que nous ayons déniché *L'École Privée*. Ensuite, il n'y aura plus de menace contre vous, au moins pour une bonne douzaine d'années, ce qui vous permettra de vous mettre à l'abri sous un nouveau nom si vous le désirez, en France ou ailleurs, comme vous le choisirez...

- Vous savez que *Le Frisé* est très puissant, il bénéficie de nombreuses complicités ; vous aurez du mal à le faire tomber, même si vous trouvez *L'École Privée* et votre juge de Nanterre.

- Si nous retrouvons vivante Clotilde Grouvard, en imaginant ce qu'elle a dû endurer d'après vos récits, *Le Frisé* et sa bande passeront une bonne partie du reste de leur vie dans les geôles de la République. »

Gilda semblait se rassurer au fur et à mesure que Charles parlait.

« Je me souviens très bien ; une fois que j'ai fait le trajet, on a pris l'autoroute du Nord puisque j'ai entendu l'un des accompagnateurs jurer car ils avaient raté la sortie de Compiègne et le chauffeur répondre qu'il valait mieux qu'ils ne ratent pas celle de Noyon.

- Preniez-vous toujours l'autoroute ?

- Non, en général, on prenait des petites routes : on roulait doucement et il y avait peu de feux rouges.

- Mais quand vous faisiez ces trajets, comment faisaient-ils pour que vous ne puissiez pas voir dehors ? Vous enfermaient-ils dans le coffre de la voiture ?

- Non, répondit Laure ; on avait comme des lunettes de soleil sur les yeux, mais, elles étaient peintes en noir et nous occultaient le paysage. De plus, comme dans votre voiture, les vitres arrière étaient quasiment opaques. La consigne était, en cas de contrôle de police, d'enlever lesdites lunettes mais juste le temps de présenter les papiers.

- Et vous souvenez-vous d'autre chose ? »

La sœur d'Alessandro paraissait très attirée par l'ancienne commissaire de police ; dévorant Anne du regard, jouant avec le curseur de son blouson de manière très provocante, elle lui répondit :

« En effet, depuis la cour de *L'École Privée*, on voyait passer de petits avions de tourisme qui atterrissaient ou se posaient à proximité. Nous devions être à l'est de ce terrain d'aviation : j'avais repéré l'est et l'ouest avec le soleil. Les avions venaient de l'ouest au décollage, de l'est à l'atterrissage, selon le vent.

- Gilda, voici qui est très intéressant, lui dit Charles... Il nous reste à rechercher les terrains d'aviation proches de Compiègne et ensuite à y aller voler ensemble jusqu'à reconnaître votre fameuse *École Privée.* »

Laure parut désespérée par l'enthousiasme de Charles :

« Ah merde ! Moi aussi je les ai remarqués ces petits avions, mais je n'aurais pas été capable de dire s'ils décollaient ou se posaient. J'ai toujours détesté les avions jusqu'à ce que je vole avec Simon. Faut quand même que je sois stupide pour ne pas vous en avoir parlé.

- Laure, sans toi nous n'aurions jamais rencontré Gilda et, nous serions toujours dans la panade.

Cette fois, les enfants, nous avons une piste, c'est le cas de le dire. Ne nous réjouissons pas trop tôt cependant. Je n'aimerais pas arriver à *L'École Privée* pour y découvrir le cadavre de cette gourde de juge d'instruction.

Mais au fait, Gilda, comment se fait-il que vous ayez si bien observé les avions ? »

« Je n'ai pas toujours été serveuse de bar plus ou moins grimpante. J'avais fait un peu d'études et j'étais éducatrice. J'ai eu une longue romance avec une très riche héritière avec qui j'ai vécu. Pour partager sa vie, pour me consacrer à elle, j'ai abandonné mon boulot. Elle était passionnée d'aviation et m'a même appris à piloter ; elle avait son avion personnel et pratiquait la voltige au sein de son club. Et puis, un jour, elle a eu un stupide accident, une panne de moteur au décollage au-dessus d'une forêt. Elle a tenté de se poser dans une clairière mais... elle est morte sur le coup. Je me suis retrouvée seule du jour au lendemain, rejetée par les héritiers, poursuivie parce que j'étais partie avec des bijoux qui m'appartenaient et diffamée sur la place publique. Mon homosexualité, complaisamment dévoilée par toute la presse, m'a mise au ban des foyers où j'aurais pu revenir travailler comme éducatrice... Voici comment on échoue sur le trottoir. »

Mardi 9 juillet

Charles avait sorti une carte du nord parisien ; le seul terrain d'aviation qui semblait correspondre était celui de Compiègne-Margny. Creil, Roissy devaient être éliminés puisque Gilda et Laure ne se souvenaient que de petits avions de tourisme. Malgré l'heure avancée de la nuit, Charles décida d'appeler le fidèle Simon.

« Je te dérange !

- Non !

- Bien sûr que si, d'ailleurs si tu avais été bien réveillé tu aurais remarqué que je n'étais pas interrogatif, mais affirmatif camarade pilote !

- Bon, c'est vrai qu'il est deux heures du matin, que se passe-t-il ?

- La baraque où ils ont enfermé la juge se trouve à faible distance à l'est d'un terrain d'aviation légère situé près de Compiègne...

- Il n'y a que Margny !

- C'est ce que je voulais t'entendre dire.

- Dès que la météo est propre, on prend un taxi et on va voler là-bas avec Laure, si elle se sent capable de reconnaître les lieux.

- Tu m'inquiètes avec ta restriction concernant la météo.

- Celle d'aujourd'hui est archi-pourrie, impossible de mettre un taxi en l'air dans le coin et de faire du vol à vue. Et mercredi et jeudi s'annoncent très mal.

- Es-tu sûr qu'on ne puisse pas faire un essai ? Il en va de la vie d'une femme, de la juge de Nanterre.

- S'il y avait une possibilité de voler, je laisserais tout tomber, mais je n'ai pas envie de nous mettre au tapis.

- OK, bien compris, nous comptons sur toi. »

Charles allait raccrocher lorsqu'il se souvint qu'il devait transporter Alessandro en lieu sûr.

« J'ai un colis vivant à acheminer discrètement jusqu'à Naples. Peux-tu me le convoyer jusqu'à Londres à la disposition de nos correspondants là-bas ? Ils pourraient ensuite facilement le mettre sur un vol Londres/Naples sans risque que notre colis soit repéré.

- Pourrais-tu me le livrer au Bourget vers huit heures ?

- OK, on s'appelle tout à l'heure, dors bien camarade pilote.

Charles et Simon avaient raccroché. Charles était dépité.

« Merci pour Alessandro, dit Gilda, mais, pour la mission de reconnaissance, peut-être pourrait-on trouver un autre pilote ?

- Gilda, Simon était hibou[45] dans l'U.S. Navy pendant la guerre du Vietnam ; s'il existait un seul autre pilote capable de faire mieux que Simon, nous le saurions. Avoir posé de nuit des Phantom pesant près de quinze tonnes à l'atterrissage sur des porte-avions ballottés par l'océan est une référence plus que suffisante. A ce niveau, il n'existe pas de bons et de mauvais pilotes, il n'existe que des pilotes vivants et des pilotes morts. »

La discussion était close ; il faudrait attendre le feu vert de Simon pour effectuer l'opération de reconnaissance aérienne.

Charles avait conclu en invitant chacun à aller se coucher ; la nuit allait être très courte et la journée à venir risquait d'être dure. Kiki avait remarqué que Gilda, chaque fois que celle-ci entrouvrait son blouson, l'observait avec beaucoup d'insistance guettant son regard. Elle se mit à craindre une invasion de son lit par la disciple de Sappho mise en chaleur par les belles jeunes femmes d'Escort. Elle proposa à Valérie de partager sa chambre sous prétexte de pouvoir mieux la surveiller…

Dans son lit, Anne était très perturbée par le souvenir des regards de Gilda, de son comportement pendant la réunion et par les caresses qu'elle avait subies mais acceptées entre Melun et Paris. Que se passerait-il si cette nuit celle-ci revenait à la charge ? Il ne faisait aucun doute que cette femme avait envie d'elle ; avec stupeur, elle admit qu'elle n'était pas certaine de lui résister longtemps. Elle se leva et ferma la porte de sa chambre à clef.

Anne s'était proposée pour conduire Alessandro au Bourget le matin à huit heures. Ils étaient partis dans les embarras de la circulation de sept heures. Anne avait passé une très mauvaise nuit, perturbée par sa soirée de la veille. Agitée, troublée par des pensées inavouables, elle n'avait trouvé le sommeil que vers cinq heures du matin. Décidément, le célibat ne lui convenait pas. Elle avait juste pris

---

[45] Charles utilise un terme de l'aéronavale française désignant un pilote ayant une qualification spéciale pour les appontages de nuit.

le temps de se jeter sous la douche et d'enfiler un survêtement et son Colt 45 avant d'embarquer le gamin dans sa voiture.

Ils étaient arrivés à Saint-Denis, presque en vue de l'aérodrome du Bourget, lorsque le téléphone de la voiture d'Anne sonna. Simon lui annonçait qu'en raison d'un problème technique, l'avion prévu pour convoyer Alessandro à Londres était indisponible jusque vers treize heures.

Elle ne pouvait pas laisser Alessandro sans protection, à la merci des tueurs du *Frisé*.

Il était sept heures trente ; ils avaient désormais cinq heures pour arriver au Bourget ; Alessandro posa la question logique :

« Vous allez me laisser là-bas tout seul ?

- Non, pas question !

- Et alors, qu'allons-nous faire ?

- Prendre le petit-déjeuner dans le premier hôtel venu ; nous l'avons bien mérité. Ensuite, ajouta-t-elle la voix perturbée, nous verrons comment tuer le temps ensemble… »

Alessandro eut subitement envie de sauter le petit-déjeuner…

En général, rien ne se passe comme prévu

Mercredi 10 juillet

Anne ne parvenait pas à joindre le commissaire Marcianni au téléphone. Le schéma du jeu de l'échange de Laure contre la juge retenu par Charles et Anne, en plein accord avec Laure, était assez complexe pour nécessiter une longue mise en œuvre. Ils bénéficieraient ainsi d'une bonne semaine de sursis pour lancer l'opération de reconnaissance aérienne et l'opération de sauvetage.

Encore fallait-il entrer en contact avec le truand. Depuis la mort du *Chevalet*, *Le Frisé* avait disparu de la circulation et le Café Gauguin affichait désespérément « *Fermé pour cause de congés* ». La seule solution était Marcianni ; ils le savaient très proche du malfrat ; il ferait un bon intermédiaire sous réserve de s'y prendre adroitement. Mais pour l'instant Anne se heurtait à un mur et elle en avertit Charles.

« Compte tenu de nos relations, on pourrait peut-être tenter de le joindre par l'intermédiaire de son chef, le commissaire Leboucq.

- As-tu confiance en lui à ce point ?

- Sûrement pas, même s'il a la confiance de sa hiérarchie ; il a la réputation d'être un bon flic. J'aurais tendance à lui reprocher de ne pas mieux tenir Marcianni dans ses relations avec le milieu, mais, chacun sa méthode… Nous irons le voir dès qu'il pourra nous recevoir. »

Le Frisé était revenu avec ses sbires « *honorer* » sa captive. Après leur départ, elle s'était souvenue avoir cherché un jour dans « Le Littré » une définition pour « outrager » et avoir lu cette citation de Buffon : « *Certains grands singes… sont très ardents pour les femmes et assez forts pour les violer lorsqu'ils les trouvent seules, et souvent ils les outragent jusqu'à les faire mourir* ». Ces hommes étaient pires que ces singes…

Ils étaient retournés dans leur refuge attendant que passe le temps en jouant aux cartes et en nettoyant leurs revolvers. Le frère du *Frisé* crut bon d'exprimer ce que les autres pensaient tout bas mais n'osaient pas dire :

« Je ne sens plus cette affaire. Nous ne pourrons jamais forcer Le Barp à nous livrer Laure. Ils vont nous chercher, mettre tous les poulets de France sur notre dos d'ici peu et ils finiront bien par nous trouver.

- Et que proposes-tu Frérot ? »

Le Frérot en était resté comme deux ronds de flan. En temps normal, il se serait fait écharper par *Le Frisé* pour en avoir dit beaucoup moins. Il fallait que lui aussi commence à douter pour réagir ainsi. Il s'en sentit conforté dans sa position contestatrice :

« D'abord, on devrait se montrer moins durs envers la juge, tu la traites pire que la dernière des putes qui ait pu te trahir…

- Tes sentiments humanitaires te perdront. Je ne dis pas que tu as tort, mais tu me connais, cette gonzesse est une victime parfaite. Je sais que je devrais ou la descendre ou la laisser tranquille, mais je ne le peux pas. On m'a toujours dit que j'étais un détraqué… Et puis, enfiler la justice, ça m'excite ! Et ce n'est pas en lui offrant des draps de soie que tu vas résoudre notre problème qui est de capturer Laure ou de la descendre.

- Es-tu seulement certain de vouloir réussir à descendre Laure ?

- Il le faut bien. »

Le commissaire Leboucq avait donné audience à Charles, Anne et Kiki dès le milieu de l'après-midi.

« J'ai décalé un rendez-vous pour vous recevoir ; j'imagine combien vous devez être sous pression. Que puis-je pour vous ?

- Anne Lafont a tenté tout ce matin de joindre le commissaire Marcianni sans succès. Ce n'est pas très étonnant compte tenu de l'état de nos rapports. Nous lui avons clairement dit à plusieurs reprises ne pas approuver ses relations avec certains membres du milieu. Nous avons aujourd'hui la quasi-certitude que ces ruffians sont liés à l'enlèvement de la juge de Nanterre et aux fusillades que nous avons essuyées… »

Le policier paraissait très gêné par le cours que prenait la discussion mais il tentait de faire bonne figure.

« Croyez-moi, je surveille le commissaire Marcianni même si c'est difficile. Je sais que vous lui en voulez pour vous avoir injustement accusés. Il déteste que des étrangers à notre ministère viennent empiéter sur ses prérogatives. Je lui ai donné comme instruction formelle, si vous me pardonnez la trivialité de l'expression, de vous lâcher les baskets ! D'autre part, sachez qu'en plein accord avec l'IGPN[46], je le fais suivre vingt-quatre heures sur vingt-quatre. Le problème : c'est un vieux flic rusé et malin, il sème ses suiveurs dès qu'il les a repérés, c'est à dire très rapidement. Difficile de lui demander de se laisser filer !

Bien entendu, tout ceci reste entre nous !

- Evidemment ! Je vous disais donc que nous aimerions que Marcianni puisse établir un contact entre *Le Frisé* et nous. Nous avions toute confiance en cette fille que *Le Frisé* veut récupérer à tout prix ; elle nous a manqué gravement ces dernières heures et par conséquent, nous serions prêts à négocier son échange contre la juge : vivante pour vivante bien sûr et sous réserve qu'ils s'engagent à bien la traiter ensuite.

- Croyez-vous qu'ils seraient disposés à accepter un tel échange ? Vous ne pourrez jamais leur faire accorder l'impunité !

- L'échange serait très possible à l'étranger ; nous ne sommes pas la police nationale, et là, nous avons un avantage sur vous !

- Et dans quel pays envisageriez-vous de procéder à ce troc ?

- A eux de choisir, nous sommes demandeurs…

- A l'étranger, vous aurez du mal à leur faire respecter leurs engagements vis-à-vis de cette fille…

- Soyons francs, l'important, c'est de sauver la juge de Nanterre.

- Je vais en parler à Marcianni. Le mieux serait sans doute de vous faire appeler par le *Frisé*. Qu'en dites-vous ? »

Dans la voiture qui les ramenait rue de La Pompe, nos trois amis avaient un peu repris le moral.

« Bien joué Charles, s'il a compris que nous n'envisagions pas le moins du monde d'échanger Laure, c'est qu'il est très fort.

- Il était hors de question de lui dévoiler quoi que ce soit de confidentiel. On peut probablement lui faire confiance… Mais… Nous devrions avoir des nouvelles du *Frisé* avant ce soir. Qu'en dis-tu Kiki ?

- Je suis tout à fait d'accord avec tout ce que vous venez de dire, mais moi je ne sens pas ce type ! Il est moche, il est mal lavé et c'est

---

[46] IGPN : Inspection Générale de la Police Nationale.

un obsédé sexuel un brin impuissant ; pour pouvoir bander, passez-moi le terme, ces types ont besoin de sensations extrêmement fortes.

- Kiki, ce n'est pas parce que tu l'as trouvé vieux, moche et mal lavé qu'il n'est pas un bon flic ! Quant au fait qu'il soit obsédé sexuel et impuissant…

- Charles, je ne sais pas sur quoi se fonde Kiki, mais je viens à l'appui de son jugement concernant l'obsession sexuelle de Leboucq. J'ai un tic depuis toujours : l'as-tu déjà remarqué ? Lorsque je suis assise et que quelqu'un me parle, je promène le dos des doigts de ma main gauche sur l'intérieur de mon genou droit et sur une dizaine de centimètres le long de ma cuisse. J'ai beau y faire très attention, je me surprends souvent ainsi. Non seulement il l'a remarqué, mais en plus, ça avait l'air de le troubler vraiment hors de proportion !

- Je me fondais sur la même observation que toi ; je connais ton tic et habituellement je n'y prête aucune attention. Mais c'est son regard libidineux sur tes jambes qui m'a alertée…

- Hé ! Les filles, vous n'allez pas me dire que ce flic est ripou parce que vous avez décidé qu'il était obsédé sexuel et impuissant. Moi, ça ne me choque pas qu'il ait pu reluquer les genoux d'Anne. Il m'arrive de regarder vos genoux mesdemoiselles !

- Regarder et reluquer sont différents ; lui lorgnait de manière obscène. Ce week-end à Arcachon, nous nous sommes promenées presque à poil devant toi. En toute sincérité, nous aurions été très déçues si tu ne nous avais pas un peu regardées, admirées, mais je n'ai jamais lu de concupiscence dans tes yeux. Ce type est un vicieux. »

Charles se mit à rire et puis il lança :

« Ok ! Les filles, je vais appeler de ce pas le *dircab* du Premier ministre et lui dire : le commissaire Leboucq est suspect, il a regardé bizarrement les genoux de mes collaboratrices. Ou il va me prendre pour un fou ou il va vous convoquer pour examiner vos genoux de plus près ! »

« On y a été un peu fort, elle est vraiment amochée cette femme. »

L'un des hommes du *Frisé* venait de remonter de la prison de la juge.

« Tu lui as bien passé de la pommade partout ? C'est un truc de boxeur, en quarante-huit heures, elle devrait être plus présentable.

Dimitri, je t'ai demandé si tu lui avais passé la pommade partout ? Partout, partout ? Tu as été bien long ; lui aurais-tu remis le couvert ? »

Le téléphone venait de sonner et *Le Frisé* avait décroché. Il avait mis le haut-parleur comme il le faisait lorsque Marcianni l'appelait.

« Je crois que nous sommes enfin sur une bonne voie : Le Barp semble disposé à échanger ton ex contre la juge vivante.

- D'où tiens-tu ça ?

- Mon patron, le commissaire Leboucq, a été contacté par Le Barp.

- Et on devient quoi après l'échange ?

- Ils seraient disposés à le pratiquer dans un pays éloigné de la France. Comme ils ne sont pas flics, ils n'auraient pas de problème.

- Ça me gêne de vous le dire commissaire, mais je ne vois pas ce Le Barp nous lâcher cette fille qui a tout pour le faire grimper aux rideaux contre la *curieuse*[47] qui lui a chié dans les bottes.

- Il paraît que justement, elle lui aurait fait une crasse.

- J'en serais surpris, c'est une fille bien, honnête et droite.

- Elle t'a bien planté *Frisé*.

- Faut voir ce que je lui ai mis parfois ; moi, c'est toujours pareil, une fille qui me fait envie, rapidement, il faut que je la cogne grave, que j'en fasse une loque pour me la faire.

- Elle peut avoir trouvé de la concurrence chez Le Barp, ses souris sont superbes ; elles peuvent s'être crêpé le chignon si elle a tenté de troubler le harem… Que risque-t-on à tenter l'échange ?

- Il faut que j'y réfléchisse ; mes hommes en ont par-dessus le dos de cette affaire de merde depuis l'intervention de ce Le Barp. Nous ne risquons rien à discuter avec eux. Il va falloir que j'arrive à convaincre *La Voix*, il avait l'air d'être très pressé par ses commanditaires.

- Appelle Le Barp directement ; fais attention de le faire depuis une cabine bien située, sois bref avec lui ; c'est un malin !

- L'idéal serait que j'arrive à les attirer dans un piège ; je crois avoir une bonne idée.

- Méfie-toi d'eux *Frisé* ; ils sont très forts.

- Je vous ai bien compris. »

---

[47] En argot : juge d'instruction.

Couchée sur le divan qui lui servait de lit, enveloppée par un morceau de tissu qui lui donnait une illusion de pudeur retrouvée, Clotilde Grouvard s'était remise à espérer. *Le Frisé* et ses tueurs lui avaient encore fait subir le martyre en cet après-midi mais la visite de cet homme qui était venu l'enduire de baume pour les boxeurs lui avait changé la vie. Depuis qu'elle était arrivée ici, c'était bien la première fois qu'on avait été doux avec elle. Il lui avait dit s'appeler Dimitri et avoir déserté l'Armée Rouge en Afghanistan dès le début 1980 pour rejoindre d'autres déserteurs vivant en France. Sans papiers, sans qualification, il avait été une proie facile pour *Le Frisé* qui l'avait pris sous son aile.

Doucement, mais sans oublier la moindre partie de chair meurtrie, il avait fait pénétrer dans sa peau la pommade adoucissante. Deux heures plus tôt, il l'avait bousculée comme une truie devant ses camarades admiratifs ; là, il avait doucement posé ses lèvres sur les siennes au moment de la quitter. Elle lui avait ouvert le chemin de sa bouche et il l'avait embrassée comme dans un rêve. Elle lui avait retiré sa chemise…

Avait-elle enfin un allié ? Jouait-il un rôle différent juste pour profiter d'elle autrement, sournoisement ? Elle décida que quelle que soit la réalité, c'était un espoir. Cet homme lui avait parlé curieusement, il lui avait demandé son prénom ; on venait de lui parler comme à un être humain, pour la première fois depuis bien longtemps. Elle ne pouvait négliger le moindre atout, quelque incertain qu'il puisse paraître.

Anne était entrée dans le bureau de Charles.

« Toujours pas de nouvelles du *Frisé* j'imagine ?

- Tu imagines bien…

Nous avons par contre une très bonne nouvelle, le juge Duplat a rendu son ordonnance de non-lieu. Ce coup-ci Marcianni risque de se faire taper sur les doigts.

- Surtout si nous parvenons à faire libérer la juge Grouvard… »

Evelyne la standardiste faisait de grands gestes depuis derrière la vitre ; Charles lui fit signe d'entrer.

« C'est pour vous Madame Lafont, je vous le passe dans votre bureau…

- Passez-le moi ici Evelyne, au 101 chez Monsieur Le Barp… »

Evelyne repartit vers son standard l'air préoccupé, puis le téléphone sonna.

Anne avait décroché ; elle blêmit avant de dire :

« Non, conservez[48], je vous prends dans mon bureau… »

Elle composa le numéro du standard très fébrile :

« Evelyne, je vais prendre dans mon bureau… »

Charles n'avait rien dit, comme absent, mais lorsqu'Anne ouvrit la porte, il lui demanda très calmement de sa voix très douce :

« Bourkoff ? »

Anne revint une demi-heure plus tard comme si de rien n'était :

« Monsieur Bourkoff va bien ? J'espère qu'il n'est pas à Paris.

- Il est à Paris, nous étions convenus de ne plus en parler.

- Je me permets de te rappeler qu'il serait très dangereux pour toi de sortir seule le soir en ce moment. Et je n'ai pas envie de jouer les chaperons pour que tu ailles batifoler avec ce Don Juan soviétique. »

Anne était repartie, la mine de travers, en direction de son bureau.

Charles se rendait bien compte que la vie quasi monacale qu'ils vivaient depuis bientôt deux mois qu'ils s'étaient consignés à La Bergerie marquait les corps et les esprits. Anne semblait particulièrement souffrir ; il n'avait pas été dupe du trou dans son emploi du temps de la veille au matin lorsqu'elle avait conduit Alessandro au Bourget et le seul nom de Bourkoff semblait la mettre dans tous ses états.

Il en était là de ses réflexions lorsque le téléphone sonna ; il se doutait que c'était *Le Frisé* :

« Nous nous connaissons Monsieur Le Barp ; nous nous sommes rencontrés au café Gauguin. Me remettez-vous ?

- Parfaitement.

- J'ai entendu dire que vous souhaitiez me parler…

- Tout à fait. Venons-en aux faits de manière concise. Ne craignez rien ; je n'ai pas fait surveiller ma ligne téléphonique pour vous localiser. Ce serait inutile, je vous sais professionnel et je le suis aussi, notre conversation ne sera pas longue ce soir. »

Charles avait misé juste : à l'autre bout, *Le Frisé* s'était redressé de plaisir lorsqu'il l'avait traité de professionnel. Charles poursuivait :

---

[48] Nantaise d'origine, Anne n'a jamais réussi à se défaire de cette expression locale signifiant : « Ne quittez-pas ».

« Soit la juge de Nanterre est vivante, soit elle ne l'est pas. Si c'est négatif, nous n'avons plus rien à nous dire. Alors ?

- Elle est sérieusement amochée mais encore vivante. J'ai dû la châtier car elle se croyait toujours commandant tout dans son tribunal.

- Je vous propose de l'échanger contre Laure.

- Et ensuite, je me fais coffrer par les flics ! Faudrait-pas me prendre pour un jambon Monsieur Le Barp !

- Je vous ai dit tout à l'heure que je vous considérais comme un professionnel ; je sais très bien que si nous concluions un échange, nous devrions le faire dans un pays étranger, à votre choix.

- Je ne crois pas que vous acceptiez de me livrer Laure, c'est une fille formidable, elle a tout pour elle... C'est la seule fille que j'ai aimée. Le seul regret de ma vie est de l'avoir rencontrée et d'avoir fait son malheur.

- Et maintenant, vous tenez à la tuer ?

- Elle m'a trompé pour aller vivre avec une gouine.

- Gilda ?

- Elle vous l'a raconté ?

- Non, mais comme par hasard, elle a fait venir Gilda ici...

- Et vous vous êtes trouvé ridicule devant tous vos employés ? »

Charles n'avait pas prévu cette hypothèse, mais elle faisait bien son affaire.

« Vous avez compris pourquoi je suis prêt à vous la rendre...

- Puis-je réfléchir ?

- Vous pourriez déjà m'envoyer une preuve de vie de votre otage.

- Quel genre de preuve voulez-vous ?

- Une photo d'elle debout en train de lire le journal de demain.

- Ce doit être possible... Debout et à poil ; vous verrez qu'on l'a sérieusement secouée mais qu'elle est encore vivante.

- J'attends de vos nouvelles... Pas d'autres questions ? »

Le Frisé avait raccroché, la conversation avait duré moins d'une minute et demie.

Dans une voiture en stationnement rue de la Pompe trois hommes discutaient à voix basse.

« On ne va quand même pas rester ici à planquer longtemps ; ça ne sert à rien, chaque fois qu'ils sortent en voiture, ils sont trois ou quatre et on peut leur faire confiance pour être armés jusqu'aux dents. Si on continue comme ça, on va se faire repérer.

- Vous n'avez qu'à vous faire discrets. Ils vont bien finir par commettre une faute. À mon avis, ils commencent à se marcher les uns sur les autres là-haut. Le premier qui sort seul, vous le suivez proprement et vous me l'emmenez faire une promenade en forêt.

Vous allez être relevés dans deux heures : courage les gars…

Et si vous en avez l'occasion, n'hésitez pas à leur tirer dessus à l'arme lourde. »

Le Frisé était sorti de la voiture et en avait regagné une autre garée à une centaine de mètres de là dans la nuit qui commençait à tomber. Il voyait enfin une issue heureuse à cette affaire. Il se sentit tout guilleret ; avec les cinq cents bâtons que *La Voix* lui avait promis en échange du cadavre de Laure, il allait pouvoir se refaire une vie loin de Paris, loin de tous ces imbroglios qui commençaient à lui faire peur. Restaient à régler quelques menus détails…

Jeudi 11 juillet

Laure était venue frapper à la porte de Charles. Il comprit tout de suite que quelque chose de grave la préoccupait, elle était nue et ne paraissait pas plus s'en soucier qu'elle ne s'était souciée de venir le réveiller brutalement.

« Anne n'est pas avec toi ? »

Charles comprit tout de suite qu'Anne était partie rejoindre Bourkoff seule, au mépris de toute prudence, au mépris de ses instructions.

« Es-tu allée voir dans son bureau ? Je l'y ai laissée de fort méchante humeur ; elle faisait de la paperasse…

- Oui, bien sûr, avant de te déranger… Je suis allée voir partout ; j'ai même espéré qu'elle puisse être avec Gilda…

- Merde ! Merde et Merde ! »

Charles était furieux, furieux après Anne bien sûr, mais surtout furieux contre lui. Il tournait en rond dans le salon de La Bergerie.

« Et je ne sais même pas où je pourrais trouver ce Bourkoff de malheur, au moins pour vérifier qu'elle est avec lui ! Il paraît qu'il change d'hôtel chaque fois qu'il vient à Paris ! Et encore elle voudrait me faire croire qu'il n'a plus de liens avec le KGB ! »

Kiki et Valérie s'étaient levées, réveillées par le bruyant discours de Charles. Elles étaient accablées.

« J'aurais dû dire aux vigiles de ne laisser sortir personne d'ici ! »

Il marmonna tout bas, mais Kiki et Valérie l'entendirent quand même :

« Depuis le départ de son Jules, elle a le feu au train cette nana.

Recouchons-nous les filles, nous ne pouvons rien faire d'autre. »

Il était dans les deux heures du matin lorsque le téléphone sonna.

« Le Barp ! Lança Charles mi-inquiet, mi-curieux. »

Kiki et Valérie, qui n'avaient pas réussi à trouver le sommeil, avaient fait irruption dans la chambre de Charles.

« Vous vous inquiétez pour Anne ? N'est-elle pas avec vous ?

- Commandant, j'imagine que vous devez m'avoir dans le collimateur pour des tas de raisons, mais pour le moment la seule importance, c'est Anne. J'espérais contre toute évidence, qu'elle n'ait pas donné suite à son coup de téléphone.

Je l'avais eue dans l'après-midi ; elle m'avait l'air, disons, très amoureuse. Elle voulait absolument me rejoindre pour la nuit. Et puis il y a trois heures environ, oui, c'est ça, il était vingt-trois heures, elle m'a rappelé à mon hôtel pour me dire qu'elle n'en pouvait plus, qu'elle arrivait. Je lui ai proposé de venir la chercher en taxi pour éviter des risques inutiles. Elle m'a répondu qu'elle allait venir à moto, que personne ne pourrait la reconnaître. Elle a même ajouté qu'elle adorait circuler nue sous son cuir à moto la nuit dans Paris…

- Et elle n'est pas arrivée chez vous ?

- Non, j'ai jugé qu'il fallait que je vous appelle Commandant.

- Vous avez bien fait… Pouvez-vous venir nous rejoindre ici ? Voulez-vous que je vous envoie une escorte ?

- Oui à la première question, j'arrive. Non à la seconde ! A tout de suite Commandant. »

Il avait raccroché. Charles était assis sur le bord de son lit, Kiki et Valérie l'avaient imité ainsi que Laure qui les avait rejoints. Ils étaient abasourdis ; Charles en était certain : Anne était tombée dans un traquenard. Etait-elle encore en vie ? S'ils l'avaient prise pour Laure, ils pouvaient l'avoir exécutée immédiatement. Si elle était encore vivante entre les mains du *Frisé*, ce n'était guère mieux…

Après la rencontre de Gilda, tout semblait aller pour le mieux, et puis, tout s'écroulait. Charles était accablé par la disparition d'Anne, mais pas anéanti ; tant qu'il n'aurait pas la preuve de la mort de son amie, il allait combattre de toutes ses forces. Pour la sauver, il était prêt à tout ; à s'allier avec le diable comme le Docteur Faust. En l'occurrence, il était prêt à conclure un pacte avec Bourkoff, l'agent du KGB.

Bourkoff était arrivé une petite demi-heure plus tard. Charles ne l'avait jamais rencontré auparavant. Il ne put s'empêcher, au premier contact, de le trouver très sympathique. Même si son visage était marqué par la contrariété, il semblait tout à fait ouvert. Son regard bleu porcelaine était d'une grande intensité. Charles fut persuadé dès les premières minutes d'avoir affaire à un pro, à un alter ego du renseignement. Son désir de sauver Anne était empreint d'une sincérité évidente. Les filles avaient compris pourquoi Anne était tombée sous le charme, le Russe était vraiment un très bel homme ; même Valérie semblait prête à lui réserver le meilleur accueil ! Ce fut d'ailleurs elle qui suggéra, de faire du café pour tous. Ils se rendirent dans le salon pendant que Bourkoff répétait son histoire de vive voix à Charles.

« Si elle avait eu d'autres amants, l'auriez vous su ?

- Probablement, répondit Charles.

- Nous nous racontons toutes nos histoires de plumard, ajouta Kiki.

- Comment serait-elle allée en retrouver un autre !

- Comme vous le dites si bien en français : souvent femme varie ! »

Il avait réussi à faire apparaître un timide sourire sur les faces de ses interlocuteurs.

« Et si elle avait eu un accident de moto ? »

Charles avait lancé ça comme un espoir.

« Elle avait pris son portefeuille contenant ses papiers dans le sac de sa moto, on vous aurait prévenu. »

Charles tentait de se raccrocher à n'importe quelle branche…

« Ses papiers d'identité doivent porter son adresse de Marly.

- Désolé Commandant, mais Anne a dans son portefeuille un document demandant de vous contacter en premier en cas d'accident avec au moins trois ou quatre de vos numéros de téléphone. »

Pour le coup, Charles était écrasé par cette révélation.

« Ecoutez-moi Charles…

Permettez-moi de vous appeler Charles et appelez-moi par mon prénom : Ivan Sergueïevitch ou plus simplement Ivan. Ma mère était une inconditionnelle de Tourgueniev, j'ai reçu son prénom et mon enfance a été bercée par ses poèmes. Je crois que votre mère et votre père étaient des inconditionnels du Général De Gaulle et que c'est la raison pour laquelle ils vous ont prénommé Charles, André, Joseph, Pierre-Marie…

- Vous êtes bien renseigné Colonel Ivan Sergueïevitch Bourkoff…

- Oui, Charles. J'espère que vous verrez que nous n'avons aucune raison de ne pas être amis. Notre président Gorbatchev prépare de grandes réformes, inimaginables encore…

- Ivan, je souhaite que vous disiez vrai. »

Avec l'autorisation de Charles, Ivan Bourkoff avait appelé un correspondant à l'ambassade de l'U.R.S.S. à Paris ; ils avaient parlé une bonne dizaine de minutes, puis Ivan avait raccroché.

« Je connais cet homme depuis très longtemps, il a travaillé sous mes ordres pendant plusieurs années, c'est un très bon militaire, comme vous et moi. S'il ne trouve rien, il me le dira ; s'il trouve quelque chose nous permettant d'avancer et qu'il ne peut pas me le dire : il me dira qu'il ne peut pas me parler. Mais s'ils savent quelque chose concernant cette bande et qu'ils ne sont pas liés à eux, il nous en informera. Il m'a promis de me rappeler, quoi qu'il arrive, avant midi. »

Ils avaient discuté encore une bonne partie de la nuit ; ils avaient refait le monde sur fond de Perestroïka… Et avant qu'Ivan ne regagne son hôtel, ils avaient décidé de se tutoyer !

Charles s'en fut au lit réconforté. Anne avait eu raison de trouver cet homme fréquentable ; il avait le pressentiment que Bourkoff allait efficacement l'aider à la secourir… Le soir, il oubliait souvent le conseil de sa mère et de sa grand-mère : dire sa prière avant de s'endormir. Ce soir, il en demanda pardon au Ciel et pria longuement pour la vie de son amie : Anne la mécréante.

Vendredi 12 juillet

Ivan arriva de son hôtel tôt dans la matinée ; il avait pris une petite valise qu'il déballa devant Charles : pantalon noir, pull à col roulé noir, gants noirs, blouson noir et pistolet Makarov PM de fabrication soviétique.

« Ça ne vaut pas vos Beretta 92, mais c'est une bonne arme à laquelle je suis bien habitué. »

Ils attendaient l'appel du correspondant d'Ivan lorsque le téléphone sonna ; c'était *Le Frisé*…

« Bonjour Monsieur Le Barp, j'ai bien réfléchi à votre proposition d'avant-hier. Elle peut m'intéresser. »

Le voyou était trop poli pour ne pas être très inquiétant.

« Mais il va vous falloir mettre la main à la poche. On me dit que vos affaires sont prospères, que vous êtes riche Monsieur Le Barp. C'est une chance, parce que je vais avoir, en plus, besoin de cinq millions de francs. De nouveaux francs bien sûr, Monsieur Le Barp. »

Malgré son impatience, Charles voulait laisser parler le voyou.

« Qu'en dites-vous Monsieur Le Barp ?

- Je ne vois pas pourquoi je vous remettrais une telle somme d'argent. Même l'État français n'accepterait pas de vous la verser pour récupérer Madame Grouvard.

- Ce n'est pas de la restitution de cette pute de *fouinette*[49] à la con que je vous parle, mais de votre chère et très belle amie Anne. »

Charles ne répondant pas, *Le Frisé* continua :

« Je viens de vous en boucher un coin Monsieur Le Barp ! Elle est chez moi, à ma merci, et à l'usage de tous mes hommes. Je m'y connais un peu en femmes, elle est vraiment très belle. Nue sous sa combinaison de moto, elle était tellement bandante quand on la lui enlevait qu'on s'est fait plaisir à la lui enlever et à la lui faire remettre plusieurs fois. Elle est avec la juge ; vous, vous avez l'oseille et Laure…

---

[49] En argot : juge.

- Vous deviez me faire parvenir une photo me prouvant que la juge était bien vivante.

- J'ai pensé que si vous la voyiez en photo avec votre amie, cela vous irait. Elles ne sont pas très bonnes, je les ai faites avec un Polaroid. Mais vous verrez, elles sont plutôt amusantes ! Oh ! J'allais oublier, nous avons choisi l'Irak pour effectuer l'échange ! Nous vous préciserons le lieu lorsque vous serez à Bagdad.

- Quel est l'état des otages ? Je vous fais garant de leur santé.

- Maintenant, Monsieur Le Barp, c'est moi qui commande, pas vous. Pour le moment, votre amie a été à peu près correctement traitée, ce qui n'est pas le cas de cette saloperie de juge. Il ne tient qu'à vous, en vous montrant raisonnable, d'écourter leur séjour chez nous. Dernière chose, les photos se trouvent glissées depuis quelques minutes dans une enveloppe derrière l'affiche annonçant la fermeture du Café Gauguin. Je vous accorde jusqu'à Dimanche midi pour tout organiser et pour mettre l'argent de côté. Et comme *Le Frisé* est un bon garçon, si vous me donnez votre accord avant samedi midi, votre amie ne sera pas tabassée. J'ai des relations qui viennent me voir samedi soir ; ils sont moins délicats que mes hommes avec les jeunes femmes. »

Le Frisé avait raccroché laissant Charles et Ivan sans voix.

« Viens, on va aller chercher ces photos… La standardiste transférera dans ma voiture l'appel de ton correspondant. »

Le Frisé était en grande conversation avec celui qu'il nommait « *La Voix* », son frère suivait leur conversation avec l'écouteur.

« Mais si Monsieur, nous sommes vraiment dans la dernière ligne droite. L'échange aura lieu à Bagdad ; nous y avons des amis, non ? Nous allons liquider toute cette vérole à l'occasion du transfert ; au fusil d'assaut Monsieur. Je vous le jure !

- Faites donc attention à ne pas trop vous laisser emporter par votre optimisme. Ce Chinois a plus d'un tour dans son sac.

- Il est prêt à tout pour récupérer vivante sa bichette[50].

- Quand voyez-vous votre flic protecteur ?

- Il m'a dit que dès qu'il parviendrait à se soustraire à la surveillance des anges gardiens mis à ses trousses par sa hiérarchie, il

---

[50] Argot : Chérie

allait venir. Il meurt d'envie de faire passer à son ancienne collègue des instants inoubliables. Nous devrions le voir en fin de nuit ou demain.

- Terminez-en avec lui, il n'est plus assez sûr.
- Voulez-vous dire qu'il faut qu'on le butte ?
- Vous avez très bien compris ; il sait trop de choses maintenant.
- On lui laisse quand même passer sa nuit avec la poule de Le Barp ?
- Si ça vous amuse, oui ; mais pas de connerie, vous avez cinq cents bâtons qui vous attendent à Bagdad si vous réussissez. Au fait, qu'avez-vous marchandé à Le Barp pour lui rendre son adjointe ?
- Comme à vous : cinq cents plaques !
- Vous ne vous emmerdez pas ! Et vous croyez qu'il va marcher, qu'il va trouver ce pognon ?
- Quand il verra la différence d'état entre sa copine et la juge, il ne va pas hésiter longtemps. Il en a les moyens.
- C'est votre problème ; et n'hésitez pas pour Marcianni : couic ! Je crains vraiment qu'il découvre le pot aux roses. Le trafic de culs ne le dérange pas, mais le reste le pousserait peut-être à nous trahir.

En ce qui concerne la juge : mon correspondant aimerait que vous la soigniez pour de bon. Il m'a fait comprendre qu'il serait indulgent quant au retard de livraison du cadavre de Laure si celui-ci était accompagné d'une vidéo retraçant « *la fin horrible de cette salope de juge* ». Alors, ne l'épargnez pas, faites la souffrir, agonir longuement ; il vous en sera tenu gré.

- Je lui ai promis de la pendre par le sexe à un crochet de boucher.
- Superbe final en effet ! »

Le Frisé avait raccroché et son frère avait reposé son écouteur.

« Moi, ça me fait chier de devoir *repasser*[51] un taulier de la police.
- Ne t'inquiète pas, on le descendra avec le calibre de notre dernière prise. On pourra même l'obliger à le descendre. Jusqu'à Bagdad, l'ex-flicarde ne dira rien, trop peur de se faire flinguer !
- Mais si tu trucides la juge ici, Le Barp acceptera-t-il l'échange ?
- Ce qui l'intéresse, c'est de récupérer sa poulette ; il est prêt à tout pour y parvenir, même à oublier la *gobilleuse*[52]

---

[51] Argot : Tuer
[52] Argot : Juge d'instruction.

- Et si là-bas *La Voix* ne nous filait pas l'oseille qu'il a promise ? »

Son jeune frère commençait à agacer sérieusement *Le Frisé* :

« Et si, et si et si… Et si ma tante en avait : ce serait mon oncle.

- T'énerve pas, je me demandais simplement.

- A Bagdad, personne ne pourra rien contre nous.

- Même *La Voix* ? »

Le Frisé ne répondit pas à son frère…

Le correspondant d'Ivan avait enfin appelé ; la conversation s'était de nouveau déroulée en Russe et Charles avait dû attendre la traduction de l'ex-colonel du KGB pour avoir des explications.

« Les choses avancent dans le bon sens même si ça ne va pas aussi vite que nous l'aimerions. Il y a une personne qui sait où est *L'École Privée* mais cette personne est en mission et ils ne sont pas sûrs de pouvoir la joindre avant demain. L'autre qui savait a perdu la vie en Afghanistan. Moscou a donné le feu vert pour t'aider et ils m'ont autorisé à rester près de toi si tu le désirais.

- J'accepte volontiers ton offre ; si tu es encore en vie, c'est que tu es un très bon ! »

Pour la première fois depuis leur première rencontre de la veille, ils avaient ri ensemble et s'étaient envoyé de grandes tapes dans le dos.

Les filles avaient été frappées par leur sérénité et leur bonne humeur lors du déjeuner magnifiquement concocté par Montserrat et Valérie. Pablo avait regretté de ne pouvoir se joindre à eux ; il ne se sentait plus assez jeune pour une opération aussi importante.

« Ces salauds doivent au maximum être une douzaine ; pas de quoi inquiéter des professionnels comme vous deux et moi j'aurais trop peur d'entraver vos mouvements. J'y vois mal la nuit maintenant et je suis trop peu entraîné pour être efficace. »

Charles avait renchéri tout en ménageant la susceptible fierté de son vieil ami espagnol.

« Pablo, j'aimerais être aussi gaillard que toi à ton âge et surtout aussi raisonnable ; j'ai toujours peur des gens qui veulent faire la dernière opération, l'opération de trop… »

Dans le mini-silence qui avait suivi, la voix de Laure s'était élevée :

« Charles, j'aimerais que tu me laisses parler jusqu'au bout. Nous ne sommes guère pressés puisque vous attendez pour partir l'information capitale concernant la localisation de *L'École Privée*. Si je te demande de ne pas m'interrompre tout de suite, c'est que je prévois que ta première réaction risque fort d'être négative.

Je ne sais pas où se trouve ce château, mais par contre, j'en connais parfaitement l'intérieur, tous les couloirs, même les passages secrets, même les endroits qui sont protégés par des cadenas, des miroirs sans tain. J'y ai vécu des moments terribles mais je crois en savoir tous les détails.

Si tu acceptais que je vous accompagne, cela constituerait certainement un atout pour votre mission ; il y a des endroits qui sont piégés, mais je sais lesquels. Si vous y alliez seuls, ils seraient prévenus de votre arrivée suffisamment tôt pour avoir le temps de faire passer Anne et la juge de vie à trépas. Ne prends pas en considération les risques éventuels pour moi, je te le demande… »

Charles n'avait pas dit non immédiatement, il réfléchissait, pesait dans sa tête le pour et le contre. Kiki en profita pour intervenir.

« Que vous soyez deux ou quatre ne me paraît pas très important en matière de discrétion. Je suis certaine qu'en temps normal Valérie se serait proposée pour venir couvrir Laure et pour lui éviter de vous gêner en quoi que ce soit. Mais ma copine n'est hélas pas encore en état pour ce genre d'exercice. Charles, ce serait en effet plus efficace de nous rendre là-bas à quatre : Monsieur Bourkoff, toi, Laure et moi. Nous aurions l'air de deux couples d'amoureux en promenade. Laure a raison, ces bâtiments ont été édifiés sur plusieurs siècles par des architectes différents ajoutant appendice sur appendice ; ce sont des labyrinthes. »

Les propos de Laure et de Kiki avaient rendu Charles perplexe.

« Que penses-tu de cette idée, Ivan ?

- Au départ, je présume, la même chose que toi. Mais le courage de Mademoiselle ne me paraît être ni de la témérité ni de l'inconscience. Ta collaboratrice ne travaillerait pas avec toi si elle n'était pas excellente ; je serais assez tenté d'être séduit par leur proposition.

Laure, une petite question : si cette nuit ou demain vous deviez vous trouver face à votre ancien ami, hésiteriez-vous une demi-seconde avant de lui tirer dessus pour le tuer ?

- Je n'ai jamais songé à tirer sur qui que ce soit Monsieur, mais tant qu'il sera vivant, je serai en danger de mort.

- Répondez-moi : tireriez-vous sur lui sans hésitation ?

- Je ne sais pas, je n'ai jamais tiré sur qui que ce soit ; il paraît que des tas de gens craquent dans cette situation… »

Et Laure s'était ratatinée sur sa chaise, les larmes aux yeux…

« Vous m'avez fait la réponse honnête et lucide que je souhaitais entendre de vous. Je vais répondre pour vous maintenant : non ! S'il braquait une arme sur vous, vous tireriez sûrement après lui et ce serait lui qui vous tuerait sans hésiter. Vous êtes courageuse, j'en suis certain, je le respire ; si cet individu menaçait l'un de nous ou l'une des otages, hésiteriez-vous à tirer sur lui ? »

Laure se redressa sur sa chaise en même temps que sa réponse jaillissait de son cœur :

« Je n'hésiterais pas un dixième de seconde en effet !

- Charles, moi je serais partant à quatre si tu en es d'accord… »

Charles parut hésiter quelques secondes qui parurent une éternité à Laure et à Kiki, puis il ajouta :

« C'est entendu, nous partirons à quatre… »

Il était presque vingt heures lorsque le correspondant d'Ivan le rappela. La conversation se déroulait encore en Russe mais Ivan faisait répéter lettre par lettre le nom du lieu. Lorsqu'il eût raccroché, il dit à Charles en lui tendant le papier sur lequel il avait écrit sous la dictée de son correspondant :

« Il paraît que c'est un château très connu. Son propriétaire y semble vivre en reclus.

- Bigre ! Etes-vous sûrs de votre coup ? C'est une sommité !

- Cette information, tu peux la classer A +…

- Et le Comte serait de mèche avec ces bandits ?

- Non, pas du tout, il souffre de la maladie d'Alzheimer depuis des années. Il aurait eu une gouvernante très jeune qui lui a fait embaucher son amant comme administrateur au décès du précédent régisseur… J'abrège, mais tout est envisageable ! Ces gens avaient alerté nos services pour leur proposer des photos de diplomates, hommes politiques de tous bords, grands patrons ou autres célébrités des deux sexes en fâcheuses postures. Ils avaient également proposé de fournir des informations sur vos avions de combat et votre technologie nucléaire civile. A ce moment, nous savions tout ce qui nous intéressait sur vos avions et pas mal sur votre technologie nucléaire. Cette dernière et certaines photos auraient pu nous intéresser… Un de nos agents avait demandé à rencontrer leur chef, un type grassouillet portant cagoule. Mais ces gens étaient trop peu fiables, trop attirés par l'appât du gain, sans aucun idéalisme, prêts à se vendre à n'importe qui et à plusieurs à la fois : dangereux, quoi ! Ce fut leur seul contact. Comme nous ne sommes pas tout à fait des bleus, ainsi que vous le dites en France, on avait très discrètement suivi par avion et avec une mini-balise notre émissaire. C'est ainsi qu'ils ont pu repérer l'endroit. Tu apprécieras que nous acceptions de te divulguer tout ceci, avec l'accord de nos plus hautes autorités. Je te sais gré de me faire confiance ; je suis un ancien du KGB, et tu le sais.

- Est-on jamais vraiment un ancien d'un service secret, sauf à être mort ou à avoir échoué un jour ? J'avais posé la question à Anne, elle m'avait juré que tu n'en étais plus. Et je ne l'ai jamais crue ! »

Ils avaient ri de bon cœur à nouveau. Laure s'en était trouvée toute ragaillardie. Pourrait-elle un jour se joindre à eux pour une autre mission ? Elle se mit à en rêver tout éveillée : elle deviendrait ainsi vraiment une nouvelle Laure, une grande Laure, une Laure estimable, tout à fait honorable. Ce jour, elle pourrait regarder la photo de son père et lui demander pour la première fois : « Papa, es-tu fier de ta fille ? »

Valérie la voyait préoccupée :

« Ne t'inquiète pas ma puce, tout va bien se passer. Charles et Kiki à eux seuls sont capables d'affronter une vingtaine de spadassins comme ceux du *Frisé* et Ivan me semble être du même bois que Charles. Surtout, tu fais tout ce que Kiki te commande de faire sans réfléchir. Si par hasard ça se met à canarder dans tous les sens, tu te laisses tomber à terre pour ne pas risquer de gêner Kiki. Si par malheur elle était touchée, tu prends son arme et tu tires n'importe comment dans la direction de ce qui semble venir ou tirer vers vous. Ils ne sont pas obligés de savoir que tu ne sais pas tirer…

- Mais, tu sais, je sais un peu tirer, *le Frisotté*, comme l'appelait Anne, avait voulu m'apprendre. Mais je n'ai jamais tiré que sur des cibles en carton !

- Et bien, tu vois, c'est beaucoup mieux que prévu. »

Assise aux côtés de Clotilde Grouvard, Anne l'enduisait consciencieusement du baume des boxeurs. Malgré son efficacité, le produit n'arrivait pas à rattraper les dommages causés aux chairs de la juge de Nanterre. Les ecchymoses que l'on devinait douloureuses couvraient tout son corps des chevilles au crâne. Pour le moment, Anne avait échappé à ces séances de passage à tabac sans chercher à en comprendre la raison. Clotilde lui avait suggéré qu'on la gardait peut-être en bon état pour l'offrir au chef suprême de l'organisation.

Anne demanda à sa malheureuse codétenue de se retourner sur le dos pour qu'elle continue à la soigner.

Les mains d'Anne se faisaient aussi douces que possible sur la peau de la blessée. Parfois, celle-ci tressaillait un peu.

« Je te fais mal ? Dis-le-moi ; j'essaie d'être aussi douce que possible, mais tu dois terriblement souffrir. »

Les deux femmes avaient conclu la paix dès l'arrivée d'Anne. Elles étaient assez clairvoyantes pour comprendre qu'elles étaient dans la même galère et devaient lutter ensemble pour espérer s'en sortir.

Clotilde avait encore tressailli sous une caresse d'Anne.

« Dis-moi si je te fais mal…

- Tu aimes les femmes ?

- Je ne crois pas ! Et toi ? répondit-elle en songeant à Gilda…

- Non plus, mais tu es très douce et je préfère tes mains à celles des brutes qui nous séquestrent. Serait-ce ainsi que l'on épouse les mœurs de Lesbos ? »

Pour la première fois, Anne avait vu sourire Clotilde.

« Ayons confiance, Charles ne renoncera jamais à venir à notre rescousse. Tant qu'il n'aura pas vu et touché nos cadavres, il luttera pour nous sauver. Il est déjà en train de préparer quelque chose ; je ne sais pas quoi, mais je sais qu'il en est ainsi et pour le mériter, nous devons lutter de toutes nos forces pour survivre : à tout prix… »

En fait, elle savait très bien que dès qu'il ferait beau, ils allaient survoler encore et encore la zone jusqu'à identifier leur lieu de détention. Mais ceci était son secret ; elle ne pouvait le partager avec personne, même pas avec Clotilde, c'était une question de vie ou de mort.

« Anne, je te jure que si nous sortons d'ici vivantes, je me souviendrai toujours de ton courage, de ta rage de vaincre et de ces leçons que tu m'as données. J'étais tout à fait au bout du rouleau lorsque tu es arrivée ici ; sans toi, je me serais laissée mourir sous leurs coups ou je me serais pendue. J'avais déjà tout prévu… »

Samedi 13 juillet

Charles avait annoncé le départ pour une heure du matin, arrivée prévue en vue de l'objectif vers deux heures trente. Progression discrète à pied pendant une demi-heure environ puis début de la pénétration à trois heures. Avec l'aide de Laure, ils avaient dressé un plan sommaire des lieux et préparé le chemin de leur intrusion.

Charles, Kiki et Laure avaient revêtu des tenues entièrement noires comme celle d'Ivan.

Au moment de partir, si Charles, Ivan et Kiki semblaient parfaitement décontractés, Laure et Valérie semblaient un peu plus émues.

« Ne crains rien, je suis avec eux…

- Sois prudente quand même, souviens-toi de tout ce que je t'ai dit, reste concentrée sur ta mission surtout. Ne te laisse jamais distraire par tes pensées, c'est là l'essentiel. »

En allant vers l'ascenseur, elles passèrent devant la chambre de Laure, son petit ours trônait sur le lit.

« Tu veillerais sur lui s'il devait m'arriver quelque chose, n'est-ce pas ?

- Tu es trop cloche, demain matin, quand il se réveillera, tu seras rentrée avec Anne et les autres. »

La porte de l'ascenseur refermée, Valérie passa par la chambre de Laure, prit l'ours dans son bras valide, puis fondit en larmes dans les bras de Pablo qui attendait son retour dans le salon.

Pablo était allé s'asseoir dans un canapé sans cesser de soutenir Valérie. Il se souvenait n'avoir pas voulu d'elle lorsqu'elle s'était présentée sur la recommandation du commandant Walter un ancien camarade de Charles dans la promotion « Général de Gaulle » à Saint-Cyr. Maintenant Pablo avait totalement adopté la Tropézienne ! Montserrat était passée embrasser son compagnon avant de se coucher ; elle aussi aimait beaucoup Valérie : elle aurait pu être l'enfant qu'ils n'avaient jamais eu, comme Charles…

Pablo devait faire prévenir le GIGN par son correspondant ministériel habituel pour qu'ils interviennent à cinq heures en encerclant d'abord le château puis en l'investissant à six heures s'ils n'avaient pas de nouvelles. Pablo avait beau avoir une totale confiance en son ami, il savait parfaitement qu'une poussière peut toujours se glisser pour coincer les meilleurs mécanismes.

Ils étaient arrivés à l'heure prévue près de l'église du village où se trouvait un petit parking ; ils y avaient laissé leur vieille Renault 16 parfaitement banale. Ils avaient entrepris leur itinéraire pédestre vers le château comtal. Ils devaient escalader le mur à un endroit bien précis, neutraliser le système de protection électrique, puis attirer les chiens avant de les endormir. Laure avait été formelle : ces animaux étaient dressés pour attaquer, sans sommation et sans aboyer, quiconque d'autre que leurs maîtres pénétrait dans leur enclos. Charles, du haut du mur, observait les lieux lorsqu'un ronronnement suspect lui fit dresser l'oreille : un bruit de voiture se dirigeant vers le château. Après avoir sauté du sommet de l'enceinte, il vint se mettre à plat ventre au fond du fossé où Ivan, Kiki et Laure s'étaient déjà allongés.

La voiture avait marqué un très bref arrêt devant le portail avant que celui-ci ne s'ouvre tout seul. Dès qu'elle s'était avancée sur l'allée coupant en deux le terrain semé de mines antipersonnel, de puissants projecteurs avaient illuminé le passage. Charles avait eu beau écarquiller les yeux, il n'avait pu voir quel mystérieux personnage venait d'arriver à L'École Privée à trois heures du matin. Selon Laure, il ne pouvait s'agir que de l'un des chefs de la bande ou d'un visiteur extérieur exceptionnel. Elle préconisa d'attendre un peu avant de tenter l'intrusion :

« Vous voyez, à droite, c'est la prison. C'est là que sont probablement Anne et la juge. »

Ils avaient espéré pouvoir délivrer Anne et la juge de leur cachot avant de donner l'assaut au bâtiment principal. Leurs deux principaux otages exfiltrés, ils auraient eu toute liberté pour mettre Le Frisé et sa bande hors d'état de nuire. La police n'aurait plus eu qu'à interroger les cadavres et les éventuels prisonniers.

Charles avait à nouveau escaladé le coin du mur ; il s'était donné un quart d'heure pour recommencer un assaut et neutraliser les chiens. Au bout d'une dizaine de minutes, une petite porte, celle d'une cuisine, s'était ouverte sur la droite du bâtiment principal. Un homme en était sorti que les chiens n'avaient pas inquiété ; il était allé jusqu'à la bâtisse que Laure appelait La Prison. Il en était ressorti accompagné par deux silhouettes menottées. Charles était trop loin pour en être certain, mais il était persuadé qu'il s'agissait des captives, Anne et la juge.

« C'est le quartier des condamnées à mort, précisa Laure.

- On y va ce coup-ci ; il n'y a pas de temps à perdre. »

Quatre fils électriques couraient le long d'isolateurs protégeant le faîte du mur. Selon les indications de Laure, ils transportaient du très haut voltage et toute coupure d'un fil devait déclencher une sirène. Lorsqu'elle lui en avait parlé, elle avait été surprise que cela n'ait eu nullement l'air de l'inquiéter. En le voyant travailler, elle comprit pourquoi. A l'extérieur d'un isolateur, il avait placé une pince électrique reliée, par un câble bien isolé, à une autre pince qu'il avait placée à l'extérieur de l'isolateur suivant. Le courant ainsi détourné, il avait sectionné le premier câble sans déclencher l'alarme. Et ainsi pour les autres câbles…

Ensuite, armé de sa sarbacane, il avait endormi quatre des cinq dobermans. Mais le cinquième était resté trop loin, Charles avait gaspillé ses deux dernières munitions anesthésiantes. Ivan demanda à passer le premier :

« Laisse-moi m'occuper de ce chien, je sais faire. Charles, prête-moi ton sac… Lorsque le chien arrivera, restez parfaitement immobiles. »

Dans le parc, Ivan avait pris la tête de la petite troupe suivi par Laure, Kiki et Charles. Ils avaient à peine fait une vingtaine de mètres lorsque le dernier molosse leur fit face. Ils suivirent à la lettre les instructions d'Ivan et s'immobilisèrent totalement. Ivan continuait à avancer précautionneusement en tenant le sac de Charles devant lui et en l'agitant légèrement. L'animal bondit soudain comme un fauve sur le sac ; la suite ne dura que quelques secondes, il y eut un terrible bruit d'os brisés et l'animal s'écroula aux pieds d'Ivan, mort.

« Bon entraînement du KGB » dit-il en souriant à Laure.

Ils reprirent immédiatement leur marche vers un soupirail repéré à l'avance ; une grille de fer forgé en barrait l'entrée ; il fallait entrer par là. Charles et Ivan attaquèrent les barreaux avec de petites scies pendant que Kiki et Laure montaient le guet.

Anne et Clotilde comprirent en découvrant l'immense pièce dans laquelle leur geôlier les avait fait pénétrer que le pire était à venir.

Anne, encore confiante quelques dizaines de minutes plus tôt, sentit que la partie pourrait bientôt s'achever pour elles. L'homme qui les avait tirées de leur cachot avait soigneusement éteint la lumière en le quittant mais il avait laissé la porte ouverte :

« Vous pensiez avoir connu l'enfer dans cette pièce, vous n'allez pas tarder à la regretter. Au petit matin, vous serez mortes, mais d'ici là, vous allez regretter d'avoir vécu. »

Un acolyte vint lui prêter main-forte pour fixer avec des menottes les deux femmes, par les poignets et les chevilles, à un espalier scellé à un mur. Sitôt les deux femmes entravées, les deux hommes disparurent.

Anne n'avait pas été surprise de reconnaître le commissaire Marcianni assis à une table avec *Le Frisé* et son frère. Ils prenaient une petite collation réparatrice en discutant entre eux le plus normalement du monde. De temps en temps, un sixième homme venait servir le trio.

Malgré la pommade des boxeurs, la juge de Nanterre était sérieusement marquée ; elle avait été copieusement rossée par ses bourreaux. Anne semblait n'avoir pas encore souffert de coups mais elle avait perdu sa fière prestance et même si parfois son regard se posait sur ses ravisseurs avec une haine terrible, elle était envahie par l'inquiétude la minute suivante.

Laissant *Le Frisé* et son frère encore attablés terminer leur pâtisserie, Marcianni était venu narguer les deux prisonnières :

« Alors, mon amie la juge, tes collègues et toi m'avez usé pendant des années à relâcher ceux ou celles que nous avions eu tant de peine à coincer. Vous m'avez dégoûté de mon métier. Ecœuré, dévasté, qu'il était Marcianni. Alors, un jour, j'ai décidé d'être moins stupide et j'ai gagné plein de fric avec des associés comme *Le Frisé*. »

Il s'interrompit pour arracher les lambeaux des quelques fripes qui habillaient encore la juge, puis, s'adressant au *Frisé* et à son frère :

« Dans ses habits ridicules de vieille fille, elle n'avait l'air de rien. Dommage, elle est bien foutue cette nana, je suis sûr qu'une gonzesse roulée comme ça, sur le trottoir ça vaut son pesant de blé ! »

Il riait d'un rire sardonique, qui faisait froid dans le dos.

Maintenant Clotilde Grouvard et Anne Lafont attendaient la mort. Elles s'étaient réconfortées lorsque Anne avait annoncé à sa codétenue qu'il allait y avoir des pourparlers avec *Le Frisé* pour l'échanger contre Laure. Elle s'était bien gardée de lui dire que ce n'était qu'un leurre destiné à leur faire gagner du temps. Hélas, la présence de Marcianni interdisait toute possibilité d'échange ; il ne pourrait tolérer de les voir rester en vie. Seule l'intervention de Charles pouvait les sauver, mais le temps était toujours aussi mauvais sur la région et l'avion de Simon ne risquait pas de décoller pour identifier le château. Elle n'avait d'ailleurs entendu aucun avion survoler la place depuis qu'elle était arrivée ici. Pourraient-elles gagner encore du temps ? Surseoiraient-ils à leur exécution suffisamment longtemps pour permettre l'arrivée des secours ?

« Hein, ma petite juge chérie, tu aurais bien emboîté le pas de ton imbécile de collègue Duplat en délivrant à Le Barp et à sa grande jument blonde une ordonnance de non-lieu. J'en ai eu du mal à te persuader que ce serait une erreur de le faire. Tu ne dois ta survie jusqu'à présent qu'à mon ami *Le Frisé* qui me dit que ses hommes et lui ont pris beaucoup de plaisir avec toi. Il a désobéi en ne t'exécutant pas immédiatement ainsi que je lui avais demandé de le faire. »

Les coups qu'il assénait au corps meurtri de la jeune femme la faisaient de plus en plus souffrir à mesure qu'ils devenaient de plus en plus violents et qu'ils atteignaient des zones plus sensibles à la douleur.

« Je ne vais pas te liquider tout de suite : moi aussi j'ai envie de profiter de toi ! A l'aube vous serez traitées comme les truies que vous êtes : pendues par le sexe à des crochets de boucher et livrées aux corbeaux ! »

En quelques vingt minutes, mais des minutes paraissant éternelles, Charles et Ivan étaient parvenus à scier les barres métalliques masquant l'entrée du soupirail, à tordre celles qu'ils n'avaient pas sciées et à ménager une entrée pour leur quatuor.

A la lumière d'une lampe torche, ils s'étaient dirigés au travers d'un labyrinthe de couloirs vers un escalier de service abandonné qui les avait menés dans les combles du château.

Il fallait trop souvent perdre de précieuses minutes à scier un cadenas par ci et un autre par là, remonter un étage, en redescendre d'autres. C'était un véritable dédale.

Charles se félicitait d'avoir écouté favorablement la supplique de Laure et le conseil d'Ivan ; sans les indications de la jeune femme, ils n'auraient jamais trouvé leur chemin.

« Laure, combien de temps encore d'après toi, demanda Charles ?

- Sans les serrures et les cadenas à forcer, peut-être cinq minutes, ou dix. Je ne me rends pas très bien compte, nous avions toujours les bonnes clefs, mais je suis certaine que c'est le meilleur chemin.

- Je te fais confiance Laurette, lui chuchota Charles. »

C'était la première fois qu'il lui parlait ainsi, elle eut du mal à ne pas en être distraite tellement elle en était émue.

Face à Anne, Marcianni poursuivait son délirant monologue :

« Cela faisait un moment que j'avais envie d'avoir ce face-à-face avec cette salope.

En sortant de votre audience chez le juge Duplat, te souviens-tu de ce que tu m'as dit imbécile ? Que tu souhaitais te retrouver seule avec moi un jour pour me faire payer, je ne me souviens plus quoi, très cher : très, très, cher même ! Et bien nous voici face à face mon cœur ; je me suis laissé dire que tu avais le feu au train au point d'aimer traverser Paris à poil sous ta combinaison de moto pour rejoindre tes amants… Ici, tu as sûrement trouvé des amoureux qui ont pu satisfaire tes fantasmes les plus pervers ! »

Anne regardait Marcianni droit dans les yeux :

« Je t'ai déjà dit que tu es une ordure Marcianni et je te le répète en face. Tu vas peut-être m'exécuter dès l'aube si tu en es capable, si tu ne charges pas *Le Frisé* de le faire à ta place. Mais regarde-moi bien, pourriture ; sache que Le Barp saura te retrouver, où que tu ailles te planquer sur la planète et que ce jour-là, tu ne flamberas pas. Tu feras dans ton froc et tu pleureras ; ce jour-là, sois en sûr, il sera sans pitié !

Comme Jacques de Molay[53], au moment de mourir maudissait ses accusateurs, je te maudirai Marcianni. Je ne crois pas en l'au-delà,

---

[53] Dernier des Grands Maîtres de l'Ordre du Temple brulé sur ordre du roi Philippe Le Bel le 18 mars 1314. Le Pape Clément V, Guillaume de Nogaret et le Roi Philippe le Bel, maudits par Jacques de Molay depuis son bucher, moururent tous dans les mois qui suivirent.

mais j'invoquerai la vengeance de Charles Le Barp et celle de mes amis d'Escort : ils vengeront notre mort !

Le Frisé, Marcianni et vos complices ! Avant un an, je vous cite à comparaître devant Charles Le Barp pour recevoir votre jugement, et votre châtiment !

- Tu crois sans doute que Monsieur Le Barp va abandonner son industrie florissante, ses milliards pour te venger. Pauvre nouille !

- Non seulement je le crois, mais je le sais ; cet homme est un homme exceptionnel, pas une couille molle comme toi ! Et tu sais que j'ai raison ; et déjà, tu trembles de peur ! Je te condamne à vivre le restant de tes jours dans la peur, Marcianni ! »

On aurait dit que ses yeux lançaient des éclairs ; ses invectives avaient fait reculer le policier félon.

Manifestement perturbé, il avait repris :

« Quelle belle jument rétive ! »

Il avait giflé Anne de toutes ses forces, puis s'éloignant un peu avait tiré trois coups de feu, un de chaque côté de sa tête puis un entre ses jambes.

« Tu as eu peur, sorcière ! Avoue-le !

- Je te crois trop intelligent pour m'abattre avec ton revolver et pas assez courageux pour me tuer toi-même. »

Marcianni était troublé par la hargne de cette fille.

« Ces deux greluches m'ont donné soif, amusez-vous un peu les deux frérots avec ces deux chéries, ça va m'exciter de vous voir leur faire subir vos assauts. Ensuite, ce sera mon tour ! »

Le Frisé s'était approché d'Anne comme un taureau en rut s'approche d'une jeune vache. Il avait posé son revolver sur la table où il avait abandonné son polo et, torse nu, en jeans, il était venu pour la délivrer des menottes qui liaient ses chevilles à l'espalier. Le Frérot, lui, avait choisi de transporter la juge sur un des divans minables qui meublaient la pièce.

« Profite bien de ces moments qui te sont favorables *Frisé,* toi aussi, tu mourras sous les coups de Charles Le Barp ».

Lorsqu'il eut libéré ses poignets à leur tour, d'une voix forte, refusant les lèvres qu'il tentait d'écraser sur les siennes, ignorant les mains qui exploraient et achevaient de dénuder son corps, elle questionna :

« Mais comment allez-vous vous arranger ? Nous sommes témoins de ta présence Marcianni ! Il va falloir que tu meures toi aussi si *Le Frisé* veut pouvoir nous échanger contre Laure ! »

Le Frisé s'était dégagé d'Anne d'un bond, il avait pris la direction de son arme. Mais Marcianni s'était levé Smith & Wesson 357 Magnum au poing.

« Que personne ne bouge ! Je descends le premier qui fait un geste. Elle a raison : nous sommes beaucoup trop nombreux à savoir beaucoup trop de choses cette nuit. »

Le frère du *Frisé* s'était dégagé du corps martyrisé de Clotilde Grouvard qu'il forniquait déjà ; il esquissa un mouvement vers son arme à ses pieds. Le revolver de Marcianni aboya deux fois et le Frérot s'écroula.

« Tu vois, *Frisé*, tu m'as pris pour un dégonflé quand je t'ai demandé d'arrêter toutes ces conneries. Tu n'as pas voulu. Et ce soir, si tu m'as demandé de venir, je l'ai su, c'était pour me descendre. Il aurait fallu que je sois complètement stupide pour ne pas voir venir le coup.

Demain, je serai un héros de la Police Nationale, celui qui aura tenté de te localiser et de sauver ces dames. Pas de chance, je serai arrivé à peine un peu trop tard. Tu les aurais juste tuées avec ton arme après avoir enfilé des gants et après les avoir violées une fois de plus.

Et à ce moment vous m'auriez menacé…

Capito[54] ?

- Et comment songes-tu franchir le barrage de mes hommes ?

- Tes hommes sont déjà presque tous partis *Frisé* ! Ils t'ont abandonné ; ils savent que tous leurs noms sont consignés par moi sur une longue liste dans une enveloppe chez un notaire de Paris : *à n'ouvrir qu'en cas de décès…* Veux-tu que l'on vérifie ? Les seuls qui restent sont à ma botte. C'est l'un d'eux qui m'a prévenu de tes intentions. »

C'était pour le coup que *Le Frisé* paraissait déconfit ; il n'avait pas peur de mourir. Il savait qu'un jour ou l'autre cela lui arriverait : risque d'un métier où la moyenne d'âge est plus faible qu'au Sénat. Ce qui le désespérait, c'était la trahison en bloc de ses lieutenants.

---

[54] En italien : compris.

Anne suivait les événements avec la plus vive attention. Contrairement à Clotilde Grouvard, peut-être parce qu'elle n'avait pas subi ce que celle-ci avait enduré, elle croyait encore pouvoir s'en sortir. Elle se souvenait des leçons de Charles qu'elle répétait sans cesse à sa codétenue ; il ne fallait jamais baisser les bras ; tant qu'il y a de la vie… Anne se souvenait de l'histoire que lui avait racontée Charles de ce Préfet de la République[55] mené par les Allemands au poteau d'exécution à Tulles pour y être fusillé. Il avait eu la vie sauve pour avoir eu la présence d'esprit de demander que le peloton d'exécution soit commandé par un officier aussi gradé que lui en vertu des lois de la guerre… Il lui fallait tenter quelque chose, absolument, et vite.

Charles et Ivan paraissaient sereins malgré la lenteur de leur progression. Kiki aurait aimé qu'ils puissent intervenir tout de suite, mais elle était persuadée qu'ils avaient raison de ne pas se précipiter ; elle se demanda combien de fois déjà ces deux-là avaient pu être confrontés à ce genre de scénario. Ce dont elle ne doutait pas, c'est que tout à l'heure, une fois qu'ils seraient en position d'attaquer, ils n'auraient aucune hésitation à tirer pour tuer de leur première balle. Eux étaient de vrais pros ; elle ne jouait pas dans la même catégorie. Elle se souvenait des paroles d'Ivan à Laure : «… Et si on menaçait un de tes amis, tirerais-tu pour tuer sans hésiter ? » Comme Laure, elle aurait répondu oui sans hésiter. Que quelqu'un dans cinq minutes menace Laure, Charles ou Ivan, elle était certaine qu'elle n'hésiterait pas à faire feu pour tuer… Mais serait-elle assez lucide et déterminée pour agir de même si c'était elle qui était menacée ? Kiki n'avait jamais tué personne de sa vie ; elle s'y sentait prête de tout son esprit, mais… c'était quand même son véritable baptême du feu. Elle se souvenait avoir hésité une bonne seconde avant de s'éjecter de l'avion lors de son premier saut en parachute ; la seconde qui, là, pourrait lui être fatale, ou pire encore, être fatale à un des siens.

« Tu es ridicule *Frisé* avec ton pantalon qui te tombe sur les genoux ! Ces dames vont mourir avec une bien piètre image de toi. »

---

[55] Pierre Trouillé, *Journal d'un Préfet pendant l'Occupation*, 9 Juin 1944 - Paris, NRF Gallimard - 4° trim. 1964, p 125.

Le Frisé paraissait en effet en pleine déconfiture, il en avait même oublié ces « dix *mille plaques* » qu'il avait entrevues deux jours auparavant. Anne avait remarqué ses yeux hagards et elle était bien décidée à en tirer parti, à faire feu de tout bois pour sauver sa peau et celle de la juge Grouvard. Elles étaient vivantes, rien n'était donc perdu…

Il lui fallait à tout prix s'emparer du revolver du Frérot ou de celui que *Le Frisé* avait déposé là-bas sur une table près de son polo. Marcianni veillait au grain, le vieux policier n'allait pas se laisser abuser facilement. Il lui fallait gagner du temps et espérer une faute d'au moins un de ses adversaires.

« Marcianni, tu as gagné la partie. Avant de mourir, j'aimerais que tu m'accordes une dernière faveur : m'expliquer le fonctionnement de votre organisation. »

Marcianni était dépassé ; ou cette fille était imbécile et n'avait rien compris, ou elle était d'une trempe qu'il n'aurait jamais imaginée.

« Alors Marcianni, que réponds-tu ? Et toi *Frisé* ?

Avant de tirer ma révérence, j'aimerais au moins savoir pourquoi vous teniez tellement à récupérer Laure les uns et les autres… »

Marcianni, tout en tenant *Le Frisé* en joue et en l'obligeant à se maintenir à distance respectable s'était rapproché d'Anne. Peut-être allait-il craquer, oublier la prudence la plus élémentaire pour au moins la caresser ; mais non, le policier ripou tenait bon, le chemisier d'Anne déchiré par *Le Frisé* quelques instants plus tôt ne paraissait pas lui faire perdre la tête. Anne avait compté les deux coups de feu pour abattre le Frérot, plus les trois que Marcianni avait tirés en sa direction pour la terroriser. Il ne lui restait plus qu'un coup à tirer s'il ne rechargeait pas son arme.

« Je te laisse une heure pour bien profiter d'elle, tu en fais ce que tu veux ; tue-la Frisé, massacre-moi cette salope ; au point où tu en es, tu ne risques plus rien que de te faire plaisir en nous prouvant que tu es un homme, un vrai qui n'a pas peur de mourir… Mets là en pièces ! »

Il avait ri bêtement laissant Le Frisé complètement interdit. Bien sûr, il allait flanquer une volée mortelle à cette ancienne flic qui semblait les narguer. Marcianni le savait, *Le Frisé* était un malade et l'ex commissaire Lafont n'allait pas tarder à en faire l'expérience. Il ne lui resterait plus qu'à abattre le truand lorsqu'il aurait saccagé la jeune femme et achevé la juge.

Ils avaient entendu les cinq coups de feu successifs. Kiki et Laure auraient bien abandonné toute prudence et foncé à la rescousse d'Anne et de la juge Grouvard. Charles et Ivan firent comprendre à leurs deux compagnes qu'il leur fallait surtout éviter de se précipiter. Il leur restait une salle à traverser protégée par une porte, en principe non close, dans laquelle se reposaient souvent les gardes du Frisé. Ivan devait entrer dans la pièce après avoir ouvert la porte en tenant Laure contre lui, son Makarov pointé sur la tête de la jeune femme. Les gardes du corps du Frisé auraient obligatoirement du mal à saisir la situation ; Charles, qui avait coiffé son fidèle Beretta d'un silencieux aurait tout loisir d'abattre le ou les gêneurs avant que celui-ci ou ceux-ci aient le temps d'appréhender la réalité de la situation. C'était Laure qui avait conçu le plan de se mettre ainsi en avant et personne n'avait pu la faire renoncer à cette excellente idée. Laure avait retiré sa cagoule, il fallait que les éventuels adversaires puissent la reconnaître au premier coup d'œil. Charles fut impressionné par la froide détermination qu'il pouvait lire dans le regard de leur jeune partenaire. Laure était bien trop intelligente pour ne pas avoir conscience du risque qu'elle prenait, mais sa volonté farouche passait avant tout. Elle n'avait aucune envie de mourir, mais si ceci devait arriver, elle pensait que là-haut son père l'accueillerait, fier d'elle, en lui tendant les bras. Pour la première fois depuis bien longtemps, elle se sentit digne de lui et son bonheur était immense. Si elle devait mourir maintenant, elle mourrait heureuse. Et si elle s'en tirait bien, elle n'en serait pas moins fière d'avoir honoré la mémoire de son héros.

Ils avaient tous oublié la Juge qui gisait sur le lit où *Le Frérot* l'avait jetée. Clotilde Grouvard n'en pouvait plus d'admirer le courage et le culot de sa compagne de captivité. Elle avait de plus en plus envie de vivre, se découvrant au fur et à mesure de cette impossible épreuve qui lui était infligée. Elle ne savait que faire pour aider Anne ; elle l'écoutait et subissait le temps qui passait mais qui était seconde après seconde un peu de vie volée à la mort. Soudain, elle eut une idée : créer un imprévu pourrait déstabiliser Marcianni et *Le Frisé*, elle était sûre qu'Anne était capable de profiter de la moindre faille dans la garde des deux hommes. De toute façon, qu'avait-elle à perdre ? Au pire, Marcianni tenterait de l'abattre avec sa sixième balle, ensuite ce serait à Anne de jouer.

Elle se leva comme une démente sur son lit de douleur et se mit à hurler en regardant le cadavre du *Frérot* :

« Il n'est pas mort, il vient de bouger ! Au secours ! Il vit ! »

Puis elle continua de hurler comme une folle en proie à une crise d'hystérie accompagnée de convulsions.

Anne eut peur que Marcianni n'abatte Clotilde comme il venait d'abattre le frère du Frisé. D'un autre côté, il ne lui restait qu'une balle dans le barillet de son revolver. S'il tirait maintenant, elle aurait quelques instants pour tenter de récupérer sans trop de risques une des armes abandonnées par le Frisé et son frère.

La porte s'était ouverte sur une pièce aux murs couverts de photos de filles dénudées comme on en trouve dans toutes les casernes de la terre. Assis à une table avec un jeu de cartes deux hommes braquèrent leur regard sur Laure qui avançait la tête tirée en arrière par un homme encagoulé qui la menaçait d'un énorme pistolet. Profitant de leur perplexité, Charles était entré sur les pas de ses deux partenaires et avant que les deux sbires du Frisé aient eu le temps d'esquisser la moindre défense, il les avait silencieusement envoyés rejoindre *Le Frérot* en enfer.

Quelques instants plus tard, ils atteignaient enfin la galerie surplombant la « salle de jeux » de La Bergerie. Le faible éclairage qui régnait dans l'ensemble de la pièce tranchait avec les projecteurs braqués sur la partie de celle-ci consacrée aux vedettes du « *sex-show* ». D'en bas, aveuglés par les projecteurs, ils ne devaient pas voir grand-chose de ce qui se passait dans la galerie. C'était précieux pour eux.

Ils avaient prévu de se donner, sauf danger de mort immédiat pour les otages, quelques minutes pour observer les belligérants, évaluer leur nombre et éventuellement leur armement. Ensuite, Charles devait lancer l'attaque.

Les hurlements de la Juge Grouvard les incitèrent à s'approcher plus rapidement que prévu.

Ils ne comprirent pas pourquoi Anne et Le Frisé s'étaient mis à courir vers la juge. Presque simultanément retentirent plusieurs coups de feu, Le Frisé d'abord, puis Marcianni ensuite s'écroulèrent. Anne avait réussi au cours d'un splendide roulé-boulé à s'emparer de l'arme du Frérot, puis à faire feu sur Marcianni. La balle d'Anne avait fait exploser la tête du policier ripou, mais la balle de celui-ci avait fait chuter le truand. Lorsque ce dernier tenta de se relever, Charles faillit l'achever d'une balle dans la tête lorsqu'il se rendit compte, avec quelle stupéfaction, qu'Anne courait dans sa direction les bras tendus, ouverts, comme pour l'accueillir…

Sous la protection d'Ivan, il descendit dans la salle. Le Frisé venait de s'écrouler dans les bras d'Anne.

Quelques minutes plus tôt, elle le menaçait des foudres de l'enfer et de la vengeance de Charles, et là, elle semblait l'écouter qui lui parlait en le protégeant des autres.

Ivan était descendu lui aussi, il s'était dirigé vers la juge Grouvard qui semblait ne pas tout comprendre… En fait, elle n'était pas la seule !

Le Frisé eut une ultime convulsion dans les bras d'Anne ; il n'y avait pas besoin d'être médecin pour comprendre qu'il ne parlerait jamais plus. Anne tenait la tête du truand serrée contre sa poitrine. Inondée du sang du voyou, elle ne pouvait se résoudre à le lâcher, tout allait décidément trop vite depuis quelques minutes. Charles s'était accroupi pour se mettre au niveau d'Anne. La jeune femme semblait complètement hébétée. Lorsqu'elle pencha la tête pour embrasser les lèvres entrouvertes du voyou, Charles se mit à craindre que son amie ait perdu la raison. Il lui caressa doucement la tête avant de l'aider à se relever. Il lui fallut de longues minutes, enfouie dans les bras de Charles, pour reprendre ses esprits. Enfin, elle put conter à ses amis éberlués la curieuse fin du Frisé.

« Je ne pourrai jamais te tuer, tu ressembles trop à Laure à qui j'ai fait tant de mal. Ce soir, j'ai une petite chance de faire quelque chose de bien… Ce salaud va me flinguer ; ce qu'il veut, je l'ai bien compris, c'est que je te tue de mes mains ainsi que la Juge avant de m'exécuter. »

Après avoir arraché le reste des vêtements d'Anne, il avait terminé de la détacher sous l'œil d'un Marcianni vigilant certes, mais manifestement troublé par la scène. Il détestait Anne de toutes ses forces et la perspective du supplice de cette femme par le Frisé le déconnectait de la réalité, comblait ses fantasmes les plus sadiques.

Anne poursuivit à l'intention de Charles après que celui-ci lui eût offert son pull noir pour qu'elle soit décente.

« Il m'a dit :

Tu diras bien à Laure ce que j'ai fait pour vous. Tu lui diras bien que je l'ai fait pour elle, pour me faire un peu pardonner avant de mourir. Tu lui diras que je l'ai vraiment aimée, à ma manière ; hélas je suis un fou dangereux et irrécupérable…

Il est mort ainsi après avoir fait rempart de son corps entre Marcianni et moi lorsque je me suis emparée du revolver de son frère. Sa première bonne action lui a coûté la vie, mais il voulait terminer ainsi. Il se savait fini. »

Les émotions qu'elle venait de vivre lui avaient fait oublier toutes les règles bien établies entre eux. D'avoir senti la mort si proche inhibait sa retenue habituelle vis-à-vis de Charles.

Elle avait levé la tête pour lui dire tout ça, puis elle avait posé sur ses lèvres un baiser, chaste certes, mais chargé de passion. Nue sous ce pull noir qui lui arrivait à mi-cuisses, elle était follement désirable. Heureusement qu'ils n'étaient pas seuls, songea Charles.

Elle avait lu dans ses pensées ; elle s'était rapprochée de lui, écrasant son corps contre le sien, comme pour éprouver son désir.

« Tu sais, il faudrait peut-être que nous révisions certaines de nos règles de bonne conduite. Au moins quand nous sommes à Arcachon, ou ailleurs en vacan…. »

Elle avait été interrompue par plusieurs coups de feu presque simultanés ponctués par le miaulement d'une rafale de FAMAS et puis par la voix de Kiki hurlant :

« Laure ! Laure ! »

Depuis en bas, la disposition des lumières faisait qu'il était impossible de voir ce qui se passait au niveau de la galerie : Anne, Clotilde, Charles et Ivan en étaient réduits à écouter ce qui se passait là-haut envisageant le pire.

« Elle saigne beaucoup, elle a perdu connaissance ! Vite ! »

Charles et Ivan avaient regagné la galerie où Kiki pleurait sans pour autant perdre ses réflexes de secouriste.

« Elle m'a sauvé la vie, merde !

Je n'ai pas entendu ce type arriver. Il allait me flinguer dans le dos et Laure lui a tiré dessus pour me protéger mais elle l'a juste blessé et il s'est retourné contre elle. Le temps que je fasse volte-face, que je réalise et que ma rafale[56] le découpe, il a eu le temps de lui tirer dessus, ce fumier. »

Anne avait repris le revolver du Frérot, en avait vérifié l'armement puis était allée s'asseoir près de Clotilde toujours complètement déboussolée dans un coin de la pièce. Elle guettait avec une anxiété de plus en plus grande les nouvelles venant de la galerie. Et de nouvelles, il n'y avait pas vraiment. C'en était trop pour Anne cette fois ; elle avait tout magnifiquement géré et supporté et d'un seul coup, elle aussi craquait ; elle s'effondra dans les bras de Clotilde complètement hébétée.

Pablo avait rejoint les hommes du GIGN lorsque ceux-ci étaient arrivés autour du château. Un à un, ils avaient cueilli les fugitifs dans leurs filets, discrètement, sans bruit, sans effusion de sang. Après avoir entendu la rafale de FAMAS, ils avaient décidé d'avancer leur intervention. Selon les voyous qu'ils avaient interceptés, il ne devait rester que deux ou trois de leurs collègues à l'intérieur du château comtal en plus des habitants de l'édifice. La complexité des couloirs était telle qu'il leur fallut près de cinq minutes pour rejoindre Charles et son équipe. Le médecin qui avait accompagné les gendarmes organisa l'évacuation de Laure par l'ambulance qui les avait accompagnés. Il rassura immédiatement ses amis ; la balle était entrée au-dessus de la clavicule gauche, avait traversé les muscles du haut de l'épaule et était ressortie au-dessus de l'omoplate. Elle avait, certes, perdu pas mal de sang, mais il considérait la blessure comme étant sans gravité réelle. Charles demanda néanmoins que la jeune femme soit transportée au Val-de-Grâce pour des raisons de sécurité. Ceux qui voulaient la peau de Laure étaient toujours vivants et non identifiés. La bande du *Frisé* était hors d'état de nuire, mais il fallait s'attendre à une riposte de leurs alliés.

Les gendarmes avaient délivré trois malheureuses filles dont une en très mauvais état qui étaient séquestrées dans une autre partie du bâtiment que Laure appelait « *La Prison* ».

Charles avait prévenu Valérie du succès de l'opération de libération des otages depuis le command-car du GIGN. Il lui avait

---

[56] Cadence de tir du FAMAS F1 : 1000 coups par minute.

également annoncé, avec prudence et ménagement, la blessure de Laure et son transfert vers l'hôpital militaire dont elle venait de sortir.

Valérie voulut se rendre au Val-de-Grâce qu'elle avait quitté quelques jours plus tôt. Elle avait préparé un sac de sport sur lequel trônait l'ours en peluche de Laure assis à côté de son fidèle Beretta 92.

« Je n'ai encore qu'un bras de tout à fait valide, mais avec l'aide de Bartolomeo[57], c'est largement suffisant pour assurer la sécurité de Laure. »

Charles n'avait pas insisté ; une demie Valérie valait mieux que beaucoup d'autres entiers. Tout le monde la connaissait dans le service de chirurgie où avait été transportée Laure et elle y avait été accueillie chaleureusement.

---

[57] Bartolomeo : surnom donné par Valérie à son pistolet Beretta 92 en hommage à Bartolomeo Beretta (1490-1565) qui fut à l'origine de cette prestigieuse famille en vendant 185 arquebuses à la République de Venise.

Mardi 16 juillet

Charles avait proposé à Gilda de passer parmi eux quelques jours pour les besoins de l'enquête avant de rejoindre son fils en Italie ; la bande du *Frisé* avait été anéantie ; elle ne risquait plus rien de ce côté. A la juge de Nanterre, il avait aussi proposé l'hospitalité de La Bergerie. La magistrate avait beaucoup évolué pendant sa captivité ; pilotée et soignée par Anne, elle reprenait vie tous les jours. Pablo et Montserrat avaient décidé de profiter des quelques jours de répit qui s'annonçaient pour rentrer chez eux le soir même ; Charles en avait fait de même, ainsi que Kiki, toute heureuse d'aller s'aérer à la recherche d'un nouveau petit copain.

Charles, avant de rentrer un peu chez lui, avait demandé à Anne si cela ne la dérangeait pas de rester seule avec Clotilde et Gilda.

« Gilda ne me fait pas peur ! Je viens de passer quelques jours très particuliers avec Clotilde ; ce sera sans doute bien que nous continuions, toutes les deux, de parler de ce qui nous est arrivé. Le psychiatre nous a dit que ce serait la meilleure thérapie possible. »

Le soir, les trois filles avaient dîné ensemble, papoté un bon moment, puis Anne avait accompagné Clotilde se coucher. Elle avait pris le calmant prescrit par le médecin pour pouvoir bien dormir. Anne avait ensuite fait le tour du propriétaire vérifiant le fonctionnement des alarmes, éteignant les lumières. Par la fenêtre de la cuisine, elle regardait les rares passants qui déambulaient encore rue de la Pompe. Elle venait de vivre une semaine totalement folle, elle en avait conscience. Avait-elle vraiment trouvé ce qu'elle avait recherché en venant travailler ici avec Charles ? Avait-elle enfin atteint son Graal ? Le résultat avait largement outrepassé ce dont elle avait rêvé ! Elle ne pouvait s'empêcher de songer à Michel bien douillet avec sa souris de remplacement vite trouvée. Elle se demandait si elle aurait agi avec autant de liberté si elle était restée avec lui. La réponse était claire : certainement pas. Charles avait raison, ce job était un travail pour célibataires sans enfant.

Elle se souvenait du premier émoi causé le soir même de la rupture par les doigts de Charles qui avaient frôlé ses seins au travers de son kimono. Elle ne risquait pas d'oublier les nuits passées avec

Ivan. Elle avait par contre tiré un trait sur ce qui s'était passé à *L'École Privée* avant l'arrivée de Charles. Après son arrivée, elle avait été prise d'une furieuse envie de se donner à lui. Ce soir, elle était certaine qu'il avait cherché à la fuir en prenant la décision d'aller dormir chez lui…

Une main s'était glissée sous sa nuisette, s'était posée sur sa hanche alors qu'elle avait la tête pleine de ces considérations tout en observant ce qui se passait vingt mètres plus bas, rue de la Pompe. La main avait commencé par lui caresser le dos… Ce ne pouvait être que Gilda. Elle avait la chair de poule, elle la laissa faire ainsi pendant de très longues minutes, puis elle se retourna gentiment vers la demoiselle Biasi tout en s'éloignant un peu d'elle et en retirant cette main démoniaque explorant son corps, flirtant avec sa peau. C'était la première fois qu'elle la voyait entièrement nue ; elle était à la limite de l'anorexie. Gilda lui paraissait, physiquement, être un repoussoir. Pourtant, elle dégageait un magnétisme impressionnant, une sensualité envoûtante, fascinante, une attraction qui l'effrayait, comme le vertige attire au fond du précipice. Elle parvint néanmoins, d'une voix nouée par l'émotion, à articuler :

« Non Gilda. Non, merci ! »

L'autre ne parut guère étonnée : elle avait tourné les talons et s'en était allée, comprenant que l'heure n'était pas encore tout à fait venue et laissant Anne à ses réflexions.

Demain serait un autre jour ; il allait falloir se remettre en piste pour trouver les commanditaires de Marcianni et du *Frisé*, se remettre sur la piste de ceux qui voulaient la peau de Laure, à n'importe quel prix.

Une heure après, Anne avait regagné sa chambre, et s'était couchée sans fermer la porte à clef, l'esprit et le corps en feu… Gilda qui l'avait sûrement perçu, n'avait probablement pas renoncé, elle n'allait pas tarder.

Vendredi 16 août

Valérie, complètement guérie, et Laure, en pleine forme, avaient rejoint La Bergerie. Nous étions à la mi-août, tout semblait calme, très calme, trop calme au gré de Charles. Ceux qui avaient voulu Laure à tout prix avaient sans doute vu leurs troupes de choc décimées, peut-être anéanties ; mais il était impensable qu'ils eussent renoncé pour autant.

Ils avaient été invités à une réception à l'hôtel de Matignon pour y être félicités d'avoir, entre autres, sauvé la vie de la juge Grouvard. L'ambiance était un peu du genre « *Embrassons-nous Folle Ville* ». Charles avait douché les officiels en attirant leur attention sur le fait qu'ils n'avaient probablement éradiqué que la partie visible de la plante nuisible. Pour peu, les politiques se seraient répandus en communiqués de presse victorieux vantant les mérites des serviteurs de la République rassemblés sous leur lumineuse autorité.

« Soyez certains, Mesdames, Messieurs, que pendant que vous allez exploiter les carnets laissés par le commissaire Marcianni et la liste de ses indicateurs « *B* », nous allons faire notre possible pour renouer le fil de cette affaire. Des secrets importants sont sûrement en cause. »

On avait bu du très bon champagne, on avait dit des tas de choses inutiles ; derrière ses Ray Ban, Charles scrutait chaque visage. Il y avait « *La Voix* » bien sûr, mais aussi son commanditaire. Il en avait discuté avec Anne et Ivan ; ils étaient tous les trois persuadés que *Le Frisé* avait dit la vérité à Anne avant de mourir. Une taupe au moins était parmi eux, une taupe d'autant plus dangereuse qu'elle était très haut placée et disposait de pouvoirs considérables.

L'homme aux yeux de tigre avait embarqué tout son petit monde dans un minibus en direction de La Bergerie. Il avait observé leurs visages lors du retour ; toutes et tous paraissaient épuisés. Et pourtant, ils se retrouvaient sensiblement au point de départ, sans la moindre piste, sans le moindre fil susceptible de leur permettre de remonter à la source de l'écheveau. Tout ce dont on était sûr, c'était que de nombreuses personnalités avaient été victimes de chantages après avoir été entraînées dans des activités sexuelles exubérantes et inavouables et que *Le Frisé* avait eu recours à ses relations avec un service secret étranger pour tenter de faire abattre Charles. Ceci aussi, il l'avait dit à Anne avant de mourir… Vu le nombre d'officines de ce genre opérant sur le territoire, c'était bien peu… même si la piste Irakienne devait être privilégiée !

Le coup de pouce du Destin

Mardi 20 août

Valérie et Laure étaient de plus en plus inséparables. Elles arboraient fièrement leur blessure à l'épaule gauche. Anne s'était remise, tout au moins en apparence, des épreuves subies chez *Le Frisé*. Elle avait également admis qu'Ivan dût repartir pour Beyrouth et elle avait été soulagée de voir Gilda gagner le sud de l'Italie ; ces aventures resteraient sans lendemain, et elle trouvait que c'était très bien ainsi.

Le professionnalisme du Russe avait impressionné Charles qui l'avait définitivement adopté.

« Tu seras toujours le bienvenu chez moi Ivan ! »

« Compte sur moi pour venir te distraire de ton travail lors de mes passages à Paris ! Et si tu as besoin de moi, ce sera toujours avec plaisir que je ferai équipe avec toi… »

Anne semblait vraiment très malheureuse dans la voiture les ramenant de Roissy à la rue de la Pompe. Autant cette fugue, qui aurait pu avoir des conséquences tragiques pour elle, avait mis Charles en colère, autant il se sentait maintenant responsable du moral de la jeune femme.

« A quoi réfléchis-tu Charles ?

- A toi Anne ; j'espère que tu vas bien… »

Anne n'avait pas répondu, elle était sans doute ailleurs ; peut-être dans l'avion qui venait de décoller de Charles de Gaulle pour l'aéroport Khaldé de Beyrouth entre les bras d'un géant blond aux yeux bleus qui aimait citer Tourgueniev plus que Lénine.

« Si tu nous invitais au restaurant ce soir…

- Chiche ! »

Clotilde Grouvard commençait à se sentir chez elle au milieu de ce groupe qu'elle avait souhaité anéantir quelques semaines plus tôt, manquant de peu d'y perdre la vie. L'idée de reprendre du service au tribunal de Nanterre en fin de congé maladie lui devenait insupportable. Depuis son enlèvement, elle était devenue une autre femme. Les événements dramatiques qu'elle avait vécus lui avaient fait découvrir une autre facette de la vie. Elle se sentait d'un seul coup beaucoup plus proche de sa sœur aînée, la fantasque Elizabeth. Les liens qu'elle avait noués avec Anne, mais aussi avec Valérie, Kiki et Laure, l'avaient littéralement transformée. La femme revêche, aigrie, solitaire, volontiers misogyne, s'habillant aussi tristement que les fenêtres de son bureau du tribunal, s'était métamorphosée. Souriante, détendue, très souvent drôle, elle avait fait la conquête de tous et toutes chez Escort. Charles était stupéfait de la voir s'adapter ainsi ; certains clients l'avaient même félicité pour sa nouvelle collaboratrice, son look et son amabilité lorsqu'elle avait donné un coup de main en remplaçant, au pied levé, sans se sentir le moins du monde déshonorée, Evelyne la standardiste réceptionniste...

Ce soir, au Procope, elle avait eu le courage de poser la question qui la hantait depuis de longs jours.

« Et lorsque j'aurai regagné mon tribunal, pourrai-je encore venir partager vos fêtes de temps en temps ? »

Toute l'assistance était restée muette et Clotilde avait cru qu'ils hésitaient à lui répondre par la négative.

« Clotilde, lui répondit Anne, nous avons vécu toutes les deux une expérience - souhaitons-la unique - faite d'événements extraordinaires, terribles, tellement traumatisants mais aussi formidablement valorisants puisque nous les avons affrontés victorieusement. T'en souviens-tu ? C'était il y a très peu de temps.

- Oui, bien sûr...

- Et crois-tu que nous l'oublierons un jour ? Tant que tu le voudras, comme Laure, tu seras des nôtres sans restriction, et tu seras toujours notre invitée ! Ensuite, c'est le problème de Charles : s'il a des sous, il nous invite au restaurant, s'il n'en a pas, nous mangeons un sandwich à La Bergerie, entre amis, ensemble. Et là aussi, tu seras la bienvenue parmi nous, tant que tu nous aimeras comme nous sommes, tant que tu ne souhaiteras pas nous juger ! »

Les yeux gris fer de la très sévère juge Grouvard étaient subitement devenus bien rouges... Elle n'avait jamais auparavant ressenti un tel bonheur, elle avait enfin de véritables amis.

Jeudi 22 août

Charles avait été convoqué au ministère de la Justice par le haut responsable avec qui il était en liaison depuis le début de l'affaire du *Frisé*. Deux des anciens sbires du *Frisé* et un suspect arrêté à la suite de l'examen des carnets de Marcianni venaient de mettre Laure en cause. Ils l'accusaient d'avoir participé à des jeux interdits à *L'École Privée* ; ils avaient produit des photos où la jeune femme s'adonnait à des pratiques sadomasochistes avec des individus des deux sexes. L'interlocuteur de Charles avait relevé que rien n'indiquait qu'elle n'était pas elle-même une victime. Toutefois, ces accusations étaient trop graves, portées par des détenus en voie d'être jugés un jour, pour qu'elles puissent être négligées par le parquet. La chancellerie avait bien noté que la juge Clotilde Grouvard devait la vie à Laure, mais il lui était impossible d'arrêter la justice. On reprocherait sans doute à Laure d'avoir eu connaissance de faits criminels et de ne pas les avoir immédiatement dénoncés à la police.

« Vous souvenez-vous de ce que je vous ai dit lors de votre réception d'il y a moins d'une semaine à l'Hôtel de Matignon ? A savoir que nous sommes persuadés que le feu que nous avons éteint n'était qu'un écran de fumée masquant une activité beaucoup plus dangereuse pour la République. Si par accident, dans vos prisons, il arrivait malheur à Laure Sahoui, ce serait d'abord un drame humain épouvantable pour notre équipe qui a adopté et incorporé cette très attachante jeune femme. Ce serait ensuite une catastrophe pour vos services de renseignements. Il est évident que depuis longtemps, elle connaissait les activités criminelles du *Frisé* mais en était aussi une des premières victimes comme ces malheureuses que nous avons pu libérer lors du raid sur *l'École Privée*. C'est elle qui nous a mis sur le chemin de cette organisation, ne l'oublions pas…

- Commandant, si vous êtes ici ce matin, c'est que j'ai annulé, d'importants rendez-vous. Je l'ai fait en total accord avec ma hiérarchie. L'ordre oral nous a été donné du plus haut niveau du gouvernement de vous avertir de la situation afin que vous puissiez prendre les mesures nécessaires à la sauvegarde de cette jeune personne. »

Charles avait quitté la Place Vendôme à la fois réconforté et inquiet. Réconforté puisqu'il bénéficiait de la confiance des plus hautes autorités de la nation, inquiet parce qu'il était urgent de trouver ceux qui voulaient Laure à tout prix.

La priorité était de la cacher. A Paris, elle ne pouvait être mise à l'abri d'une possible perquisition des forces de police pour la débusquer.

A Arcachon par contre, il en irait tout différemment. D'abord son grand-père était capable d'interdire l'accès de sa propriété à grandes rafales de mitrailleuses de 12.7, juste pour le fun. Plus sérieusement, le sous-sol de sa maison regorgeait de cachettes plus sophistiquées les unes que les autres « *au cas où les Russes ou les Chinois arriveraient !* » Enfin, ni les gendarmes ni les policiers d'Arcachon ne se seraient permis de manquer le moins du monde à celui qu'ils nommaient respectueusement « *Le Chinois* ». Il suffirait qu'il les fasse entrer chez lui, qu'il leur montre le portrait dédicacé du Général de Gaulle « *A l'adjudant Le Barp, un des fidèles de la France Libre.* » pour qu'ils repartent sans autre forme de procès après l'avoir salué. Cet homme était localement une légende. Parce qu'il était son petit-fils, Charles savait qu'il pouvait compter sur lui pour protéger Laure. Parce qu'elle était fille de Harki « *mort pour la France* », nul ne toucherait à elle en Gironde tant que le vieux légionnaire Hmong serait vivant.

Il convenait de convoyer au plus tôt Laure à Arcachon et de l'y laisser sous bonne garde.

Samedi 24 août

Au Pyla, lorsque Clotilde se leva le lendemain, la maison était presque déserte. Seules, Isabelle et Laure étaient là. Valérie, Kiki et Anne avaient accompagné Charles dans son entraînement habituel le long de la plage. L'après-midi s'était passé au bord de la piscine à nager pour les plus courageux, à lézarder au soleil pour les autres.

Le soir, tout aussi traditionnellement, Charles avait invité son petit monde chez l'ami Vincent, au *Reste à Terre*, sur le port de La Teste. La maman de Vincent leur avait préparé sa fameuse daurade au sel qu'ils devaient déguster après les huîtres du Bassin.

Clotilde Grouvard n'avait jamais mangé d'huîtres de sa vie. Chacun s'y mit pour la convaincre d'en goûter au moins une.

Vincent invoqua le Bassin d'Arcachon :

« Vous ne pouvez repartir du Bassin sans avoir dégusté une de nos huîtres… »

Charles invoqua la bonne éducation :

« Quand j'étais petit garçon, ma maman, ici présente, m'obligeait à goûter tout aliment que l'on me présentait et quand nous étions invités quelque part à manger tout ce que l'on mettait dans mon assiette… »

Kiki avait raconté :

« J'ai accepté de manger ma première huître à l'occasion d'un réveillon de Noël chez les parents d'un copain. Tout le monde en mangeait, je n'ai pas voulu me dégonfler ; depuis je me suis rattrapée ! »

Laure, silencieuse jusque-là avait ajouté :

« Tu as raison Kiki, il faut savoir goûter à tout dans la vie !

Même aux huîtres, Clotilde ! »

Charles avait proposé un référendum à main levée pour savoir si Clotilde devait être condamnée à goûter une huître.

Clotilde était piégée ; elle ne voulait rien refuser à ses nouveaux amis, mais elle était terrorisée à l'idée d'avaler cet animal vivant !

L'idée du référendum fut retenue à l'unanimité. Clotilde savait bien qu'elle allait goûter son huître ; elle en avait fait son deuil. Elle n'allait pas en mourir, elle avait connu pires sévices chez *Le Frisé* !

Les résultats du référendum furent vite dépouillés. Charles, Anne, Valérie, Kiki et Laure avaient voté pour, Isabelle s'était abstenue. Tout sourire, Clotilde avait voté pour, déclenchant les rires de l'assemblée !

« Et si, quand j'ai l'huître sous le nez, je ne peux vraiment pas la gober ; pourrais-je m'en tirer avec un gage ? »

Il fut convenu qu'elle devrait abandonner ses sous-vêtements.

« Si je mange l'huître, qu'est-ce que je gagne ?

- Tu gardes tes sous-vêtements ! »

Les filles étaient unanimes !

Charles avait ajouté :

« En plus, tu gagnes mon admiration parce que j'en connais beaucoup qui ne prendraient pas ceci avec bonne humeur comme tu le fais. Clotilde, tu as bien changé depuis notre première rencontre ! »

Clotilde avait longuement reniflé l'huître que Vincent avait cérémonieusement présentée, juchée sur un monticule de glace. L'huître était de petite taille comme on le fait toujours pour la première d'un néophyte. Elle avait pris son courage à deux mains, retenu son souffle, pincé le nez, fermé les yeux et avalé l'huître d'un seul coup sans respirer, sans la mastiquer. Après un moment de silence, il y eut une salve d'applaudissements.

« Elle est des nôtres ! Elle a mangé son huître comme les autres ! »

Clotilde restait sans réaction, totalement interdite.

« Ça va ? lui demanda Vincent.

- Ce n'est pas aussi terrible que ça ! Je l'ai fait et je ne suis pas morte. Pourrais-je en avoir une autre ; j'aimerais y goûter vraiment. »

Vincent avait emmené un autre mollusque et Clotilde l'avait cette fois goûté et dégusté avec un plaisir évident.

« Fallait-il que je sois bête ! C'est vraiment délicieux ! Merci de m'avoir un peu bousculée. Décidément, j'ai besoin d'être bousculée pour progresser… »

Vincent avait servi une douzaine d'huîtres à Clotilde et son père avait sélectionné dans la cave son meilleur vin blanc pour les accompagner. Charles y avait fait honneur mais, selon son habitude, il s'était arrêté au premier verre. Il n'aurait pour rien au monde voulu troubler la bonne humeur de la table ; ses amies et sa mère n'avaient nullement abusé du vin blanc mais, Valérie mise à part qui n'avait fait qu'effleurer son verre, elles en avaient quand même bu suffisamment pour faire monter l'ambiance de quelques degrés et de quelques décibels.

A la droite de Charles, sa mère avait remarqué que, derrière sa bonne humeur apparente, son fils masquait mal ses soucis.

« Le mystère de Laure semble t'obséder…

- Plus que tu ne le crois ; je ne vois pas comment nous pourrions supporter une pareille épreuve encore très longtemps. Nous en avons tous assez de vivre en vase clos ; les filles sont jeunes et célibataires, il est évident qu'elles manquent d'affection ; l'abstinence leur va très mal. Regarde comment une fille aussi réfléchie qu'Anne a pu craquer au point d'abandonner toute prudence et finir ainsi chez *Le Frisé*.

Heureusement encore que Valérie semble particulièrement calme, que Laure se satisfasse pour l'instant de son trop-plein de souvenirs et que j'aie réussi à envoyer Gilda en famille dans les Pouilles.

- N'as-tu vraiment aucune piste ?

- Aucune bonne piste. »

Clotilde n'avait pas perdu une miette de la conversation que Charles venait d'avoir avec sa mère.

« Pourquoi aucune bonne piste ?

- Parce que la seule piste que nous ayons en réalité, c'est l'avocat des types qui cherchent à faire plonger Laure. »

Isabelle n'était pas sûre de suivre…

« Mais en quoi le fait de connaître l'avocat pourrait-il t'aider ?

- En rien justement ! Lui sait très bien qui lui a demandé de s'occuper de ces individus, qui le paie, mais je ne peux quand même pas aller voir ce type et lui mettre mon flingue sur la tempe pour lui extorquer les coordonnées des commanditaires ! »

D'un seul coup Clotilde paraissait très songeuse, perturbée…

« Je pourrais lui faire une petite visite ; comme ça, juste pour le rencontrer, pour discuter un peu avec lui. Il doit bien y avoir moyen, pour une nana n'ayant pas trop froid aux yeux, de lui soutirer quelques informations intéressantes. Or depuis mes rencontres avec *Le Frisé*, j'ai beaucoup moins froid aux yeux qu'auparavant, et je me crois suffisamment maligne et professionnelle pour ne pas revenir bredouille.

- Et si en descendant de chez lui, ou en arrivant dans son appartement tu tombes sur deux étrangleurs ? »

Charles était de plus en plus songeur… Il poursuivit :

« À première vue, ton idée n'est pas la meilleure du monde, mais elle est déjà beaucoup plus réaliste que la mienne. Nous devrons y réfléchir.

- On pourrait y aller toutes les trois, Valérie, Kiki et moi. Ce serait bien extraordinaire que l'une d'entre nous ne soit pas à son goût… »

Anne, Laure et Kiki aidées par le vin blanc du *Reste à Terre* menaient une conversation d'enfer à ne pas mettre entre toutes les oreilles. Valérie, bien que restée parfaitement sobre, n'était pas la dernière à rire et à faire rire avec des plaisanteries de corps de garde.

« Alors Clotilde, on drague Charles ? »

Clotilde était devenue rouge carmin, peut-être même un peu plus rouge et Charles avait paru contrarié ; mais Anne aussi était déchaînée…

« Charles, je crois que tu dois nous faire une importante communication au moment du dessert ; ne l'oublie pas.

S'adressant aux autres, comme sur le mode de la confidence :

« Il a une proposition à faire à Clotilde ; une idée formidable.

- C'est quoi ? C'est quoi ? Reprirent les autres filles en cœur.

- Kiki demanda : Est-ce malhonnête ?

- Valérie questionna : Charles va-t-il lui proposer de chasser le dahu seule avec lui cette nuit sur la dune du Pyla ? Fais attention Charles, elle est bien capable d'écrire demain à son ministre pour se plaindre d'avoir été piégée ! Et ce coup-ci, tu n'auras pas d'alibi ! »

Clotilde était devenue cramoisie.

Valérie avait insisté :

« Anne ! Aurais-je mis dans le mille ?

- Non mais, les amies ! Je sais que la chasteté nous pèse très fort, mais vous arrive-t-il de vous préoccuper d'autres sujets que de cochonneries ? Charles, je te prie de m'excuser ; j'étais persuadée que tu venais d'en parler avec Clotilde et j'ai à moitié vendu la mèche. Ce serait peut-être bien que tu fasses ton discours en attendant le dessert. Nous boirons du champagne dès l'issue de ton propos puis un autre coup après le dessert ! »

Charles s'était levé avec le sourire amusé de l'instituteur à qui ses élèves ont fait une aimable blague.

« Puisque Anne a cru bon de commencer à vous dévoiler une partie de nos secrets, je vais aller jusqu'au bout de leur révélation.

Clotilde, tu nous as dit, il y a peu de temps, que tu aimerais rester avec nous, que tu appréhendais le jour où tu devrais retourner trimer au tribunal. Tu as même craint de ne plus être acceptée parmi nous. Un jour tu nous as traités comme des pistoleros fous, tu sais heureusement que c'est oublié ; sauf pour te chambrer de temps en temps, entre nous, lorsque nous sommes en manque d'inspiration.

Malheureusement, il est impossible de te joindre à nous comme Anne, Kiki ou Valérie. Même si tu étais intéressée par notre dangereuse activité, tu n'as pas suivi la formation pour… »

Toutes observaient Clotilde, scrutaient son visage. Tout à l'heure, elle était écarlate, maintenant, elle était livide, recroquevillée sur elle-même. Anne estimait qu'elle faisait meilleure figure face à leurs tortionnaires à *L'École Privée*. La jeune femme joyeuse, pleine d'entrain, rigolote et chahuteuse quelques minutes plus tôt semblait avoir cédé la place à l'ancienne juge d'instruction. Que se passait-il dans sa tête ?

Charles continuait :

« Ce serait très bon d'avoir parmi nous une juriste ayant une grande expérience des enquêtes policières, capable de nous assister dans nos recherches, de fouiller là où il le faut pour en extraire la vérité. Clotilde, nous serions ravis de te confier la fonction de responsable administrative et juridique d'Escort, si ceci te convient, évidemment… »

Clotilde était assise, le visage entre les mains, pendant que Charles terminait, puis, elle s'était levée, le visage bouleversé :

« Merci Charles, merci Anne, merci à Pablo qui n'est pas avec nous. Tout à l'heure, j'ai cru comprendre ce que vous alliez me proposer, et puis je me disais que non, ce n'était pas possible qu'il m'arrive un tel bonheur après ce que je vous ai fait subir au tribunal. Depuis que je suis avec vous à La Bergerie, j'ai rêvé en secret de venir travailler avec vous… J'en ai tant rêvé que je n'ose y croire. »

Au bout de son émotion, Clotilde s'était tue, elle s'était évanouie dans un autre monde. Comme une somnambule, elle avait fait le tour de la table vers Anne qui lui faisait face. Les deux jeunes femmes étaient tombées dans les bras l'une de l'autre. Sans doute se souvenaient-elles des ignominies qu'elles avaient endurées chez *Le Frisé* mais aussi qu'elles s'étaient juré de s'en sortir ensemble.

« Te souviens-tu, Clotilde ?

Nous n'avons pas baissé les bras, nous avons été courageuses, au-delà de ce que nous aurions pu imaginer, et nous sommes ici, ce soir, toutes les deux et bien vivantes. Bien vivantes et bien décidées à profiter au maximum de tous les aspects de la vie. »

Ils avaient applaudi à la déclaration de Charles qu'ils croyaient finie et à celle d'Anne. Clotilde avait quitté les bras d'Anne pour ceux de Charles.

« Merci Charles ; tout ce que je pourrais dire d'autre serait ridicule. »

Elle s'était rassise à sa place, à la fois radieuse et bouleversée.

« Si je peux terminer mon propos avant que nous buvions un peu de champagne…

Ma chère Laure, nous t'avions invitée à prendre au standard la place d'Évelyne dès que tu serais formée. Mais, vois-tu, j'ai changé d'idée. Tu es encore très jeune, tu as démontré ton courage ; veux-tu rejoindre notre équipe de terrain ? »

C'était au tour de Laure d'être livide, sans parole, électricité coupée !

Laure semblait avoir repris ses esprits lorsqu'elle se leva un peu comme un zombi pour faire le tour de la table. Elle prit ensuite Charles dans ses bras pour l'embrasser.

« Merci Charles, c'est vrai que j'ai rêvé de ce moment depuis que je vous connais ; c'est vrai que cela m'a poussée à me battre avec toi pour gagner ma place à vos côtés lors du raid sur *L'École Privée*.

- Je l'avais bien ressenti ainsi. Merci à Ivan et à Kiki qui m'ont un peu forcé la main. J'avais peur de ton inexpérience, et la suite a prouvé que j'avais raison. Mais, sans ta présence, nous ne serions jamais arrivés aussi vite, aussi bien, à bonne destination ; l'endroit où tu nous as menés était parfait. Par contre, si le salaud qui t'a tiré dessus avait été dix fois moins adroit que ce que tu devras devenir, tu serais morte. Ne te fais pas de soucis Laurette, nous saurons te former, tu as toutes les qualités pour réussir. Lors de cette opération tu as fait preuve d'un courage exemplaire car il était réfléchi ; mais nous savons tous que tu as de qui tenir. Bienvenue dans notre équipe ! »

Même si elle en avait rêvé, Laure n'avait jamais imaginé pareille évolution de sa vie. En trois mois, elle avait franchi tellement d'étapes qu'elle se sentit prise d'un immense vertige. L'allusion de Charles à l'héritage du courage de son père, le supplétif de l'armée française mort pour la patrie, avait achevé de la bouleverser. Elle allait de l'une à l'autre, le visage ruisselant de larmes, jusqu'à ce qu'elle finisse dans les bras d'Anne. Ils avaient tous conscience que Laure vivait sans doute le plus beau jour de sa vie.

Vincent avait apporté le champagne et sa mère une omelette norvégienne.

« Je sais que c'est le dessert préféré de Charles, je l'ai faite moi-même pour lui, pour vous, ce soir. »

Sous les applaudissements des convives, Vincent embrasa l'omelette !

Le champagne accompagnant l'omelette norvégienne fit encore monter la température et l'ambiance de quelques degrés. Les clients avaient quitté le *Reste à Terre*, les uns après les autres, laissant la place libre à nos joyeux drilles. Charles n'était pas le dernier à rire ; ses filles étaient déchaînées, totalement hors de contrôle !

Clotilde s'était levée, avait demandé le silence :

« Anne et Charles, vous avez connu la juge d'instruction Grouvard. C'était une sacrée emmerdeuse, une pisse-vinaigre, mal baisée de surcroît. Pendant plus de trente-cinq ans, à l'école, à l'université, dans mon tribunal, j'ai toujours travaillé pour être la mieux notée. C'est vrai que j'y suis souvent parvenue. La juge Grouvard était aussi heureuse qu'un mur de cimetière, aussi épanouie qu'une noix desséchée. Il aura fallu que des salopards m'enlèvent, me torturent, me violentent pour que je réalise enfin combien j'avais insulté ma vie, la vie. J'ai pris cette épreuve comme un châtiment divin. Votre rencontre a bouleversé le cours de mon existence, a modifié mon destin. Anne, nous en avons déjà souvent parlé ensemble, je t'ai dit combien je t'avais abhorrée avec ton tailleur JL Scherrer bleu foncé, assorti à tes yeux, qui dénonçait un corps de déesse. Je t'ai dit combien j'avais détesté Charles et son sourire tranquille tandis que je tentais de le déstabiliser. Mais tes yeux, Charles, me fixaient comme ceux du tigre fixent la hyène qu'il va abattre au premier coup de patte.

Et aujourd'hui, la vie me semble radieuse, grâce à vous...

Alors je demande à Vincent : Champagne pour nous tous ! Nous allons le boire à vous mes amis, à la nouvelle Clotilde, à Laure qui est sur son petit nuage et à notre coopération !

- Ceci me semble partir comme une fête d'internat musclée, glissa Isabelle à son fils, une comme on en faisait à mon époque. Les traditions se perdent un peu. Crois-moi, il n'y a rien de tel pour le moral et pour l'esprit de corps !

- Et tu y participais ?

- Devine ! »

Il devinait très facilement qu'Isabelle ne devait pas être la dernière à s'amuser ; elle avait encore de fort beaux restes lorsqu'il s'agissait de chahuts de ce genre. Laure, très réservée au début, avait pris de sérieuses couleurs, champagne et bonnes nouvelles aidant. Kiki paraissait bien excitée lorsqu'elle monta sur sa chaise :

« Ecoutez-moi toutes. Ce soir est une grande fête puisque nous avons célébré et consacré l'arrivée de deux nouvelles dans notre petite famille. Nous pourrions, avant d'aller terminer la soirée au Nautilus, imaginer un cadeau un peu spécial pour Charles, pour le remercier d'être comme il est, pour le féliciter d'avoir su constituer autour de lui un groupe comme le nôtre. »

Pendue aux lèvres de Kiki, l'assistance attendait la suite.

« Clotilde, tu l'ignorais peut-être, sauf qu'Anne t'en ait parlé, ce n'est un secret pour personne : Charles a horreur des soutifs. Alors, je propose que chacune d'entre nous enlève son soutif. »

Clotilde fit remarquer qu'elle avait gagné le droit de conserver ses sous-vêtements pour avoir mangé des huîtres :

« Mais je ne saurais commencer mon parcours avec vous en n'étant pas solidaire de vos décisions ! »

Anne prit ensuite la parole pour répondre à Kiki :

« Je n'ai rien contre, bien au contraire, mais que fais-tu toi à la place d'enlever ton soutif puisque tu n'en portes jamais ? »

La question d'Anne avait laissé Kiki sans réponse.

Valérie avait remarqué que Kiki était particulièrement turbulente ce soir-là et elle décida de la pousser dans ses retranchements. Un soir, la petite bombe blonde lui avait raconté avoir clôturé plusieurs soirées bien arrosées dans son club de parachutisme en se déshabillant après être montée sur la table :

« A poil, Kiki ! »

Striptease Kiki !
Striptease Kiki !
- OK, mais toi aussi alors ! »

Valérie n'avait pas prévu la réponse de Kiki, il lui parut impossible de faire marche arrière, elle hésita longuement avant d'acquiescer un peu décontenancée.

« Cochon qui s'en dédie ?
- Cochon qui s'en dédie !
- Peut-on avoir un peu de musique Chef ?
- Quel genre ?
- Fausto Papetti, vous avez ? avait répondu Valérie. »

Kiki avait entamé son numéro en offrant à chaque convive un bouton de son chemisier à défaire. Puis, elle avait sauté sur la table, dansant avec cette chemise largement défaite

Elle avait profité de ces pas de danse entre les couverts pour se débarrasser de sa minijupe.

Elle avait ondulé encore quelques instants avant de lancer son chemisier à la tête de Laure.

En excellente gymnaste qu'elle était, elle avait terminé par quelques figures classiques parfaitement exécutées.

Puis, comme on saute de la poutre, elle avait bondi gracieusement en dehors de la table sous les applaudissements du public !

Kiki, hilare, avait apostrophé Valérie tout en se rhabillant :

« Je ne me suis pas dégonflée, montre-nous maintenant ce que tu sais faire si tu tiens à rester mon amie ! »

Valérie arborait une longue tunique ras-du-cou, boutonnée dans le dos, légèrement asymétrique, multicolore, tenue à la taille par une large ceinture, descendant sur une jupe blanche boutonnée et fendue sur le côté. Les bandes horizontales rouges, vertes, bleues et blanches de la tunique, la large ceinture blanche auraient coupé la silhouette de toute femme normalement constituée. Sur l'immense Valérie, cela avait une allure splendide.

Elle avait demandé Fausto Papetti, on lui avait mis Fausto Papetti.

Elle avait demandé une lumière très douce ; on la lui avait faite !

Dès que les premières notes du saxophone de l'artiste italien avaient déchiré l'air, on avait compris que cela allait être du grand Valérie, un de ces numéros dont elle était capable de vous gratifier sans préavis ; sans que vous puissiez avoir imaginé qu'elle eût le moindre don ou le moindre entraînement pour le réaliser. L'année suivante, découvrant au cinéma Kim Basinger dans la fameuse séquence de strip-tease du film « *Neuf semaines et demie* », Charles devait s'exclamer que « c'était presque aussi bien que celui effectué par Valérie au *Reste à Terre* ».

Ondulant comme une liane autour d'elle-même, jouant avec ses longs cheveux comme s'ils étaient érogènes, elle commença par enlever sa ceinture qu'elle jeta à Kiki qui achevait de se vêtir. Passant ensuite auprès de chaque convive, elle leur fit défaire, de bas en haut, les boutons fermant dans le dos sa longue tunique. Ceci fait, elle reprit à Kiki la ceinture qu'elle lui avait abandonnée quelques minutes auparavant. Ondoyant toujours avec une grâce infinie au gré des notes envoûtantes du saxophoniste lombard, dos au public, face à la baie vitrée donnant sur les parcs ostréicoles, elle fit glisser le haut de sa tunique en avant pour en retirer les bras et ensuite son soutien-gorge. Son dos parfait semblait attendre des mains pour le caresser, pour le contourner. La température de la salle continuait de monter tandis qu'elle enfilait à nouveau le haut de sa tunique.

L'atmosphère était à couper au couteau tant ils étaient tous stupéfaits. Rien dans ses mouvements n'était trivial, tout était parfaitement esthétique, réglé comme un ballet. On n'entendait pas un bruit, même la vitrine réfrigérée contenant les homards s'était arrêtée de ronronner. Charles semblait subjugué.

Fausto Papetti venait d'attaquer au moins son troisième morceau lorsque Valérie décida d'enlever la ceinture qui conservait un minimum de décence à sa tunique. Introduisant ses mains entre les pans de celle-ci totalement ouverte sur l'arrière, elle les fit glisser à l'abri de la soie jusqu'à sa poitrine pour la caresser, face à son public, jambes écartées. Tandis que ses doigts semblaient exciter ses seins, la Tropézienne scrutait les yeux de tous de son regard vert émeraude. Elle lut dans les yeux de tigre de Charles qu'il lui aurait sans doute bondi dessus s'ils avaient été seuls. Elle s'en sentit comme enivrée et cet intérêt de Charles pour son corps décupla son ardeur. Valérie était revenue jusqu'à lui ; elle lui avait offert le haut de son immense cuisse pour qu'il puisse déboutonner sa jupe. Il s'était exécuté sans trembler sous les yeux médusés de l'assistance.

Charles parut reprendre vie lorsque la diablesse se releva, ondulant à nouveau autour de la table, avec cette tunique béante pour unique vêtement. Elle l'avait souvent vu admiratif à son égard, mais c'était lorsqu'elle faisait preuve de sa démoniaque adresse à n'importe quel jeu ou avec n'importe quelle arme. Elle avait croisé son regard admiratif plusieurs fois dans des combats au corps-à-corps lorsqu'elle lui avait prouvé qu'à une contre quatre hommes, elle ne demandait pas d'aide et n'en avait nul besoin. Mais jamais elle n'avait vraiment croisé son regard passionné comme ce soir, tout simplement parce qu'elle était une femme très désirable. Elle savait que c'était sans issue, sans espoir et sans lendemain ; elle ne souhaitait pas non plus se lier avec qui que ce soit, même si parfois le soir, seule dans son lit, il lui arrivait d'y songer, de rêver…

Pendant que sa main gauche continuait de choyer ses seins, sa main droite descendait vers son bas-ventre, comme pour l'amadouer…

Et son regard étincelant scrutait les yeux de son public. Laure et Isabelle étaient au moins aussi tendues que Charles.

Tournant maintenant autour de la table au rythme lancinant de l'orchestre de Fausto Papetti, elle avait plongé ses yeux dans ceux brillants d'Anne et de Clotilde.

Revenue à sa place originale, Valérie jaillit soudain de la tunique de soie qu'elle venait de retirer. Elle vint la déposer sur les genoux d'Isabelle un brin paralysée. Puis, ses mains ayant repris le chemin de ses cheveux, sinueuse et mouvante comme l'eau d'un ruisseau, elle poursuivit son tour de table. Ils avaient tous autour de cette table, sauf les restaurateurs, l'habitude de voir Valérie nue à la plage ou au bord de la piscine. Mais là, c'était totalement différent ; elle exhibait son corps pour eux tous, mais aussi pour chacun d'entre eux. Excitée par sa propre sensualité, grisée par son exhibitionnisme et par la musique, Valérie se dépassait entièrement. Elle était soûlée par le plaisir de s'offrir à la convoitise de ses spectateurs et celui de ressentir leur désir jusqu'au plus profond d'elle-même ; le bout de ses seins trahissait son émoi. Les uns comme les autres se demandaient comment ils avaient fait pour ne pas remarquer qu'elle était aussi parfaite, de la tête aux pieds. Lorsqu'elle arriva à sa place, Valérie monta sur la table pour continuer à y danser. Son string ne tenait de chaque côté que par une agrafe bien facile à défaire. Lorsque vint la dernière mesure du morceau, elle lança soudain ce dernier vêtement, qu'elle avait gardé à la main, à la figure de Charles.

Avait-il encore ces réflexes fulgurants qui étaient un de leurs jeux favoris au bureau ? Valérie entrait dans le bureau, lui lançait n'importe quoi qu'il attrapait et il lui relançait autre chose ; le tout en à peine une seconde. Clotilde qui n'était pas encore initiée à ce jeu ne comprit pas comment Valérie avait soudain pu se retrouver avec un Beretta au poing en lieu et place d'un microscopique string. C'était pourtant tout simplement celui que Charles venait de lui lancer en retour de la minuscule pièce de nylon !

Sauter au bas de la table, remettre sa jupe et sa tunique ne prit que quelques secondes à Valérie. Alors, partiellement rhabillée, pas tout à fait décente, mais presque convenable, elle retourna sur la table, leva les bras comme un boxeur victorieux déclenchant les applaudissements et les rires du public devant sa facétie. Elle sauta de la table au niveau de Charles qui tenait toujours son string à la main et lui demanda de bien vouloir reboutonner sa tunique dans le dos en échange de son Beretta.

« Tu n'en reboutonnes qu'un ou deux en haut. Tu es le seul à être assez grand pour y arriver, les autres devraient monter sur une chaise… »

Charles s'exécuta sans déplaisir, en profitant pour admirer le dos magnifique de son équipière.

« Mais quand tu es seule, comment fais-tu pour fermer tous ces boutons ?

- Je n'en défais que quatre ou cinq pour passer la tête, comme si c'était un pull-over ; là, c'était pour le spectacle ! »

Chacune s'était levée pour la complimenter, pour l'embrasser. Elle avait repris tous ses esprits et riait de bon cœur, comme ravie du bon tour qu'elle leur avait joué.

Anne fut une des premières à venir la féliciter.

« Je t'ai trouvée ensorcelante ; je pèse mes mots ! Comment arrives-tu à ce degré de qualité ? Tu pourrais facilement te recycler ! »

« Tu es vraiment gentille ! Je vous raconterai mon secret tout à l'heure dans la voiture s'il vous intéresse ! »

Pendant que ses filles et les restaurateurs congratulaient Valérie, Charles était revenu à ses soucis. Bien sûr, il se rendait compte qu'il avait perdu la maîtrise des relations entre les membres de son groupe rapproché, mais son optimisme naturel, face aux événements graves qu'ils vivaient, l'incitait à l'indulgence la plus absolue devant les facéties de ses troupes exaltées. Elles avaient vécu des semaines dramatiques dont, manifestement, elles souhaitaient oublier la douleur ; il n'allait pas les brider alors qu'elles se défoulaient joyeusement. Sa mère avait raison, ces débordements devaient être nécessaires à leur communauté.

Valérie agitait son soutien-gorge au-dessus de sa tête.

« Hé ! Les filles, avant que nous ayons eu cette stupide idée de strip-tease, nous avions promis de faire un cadeau à Charles. L'auriez-vous oublié ? Je veux ici, dans moins de cinq minutes quatre soutiens-gorge puisque Kiki n'en a pas ! »

Quelques minutes plus tard, Valérie brandissait victorieusement ses trophées !

« Vincent, peux-tu me trouver un grand sac en plastique ? »

…

- Chacune reconnaîtra les siens ! Et maintenant direction Le Nautilus ! »

Anne, à peine avaient-ils embarqué dans la voiture de Charles, se chargea de rappeler sa promesse à Valérie :

« Tu m'as dit que tu nous livrerais le secret de ta prestation ; je n'ai rien oublié !

- D'accord, à condition que Charles et toi me promettiez de ne pas me licencier pour dissimulation lors de la présentation de mon CV !

- Promis ! jurèrent en chœur Anne et Charles en montant dans la voiture.

- Quand j'étais petite fille, quand j'avais entre sept et neuf ans, je rêvais comme beaucoup de petites filles de devenir danseuse étoile. J'allais aux cours de danse à Fréjus et j'étais persuadée que j'allais devenir la plus grande danseuse étoile du monde ; je travaillais comme une damnée. Mon problème, ce fut justement que si j'avais persisté, avec mon mètre quatre-vingt-cinq, j'aurais peut-être été la plus grande danseuse du monde, mais justement, beaucoup trop grande, surtout debout sur des pointes ! J'ai continué quand même les cours de danse ; c'était ma part de féminité. Quand tu joues aux boules, que tu fais du basket, du judo, de la natation, et du karaté, ce n'est pas mauvais de faire un truc vraiment féminin, un peu gracieux ! Un jour, je devais avoir quinze ou seize ans, j'ai lu dans un magazine un reportage sur une stripteaseuse qui avait dû renoncer à la danse classique pour la même raison que moi. Il était hors de question que j'en parle à mon père, je crois qu'il m'aurait noyée tout de suite. Mais, quand j'étais seule à la maison, devant la glace d'une armoire de l'entrée, je m'exerçais des heures entières sur la musique de Fausto Papetti dont mon père achetait tous les disques. Puis, je suis devenue parachutiste. Lorsque j'ai démissionné de l'armée, je me suis retrouvée sans le sou avec des impôts terribles, que je n'arrivais pas à payer, pour ma maison de Saint-Tropez. Il me fallait ou la vendre ou trouver une solution très rapidement. J'aurais préféré mourir que vendre la maison de mes parents, celle de la famille de ma mère depuis plusieurs générations ; mes petits boulots de serveuse ne suffisant pas, c'était le trottoir, comme toi Laure, ou le strip-tease. J'ai choisi l'effeuillage, non que ce soit plus ou moins glorieux, mais parce que si j'avais banni les aventures masculines, ce n'était pas pour en faire mon métier ! J'ai eu la chance extraordinaire de retrouver un soir dans la petite boîte où je me produisais le Capitaine Walter devenu Commandant entre-temps. De passage avec une amie, il m'a tout de suite reconnue et m'a proposé son aide pour me sortir de la galère. C'est ainsi que j'ai débarqué rue de la Pompe. »

La révélation de Valérie sur son passé de stripteaseuse n'avait pas entamé la bonne humeur de la petite troupe, bien au contraire.

« Dis-moi, Valérie, pourras-tu nous refaire ton numéro un jour ? »

Charles avait posé la question de manière très naturelle.

« Demandé aussi aimablement, je ne saurais refuser, mais il faudra quand même des circonstances exceptionnelles pour un spectacle aussi exceptionnel. Non ? »

En arrivant au Nautilus, ils avaient tout de suite pris possession de la table que l'ami Ned leur avait réservée. En cette fin de vacances scolaires et universitaires d'été, l'ambiance était fort jeune. Il y avait quelques gamins et gamines fraîchement bacheliers attendant la rentrée universitaire et les appelés de la Base Aérienne de Cazaux, habitués des lieux. S'y ajoutaient quelques jeunes femmes, épouses attentives et soumises le week-end quand leurs maris venaient les rejoindre au bord du Bassin, célibataires endiablées et débridées la semaine, prêtes à tout pour une aventure d'un soir. Charles s'était multiplié pour faire danser au moins une fois chacune de ses filles ainsi que sa mère. Mais les cavaliers n'étaient pas très hardis ce soir-là ; ils semblaient regarder ce groupe de femmes entourant Charles comme des oursons reluquent un pot de miel quelques jours après s'être fait piquer le nez par un essaim d'abeilles. Les scientifiques rencontrés quelques semaines plus tôt avaient quitté les lieux au grand désespoir de Kiki et d'Anne qui comptaient bien en faire leurs délices. Charles avait pourtant montré l'exemple en dansant deux ou trois slows torrides avec Clotilde, mais rien n'y avait fait ; ces jeunes boutonneux n'osaient pas ! Et pourtant, s'ils avaient été plus hardis…

De guerre lasse, ils étaient rentrés à la villa décidés à se promener à pied sur la plage avant d'aller se coucher. Clotilde avait du mal à cacher son impatience à pouvoir enfin partager avec Charles l'intimité de sa chambre et la promenade fut relativement courte…

Dimanche 25 août

À peine l'avait-elle rejoint dans son lit, qu'elle s'était offerte à lui avec une délicatesse qu'il ne se souvenait pas avoir rencontrée chez une femme européenne et encore moins, bien sûr, chez une Américaine. S'il ne l'avait pas connue et si on lui avait demandé d'où venait cette merveille, il aurait sûrement répondu du Japon. Il aurait imaginé une de ces anciennes geishas à qui on a, pendant des années, appris à l'école que le seul but dans la vie d'une femme est de satisfaire son homme, de lui offrir plaisir, bonheur et volupté… Mais où était passée la juge revêche, hargneuse et aigrie ?

Il était tout juste trois heures du matin lorsqu'on frappa à la porte de la chambre de Charles. Personne ne frappait jamais à sa porte, même pas sa mère, lorsqu'on le soupçonnait de ne pas y être seul. Il eut un instant de panique, non d'être découvert en compagnie de Clotilde, il savait bien que nul n'avait été dupe de leur manège, mais que quelque chose de très grave soit arrivé, à ses grands-parents, à sa mère peut-être, ou pourquoi pas à une de ses filles. Il ne prit même pas le temps de remonter le drap qui aurait pu les rendre plus décents avant de répondre « Entrez ».

Stupéfaction de voir Kiki débarquer accompagnée de Laure.

Pour le coup, Charles était estomaqué et il le leur dit :

« Vous faites ce que vous voulez, mais vous nous laissez dormir ! »

Clotilde n'avait esquissé aucun mouvement de pudeur mais elle sentit qu'elle devait réagir aux propos trop brusques de Charles. Kiki et Laure n'étaient pas venues pour rien, pour le plaisir d'annoncer qu'elles venaient de passer une moitié de la nuit ensemble.

« Charles, tu vas avoir du mal à faire croire à Kiki et à Laure que nous dissertions sur le code de procédure pénale. Je doute aussi qu'elles soient venues ici pour que nos saintetés bénissent leur union.

Asseyez-vous et dites-nous ce qui vous a conduites ici. Si ma présence vous pose un problème, ne vous gênez pas pour me le dire, je saurai revenir et reprendre la partie là où je viens de l'abandonner ! »

Kiki avait fait avancer Laure près du lit.

« Non, bien au contraire Clotilde, je voulais d'abord en parler à Anne, mais elle n'est pas dans sa chambre. »

Ceci rappelait de forts mauvais souvenirs à Charles :

« Ne me dis pas qu'elle a encore fugué…

- Non, je crois qu'elle est avec Valérie dans la chambre de ta mère ; nous n'avons pas osé entrer, nous avons préféré venir vous déranger…

- Ok, mais que se passe-t-il bon sang de bon sang ? »

Charles s'énervait rarement, mais là, la situation lui paraissait complètement surréaliste. Sa mère, son associée et bras droit et son équipière faisaient Dieu sait quoi dans un lit et Kiki, l'hétérosexuelle la plus absolue de son équipe, arrivait dans sa chambre à lui, en plein milieu de la nuit, au bras de Laure bisexuelle sans complexe. Sappho les rendait-elle toutes folles ?

« Charles, te souviens-tu du « *coup des dauphins* » ? »

C'en était trop, Charles sentit qu'il allait craquer ; il lui fallait reprendre sa respiration et quelques minutes pour se calmer.

« Kiki, je crois que tu t'es mal expliquée, Charles ne semble pas avoir compris.

- Pour ne rien avoir compris, je n'ai rien compris !

- Je crois que j'ai bu un peu trop hier soir et je n'arrivais pas à m'endormir ; j'ai décidé d'aller prendre un comprimé d'Alqua-Selzer à la cuisine. Laure qui a le sommeil léger m'y a rejointe pressentant que j'étais peut-être malade.

Regarde Charles ! Approche-toi, Laure est gentille, elle ne va pas te mordre. »

Laure s'était approchée, elle portait un T-shirt un peu court qui ne rejoignait pas le haut de son minuscule slip.

« Montre ta marque à Charles. »

En plein milieu du pubis, Laure avait une marque comme en ont les animaux des troupeaux laissés en liberté. Charles s'était soudain apaisé, il avait repris son calme habituel.

« Couche-toi sur le lit Laure.

Regarde Charles ! Cette marque qui m'a intriguée lui a été faite au fer rouge par *Le Frisé*. Il avait autour du cou une médaille de cette forme ; jusque-là me diras-tu, pas de quoi venir troubler votre nuit et tu aurais raison. Mais si tu regardes bien ici, là où je mets mon doigt, il y a une cicatrice horizontale qui n'a rien à voir avec la brûlure au ras de laquelle elle a été faite…

- Continue Kiki, je crois que je commence à te suivre…

- Touche ici juste au-dessus de l'os pubien de Laure, touche-nous, au même endroit, Clotilde ou moi…

- Je ne sens pas vraiment grand-chose de différent…

- Parce que tu as peur de nous faire mal ; appuie plus fort… »

Le visage de Charles était complètement figé, incrédule comme l'eut été celui du premier explorateur des grottes de Lascaux s'il avait compris ce qu'il venait de découvrir.

« Je peux ? »

Clotilde avait demandé l'autorisation à Laure ; elle ne connaissait pas « *le coup des dauphins* », mais elle savait qu'on leur implantait des balises sous la peau et des enregistreurs divers.

« Bien sûr, n'aie pas peur de me faire mal. Ce n'est pas à toi que je vais apprendre que *Le Frisé* frappait plus fort !

- Je vais chercher Maman… »

Il avait prudemment frappé à la porte de la chambre de sa mère. Au point où il en était, il s'attendait à tout, sauf à la trouver attablée avec Anne et Valérie autour d'une partie de Monopoly acharnée ponctuée de grands éclats de rire !

Après avoir fait évacuer la chambre de Charles, Isabelle avait examiné Laure, puis avait rouvert la porte l'air circonspect.

« Laure m'a dit n'avoir jamais subi d'opération majeure, ni là, ni ailleurs et cette cicatrice est forcément suspecte. Son explication ne m'a pas convaincue ; enfin, celle qu'on lui a fournie d'opérations qui auraient justifié cette marque. Il existe en effet une forte possibilité, comme l'a dit Kiki, qu'on lui ait fait « *le coup des dauphins* ». La première étape qui peut-être franchie demain consisterait à effectuer un scan de la région considérée.

- Y crois-tu ?

- Sincèrement, oui, mais ne vous faites pas de fausses joies. C'est une piste, si Laure porte à son insu des documents importants, voire extrêmement importants, l'acharnement de certains à vouloir les récupérer s'expliquerait enfin parfaitement.

- En pratique, que proposes-tu ?

- A la première heure, nous partirons avec Laure pour Robert Picqué[58], armés jusqu'aux dents. À dix heures, nous devrions avoir les résultats du scan. S'il n'y a rien, ce dont je doute, nous rentrons ici nous baigner et creusons la piste élaborée par Clotilde. Si par contre il y a quelque chose, j'organise une EVASAN[59] sur le Val-de-Grâce et on met l'ami Étienne à contribution une fois de plus. Ensuite, selon ce que l'on trouve, ce sera à toi de jouer ! C'est toi le spécialiste de l'ombre ! »

Le scan effectué à l'hôpital militaire Robert Picqué avait confirmé le toucher de Kiki et son intuition. Il y avait même plusieurs objets dissimulés dans le Mont-De-Vénus de Laure.

---

[58]Médecin Colonel Robert Picqué (1877 -1927) - L'hôpital militaire de Bordeaux porte son nom.
[59] Evacuation sanitaire souvent par moyen aérien depuis leur banalisation, justement par le médecin Colonel Robert Picqué.

La traque des taupes

Lundi 26 août

L'opération du « *Rainbow-Warrior* » avait lamentablement échoué dans le port d'Auckland en Nouvelle Zélande et les faux époux Turenge, les pieds nickelés de la D.G.S.E., avaient été débusqués par les Néo-Zélandais. Quelques mois plus tôt, on avait proposé cette mission à Charles qui en avait décliné l'offre. Détruire un navire pacifique dans le port d'un pays ami de la France ne correspondait en rien à son éthique ; il l'avait vigoureusement affirmé à ses interlocuteurs. Il avait ajouté qu'il ne participait plus à des missions dont il n'avait pas la totale maîtrise et celle-ci, telle qu'on la lui présentait, lui paraissait particulièrement bâclée et mal ficelée ! Il avait proposé d'introduire une taupe à bord du navire espion des pseudo-écologistes. La taupe aurait eu tout loisir, en haute mer, de saboter le moteur du Rainbow-Warrior l'empêchant ainsi d'espionner les opérations nucléaires françaises. On lui avait ri au nez !

Les Services Secrets militaires français, à la recherche des responsables de ce désastre, devaient être en pleine ébullition ; il fallait donc se tourner vers la DST[60]. Anne avait un ami dans ce service en qui elle avait toute confiance. Ils firent appel à lui pour exploiter ce que n'allait probablement pas manquer de révéler le pubis de Laure.

Le Général Martel avait opéré Laure, la délivrant de son secret.

Il l'avait libérée de deux petites poches en plastique rouge.

« Elles sont semblables à celles que l'on a utilisées pendant longtemps en chirurgie esthétique, principalement pour des implants mammaires. Elles sont remplies de silicone, mais ce qui doit être intéressant, c'est ce que l'on ne voit pas. Au milieu du gel de silicone, nous allons trouver ce que vous cherchez. »

---

[60] Direction de la Surveillance du Territoire – Service de renseignement dépendant du Ministère de l'Intérieur.

De la DST, le commissaire divisionnaire Philippe Lauriol, était venu toutes affaires cessantes pour répondre à la sollicitation de son amie Anne. Faisant référence au document donnant ordre de mission à Charles, Anne et Valérie, il avait décidé de provisoirement garder l'affaire pour lui.

« Ce document vous permet de me requérir sans que j'aie besoin d'en référer à mes supérieurs. Nous allons en profiter, le terrain est certainement très dangereux et plein de pièges ! J'ai quelques amis dont je suis sûr au sein de la police scientifique ; nous les requerrons en vertu de la même procédure. »

Dans le premier sachet ouvert par les spécialistes, on avait trouvé des gélules contenant des microfilms et dans l'autre sachet, le plus gros, une plaquette en plastique recouverte de composants électroniques.

L'exploitation des microfilms s'était faite en toute discrétion dans les locaux de la Préfecture de Police sous haute surveillance et en présence du représentant personnel du ministre de l'Intérieur.

Des dizaines de noms figuraient sur ces microfilms avec la mention « *Correspondant de…* » suivie d'un autre nom ; de quoi reconstituer plusieurs réseaux secrets. D'autres noms, par centaines ceux-là, semblaient plutôt être ceux de victimes des opérations de chantage exercées par la bande du *Frisé* au profit… C'était ce qu'il restait à découvrir !

Il y avait aussi des images en grand nombre.

« Merde ! Les plans de l'usine de la Hague[61]. »

Le commissaire Lauriol n'avait pas pu se retenir. Sur le même microfilm suivaient des dizaines de pages relatives à ladite usine.

Le représentant du ministre avait demandé une suspension de séance.

« Arrêtons s'il vous plaît, j'aimerais que mon patron soit là… »

Une heure plus tard, le ministre était arrivé à la fois abattu et surexcité.

« Mais c'est ahurissant ! Exploitez-moi ça dans la plus grande confidentialité. Monsieur le Commissaire, je veux un premier rapport pour ce soir au plus tard. Je vais de ce pas prévenir le Premier

---

[61] L'usine de la Hague assure la première partie du recyclage des combustibles usés provenant des réacteurs nucléaires de nombreux pays. C'est le premier centre de ce type dans le monde et l'un des joyaux de notre industrie nucléaire.

ministre. N'hésitez pas à me déranger, de nuit comme de jour, si vous le jugez utile. Monsieur Le Barp, vous avez tous pouvoirs. »

La petite plaquette trouvée dans l'autre sachet intriguait beaucoup Charles. Il fallut attendre la fin de l'après-midi pour qu'un spécialiste des télécommunications arrivât sur les lieux. L'identification de l'engin ne lui posa pas de problème ; c'était un enregistreur numérique qu'il devait être possible de charger et de décharger au travers de la peau de Laure.

« La porteuse de ce truc vous a-t-elle fait des confidences ? »

Anne se souvenait parfaitement de Laure racontant ses voyages à l'étranger, ses visites en clinique médicale où on l'examinait avant de la confier aux puissants à qui elle était destinée.

« Elle a pris cela pour un examen médical ; en fait, ils interrogeaient cet appareil, le rechargeaient peut-être d'informations. Les joutes sexuelles auxquelles elle était ensuite livrée n'étaient qu'un rideau de fumée et pour les autres et pour elle ! »

Charles avait posé la question à mille Francs :

« Et comptez-vous que nous puissions lire quelque chose, faire parler ce joujou ?

- Pour le moment, je n'ai pas la réponse. Il y a gros à parier que nous n'y parvenions hélas jamais. Les types qui ont imaginé ceci ne sont pas des bricoleurs ; il nous faudrait pouvoir extraire les fichiers des mémoires où ils se trouvent, ne surtout pas les endommager et, les décrypter !

- Et si nous arrivions à mettre la main sur l'un des opérateurs et son matériel ? »

Anne avait eu la même idée en même temps que Charles, mais elle avait dégainé la première !

« Philippe, nous allons te mettre directement à contribution... »

Le Général Martel avait hésité avant d'autoriser Charles, Anne, Clotilde, Kiki, Valérie et le commissaire Lauriol à embarquer Laure avec eux.

« Je vais vous faire affecter une ambulance militaire pour la transporter, promettez-moi de ne pas la faire marcher et de me la ramener ce soir sans faute ! »

Laure avait accepté avec enthousiasme d'indiquer l'endroit où avaient lieu les examens qu'on lui faisait subir lorsqu'elle partait pour l'étranger et lorsqu'elle en revenait.

Laissant Laure sous la surveillance de Kiki et d'un gendarme mobile, ils avaient poliment sonné à la porte du cabinet gynécologique, puis s'étaient courtoisement assis dans la salle d'attente. Hélas pour la patiente suivante, ils lui avaient grillé la politesse la laissant interdite à la vue de ces trois femmes et de ces deux hommes pénétrant en force dans le cabinet du praticien.

Celui-ci avait cru reconnaître Laure ; il avait pali lorsque le commissaire s'était présenté et avait présenté ses acolytes !

« Commissaire Philippe Lauriol, DST de Paris, mes collègues Charles, Clotilde et Valérie des services secrets français et Mademoiselle Sahoui que vous connaissez déjà. »

Le médecin devait avoir une cinquantaine d'années, il en paraissait d'un seul coup près de soixante-dix.

« Que me voulez-vous ?

- Quelques explications simplement. »

Charles regardait le médecin dans les yeux : celui-ci s'était recroquevillé sur son fauteuil à vue d'œil…

« Que pratiquiez-vous comme examens sur Mademoiselle ?

- Des examens gynécologiques classiques selon les règles de l'art.

- Je ne vous crois pas. N'essayez pas de nous mener en bateau, ce pourrait vous être très préjudiciable… »

L'homme semblait perdu, comprenant soudainement que ce qu'il avait fait pouvait avoir de graves conséquences.

« Voyez, Monsieur, j'ai le démon du jeu. J'y ai englouti tout ce que j'ai gagné depuis que je travaille ; ma femme est partie avec mes enfants à cause de mon addiction. Il y a cinq ans, j'ai perdu encore plus que d'habitude et je me suis retrouvé dans l'impossibilité de rembourser. Un quidam est venu me voir en me disant qu'il travaillait pour les services secrets. Il m'a expliqué qu'il fallait faire transporter par des jeunes femmes, à leur insu, des informations stockées dans des puces électroniques placées sous leur Mont-De-Vénus. Ce monsieur m'a présenté une carte barrée de tricolore comme la vôtre Commissaire…

- Et ceci ne vous a-t-il pas semblé louche ? »

- Vous savez, on lit tellement de choses dans les livres d'espionnage ! Et puis, je vous l'ai dit, ce monsieur qui est venu seul se présenter la première fois : il avait vraiment l'air d'un policier.

- Vous souvenez-vous bien de lui ? Et vous souviendriez-vous de son nom ? L'avez-vous revu depuis ?

- Non, je ne l'ai jamais revu depuis ; si je le revoyais, je le reconnaîtrais, j'ai une excellente mémoire comme tous les médecins.

- Pourriez-vous nous le décrire ?

- Probablement !

- Combien de jeunes femmes différentes avez-vous traitées ainsi ? Vous en souvenez-vous ?

- J'estime leur nombre entre six et dix. Leur signe de reconnaissance, c'était une marque au fer rouge sur le pubis ; une sorte de fleur ou de rosace, toujours la même. Comme celle de Mademoiselle.

- Est-ce vous qui avez placé les objets sous la peau de ces demoiselles ?

- Oui. Sous anesthésie générale pour qu'elles ne puissent pas se rendre compte de la nature exacte de l'intervention. Nous leur faisions croire que nous les opérions d'un kyste graisseux dû à l'exercice de leur profession, susceptible de se régénérer et par-là même pouvant nécessiter de nouvelles interventions.

- Et pourriez-vous nous dire ce qu'ils faisaient de la machine avec laquelle ils examinaient les filles ?

- Ils repartaient avec à chaque fois…

- Aviez-vous lu le nom du policier sur la plaque qu'il vous avait présentée ?

- Contrairement à vous, il ne m'avait pas vraiment laissé le temps de la lire ! Mais il me semble avoir lu à l'envers un nom comme Lebourg, Lebout ou Lebouc ; enfin Lebou quelque chose.

- Sauriez-vous nous le décrire ? »

A la suite de la dernière question de Clotilde, la longue description qu'il avait faite du soi-disant policier des services secrets ne correspondait nullement au commissaire Leboucq.

« Aviez-vous vérifié qu'il était l'homme de la photographie ?

- Non ; sincèrement : non. »

De retour au Val-de-Grâce où les attendait le Général Martel, ils eurent une nouvelle longue discussion avec Laure. D'autres filles avaient été utilisées comme elle ; était-elle au courant ?

« Je ne me souviens que d'une camarade qui avait la même marque que moi ; elle se faisait appeler Sarah. Je sais qu'elle n'est pas revenue d'une mission en Afrique noire. On nous a dit qu'elle avait vu chez des trafiquants d'armes des choses qu'elle n'aurait pas dû voir et qu'elle était accidentellement tombée dans un bassin infesté de crocodiles. C'est tout. Bien sûr, nous avons compris qu'on l'avait exécutée pour bavardage. »

Anne lui avait posé la question qui la taraudait depuis leur visite chez le médecin :

« Combien de fois t'a-t-on opérée de ces soi-disant kystes ?

- En gros, une fois tous les six mois ; on nous disait que c'étaient les très nombreux rapports que nous avions qui étaient cause de leur développement chez certaines filles.

- Etais-tu toujours opérée à Paris ?

- Presque toujours.

- Où ailleurs ? Avait demandé Clotilde.

- Dans une clinique à Bagdad. Toujours la même. »

Les experts de la police scientifique avaient confirmé le premier diagnostic établi : sans la fameuse machine qu'ils avaient espéré trouver chez le médecin, les documents stockés dans les mémoires camouflées sur Laure resteraient illisibles à jamais.

Mercredi 28 août

L'ennemi semblait leur échapper chaque fois qu'ils étaient persuadés de le tenir. Des dizaines d'intermédiaires avaient déjà été placés sous surveillance par la DST. On avait retrouvé chez un de ces correspondants des photos de centaines de personnalités de tous genres et de tous milieux prises, sans doute à *L'École Privée*, dans des situations sérieusement compromettantes ou passablement indignes de leur rang. Tous ces notables constituaient un vivier impressionnant pour des maîtres chanteurs.

Au téléphone une voix inconnue avait demandé « Monsieur Le Barp » fort poliment. Charles avait branché l'enregistreur et le haut-parleur.

« Je m'appelle Dimitri. J'ai réussi à fuir avant l'arrivée des gendarmes avec un ami. Nous devons quitter la France très rapidement. Clotilde m'avait promis son aide si j'en avais besoin.

- Il faut que je puisse voir avec elle ; c'est à elle de décider.

- Ne me racontez pas de salades Monsieur Le Barp ; elle est réfugiée chez vous, dans votre bunker de la rue de la Pompe.

- Elle n'est pas dans mon bureau.

- Sauf erreur de ma part, vous devez être à la recherche d'une machine permettant la lecture et l'écriture de courriers très spéciaux…

- Que voulez-vous en échange ? »

Anne était sortie précipitamment du bureau de Charles sur un signe de celui-ci. Les services des PTT pourraient-ils rapidement identifier le lieu d'appel du dénommé Dimitri ?

« La machine est en lieu sûr, mon collègue et moi voulons quitter la France en toute sécurité. Nous avons un plan.

- Si c'est irréaliste, ne comptez pas sur moi ! J'ai été payé par les autorités françaises pour ma mission ; je me fiche pas mal de votre fichue machine du Professeur Tournesol[62].

---

[62] Tryphon Tournesol : le savant, ami de Tintin qui l'a aidé, entre autres, à aller sur la lune (Objectif Lune, 1953 - On a marché sur la lune, 1954).

- J'en doute Monsieur Le Barp… Réfléchissez bien, et surtout, n'essayez pas de me doubler ! Je vous rappelle dans une demi-heure. »

- Alors, parlez-moi au moins un minimum de votre plan… Si je le juge chimérique, je laisse tomber.

- Je vous en dirai plus en effet si vous acceptez de nous rencontrer dans une heure… »

Il avait raccroché.

Charles était très songeur. Il avait certes entendu parler de ce Dimitri par Clotilde mais il ne pouvait nullement lui faire confiance. Il avait trahi l'Armée Rouge, il avait trahi *Le Frisé* en l'abandonnant en pleine bagarre ; bref, c'était un traître né ! Avait-il cette fameuse machine ? Il ne pouvait sérieusement évaluer les risques de l'expédition, mais il n'était pas, non-plus, homme à renoncer à proximité du but.

Clotilde n'avait pas encore ouvert la bouche. Elle était arrivée après le coup de téléphone de Dimitri, appelée par Anne.

« Je n'ai jamais réussi à me faire une opinion sur ce garçon. Quand il était avec les autres, il se conduisait au moins aussi mal qu'eux avec moi ; quand nous étions seuls, il semblait amoureux et prêt à tout pour me sauver. Mais il ne m'a sauvée de rien !

- C'est un traître en série ; c'est Judas sans le repentir. »

Le téléphone venait à nouveau de sonner, c'était Dimitri.

« Alors, Monsieur Le Barp, avez-vous réfléchi ?

- Je vais tenter de vous donner satisfaction Dimitri ; Madame Grouvard m'a en effet parlé en très bien de vous. Vous l'auriez soignée en cachette de vos comparses, au péril de votre vie.

- Êtes-vous prêt à partir ?

- D'ici à un quart d'heure, oui…

- Vous allez venir avec notre amie la juge ; elle me servira d'otage par la suite avec une belle ceinture d'explosifs autour de la taille.

- Je croyais qu'il s'était passé quelque chose entre vous…

- Ne m'embrouillez pas Le Barp ; je cherche à sauver ma peau et mon copain aussi. La juge, on la rendra en bon état si vous êtes corrects. Sinon, elle partira en enfer habillée de sa ceinture d'explosifs.

- Madame Grouvard a beaucoup souffert lors de sa captivité, ne pourrais-je me faire accompagner par Laure ?

- Cessez de me prendre pour un demeuré, Le Barp ! »

Charles s'en voulut immédiatement d'avoir tendu ce piège grossier à Dimitri ; la ficelle était un peu grosse qui lui eût permis d'embarquer la très redoutable Anne en lieu et place de Clotilde.

« Clotilde a été très affaiblie par son internement chez *Le Frisé*.

- Il n'est pas question que vous lui substituiez une de vos souris, ce sont des rats enragés, toutes !

- Il va me falloir un peu de temps supplémentaire pour vous répondre ; je dois retourner voir Madame Grouvard et surtout tenter de la convaincre. Ce n'est pas sûr qu'elle accepte ; de toute manière, il est hors de cause que je vous l'abandonne seule ; je resterai avec elle.

- C'est hors de question !

- Alors, vous allez vous débrouiller tout seul avec votre ami pour quitter la France. Je vous laisse un quart d'heure avant de mettre en branle, à votre recherche, toutes les polices de France et de Navarre. »

Charles avait raccroché. C'était un coup de poker, mais il s'interdisait de livrer Clotilde Grouvard à ces malades.

Il avait à peine raccroché que Clotilde avait pris la parole :

« Premièrement, bravo pour ta perspicacité : c'est un traître !

Deuxièmement : tu vas lui proposer de me laisser seule ; il nous faut ces informations.

- Il est hors de question que je te laisse seule avec eux. La balle est dans son camp ; il est improbable que le décryptage des fichiers enregistrés sur la plaquette électronique nous apporte du nouveau. Par contre, nous pouvons l'aider à fuir la France, et pour lui, c'est capital ! »

Anne était revenue, toute excitée :

« Dimitri était dans le cabinet du gynécologue de Laure. »

Charles était resté tout à fait silencieux.

« Nous sommes très proches du but, mais le terrain est miné…

- Que faisaient-ils chez lui ? Sont-ils complices à ton avis ?

- Pour moi, ils l'ont exécuté ; il en savait trop.

- Mais pourquoi avoir attendu jusqu'à aujourd'hui ?

- Fais vérifier par Lauriol, s'il te plaît. »

Le téléphone n'avait pas mis dix minutes pour retentir à nouveau.

« Le Barp ! Est-ce vous Dimitri ?

- Allez chercher votre amie la juge ; expliquez-lui Le Barp, que perdus pour perdus, on va se faire sauter avec nos ceintures dans un cinéma bondé de Paris après avoir écrit aux journaux que si vous ne vous étiez pas dégonflé, il n'y aurait pas eu de carnage.

- Dimitri, j'ai accepté votre offre de vous aider à quitter la France en prenant Madame Grouvard en otage avec une ceinture d'explosifs. Ce qui n'est pas négociable, c'est ma présence à ses côtés. Même pour vous, c'est une garantie supplémentaire, celle qu'elle ne commette pas l'irréparable à l'occasion d'une crise de nerfs. Je vous laisse trente minutes pour me rappeler. Et il avait raccroché.

- Il va rappeler, il a mordu à l'hameçon. Anne et moi avons vingt minutes pour t'apprendre deux ou trois trucs qui peuvent nous être utiles par la suite. Kiki, vous tâcherez de me suivre avec la voiture d'Anne. Ne prenez surtout aucun risque. Evidemment, vous prévenez Pablo ; qu'il rapplique à toute allure. Toujours partante Clotilde ? »

Charles était tout sauf inconscient. Il ne partait pas la fleur au fusil comme en 1914 avec les pantalons garance. Il savait que l'opération présentait des risques dont une grande part d'imprévisible ce qui est toujours le pire. Mais il savait aussi que dans ces cas-là, son entraînement et son expérience seraient des atouts majeurs pour réussir ; son principal handicap pesait une cinquantaine de kilos et s'appelait Clotilde.

Dimitri avait rappelé pour donner son accord. Il leur avait d'abord demandé d'aller stationner devant la première cabine téléphonique sur le Boulevard Pereire après la rue Ampère en remontant sur le nord-est.

Puis, ils avaient dû se poster devant une cabine téléphonique située entre l'Avenue de Wagram et l'Avenue des Ternes sur la place du même nom.

Là, ils avaient reçu pour instruction de se rendre Allée des Fortifications dans le XVI°, derrière le stade Suchet pour d'autres consignes.

Tout s'était passé sans anicroche jusque-là. Charles n'avait jamais espéré que cela puisse durer très longtemps.

« Vous allez abandonner votre voiture ici. Vingt mètres plus loin, vous allez trouver une « *205* » verte. Vous abandonnerez vos habits, tous vos habits, dans votre voiture. Vous trouverez dans la « *205* » de quoi vous vêtir, suffisamment décemment pour ne pas vous faire repérer par la police par la suite. Nous vous observerons depuis notre voiture pendant ces quelques mètres que vous allez parcourir dévêtus pour nous assurer que vous n'avez ni arme, ni poste de radio, ni autres gadgets. A cet endroit, personne ne prêtera attention à vous, c'est un lieu de rendez-vous pour exhibitionnistes de tous sexes. Ensuite, nous nous retrouverons devant le domicile de votre amie Clotilde. »

De sa voiture, Charles avait pu prévenir Anne de la future destination.

Ils étaient sortis nus comme des vers du Range Rover de Charles avant de se glisser dans la 205 qui les attendait en effet vingt mètres plus loin. Ils y avaient trouvé deux survêtements à peu près à leur taille qu'ils avaient enfilés avant de reprendre la route, cette fois vers Colombes. Clotilde avait fait signe pouce levé vers le haut que le déroulement des opérations lui convenait. Charles lui avait répondu par un sourire et un clin d'œil accompagné d'un doigt sur la bouche lui faisant comprendre que la voiture avait peut-être des oreilles. Ils étaient arrivés sans encombre à Rueil-Malmaison et s'étaient garés devant le petit immeuble où habitait Clotilde, là précisément où elle avait été enlevée presque deux mois plus tôt. Dimitri était arrivé quelque dix minutes plus tard avec un sac de sport à la main.

« Nous avons récupéré vos effets personnels dans votre voiture, Le Barp ; mieux vaut ne pas laisser traîner d'armes sans surveillance, surtout la vôtre après ce qui s'est passé ! Maintenant vous n'avez plus de radio pour prévenir vos amis. J'en suis désolé, mais vous comprenez que je sois obligé d'être prudent. Maintenant, direction la place des Ternes, même cabine que tout à l'heure. »

De la place des Ternes, ils étaient retournés Boulevard Pereire où cette fois, ils avaient abandonné la « *205* » pour monter dans le véhicule de Dimitri. Dans leur voiture ils les avaient fouillés. Celui qui avait fouillé Clotilde avait passé plus de temps sur sa poitrine qu'ailleurs. Ils n'étaient officiellement pas prisonniers de Dimitri et de son chauffeur puisqu'ils faisaient semblant, le plus sérieusement du monde, de croire en l'amitié du déserteur Russe qui se trouvait pris à son propre jeu.

« Vous risquez votre vie pour nous aider ; je ne sais pas comment nous pourrons vous remercier.

- Un peu d'argent et deux passeports feront l'affaire. »

Le ton sonnait faux mais Clotilde et Charles affectaient de ne pas s'en rendre compte.

Très décontracté, Charles enchaînait embrassades et étreintes amoureuses avec une Clotilde offrant sans la moindre retenue son corps aux caresses de son amant sous les yeux écarquillés de Dimitri et de son comparse. Moins troublé, il se serait peut-être demandé pourquoi ils agissaient ainsi, pourquoi Charles caressait plus le dos de sa partenaire que sa poitrine généreusement offerte.

« Nous arrivons, c'est ici ! »

Charles avait remarqué qu'ils étaient près du port de Gennevilliers et Clotilde avait sommairement rajusté ses vêtements et ébouriffé ses cheveux en détruisant son chignon…

La porte d'un hangar s'ouvrait face à eux dans la lumière des phares de leur voiture. Deux hommes, Kalachnikov à la hanche leur barraient le passage, aveuglés par les projecteurs de la voiture.

En moins de cinq secondes, l'intérieur de la voiture avait été transformé en bain de sang. Une corde à piano terminée à chaque extrémité par une poignée avait permis à Charles de quasiment décapiter Dimitri dont la tête ne tenait plus que par la colonne vertébrale. Clotilde avait juste serré le cou du conducteur suffisamment pour que la corde à piano pénètre les chairs de l'homme :

« Fonce, tout droit ! »

Terrorisé, il avait enfoncé l'accélérateur comme pour un départ de Grand Prix ne laissant aux servants des fusils d'assaut ni l'opportunité de tirer, ni de se retirer. Il y eut deux flops sur la carrosserie de la voiture, puis à nouveau, à l'intérieur, un geyser de sang lorsque relayant Clotilde, Charles avait serré un peu brusquement le collier du conducteur. Un grand bang s'ensuivit lorsque la voiture heurta un pilier du hangar.

Charles sortit très vite de la voiture. L'un des deux porteurs de Kalachnikov avait suffisamment bien supporté la collision pour s'être relevé dans l'intention manifeste de tirer sur tout ce qui pourrait sortir de la voiture. La première balle de Charles, en pleine tête, fut la bonne pour lui interdire toute velléité de ce genre. La seconde balle de Charles fut pour la main de l'homme qui, assis à un bureau semblait jusque-là les attendre. Il avait tenté de se lever et de sortir une arme de son holster ; la blessure allait l'empêcher de tirer pendant quelques semaines ! La troisième balle de Charles fut pour le cerveau du second porteur de Kalachnikov ; encore un qui ne coûterait rien en prison aux contribuables. Charles n'aimait pas ce qu'il était en train de faire, mais ces gens étaient des tueurs qui ne faisaient pas de cadeaux.

L'homme qui avait reçu la seconde balle de Charles avait tenté de s'enfuir ; mais il ne courait pas vite. En quelques enjambées Charles fut sur son dos. Il fut promptement désarmé et ligoté par les poignets à sa chaise avec sa ceinture. Clotilde était restée, à la demande de Charles, à l'abri dans la voiture.

« Clotilde, si vous voulez bien sortir de votre véhicule, le Commissaire Leboucq a hâte de vous accueillir et de nous parler...

- N'es-tu pas blessé ? »

Elle s'était d'abord préoccupée de la santé de Charles.

« Quelques bleus sans doute demain.

- Les autres ?

- Celui-ci n'est pour le moment que blessé, les tireurs sont allés rejoindre Dimitri et son acolyte chez le diable.

- Et maintenant ?

- Nous allons avoir une sérieuse conversation avec notre ami Leboucq ; j'ai comme l'impression qu'il a beaucoup à nous apprendre.

- Madame le Juge, faites cesser cette mascarade ! »

Assis sur la table qui faisait face au siège du commissaire félon, Charles le fixait de son regard si particulier :

« Fini de rigoler Leboucq, il n'y a plus de juge Grouvard : Madame Grouvard travaille pour Escort désormais, comme moi ! Parlez, parlez très vite même, si vous souhaitez être soigné dans un hôpital... »

On aurait dit que Clotilde avait pris une douche de sang ; elle était impressionnante. Ses cheveux, son visage, le survêtement qu'elle portait étaient poisseux d'hémoglobine en train de sécher.

« Tu nous as attirés dans un piège qui aurait dû être mortel. Heureusement, tes derniers complices, Dimitri et son acolyte, ont failli à leur mission. Lorsqu'ils nous ont fouillés, ils auraient mieux fait de vérifier que je n'avais rien de collé dans le dos que d'en profiter pour me tripoter. Quand nous faisions semblant de flirter dans la voiture, au lieu de s'en mettre plein les yeux, ils auraient été mieux inspirés de remarquer que mon coéquipier en profitait pour récupérer le Beretta collé sous un large sparadrap entre mes omoplates et, faisant office d'attaches à mon chignon, les deux cordes à piano qui ont servi à leur découper la tête ! »

Leboucq semblait, malgré la douleur, reprendre ses esprits :

« Vos accusations sont ridicules. Les individus qui vous ont emmenés ici pour vous mettre en présence de la machine à lire et à décrypter les documents trouvés sur votre amie Laure m'avaient fait venir ici sous le même prétexte. Je ne sais ce qu'ils avaient machiné mais j'imagine qu'ils voulaient nous réunir avant de nous exécuter ; ils savaient que j'étais sur le point de les démasquer.

- Et qui dans votre hiérarchie était au courant ?

- Personne, je n'avais confiance en personne.

- Pourquoi ne m'en avez-vous pas parlé ? Vous pouviez quand même vous douter que je n'étais pas du côté de ces gens-là ; non ? Et vous auriez fait votre petite enquête tout seul comme un grand ? Et vous auriez réussi à les contacter comme ça, par hasard ? Vous nous attendiez libre, armé et protégé par deux loufiats Kalachnikov à la main ! Vous vous moquez de nous Leboucq ! Pour reprendre l'expression de feu votre ami *Le Frisé* : vous nous prenez pour des jambons ! »

Charles vouvoyait Leboucq, comme il l'avait toujours fait ; il crut que Clotilde le tutoyait comme elle devait le faire autrefois lors des réceptions à la Préfecture de Nanterre.

« Admettons que tu nous dises la vérité. Qu'as-tu appris pendant ton enquête ? »

La question de Clotilde, à contre-pied du début de leur entretien, l'avait perturbé. Il n'avait pas envie de répondre sans réfléchir…

« Ecoute-moi ; je ne suis pas en état de m'échapper d'ici. Soignez ma blessure et je vous raconterai ce que j'ai appris. »

Clotilde poursuivit :

« Dans quelques minutes, si tu ne me réponds pas, je vais devoir m'absenter pour te laisser avec Monsieur Le Barp. Je crains de te retrouver avec une seconde main abîmée… Et encore plus de sang par terre… Tu ne survivrais pas à une nuit sans soins. Je t'ai posé une question tout à l'heure : qu'as-tu appris pendant ton enquête ? »

Charles était comme un spectateur ; il avait abandonné l'interrogatoire de Leboucq. Dans le feu de l'action il avait oublié que la furie couverte de sang qui faisait fièrement face à Leboucq avait exercé son métier de juge d'instruction pendant près de quinze ans déjà ! Face à elle, et à ses questions en rafales, Leboucq semblait se liquéfier petit à petit comme un bonhomme de neige en plein soleil au centre du Sahara. Décidément, Charles se félicitait d'avoir recruté cette « *emmerdeuse de juge* » comme il l'appelait autrefois : elle n'avait pas son pareil pour interroger un suspect.

« J'attends ta réponse !

- J'ai enfin compris le lien qui existait entre Marcianni, *Le Frisé*, et leurs bandes de voyous…

- Tout ceci, nous le savons depuis longtemps, depuis la mort du Frisé. Le Docteur M… Gynécologue à Paris est mort. Il est mort en fin d'après-midi assassiné dans son cabinet par Dimitri et son copain ! »

Charles et Clotilde scrutaient le visage de Leboucq : ou il ne savait pas ou il parvenait très bien à masquer ses émotions.

« Je n'ai jamais entendu parler de ce médecin, pourquoi l'aurais-je fait assassiner ?

- Tout simplement, mon petit Leboucq, parce que vous vouliez récupérer la machine à lire et décrypter les fichiers transportés par Laure et ses petites camarades. Ensuite, vous l'avez liquidé. »

- Je n'ai jamais vu cet homme !

- J'en suis tellement convaincue ! Seulement voilà, sur la plaque de Police que lui avait maladroitement présentée lors de sa première visite le sbire que tu avais envoyé le dévoyer, il a lu Lebourg, Lebouc ; il ne savait plus très bien. Normal, c'était il y a cinq ans ! Mais quelle imbécillité de ta part ! Bien sûr, la description qu'il nous a faite du pseudo-commissaire ne correspondait pas du tout à la tienne.

- Et alors ? Tu dérailles gamine ! Ce n'est pas parce qu'un vieux fou de médecin complètement accro au Poker aurait vu une plaque de police à mon nom que tu vas conclure que je l'ai fait assassiner.

- Comment sais-tu qu'il était accro au poker ? »

Une chape de silence s'était abattue sur le policier ripou.

« Ce qui est encore beaucoup plus gênant pour toi Leboucq, c'est que la description du policier, qui était venu voir le malheureux médecin que vous venez d'assassiner, correspond trait pour trait à celle du conducteur de la voiture avec laquelle nous sommes arrivés ici. J'ai eu tout loisir de l'examiner pendant le trajet puis quand j'étais coincée sous son cadavre pendant que Charles vous neutralisait… »

Leboucq manquait d'air ; il regardait parfois Charles qui tenait toujours son Beretta à la main ; comme s'il pouvait lui être un secours !

« Te souviens-tu que lorsque j'instruisais la plainte du procureur à la suite de mon ami Duplat, tu es venu me voir pour me demander très confidentiellement de ne pas suivre ses conclusions hâtives, de ne me fier qu'à ma raison et à ma grande expérience. C'est la seule fois que tu as tenté de m'influencer ; tu m'as fait tout un boniment sur ma rigueur. Comme une imbécile, je t'ai suivi. Alors ? »

Leboucq était au bord du malaise ; il comprit soudain qu'il avait perdu, il ne clamait même plus son innocence. Il savait que les arguments de Clotilde étaient implacables.

« Défais ses liens, s'il te plaît, Charles. »

Clairvoyante, Clotilde avait perçu qu'il était en train de craquer.

Il avait tout avoué du début de ses relations avec *Le Frisé* qui lui procurait parfaitement discrètement des jeunes filles très dociles, de la manière dont ils avaient mis Marcianni dans le coup sans qu'il sache que lui, Leboucq son supérieur immédiat dans la police, était à la tête du réseau. Ils avaient fait chanter des hommes et des femmes de tous niveaux et de toutes conditions tissant une toile d'araignée de plus en plus grande, de plus en plus efficace, de plus en plus terrifiante.

Ils avaient pris peur lorsque Fred avait passé la nuit avec Laure au Sofitel-Sèvres. S'ils avaient su qu'effectivement Charles leur avait dit la vérité, qu'ils avaient véritablement besoin d'un sosie pour Anne, ils auraient patienté le temps nécessaire pour ne pas rater la jeune prostituée. Cette infime erreur d'appréciation avait sauvé Laure et causé leur perte.

La fameuse machine était là, juste à quelques pas d'eux, ils l'avaient ramenée de chez le gynécologue qui ignorait qu'elle était camouflée dans son garage. Par contre il niait farouchement avoir demandé à Dimitri d'assassiner le médecin.

S'ils voulaient avoir une meilleure connaissance des membres des réseaux, lui compris, il fallait qu'ils se dépêchent de faire exhumer *Le Frisé* : une autre liste se trouvait sur lui.

« Sur lui ?

- Dans les couronnes des deux dernières molaires de la mâchoire inférieure… »

Affalé, comme une loque sur sa chaise, le commissaire scélérat paraissait anéanti.

« Il y a une cabine téléphonique juste en face de ce hangar. Prévenez la police, Le Barp ; je souhaite me livrer à la justice de notre pays. Sinon, ils me retrouveront pour m'empêcher de parler…

- Vous avez certainement raison, au moins, vous pourrez vraiment payer votre dette à la société. Dans dix ou quinze ans, vous serez libéré ; peut-être même avant par une grâce présidentielle. Vous pourrez remonter un réseau grâce aux amis que vous vous serez faits en prison aux frais du contribuable. Mais je ne vous oublierai jamais et je vous aurai à l'œil le jour où vous sortirez. La justice vous absoudra un jour ou l'autre ; mais je ne vous pardonnerai jamais ce que vous avez fait subir à Anne, à Madame Grouvard, à Laure et à Valérie, pour ne parler que de celles que je connais.

Levez-vous, pas question de vous laisser seul ici. »

Leboucq avait perdu pas mal de sang.

« Il va falloir que vous me portiez, je n'arrive pas à me lever seul.

- Leboucq, vous avez ordonné au *Frisé* de descendre Madame Grouvard ainsi que ma collaboratrice Anne après en avoir, selon vos termes, bien profité. Vous avez fait transformer Madame Grouvard en loque humaine par *Le Frisé* et ses sbires. Vous souhaitiez qu'elles soient accrochées par le sexe à un crochet de boucher puis livrées aux corbeaux ! Vous avez également demandé au *Frisé* de supprimer Marcianni quand vous avez eu peur qu'il ne se rende compte que vos activités dans la prostitution masquaient un réseau d'espionnage. Marchez tout de suite ou je vous éclate l'autre main ! »

Clotilde n'avait pas le cuir aussi tanné que Charles ; la vue de cet homme ensanglanté lui inspira suffisamment de pitié pour qu'elle demandât à Charles de le laisser sur sa chaise.

« Laisse-moi une arme ; je saurai me tenir à distance de lui. Va téléphoner aux autres et à la police… »

C'était vrai que sans soins rapides, le Commissaire n'irait pas loin. Puisqu'il avait décidé de se livrer à la justice, il fallait respecter sa décision et faire en sorte qu'il arrive vivant devant les magistrats. Il avait lié à nouveau le policier renégat à sa chaise, confié l'arme de celui-ci à Clotilde et l'avait fait asseoir à une demi-douzaine de mètres de lui avec interdiction de s'en approcher. Et puis, en petites foulées, il était parti téléphoner.

Entre les deux fonctionnaires de la République, l'atmosphère était plus que tendue.

C'était tellement loin…

« Tu songes à nous Clotilde ?

- Peut-être…

- Tu es encore plus belle aujourd'hui… Tu as l'air d'être à la fois tellement plus forte, et plus femme qu'il y a presque quinze ans… »

Elle se souvenait en effet, en silence, douloureusement…

« Ce n'est pas pour tenter de te culpabiliser ; j'assumerai toutes mes fautes, mais ta rencontre a coïncidé avec le début de mon naufrage. À cause de toi, des nuits et des jours que nous avons passés ensemble, j'ai brisé mon foyer. A ce moment, comme tes vêtements ridiculement sérieux masquaient tes généreux appas, ton allure revêche masquait un tempérament de feu. Tu étais certes beaucoup trop jeune pour moi.

Bien sûr, j'ai vieilli, mais aussi, je me suis négligé, j'ai beaucoup grossi, j'ai perdu mes cheveux, je suis devenu une épave amateur de plaisirs tarifés. *Le Frisé* m'a offert ces plaisirs, je lui ai offert des débouchés pour leurs trafics. J'ai réussi à me rendre indispensable ; nous étions la tête et les jambes et les Irakiens payaient bien.

Je ne t'ai jamais oubliée Clotilde, au point d'avoir voulu te faire assassiner par *Le Frisé* lorsque tu t'es retrouvée sa prisonnière…

Tu ne dis rien… »

En effet, Clotilde semblait encore plus abattue que Leboucq. Elle se souvenait avoir aimé cet homme assis en face d'elle. C'était près de quinze ans auparavant ; jeune juge d'instruction, elle était tombée, abeille besogneuse qu'elle était, dans les filets amoureux tendus par le fringant commissaire de police de quinze ans son aîné…

« Je n'ai jamais compris pourquoi tu avais rompu notre union.

- Tu m'avais promis le mariage après ton divorce, et puis celui-ci prononcé, tu t'es rétracté…

- J'avais besoin de réfléchir…

- Tu vois Bernard, ce qui m'est le plus dur, c'est de me souvenir que lorsque j'étais prisonnière du *Frisé*, il m'est souvent arrivé de rêver de toi, de nos nuits d'amour. J'étais humiliée, violée, frappée, fouettée, torturée par des sauvages ; ils étaient tes amis et tu savais…

J'admettrais que tu aies cherché à me faire assassiner dans la logique de ta félonne machination, par haine parce que je t'avais abandonné, mais pas que tu m'aies fait subir cette épreuve dégradante, avilissante, totalement inhumaine dont j'ai beaucoup de mal à me remettre.

J'admettrais même que tu aies cherché à te venger toi-même, que tu m'aies fait subir les mêmes horreurs, si tu avais eu le courage de ne pas te cacher derrière *Le Frisé*.

- Tôt ou tard ils auront ma peau. Crois-moi quand je te dis que je n'ai pas voulu ton enlèvement. Ne me pleure pas, j'aurais vraiment aimé t'étrangler de mes propres mains : infidèle ! »

Sa voix était devenue très faible…

«….Je n'étais plus le chef, juste un rouage. Celui qui depuis quelque temps dirigeait tout par mon intermédiaire, je crois qu'il travaille au Minis… »

Il s'était écroulé sur sa chaise, puis par terre, avec la chaise à laquelle Le Barp l'avait lié. Clotilde n'avait pas osé lui porter secours tellement il lui faisait encore peur. Charles était arrivé quelques minutes plus tard. Ensuite étaient arrivés Anne et Pablo avec Kiki, enfin, la noria des voitures de police et les ambulances.

Clotilde s'était promis d'aller le voir en prison dès qu'il serait un peu mieux. Pourrait-il lui donner d'autres indications permettant d'identifier la dernière taupe ?

Le FAMAS en bandoulière, Kiki avait apostrophé Charles et Clotilde.

« Souhaitez-vous rester comme ça pour vos prochains ébats ? Prenez une douche ; vous faites vraiment peur tous les deux ! »

Et c'était vrai que maculés de sang comme ils l'étaient, Charles et Clotilde semblaient sortis d'un film d'épouvante.

Samedi 31 août

Le Commissaire Leboucq avait été mis au secret dans le quartier VIP d'une grande prison parisienne ; deux jours plus tard, ses gardiens l'avaient retrouvé mort dans sa cellule. Il avait laissé une lettre expliquant son geste et confirmant qu'une liste des protagonistes du drame se trouvait camouflée dans la bouche du *Frisé*. L'autopsie avait confirmé la thèse du médecin de la prison ; il avait succombé à l'absorption d'une capsule de strychnine qu'il avait dû réussir à dissimuler. Un petit post-scriptum à la lettre du commissaire demandait simplement de prévenir de son décès « *la Juge Clautilde Grouvart* ».

Mercredi 11 septembre

La lamentable affaire du Rainbow-Warrior avait ébranlé les services secrets français ; le succès remporté par Escort et ses alliés sur la nébuleuse du Commissaire Leboucq avait réconforté les responsables du gouvernement chargés des problèmes de sécurité. Ceux, en particulier, qui avaient accordé leur confiance à Charles et l'avaient pleinement soutenu. Les secrets envolés n'avaient évidemment pu être récupérés ; des ambassadeurs avaient été convoqués au Quai d'Orsay[63] en toute discrétion et quelques diplomates avaient été expulsés tout aussi subtilement. La machine à lire les fichiers avait donné de bons résultats. Presque tous les « *honorables correspondants* » avaient été identifiés. Manquaient, hélas, les coordonnées de la « *super-taupe* » dénoncée par le Commissaire Leboucq ; son nom n'apparaissait sur aucune liste !

Le gouvernement avait organisé une réception officielle pour féliciter l'équipe d'Escort au grand complet dont Laure resplendissante de bonheur. Avaient été conviés : le commissaire Yves Barnier et le commissaire divisionnaire Philippe Lauriol, Isabelle la mère de Charles, le Général Martel qui avait sauvé la vie de Valérie et le jeune juge Duplat. Clotilde Grouvard était aussi de la partie, ainsi que sa sœur Elizabeth.

Le commissaire Barnier avait appris de la bouche même de son Ministre qu'il était élevé au grade de commissaire divisionnaire et muté à Nanterre pour y remplacer le félon Leboucq. Le commissaire divisionnaire Lauriol avait pris du galon au sein de la DST, le juge Duplat avait été informé qu'il recevrait rapidement un important avancement.

---

[63] Ministère français des affaires étrangères.

La chasse à la blonde

Jeudi 12 septembre

Anne, Charles et Clotilde étaient certains que le commissaire Leboucq ne s'était pas suicidé tout seul ; on l'avait aidé ! Par son dernier écrit, il avait envoyé à Clotilde et à Charles un message limpide : on l'avait forcé à rédiger le document par lequel il annonçait sa volonté de mettre fin à ses jours. Il avait usé du code « *Clautilde Grouvart* » comme elle l'avait fait lorsqu'elle était prisonnière du *Frisé*. Elle lui en avait expliqué la signification lors de leur dernière rencontre, lorsqu'ils l'avaient fait prisonnier.

Quels que soient leurs sentiments concernant le policier ripou, ils ne pouvaient négliger son dernier cri d'alarme. Qu'au moment de mourir il ait eu besoin de se racheter de ses agissements à l'encontre de son pays ou qu'il ait éprouvé un remords pour ce qu'il avait fait subir à son ancienne maîtresse importait peu. Il ne fallait pas non plus négliger l'hypothèse selon laquelle, en les aiguillant sur une fausse piste, Leboucq, par-delà la mort, aurait tenté de se venger d'eux. Clotilde était celle qui le connaissait le mieux ; elle était persuadée qu'il ne s'était pas suicidé. Charles classa donc prioritaire la recherche du meurtrier du policier.

Philippe Lauriol, l'homme de la DST, avait promis de participer « *avec des images* » à la réunion matinale consacrée au suivi de l'affaire. Il était arrivé avec quelques boîtes de diapositives.

« Nous photographions régulièrement les entrées des ambassades sensibles, puis, nous archivons ces photos. Mes collaborateurs ont effectué un formidable travail de fourmis, en voici un exemple : ces deux photos d'un même homme prises devant l'ambassade d'Irak. »

Valérie avait blêmi en reconnaissant l'homme qui l'avait expédiée au Val-de-Grâce en tirant sur Charles sur le parvis du tribunal de Nanterre.

Philippe Lauriol avait continué :

« Nous avons interrogé, par l'intermédiaire du Quai d'Orsay, l'ambassade en question. Bien entendu, ils nous ont affirmé ne pas connaître cet individu. Pourtant, sur cette photo, il serre très chaleureusement, la main d'un cadre de cette ambassade.

Nos amis anglais du M.I.6, dans le cadre du TREVI[64], nous ont fourni quelques renseignements sur ce citoyen roumain qui aurait fui son pays pour se réfugier en Irak. Il y aurait été accueilli à bras ouverts par les services secrets de Saddam Hussein.

Ces photos confirment la piste irakienne dont Leboucq avait admis l'existence. Depuis l'affaire de la prise d'otages à l'ambassade d'Irak de 1978, nous savons que ces gens sont capables de tout. Nous autres, policiers, ne leur avons jamais pardonné le meurtre de notre collègue Jacques Capela[65] ; hélas, notre pays regorge d'amis de l'Irak et ils se sentent ici comme chez eux, prêts à tout, en toute impunité. »

Charles fut le premier à rompre le silence :

« Tu féliciteras tes collaborateurs pour l'efficacité de leur travail ; ils ont dû visionner des milliers de photos pour obtenir ce résultat. Le problème, comme tu le dis si bien, est que les Irakiens se comportent chez nous comme en terrain conquis. Le lobby pro-Irak est toujours aussi puissant, réunissant des gens aussi variés et connus que l'ancien Premier ministre Jacques Chirac ou l'actuel ministre de l'éducation nationale Jean Pierre Chevènement, en passant par votre récent patron à la DST : Yves Bonnet et par Jean Marie Le Pen ! A ne pas oublier les juteux contrats signés avec l'Irak par les groupes industriels Total Fina, Elf, Alcatel, Renault ou Peugeot…

- Hasard ou coïncidence, notre ancien patron vient de quitter la DST et le nouveau a dirigé les mutations décidées à la suite de l'exploitation des documents récupérés chez Marcianni, sur *Le Frisé* et sur Laure.

Clotilde et Charles sont les derniers à avoir vu cet homme vivant. »

Philippe Lauriol venait de projeter une photo de Dimitri.

« C'était il y a quelques mois, avant que tu ne le décapites, Charles…

Laure, l'avez-vous connu ?

---

[64] Groupe spécial européen de lutte anti-terroriste créé en 1976 à l'initiative des Anglais.
[65] Inspecteur de police abattu par le service de sécurité de l'ambassade d'Irak le 31 Juillet 1978 après qu'il eût obtenu la reddition d'un des auteurs de la prise d'otages effectuée le matin dans l'ambassade. Les tueurs irakiens regagneront Bagdad par avion quelques jours plus tard après avoir fait valoir leur *immunité diplomatique*.

- Oui, un peu ; il ne s'intéressait guère aux filles. Nous le soupçonnions d'être en charge de la sécurité personnelle, du Frisé.

- Une information sur une quelconque favorite ?

- Il avait sa poule à lui que nous voyions rarement !

- Et bien, regardez ces deux photos…

Sur la première photo, la tête recouverte d'un bonnet et les yeux masqués par des lunettes de soleil plus grandes que celles de Charles, l'homme qui sortait de l'ambassade d'Israël était méconnaissable. Mais le photographe, ou un de ses coéquipiers, l'avait suivi jusque dans un café de la place de l'Odéon où, débarrassé de ses colifichets, il embrassait furieusement une très jolie blonde manifestement très consentante.

- Ce type n'avait pas vraiment retenu notre attention ; nous ne pouvons pas faire filer quelqu'un ou enquêter sur un quidam parce qu'il est sorti, camouflé, d'une ambassade et qu'il est ensuite allé embrasser une blonde, même très jeune et très jolie ! C'est en voyant les photos des deux décapités par vos soins qu'un de mes sbires s'est souvenu de lui…

- Et la blonde ? S'enquit Charles.

- Complètement inconnue au bataillon, nous la recherchons, en essayant d'être discrets, ce qui est toujours difficile.

- C'est la poule de Dimitri, lança Laure.

- Es-tu sûre de ton coup ?

- Absolument.

- Ce Dimitri, il est bien sûr inconnu des services secrets d'Israël ?

- Evidemment !

Charles avait sa petite idée là-dessus, Anne aussi :

« Si Charles pouvait joindre Ivan, on pourrait peut-être avoir l'opinion des Russes… S'ils en ont une, et s'ils souhaitent la partager.

- Dimitri n'était pas des leurs, sinon, ils ne nous auraient pas aidés à trouver *l'École Privée*. S'ils l'avaient surveillé, il y aurait eu à Paris quelqu'un connaissant leur repère, ce qui n'a pas été le cas. »

Philippe Lauriol poursuivit : « Charles a très certainement raison, mais si vous avez un moyen de joindre votre ami Ivan, ce ne serait pas inutile de lui demander son avis : Dimitri pouvait-il être au service du Mossad ? »

Pour Charles, la réponse était ambiguë :

« J'en doute mais par contre il pourrait très bien avoir été de leurs indicateurs. Valérie va enquêter là-dessus.

Et la blonde ? Avez-vous pu la tracer ?

- Non, nous la recherchons… Une idée Laure ?

- Inutile de la chercher sur les trottoirs de Paris, je ne me souviens pas l'y avoir vu travailler une seule fois. Gilda aurait peut-être pu nous en dire plus, elle s'intéressait de très près à toutes les filles du *Frisé* !

Avec sa photo, nous pourrions peut-être arpenter les rues chaudes du Quartier Latin à la recherche de filles qui auraient pu la connaître… Facile à mettre en œuvre, mais assez aléatoire quand même. Je suis prête à m'y mettre si vous le désirez.

- Travail de fourmis pour travail de fourmis, pourquoi pas ? Cette fille avait l'air d'être très intégrée à la bande du Frisée et tout à fait à l'écart en même temps. Marcianni avait raison de dire que les filles de la rue sont les meilleures observatrices possibles : elles voient tout, entendent tout… mais ne parlent pas beaucoup. Avec qui te verrais-tu faire équipe pour ces sorties ?

- Avec Fred et Zoran, on pourrait dire qu'on cherche cette blonde pour faire une partie à quatre ; si je fais équipe avec Kiki et Valérie, on pourrait dire qu'on cherche cette blonde pour un homme politique, un diplomate ou un savant qui ne veut qu'elle.

- Fred et Zoran sont déjà occupés aujourd'hui.

Kiki, Valérie, prêtes pour aller chasser la blonde avec Laure ? »

Anne avait une autre idée en tête :

« Philippe, as-tu prévu quelque chose ce soir ?

- Non, mais je te vois venir…

- Avec Charles, nous pourrions constituer une seconde équipe de recherche ; comme le suggérait Laure : à la recherche de la blonde pour une partouze à quatre !

- Banco pour ma part, même sans la partie carrée ! En attendant, ce soir, je vais mettre mes limiers sur la piste des filles qui travaillent plus ou moins à domicile comme les anciennes de Madame Claude ou de Madame Billy. Autrefois, nous avions nos entrées dans ces établissements et des oreilles attentives, nous savions tout ce qui se passait ; les filles se piquaient au jeu, elles se valorisaient en se mettant ainsi au service de la France. Giscard, sous prétexte de moralisation, a tout foutu en l'air pour emmerder les gaullistes !

- On pourrait tous se retrouver, vers deux heures trente, au restaurant où nous avons croisé Laure pour la première fois.

Vendredi 13 septembre

Clotilde était arrivée la première, une bonne demi-heure en avance ; elle avait réservé une table dans une petite salle isolée. Anne, Charles et Philippe l'avaient rejointe à l'heure prévue.

Ils n'avaient obtenu aucun renseignement sur la mystérieuse blonde qui figurait sur les photos avec Dimitri. La photo avait le don de faire taire les plus bavardes : sans pouvoir obtenir la moindre explication.

Kiki, Laure et Valérie avaient commencé leur virée par le café de la place de l'Odéon. On leur avait répondu sans la moindre gêne ; manifestement, la blonde n'y avait pas ses habitudes, et Dimitri non plus.

Arpentant le Boulevard Saint-Germain, les trois filles avaient rencontré des dizaines de péripatéticiennes : bien que Laure en connût une bonne proportion, les filles ne se montraient guère prolixes. La mystérieuse blonde semblait avoir laissé quelques traces, mais la règle de l'omerta paraissait la couvrir de toute son épaisseur. Dans ce milieu, c'est monnaie courante : les moins bavards sont ceux qui vivent le plus longtemps.

Alors qu'elles rentraient bredouilles, quittant le Boulevard Saint-Germain pour le boulevard Saint-Michel, leur trajectoire télescopa littéralement celle d'une flamboyante rouquine sortant du café Le Cluny.

« Séverine ! Mon Dieu !

- Ma Laurette ! Tout le monde parle de toi par ici.

- Séverine, une vieille amie ; mes amies Kiki et Valérie.

- Que faites-vous ici ?

Elles lui avaient montré la photo de la blonde et lui avaient expliqué qu'elles la cherchaient. Séverine était devenue subitement très pâle ne cherchant même pas à masquer un émoi très profond :

« J'ai vraiment été très contente de vous rencontrer, mais excusez-moi, je dois reprendre mon boulot tout de suite. »

La rouquine était totalement perturbée, au bord de la panique ; si les trois filles ne l'avaient pas entourée, elle aurait fui en courant.

« Séverine, n'aie pas peur ; travailles-tu toujours pour *Le Graveur* ? Tu vas nous suivre et puis tu vas lui téléphoner que tu as trouvé un bon coup pour la nuit. Nous allons te protéger ; ils savent tous maintenant que nous cherchons cette blonde. Si tu sais quelque chose la concernant, tu es en grand danger, comme je l'ai été.

Je t'en conjure, suis-nous. »

Laure avait pris Séverine par la taille, Kiki et Valérie les suivaient dans leur foulée, prêtes à intervenir. C'est ainsi qu'elles étaient arrivées au rendez-vous avec plus d'une demi-heure de retard.

« Je me demandais ce qui avait encore pu vous arriver ! »

Kiki, tout sourire, répondit fièrement :

« Elles ne risquaient rien puisque je les surveillais ! Nous avons fait une nouvelle recrue ! Je vous présente Séverine, une amie de Laure. Nous allons la ramener à La Bergerie avec nous… Merci d'être gentils avec elle, elle a besoin de nous. »

Laure avait présenté Anne, Clotilde, Charles et Philippe à Séverine.

« Nous sommes une vraie famille ; sur ma tête, tu peux nous faire confiance. Pourquoi as-tu pris peur quand je t'ai montré cette photo ? »

La belle rousse au physique de Jane Russell était livide. Elle aurait bien voulu parler, mais elle ne le pouvait pas, l'épouvante l'avait envahie.

Un personnage insignifiant venait d'entrer dans la pièce. Son regard s'était posé sans aménité sur Séverine, ignorant ses compagnons de table :

« Suis-moi sans discuter… »

Assise entre Charles et Philippe, Séverine ne pouvait pas sortir de table sans leur bénédiction. Comme un animal bien dressé, elle tenta de se lever pour répondre à l'injonction de l'homme. La main de Charles sur son bras lui fit comprendre que ce n'était pas à l'ordre du jour. Valérie s'était levée ; elle dominait le perturbateur d'une bonne tête :

« J'imagine que vous êtes *Le Graveur* ; moi, je suis Valérie ! Je vous souhaite sinon la bienvenue mais tout au moins le bonsoir. Nous avons une importante conversation entre amis avec Séverine ; nous vous la rendrons, si elle le souhaite, quand elle le souhaitera… »

Il avait cherché à prendre une arme à sa ceinture ; la poigne d'acier de la Tropézienne s'était abattue sur son bras droit. Il n'avait pas eu le temps d'esquisser la moindre défense que déjà Valérie lui avait relevé la mâchoire avec l'arme qu'elle venait de lui subtiliser.

« Jeux de mains ! Jeux de vilains !

Asseyez-vous et cessez de faire le malin, sinon vous risquez de mal commencer ce vendredi 13 ! Ce pourrait même être votre dernier jour : *Terminus pour un Jules* ! »

Le bonhomme restait interdit, immobile.

« Je vous ai poliment demandé de bien vouloir vous assoir ; pour le moment, je suis très calme. Vous devriez faire en sorte de ne pas me mettre en colère… La patience n'est pas ma vertu première ! »

Laure était béate d'admiration ; c'était la première fois qu'elle voyait Valérie dans ses œuvres et elle n'était pas déçue ! La grande blonde était impayable, la réalité dépassait tout ce qu'elle avait pu imaginer. Charles vint en rajouter :

« Comme vous ne paraissez pas très bien saisir, afin d'éviter tout malentendu, je vais vous faire une petite explication de texte.

Séverine est une amie de Laure qui travaille avec nous depuis quelque temps déjà après que nous l'avons arrachée aux griffes du *Frisé*. En vertu du principe qui veut que les amis de mes amis soient mes amis, Séverine est devenue notre amie ce soir. Et, Monsieur, je ne marchande jamais la protection que je dois à mes amis… »

Charles avait retiré ses Ray Ban :

« Quiconque serait tenté de créer à Séverine le moindre souci, de toucher à un seul de ses magnifiques cheveux roux aurait affaire à nous.

Comme feu votre collègue *Le Frisé*, comme cette ordure de Marcianni. Me suis-je fait bien comprendre Monsieur *Le Graveur* ? Souhaitez-vous finir comme eux ? Ai-je été suffisamment clair cette fois ? »

Séverine s'était redressée sur son siège ; elle n'avait plus peur. Laure avait eu raison de lui proposer la protection de ses amis.

Valérie prit congé du *Graveur* :

« J'espère que vous avez bien entendu et bien compris ; merci de votre visite. Vous pouvez retourner tranquillement chez vous. »

Elle avait retiré les balles du barillet du revolver du souteneur.

« J'espère au moins que vous avez un port d'arme en règle pour ce joujou ; puis-je le voir ? Sinon, je serais obligée de le mettre à la disposition du commissariat le plus proche… »

Le Graveur n'avait pas insisté, il était parti sans son arme…

Le garçon qui venait de prendre son service était le fameux Ernest qui avait mouchardé aux hommes du *Frisé* que Laure était partie passer la nuit avec Fred.

Les voyant, il fit immédiatement volte-face comme s'il avait vu Satan en personne accompagné de Belzebuth et de ses diables les plus proches. C'était compter sans la vigilance des filles ; Valérie, Anne et Laure, comme mues par un même ressort, se lancèrent à sa poursuite. Kiki n'avait rien vu, mais, par réflexe, elle emboîta le pas de ses copines !

Ernest était entré dans la cuisine où officiaient une dizaine de cuisiniers, marmitons et plongeurs. Il n'eut pas le temps de leur expliquer quoi que ce soit que quatre furies firent irruption sur ses talons.

« Personne ne bouge et tout se passera bien ; nous avons juste un compte à régler avec le salopard qui vient d'entrer ici. »

Anne s'avançait menaçante vers le serveur réfugié tout au fond de la cuisine ; un gros balaise voulut s'interposer :

« Toi, dégage ou je te démolis ! »

Le ton d'Anne n'admettait aucune réplique ; le balaise n'avait jamais vu une femme pareille, elle lui parut suffisamment dissuasive pour qu'effectivement il s'écartât de sa trajectoire.

La porte s'ouvrit une fois de plus ; cette fois, c'était le patron. C'était un gros bonhomme à l'air mollasson ; il se retrouva face à une petite blonde dont il devait peser deux fois le poids. Le problème fut pour lui que Kiki n'était pas d'humeur à se laisser intimider :

« La cuisine est provisoirement fermée…

- Je suis le patron de cet établissement, que signifie ce bordel ?

- Nous sommes venues chercher Ernest pour lui parler de bonnes manières ; si vous appelez la police, nous le ferons coffrer pour complicité d'association de malfaiteurs. N'est-ce pas Ernest ? »

L'interpellé n'avait pas bougé, pas parlé, terrorisé.

« Et pourquoi n'appelez-vous pas la police alors ? »

Le vrai gros n'était pas si mollasson que ça, il avait même un certain cran, mais il sursauta lorsqu'il entendit répondre derrière lui :

« Peut-être pourrait-il être plus utile ici, ou ailleurs, qu'à moisir en prison. Asseyez-vous Monsieur et tenez-vous tranquille. »

C'était la jeune femme qui une heure auparavant lui avait réservé une table pour huit ; il l'avait trouvée tout à fait comestible et en aurait bien fait son ordinaire. Elle lui était apparue aimable et joviale, il avait louché d'abord sur sa poitrine mise en valeur par un superbe T-shirt blanc brodé de strass puis il avait remarqué ses fesses bien moulées par son jean sans que son regard ait eu l'air de l'incommoder le moins du monde. Maintenant, il la sentait redoutable ; pas comme les lionnes qui avaient envahi quelques instants plus tôt ses cuisines, mais comme un crotale. Il prit le parti de s'asseoir sur la chaise la plus proche !

Clotilde avait rejoint Anne et Laure face au mouchard.

« Ainsi, si je comprends bien, c'est grâce à vous que nous avons toutes les trois failli être exécutées par *Le Frisé* et ses sbires. »

Ernest était toujours sans voix, pitoyable.

« Vous m'avez développé toute une théorie sur votre discrétion pour justifier votre silence lorsque nous vous avons demandé comment joindre Laure : ceci a failli lui coûter la vie. Ensuite, vous avez informé votre ami *Le Frisé* que Laure avait passé la nuit au Sofitel avec notre collègue Fred : le lendemain, quatre individus ont cherché à la mitrailler devant chez elle.

Ma collègue vous a dit qu'elle ne souhaitait pas que vous alliez en prison, moi je vous verrais bien avec une balle dans la tête, comme un salopard de cafard que vous êtes, vous seriez bien en compagnie des quatre mecs que j'ai flingués ce soir-là. »

Les yeux bleus de la brune, qui lui faisait face, lançaient des éclairs, Ernest qui avait repris espoir avec l'intervention de Clotilde fut saisi de panique ; il se souvenait parfaitement avoir goulûment plongé son regard dans son décolleté ce maudit soir-là ; sa poitrine l'avait impressionné. Maintenant, elle portait une veste noire sur un chemisier blanc et un jean ; mais ce qui bouleversait le serveur, ce n'était plus la poitrine d'Anne, mais l'énorme pistolet glissé dans son holster. C'était sûr, elle allait le tuer.

Un des marmitons s'était élancé un couteau à la main dans le dos d'Anne, de Clotilde et de Laure ; il fit quelques pas avant de s'écrouler. La boîte de conserve lancée avec une précision millimétrique par Valérie l'avait atteint en plein crâne.

« Ceci n'est pas un *carreau de restaurant*[66] ! C'est une *estanque* ! lança Laure, ravie, avec le même accent chantant que celui de Valérie.

- Le prochain qui bouge, je ne gâche plus le foie gras, je le plombe, c'est encore plus précis ! »

Son Beretta à la main, Valérie n'avait pas l'air de plaisanter.

- Laure, qu'en penses-tu ? Tu le connais mieux que nous toutes réunies, qu'en fait-on ? On le flingue ici, on va le noyer dans la Seine, la Marne ou quoi ? »

Anne n'avait nullement l'intention d'exécuter le serveur, mais son discours, tellement agressif, l'affolait. Il demanda pardon :

« *Le Frisé* nous terrorisait, il rackettait notre établissement. Nous le savions et nous avions peur ; pouvez-vous le comprendre ? Je vous demande pardon ; Laure, je te le jure, je ne pouvais pas croire que cela vous attirerait tant d'ennuis.

- Je t'aimais bien Ernest, tu étais un brave garçon ; je me souviens que tu m'as donné des cigarettes quand *Le Frisé* m'avait pris tout mon argent, et souvent offert un café aussi. Pourquoi m'as-tu trahie ?

Pourquoi Laure lui parlait-elle au passé ? L'avait-elle condamné ? C'était sûr, il allait bientôt mourir.

« Bon, merde, les filles, je commence à avoir l'estomac dans les talons, on ne va pas passer la nuit ici, les clients vont commencer à râler : on le flingue, on le viole ou on lui demande de nous servir à bouffer rapidos ! Vous prenez une décision vite fait, bien fait. Mon avis, c'est qu'il n'a pas l'air bien méchant ce bougre ; il devrait comprendre la leçon de cette nuit… et la retenir. »

Quelques instants après la saillie de Valérie, les filles étaient prêtes à passer leur commande que le patron vint prendre lui-même :

« Vous avez traumatisé Ernest, il m'a demandé l'autorisation de rentrer chez lui, mais il aimerait vous offrir le champagne. Nous avons compris que c'est vous qui nous avez débarrassés d'*El Loco*, du *Frisé* et de quelques-uns de leurs protecteurs. L'addition de ce soir sera pour moi. »

---

[66] Laure joue sur les mots puisqu'ils sont dans un restaurant ; un « carreau de restaurant » en langage boulistique, c'est un carreau imaginaire inventé lors d'un repas… au restaurant. L'estanque au contraire est le carreau parfait, lorsque la boule du tireur vient prendre la place exacte de la boule tirée.

L'ambiance s'était considérablement détendue ; seule la pauvre Séverine ne semblait pas dans son assiette, dépassée par les événements.

Valérie s'était rapprochée de Laure ; la Tropézienne avait été surprise par l'exclamation de son amie lorsqu'elle avait assommé le marmiton d'un magistral lancer de boîte de conserve.

« Je n'aurais jamais pensé que tu comprenais le patois des boules ; je serais bien surprise que quelqu'un d'autre que nous sache ici ce que signifient « *un carreau de restaurant* » et « *une estanque* ».

- N'oublie pas que je suis pied-noir et que j'ai longtemps vécu à Marseille au milieu d'autres rapatriés d'Algérie. Dans ces quartiers pauvres, la pétanque était notre sport favori, beaucoup plus que le polo ou le golf ! »

Au moment du champagne offert par Ernest, le patron vint s'asseoir entre Valérie et Anne, pas rancunier pour un sou.

« Séverine, tu ne m'avais jamais dit que tu connaissais ces dames et messieurs !

La fausse Jane Russell était sur la défensive. Anne mit entre les mains de son voisin la photo de la blonde qu'ils recherchaient.

« Vous dit-elle quelque chose ?

- Lorsque j'ai vu quelqu'un, j'oublie rarement son visage, surtout lorsqu'il s'agit d'une aussi jolie femme. J'ai déjà vu celle-ci, c'est certain ; mais je ne sais pas qui elle est. Tu la connais toi Séverine ?

Blanche comme un linge, regardant autour d'elle si personne ne risquait de l'entendre, elle répondit doucement :

« Oui, elle fréquentait Marie-Claude Magal avant son accident. »

A son tour, le patron blanchit à vue d'œil ; Philippe Lauriol semblait ne pas en croire ses oreilles :

« Vous avez bien dit Marie-Claude Magal ?

- Oui Monsieur, elle était ma meilleure amie…

- Charles, Mademoiselle est en très grand danger. Ceux qui nous ont vus rechercher cette blonde auront compris que Séverine sait qui elle est ; rendons-nous rue de la Pompe. Là seulement, elle sera en sécurité.

Malgré l'heure avancée de la nuit, Charles avait réuni immédiatement ses troupes. Philippe Lauriol prit tout de suite la parole :

« Si ma mémoire ne me fait pas défaut, le matin du 14 juin 1980, le Dr Yahya El Mashad était retrouvé, la gorge tranchée dans la chambre 941 de l'hôtel Méridien à Paris. Ce scientifique égyptien travaillait pour les Irakiens en collaboration avec des scientifiques français sur le projet du réacteur nucléaire irakien Osirak qui devait être détruit le 7 juin de l'année suivante par un raid de l'aviation israélienne.

Marie-Claude Magal avait tenté de rejoindre dans sa chambre le Docteur El Mashad la veille en fin d'après-midi. Nos services l'ont évidemment interrogée très rapidement. Elle nous a affirmé avoir été éconduite par le physicien qui lui aurait refusé l'accès de sa chambre.

Plus tard, nous avons appris que Mademoiselle Magal avait probablement été incitée à séduire l'Égyptien par une amie blonde se prétendant étudiante canadienne résidant en France. Nous ne saurons jamais quel était le degré d'implication réel de Mademoiselle Magal dans l'affaire. Le signalement de la jeune femme blonde correspondait à celui d'une citoyenne d'Israël travaillant vraisemblablement pour le Mossad. Nous n'avons jamais su photographier cette personne, la révélation de Séverine est donc capitale pour nous mais aussi synonyme de risque mortel pour elle. Lorsque nous avons voulu interroger à nouveau Marie-Claude Magal pour qu'elle nous parle de ses relations avec cette mystérieuse blonde, nous avons découvert qu'elle venait d'être assassinée, le jour même, dans un faux accident[67] boulevard Saint-Germain alors qu'elle se livrait à son travail de racolage habituel.

La blonde en question aurait été rapatriée en Israël il y a un peu plus d'un an, à la suite d'une nouvelle bavure commise par son unité. »

Ils avaient tous et toutes écouté leur ami de la DST religieusement. « Nous savons maintenant avec certitude que le Mossad suivait cette affaire, enchaîna Charles. Ceci n'a rien de surprenant : rien de ce qui concerne le nucléaire et l'Irak ne leur est indifférent. Reste à connaître leur degré d'implication, le pourquoi du retour en France de la vipère blonde, la nature des relations de celle-ci avec Dimitri. Ce genre de nénette couche plus souvent pour raisons de service que par plaisir…

---

[67] Un faux client en voiture l'avait attirée à la fenêtre située côté circulation, puis l'avait projetée sous les roues d'un autobus au moment où celui-ci arrivait à leur hauteur.

J'ai un correspondant au siège du Mossad à Tel-Aviv, je prendrai contact avec lui tout à l'heure. J'ai eu l'occasion de sortir il y a quelques années un de leurs agents d'une très mauvaise situation. Ce sera peut-être un peu long à négocier avec leur bureaucratie, mais j'espère leur faire comprendre qu'ils ne doivent rien tenter contre Séverine.

Bien entendu, Séverine, nous allons vous héberger ici tant que ce problème ne sera pas définitivement résolu. Bienvenue à La Bergerie. »

Séverine était assommée, elle se rendait compte du guêpier dans lequel elle s'était fourrée en suivant Laure et ses amis, mais d'un autre côté, elle était heureuse de rendre justice à la mémoire de son amie Marie-Claude bêtement et lâchement assassinée. Laure répondit à Charles :

« Sois tranquille, je vais m'occuper de Séverine.

Séverine, tu me sembles un peu sonnée ce matin. Dans la journée, nous t'accompagnerons chez toi pour déménager les effets personnels auxquels tu tiens particulièrement.

- Valérie, dit Charles en concluant, tu vas dès demain tenter d'en savoir plus sur Dimitri, j'ai de sérieux doutes sur ce personnage. Bien entendu, tu as carte blanche.

Je vous souhaite une bonne fin de nuit à toutes et à tous. »

Mercredi 18 septembre

Une semaine après l'invitation dans les palais de la République, Charles avait réuni les mêmes, plus tous les personnels d'Escort autour d'un grand repas suivi d'un bal au Pré Catelan. Ivan Bourkoff avait téléphoné depuis Tokyo pour dire combien il était désolé de ne pouvoir être des leurs ; Anne, Clotilde, Kiki, Laure et Valérie avaient reçu, chacune, dans l'après-midi, une somptueuse gerbe de fleurs de la part du Russe. Lorsque l'un des plus proches conseillers du Premier ministre, au nom de celui-ci, avait pris la parole, l'ambiance était devenue solennelle. Après avoir prié d'excuser l'absence du chef du gouvernement, il ajouta :

« Par décret de Monsieur le Premier ministre :

Le Capitaine de Corvette du cadre de Réserve Charles Le Barp est promu Capitaine de Frégate du cadre de Réserve au titre de son action dans le démantèlement d'une bande organisée de malfaiteurs menaçant les intérêts supérieurs de la France.

Madame la commissaire de police en disponibilité Anne Lafont a été inscrite pour la prochaine promotion de l'Ordre du Mérite sur la cassette de Monsieur le Premier ministre.

Mademoiselle la sergent-chef du cadre de réserve Valérie Pietrelli est promue au grade d'adjudant du cadre de Réserve.

Monsieur le Premier ministre m'a autorisé à vous informer que Monsieur le président de la République avait donné son accord pour que Madame le Médecin Colonel Isabelle Le Barp soit élevée au grade de Médecin Général lors de la prochaine promotion... »

Chaque annonce avait été saluée par les applaudissements nourris des participants, mais celle concernant la mère de Charles fut accueillie par une véritable ovation. Son acharnement à ne pas vouloir quitter son hôpital militaire de Bordeaux était connu de tous. Elle avait jusque-là décliné toutes les promotions qui l'auraient éloignée de ses parents.

« Mes parents ont remplacé le père que Charles n'a pas connu ; je leur dois ce qu'il est devenu ; je ne les abandonnerai jamais maintenant qu'ils ont besoin de moi, même pour une pluie d'étoiles !

- Maman, permets-moi d'être le premier à t'embrasser pour te féliciter ; c'est grand-père qui va être heureux !

- Tu as raison, papa sera très flatté d'avoir une fille Général, plus que moi sans doute ! Moi, pourvu que mes patients et mes pairs me considèrent comme un bon médecin... »

Elle avait poursuivi, gravement, à la seule intention de son fils :

« Où il est, ton père doit être fier de nous !

Dédions-lui ce moment de bonheur, mon petit Charles... »

Ils étaient tombés dans les bras l'un de l'autre...

Tous ses collaborateurs étaient venus féliciter Charles et sa mère. Simon avait mis un splendide costume noir avec gilet blanc et nœud papillon : « Je me suis déguisé en pingouin pour vous faire honneur ! Je suis vraiment heureux pour toi Charles, mais encore plus pour ta mère : elle le mérite tellement ! Quelle femme formidable ! »

Elizabeth, la sœur de Clotilde, avait d'abord été un peu perdue parmi tous ces gens qu'elle ne connaissait pas. Puis, Charles lui avait servi de chaperon une bonne partie de la soirée la présentant aux uns et aux autres. Simon avait pris le relais, manifestement ravi de se trouver au bras d'une aussi jolie femme. Elle l'avait tout de suite branché sur son passé au Vietnam. Il lui avait conté son éviction de l'U.S.Navy et la raison de celle-ci. Elizabeth n'en fut pas découragée pour autant, manifestement Simon la fascinait... et l'ancien traqueur de Mig[68] semblait bien parti pour ajouter aux avions russo-vietnamiens de son tableau de chasse une agrégée de lettres classiques.

Mais, selon Charles, l'ancien héros de l'U.S. Navy allait peut-être, au contraire, être la victime très consentante de cette rencontre !

« Aucun Mig, aucun missile, aucune batterie de DCA n'ont jamais abattu mon ami Simon malgré sa longue guerre au Vietnam et voici qu'Élizabeth vient de nous le descendre en flammes d'une seule salve de ses beaux yeux gris ! »

Charles avait demandé au DJ de privilégier les slows de Fausto Papetti et les chansons d'Eva, sa chanteuse préférée. Il avait dansé le

---

[68] Mig : Pour « *Artem* **MI***koyan et Mikhaïl* **G***ourevitch* » ; Avions de fabrication soviétique utilisés par les Vietnamiens du nord.

premier avec sa mère. Elle était sur un nuage, complètement prise au dépourvu par sa promotion. Ils avaient si longtemps refusé de la lui accorder. Presque tous ceux de son ancienneté, ayant fait les mêmes campagnes qu'elle, étaient devenus médecins généraux. Bien sûr, elle n'avait jamais voulu monter à Paris pour rester près de ses parents…

Longue jupe noire fendue jusqu'à la hanche, léger top ouvert dans le dos aux bretelles tombant sur les bras et laissant largement les épaules nues, Clotilde était restée discrète dans l'ombre de Charles et de sa mère. Son ami le juge Duplat n'avait pas cherché à dissimuler son admiration.

« Mon Dieu, que tu es belle ! Crois-tu que ton nouveau boss m'autoriserait à t'inviter à danser ?

- Premièrement, il n'est pas encore mon nouveau boss ; je suis pour encore au moins un mois en congé de maladie.

Deuxièmement, heureusement qu'il n'est pas encore mon boss parce que ce jour-là, je devrai faire une croix sur notre liaison. »

Tout en parlant, elle l'avait entraîné sur la piste de danse.

« Troisièmement, quand tu vois toutes les minettes qui papillonnent autour de lui, j'ai l'idée que nous pouvons l'abandonner sans scrupule quelques minutes !

- Le beau chevalier t'a embrassée et tu t'es métamorphosée ! Tu es belle, épanouie. Maintenant, ta sœur paraît moins exubérante que toi !

- Ne te moque pas de moi, Serge, ce n'est pas Charles qui m'a changée, ce sont les épreuves que j'ai subies chez *Le Frisé* qui m'ont obligée à voir la vie différemment. Malgré tous mes succès scolaires, universitaires et professionnels, la vie n'était pour moi qu'une suite d'échecs humains. J'oubliais le positif pour ne voir que le gris que je transformais en noir avec une volupté morbide. Je me suis rendue compte que j'avais besoin d'une équipe autour de moi pour être heureuse ; au palais, nous travaillions trop solitairement, nous ignorant les uns les autres. Dans cette équipe, c'est tout le contraire, c'est vraiment : un pour tous et tous pour un ! Autrefois, je me serais lamentée sur le fait que ma liaison avec Charles soit sans espoir à plus d'un mois, ou deux. Aujourd'hui, je me dis que je vais en profiter tant que cela durera, que c'est sûrement pour moi la plus efficace thérapie possible et plus tard, ce sera un superbe souvenir. »

Sans y prêter attention le cavalier de Clotilde avait passé sa main le long du dos de sa cavalière dans l'ouverture de son léger top. Glissant de son aisselle à sa taille, ses doigts n'avaient trouvé aucune trace de soutien-gorge. Se dégageant un peu d'elle, avec une effronterie dont il ne se serait jamais cru capable, il avait, de sa main libre, entrouvert le décolleté de l'ancienne juge et y avait plongé un regard explorateur d'abord, admiratif ensuite.

« Quand je découvre que j'ai travaillé si longtemps près de toi sans jamais soupçonner ces merveilles ! »

Clotilde avait renversé la tête en arrière et riait de bon cœur.

« Mais à l'époque, j'étais ton ancienne !

- C'était un crime de cacher de si beaux seins !

- Vas-tu me dénoncer ?

- Si tu cries, oui ! »

Et Clotilde riait de plus en plus de bon cœur comme une gamine effrontée et heureuse.

Anne n'avait guère quitté les bras du commissaire Lauriol et Kiki semblait aux anges dans ceux d'un jeune énarque du Quai d'Orsay.

Charles s'était ensuite partagé entre sa mère, Laure et Valérie qui avaient formé un petit groupe un peu à part. Le Général Martel était venu les rejoindre. Il avait enlevé Isabelle et ne l'avait pas relâchée !

Laure n'était pas très dans son assiette et cela se voyait malgré son splendide tailleur Hermès. Elle se représentait que tout le monde savait, d'où elle venait, ce qu'elle faisait encore quatre mois auparavant. Combien de temps lui faudrait-il pour effacer cette forme de péché originel ? Bien sûr, ceux et celles d'Escort l'avaient totalement adoptée. Elle s'entraînait d'arrache-pied pour mériter la confiance de Charles ; son ardeur au travail et des dons naturels surprenants forçaient l'admiration de tous. L'arrivée de Séverine l'avait valorisée ; c'était elle qui avait permis la jonction avec la rousse comme elle avait déjà retrouvé Gilda. Ces deux-là avaient fourni des informations capitales pour l'enquête. L'entraînement était dur, très dur même ; parce qu'elles l'aimaient, Anne, Kiki et Valérie, qui l'avaient prise en charge, ne lui laissaient rien passer. Elle terminait ses journées épuisée ; épuisée mais heureuse de constater ses progrès et la satisfaction de ses aînées. Parfois tout de même, elle se trouvait découragée ; alors, elle se représentait la photo de son père dans son cadre et elle s'imaginait qu'il lui souriait, qu'il l'encourageait à se battre pour que sa nouvelle vie soit un succès. Alors, Laure reprenait courage et la rage de vaincre lui revenait, pour qu'enfin, elle ait le sentiment qu'il puisse être fier d'elle. Mais, ce soir, seule la reconnaissance qu'elle devait à ses amis d'Escort l'avait empêchée de s'enfuir : un gros fat de fonctionnaire ministériel, surgi de nulle part, l'avait invitée sur la piste ; il lui était apparu répugnant dès la première vue, mais elle n'avait pas osé lui refuser de danser. Et pendant quatre minutes qui lui avaient semblé durer une éternité, il lui avait douloureusement pétri la poitrine en l'abreuvant de propositions nauséabondes. Il était prêt à lui donner « cent francs pour qu'elle lui fasse une gâterie, derrière, dans le jardin, comme elle avait dû en faire des milliers dans son ancien job »… Elle avait eu envie de le gifler de toutes ses forces, mais elle n'avait pas voulu faire de scandale, pour Charles, pour tous ses amis. A la fin de la danse, elle lui avait échappé et était allée pleurer dans les toilettes, au bord du désespoir. Valérie dansait alors avec Charles ; du haut de son mètre quatre-vingt-cinq, véritable tour de contrôle, elle surveillait tout. Elle avait ainsi repéré le brusque départ de Laure vers les toilettes, elle l'y avait rejointe. Laure lui avait tout raconté.

En robe Balenciaga, en jeans ou en battle-dress, Valérie était toujours Valérie. Après avoir confié Laure à Fred qui passait par là, elle avait rejoint le danseur incorrect qui se faisait servir un whisky. Bien que chaussée de ballerines, la grande Tropézienne le dominait d'une demi-tête.

« Vous ne m'avez pas encore invitée à danser ; je ne vous plais pas ? »

Il y avait le feu dans son regard vert émeraude.

Charles avait suivi la disparition de Valérie qui dansait avec lui, son retour des toilettes avec Laure, puis sa charge vers cet invité qu'il ne connaissait pas. Il savait qu'avec Valérie l'autre pouvait s'attendre au pire.

« Vous êtes tellement plus grande que moi !

- Aucune importance ! »

Elle l'avait entraîné de force au milieu de la piste de danse. Il avait l'air tout petit, il était ridicule dans les bras de cette immense fille blonde qui jouait avec lui comme un chat avec un mulot. Elle était belle comme le jour et lui laid comme un crapaud. L'anorexie en moins et quelques muscles en plus, elle avait tout d'un top model et lui tout d'une boule de suif puant.

« Préfériez-vous les seins de ma copine ? Combien m'offrez-vous pour un petit câlin coquin derrière dans le jardin ? »

Le slow tournait au corps-à-corps. Et dans ce genre de combat, Valérie n'avait pas beaucoup d'adversaires à sa hauteur.

« Pourquoi avez-vous passé cinq minutes à peloter mon amie qui n'en avait pas envie ? Et moi qui meurs d'envie de me faire tripoter, vous ne me touchez pas ! Allons dehors, nous serons mieux ! Vous serez peut-être plus loquace avec un peu plus d'air ! »

Charles avait rejoint Fred et Laure qui dansaient ensemble à distance respectable l'un de l'autre.

« Laure, sais-tu ce qui se passe avec Valérie et son cavalier ?

- Elle doit lui inculquer quelques notions de savoir-vivre. »

Sur le seuil de la porte qui menait aux jardins, Valérie avait fait un petit signe à Laure pour qu'elle les rejoigne.

Toujours entraîné par Valérie qui le tirait par le poignet, son danseur semblait au bord de l'affolement. Il avait tenté de résister à cette furie qui l'emportait vers un destin bien incertain ; mais on ne résiste ni aux tornades, ni à Valérie. Elle avait trouvé un endroit suffisamment discret à son goût. Elle l'avait collé, dos au mur :

« Pourquoi vous êtes-vous conduit comme un goujat avec mon amie ?

- J'ai perdu la tête ! Je suis désolé.

- Vous allez lui demander pardon !

« Il n'y a pas de quoi quand même ! Ce n'est qu'une pute ; elle n'avait qu'à pas se laisser faire ! »

La gifle était partie comme un missile de croisière, aussi rapide, aussi précise.

« J'ai dit que vous alliez lui demander pardon. Ai-je été bien claire cette fois ? Je déteste que l'on manque de respect à mes amis. Ce n'était qu'un coup de semonce, la prochaine fois, ce sera le SAMU. Salopard ! »

Cette fois le goujat n'avait pas répondu. Laure venait d'arriver suivie de Clotilde tout à fait surexcitée tirant son ancien collègue Duplat par la manche.

« Alors, Paul Lemancheau, on fait des siennes ?

Je ne suis plus en service, mais après notre petite conversation, je suis persuadée que le tout nouveau commissaire divisionnaire Barnier et mon ami le juge Duplat auront quelques questions à vous poser. »

Valérie, stupéfaite, avait relâché sa prise sans que Clotilde le lui ait demandé. La foule des autres invités avait suivi le flot et observait maintenant ce spectacle complètement imprévu.

À tout hasard, Charles avait vérifié que son fidèle Beretta 92 glissait bien dans son holster ; il avait remarqué qu'Anne avait entrouvert sa fameuse petite pochette de femme du monde, celle où veillait son énorme Colt 45. Habillée « en fille », Valérie avait, elle aussi, une pochette de femme du monde, comme celle d'Anne… Pour eux, la cause était déjà entendue, Clotilde venait de tomber sur un poisson rescapé de leurs pêches précédentes, peut-être même le très gros poisson qu'ils traquaient depuis si longtemps ; ils devaient être prêts à tout.

« Monsieur Lemancheau, je vais vous présenter au public.

L'homme avait semblé reprendre figure humaine lorsque Valérie avait cessé de lui serrer le col de sa poigne d'acier, mais maintenant, il blêmissait à vue d'œil.

« Vous n'avez pas à me parler ainsi ! De quel droit le faites-vous ? Je suis un des représentants de la Chancellerie ici ce soir ! Vous allez en entendre parler ; ce n'est pas parce que vous venez de réussir un coup que vous allez vous croire tout permis ! Souvenez-vous que la roche tarpéienne est proche du Capitole !

- Ne vous inquiétez pas Lemancheau, je connais mes classiques et ma sœur Elizabeth, latiniste distinguée s'il en est, vous confirmerait dans le texte : *Arx tarpeia Capitoli proxima est*[69] !

Il manquait une pièce capitale à notre puzzle : vous !

Lorsque j'ai emménagé dans mon nouvel appartement de Rueil-Malmaison j'ai tout de suite prévenu la Chancellerie : vous.

Je vous accuse d'avoir assassiné le commissaire Leboucq. Les gardiens l'ont retrouvé mort lors de leur première visite de contrôle, une heure après que vous l'avez visité dans sa cellule. »

---

[69] Original en Latin de « la roche tarpéienne est proche du Capitole ». Le Capitole à Rome était l'endroit des honneurs, la roche tarpéienne, une falaise d'où l'on jetait les condamnés à mort. Les deux séparés par une très faible distance. Cette expression rappelant que les honneurs peuvent être très rapidement suivis de la déchéance.

« Je n'ai jamais visité sa cellule, vous pouvez vérifier sur le registre obligatoire !

- J'ai appris cet après-midi qu'un haut personnage de la chancellerie avait visité le Commissaire Leboucq sans avoir rempli le registre en question, parce qu'il était un haut dignitaire de la Chancellerie…

- Il a écrit une lettre très circonstanciée…

- Oui, mais avec un post-scriptum à sa lettre. Il demandait que l'on prévienne de son décès : *Clautilde Grouvart*. Je lui avais expliqué comment j'avais fait comprendre à mon ami Duplat par l'intermédiaire de ma sœur Elizabeth que ma lettre avait été dictée sous la menace lorsque j'étais prisonnière du *Frisé*. Il m'a prévenue de même par-delà de sa mort…

Croyez-vous que j'aie oublié le dégoût que vous m'inspiriez quand vous veniez, sous de fausse raison, m'importuner dans mon bureau, quand vous veniez tenter de me coincer dans les recoins pour me tripoter en me promettant de mirifiques promotions ! Pourtant, à cette époque, on ne peut pas dire que je jouais les aguicheuses, les affranchies ! Un soir d'hiver, après que vous avez découvert une lacune dans une procédure que j'avais engagée, vous m'avez imposé une gâterie ignoble dans les archives de mon bureau. C'est depuis ce jour que je sais que vous n'avez qu'un testicule !

- Vous divaguez complètement ! »

Laure venait de se redresser, accusatrice :

« Ne seriez-vous pas celui que Le Frisé appelait « *Le Mono* » ? Je me souviens très bien du *Mono* ; c'était en effet un très proche de Dimitri. Je ne l'ai jamais vu, il fallait avoir les yeux bandés pour lui être livrée. Vos attouchements sont aussi brutaux que ceux du *Mono*. Le *Mono*, à qui j'ai servi de divertissement, n'avait effectivement qu'un testicule, mais en plus, s'il vit encore aujourd'hui, il doit porter une terrible cicatrice sur le sexe qui lui a été faite par les dents d'une de mes amies avant qu'elle ne meure martyrisée par les coups du *Frisé*, sous vos yeux et à votre demande ! C'était il y a moins d'un an.

- Alors, Monsieur Lemancheau ? »

L'homme avait saisi Laure contre lui et fait jaillir un petit pistolet d'une de ses poches.

« Laissez-moi passer ou je l'abats séance tenante ! »

Charles était face au couple « *Laure-Le Mono* » et Anne les avait de profil, Valérie s'était écartée pour laisser à Anne un angle de tir favorable. S'ils attendaient, la situation de Laure risquait de s'aggraver avec la nervosité de cet homme aux abois qui n'avait plus grand-chose à perdre. Pour le moment si l'homme tirait, il n'atteindrait pas un organe vital de Laure.

Le Colt 45 d'Anne aboya une seule fois faisant un énorme trou dans le crâne du conseiller mono testiculaire.

Laure était choquée et éclaboussée du sang du traître, mais indemne.

Anne paraissait désolée.

« J'aurais préféré qu'il puisse nous parler un peu, mais entre ses secrets et la vie Laure, j'ai dû choisir. Vraiment navrée ! »

La fête avait tourné court. La police était arrivée ; Laure était allée se blottir dans les bras de Charles, puis dans ceux de Valérie et enfin dans ceux d'Anne qui l'avait délivrée. Kiki tenait toujours par la main son jeune diplomate ; celui-ci n'allait pas terminer la nuit seul ! L'ambulance des pompiers avait enlevé le corps du juriste ripou. Kiki l'avait regardé passer sans chaleur :

« Bravo et merci Clotilde tu as eu sa peau ! Ce type aurait dû se méfier de toi. Tu vois Gérard, mon patron a raison quand il dit qu'il faut toujours se méfier des femmes qui ont de gros seins !

- C'est plutôt Anne qui a mis un terme à ses méfaits !

- A mettre dans le même panier, vous avez toutes de gros seins ! »

Riant aux éclats, elle allait entraîner son compagnon lorsqu'elle le planta là pour rejoindre en courant Valérie qui venait de lui faire un signe.

Les deux jeunes femmes disparurent rapidement dans les jardins.

« Que se passe-t-il ? »

Charles avait interrogé le nouveau copain de Kiki.

« J'ai vu son amie, la grande blonde, lui faire un signe, elle est partie très vite et je les ai vues s'enfoncer dans le noir. »

Quatre ou cinq coups de feu presque simultanés retentirent suivis d'un silence effrayant. Charles réagit aussitôt.

Fred, Anne ! Mettez nos invités à l'abri, les autres, suivez-moi.

Ils firent à peine cinquante mètres dans les jardins avant de trouver, couchées tête bêche sur le ventre Kiki et Valérie, cette dernière écrasant une autre femme blonde.

« Attention, nous ne savons pas combien sont ces fumiers... »

Valérie faisait son rapport tout en tenant fermement la troisième blonde.

« J'ai aperçu cette salope qui nous observait, il m'a bien semblé que c'était la blonde de la photo de Philippe, mais je n'en étais évidemment pas sûre. Avec Kiki, nous l'avons pistée et nous lui sommes tombées dessus ; elle n'a pas résisté longtemps mais elle avait au moins deux comparses qui la couvraient. Dès que j'ai vu qu'ils sortaient leurs armes, j'ai fait feu, deux fois, et puis deux fois pour les coups de sommation ! »

Zoran, suivi du Général Martel qui l'avait accompagné avait rapidement trouvé les deux amis de la blonde ; ils étaient morts les armes à la main, heureusement pas assez rapides pour Valérie.

« La médecine et la chirurgie sont à égalité pour constater leur impuissance face à leur état de santé. Leur état civil est définitivement clos ; avait lâché sans compassion le chirurgien militaire.

- Je vous ai donné suffisamment de travail par le passé, mon Général, lui rétorqua la Tropézienne en souriant. »

Philippe Lauriol avait pris Charles à part :

« Je m'occupe de faire disparaître ces deux-là, ne t'inquiète pas pour eux. Embarque la greluche blonde et fais-la parler. A dix contre un, c'est notre fameuse espionne du Mossad ; elle a certainement des informations à revendre. »

A la blonde, Philippe avait demandé poliment :

« Qui êtes-vous ? »

« Je m'appelle Géraldine Poquelin, je suis en voyage d'études en France, je suis une étudiante canadienne du Québec. »

Kiki se mit en devoir de fouiller la fille. Elle ne fut pas longue à trouver un Beretta comme les leurs et un rasoir à l'ancienne.

« Je ne sais pas ce que tu es censée étudier, ni où, mais tu me sembles surtout parée pour assassiner. Mes amis vont t'embarquer dans un endroit discret ; je crois qu'ils ont quelques comptes à régler avec toi et les tiens. »

Valérie tenait toujours la blonde par la tignasse.

« Poquelin ! Poquelin ! Et pourquoi pas Poquelin-Molière tant qu'à faire ? Ensuite, vous pourrez toujours essayer de me faire croire *qu'à Gonfaron, les ânes volent !* [70] »

S'adressant à Charles cette fois, Philippe reprit afin que la blonde l'entende bien :

« Je m'occupe de faire disparaître les cadavres de ces deux zozos, ne négligez rien pour faire parler celle-ci et si vous avez un accident, ne vous inquiétez pas, je vous débarrasserai discrètement de son corps. Ce serait même le meilleur moyen d'en purger définitivement le sol français. »

Ainsi bien conditionnée, la blonde fut bâillonnée, liée, mise dans un sac dans le coffre de la voiture de Charles puis transportée dans une pièce vide et sans fenêtre de La Bergerie.

---

[70] A Gonfaron, les ânes volent : Expression provençale proche de « *Mi prenes pèr un couioun* »

La blonde n'est pas bavarde

Jeudi 19 septembre

Charles savait qu'il avait affaire à une professionnelle ; pour la faire parler, il allait devoir jouer à malin, malin et demi avec elle !

« Mademoiselle, je ne vous souhaite pas la bienvenue parmi nous, ce serait malvenu. Une majorité de mes collaborateurs ici présents aimerait sans doute que nous nous débarrassions de vous une bonne fois pour toutes mais vous devez savoir beaucoup de choses intéressantes…

- Vous n'avez pas le droit de me retenir ici, c'est un kidnapping, j'exige d'être libérée immédiatement. Espèces de fumiers, je vais me plaindre auprès de votre police par le biais de mon ambas… »

Valérie s'était levée, elle avait giflé la fille de toutes ses forces la renversant, elle et sa chaise. Elle avait ensuite relevé le tout sans le moindre effort !

« Mon chef est poli avec toi, fais de même, salope ! Sinon, la prochaine fois, je t'*escagasse*[71] pour de bon !

- Valérie, laisse-moi une chance de faire comprendre son intérêt à notre invitée avant de te fâcher, avant de commencer à lui faire payer ce que vous avez souffert à cause d'elle et de ses amis.

Je vous prie de comprendre, Mademoiselle, la virulence de ma collaboratrice, votre rencontre semble l'avoir rendue un peu nerveuse, comme si de mauvais souvenirs refaisaient surface.

Géraldine Poquelin vous n'êtes pas. Vous n'êtes pas plus citoyenne de la Belle Province. Je suis intimement persuadé que vous êtes membre du Mossad, leader d'un *Kidon*[72] qui défraye la chronique en Europe depuis une demi-douzaine d'années. Depuis, pour être plus précis, que vous avez, de vos mains, tranché la gorge du Dr Yahya El Mashad dans la chambre 941 de l'hôtel Méridien à Paris le 14 juin 1980. Ensuite, vous avez fait assassiner une malheureuse prostituée, Marie-Claude Magal, parce qu'elle en savait trop sur vous.

---

[71] Provençal : Assommer, Mettre en morceaux, Détériorer.
[72] Kidon (Baïonnette en Hébreu), cellule active des services secrets israéliens chargée d'éliminer à l'extérieur les ennemis d'Israël.

- C'est faux !

- Si je me trompais, ce serait beaucoup plus grave pour vous. J'ai d'excellentes relations avec certains membres influents du Mossad et en échange d'un certain nombre d'informations, j'aurais plaisir, malgré tout, à vous remettre à eux, en bon état si possible.

Mais, si vous n'étiez pas membre du Mossad, cela voudrait dire que vous travailleriez pour les services secrets de Saddam Hussein, ceux qui ont tiré sur moi et failli tuer Madame Pietrelli. Vous seriez de la bande des amis de Saddam Hussein qui ont assassiné le gynécologue de Mademoiselle Sahoui, qui ont torturé et violenté mes deux collaboratrices assises à mes côtés. Vous seriez une collègue des quatre spadassins que j'ai dû exécuter sur le port de Gennevilliers.

Réfléchissez bien Mademoiselle, mais si vous persistez à vous prétendre agent de l'Irak, je vous jure que je vous donnerai moi-même, sans états d'âme, en pâture aux crocodiles du zoo de Vincennes.

- Je ne suis rien de tout cela, je suis Géraldine Poquelin, québécoise, étudiante en droit à Paris.

- Je n'aime pas beaucoup que l'on se moque de moi. Valérie, Kiki, Fred et Zoran, détachez cette vipère, déshabillez-la entièrement et refixez-la à sa chaise.

« Vous n'avez pas le droit ! C'est un viol ! »

« Qui t'a parlé de droit ? Salope d'espionne irakienne ; le droit est aujourd'hui une notion inconnue dans ton pays. Quant au viol, mes copines ici présentes pourraient t'en parler en connaissance de cause après avoir été prisonnières de tes amis. Et moi, j'ai passé deux semaines dans le coma à cause de tes frères ! »

Joignant le geste à la parole, Valérie avait balancé une nouvelle énorme gifle à la captive :

« Tiens, voici un second acompte ! Je laisse mes copains te dépoiler, ce devrait plus les amuser que moi. »

Elle n'avait par contre laissé à personne le soin de la lier solidement à sa chaise. Puis elle était sortie avec Charles.

« Valérie, viens avec moi, je ne te laisse pas seule avec la prisonnière ; j'aimerais qu'elle soit encore vivante la prochaine fois que j'aurai envie de l'interviewer.

- J'ai juste voulu un peu l'impressionner. Sans action psychologique préalable, ces gens-là ne parlent jamais. De toute façon, elle a suffisamment de sang sur les mains pour ne pas m'inspirer de pitié.

- Tu as une drôle de manière de situer l'action psychologique ! Il y a des moments où je me demande si tu ne serais pas la fille cachée de l'indestructible Obélix et de la splendide Falbala.

- Mais non, Charles, Falbala a épousé Tragicomix.

- Mais Obélix a été très épris d'elle… Et Obélix était irrésistible !

Plus j'y songe et plus je trouve mon hypothèse séduisante : la force d'Obélix et le charme de Falbala…

- Et toi, qui serais-tu ? Abraracourcix, le Chef ou Panoramix, celui qui donne la potion magique, ou Astérix le malin petit Gaulois ? »

Charles savait Valérie incollable sur « *Astérix le Gaulois* » ; seule sa tante Marie, la sœur de sa mère, professeur de Lettres à la Sorbonne, était capable de rivaliser sur le sujet avec la Tropézienne !

« Au fait, ton enquête sur Dimitri ?

- Je crois progresser, mais rien de concret encore. »

Anne et Clotilde étaient restées seules avec la captive.

«Nous savons très bien qui vous êtes, c'est votre chance, sinon, vous seriez déjà dans le ventre des crocodiles. La balle est dans votre camp ; ou vous acceptez de discuter sérieusement avec nous et vous serez libérée, ou vous persistez dans votre comportement négatif et dans ce cas… je crains que vous ayez quelques soucis avec notre amie Valérie. Elle est tellement certaine que vous travaillez pour les Irakiens qu'elle est capable de venir vous exécuter ici froidement sans autre forme de procès.

- J'ai soif ! Je veux aller aux toilettes !

- Désolées, ceci ne fait pas partie de nos attributions. Vous avez sûrement été entraînée pour faire face à ce type de situation. Bonne nuit ! »

Jeudi 19 septembre

Charles avait tenté de joindre l'antenne parisienne du Mossad ; les contacts qu'il y avait étaient tous étrangement absents ou en congés. Manifestement, personne n'osait prendre la responsabilité d'engager un quelconque dialogue avec lui.

Charles avait visité par deux fois la prison de la blonde. Une odeur infecte d'excréments et d'urine l'avait saisi dès son entrée ; à bout de forces, elle avait fait ses besoins sous elle.

« J'ai soif ! »

Il avait remis sa chaise sur ses pieds.

« Qui êtes-vous ?

- Plutôt mourir.

- Bon courage alors ! »

Charles détestait ce qu'il était en train de faire, cette fille avait un cran formidable ; il savait très bien qu'il la relâcherait. Il aurait aimé l'avoir déjà fait si, au Mossad, quelqu'un avait été capable de prendre la décision qui s'imposait : discuter avec lui.

Il avait passé toute la journée avec son image devant les yeux. Charles avait toujours été violemment opposé à la torture, mais il ne pouvait non plus renoncer à faire pression sur l'espionne tant que celle-ci les narguerait, tant que peut-être une menace mortelle rôdait autour de ses troupes.

En fin d'après-midi, il était retourné la voir avec Clotilde.

« Qui êtes-vous ?

- Géraldine Poquelin.

- C'est faux ! Je ne comprends pas votre stratégie, pas plus que celle de vos chefs à Paris. Israël ne va pas renouveler le Raid sur Entebbe pour vous sortir de-là. Ils ne peuvent rien contre nous tant que nous sommes ici ; à moins de déclarer la guerre à la France et de l'envahir ! S'ils attendent pour accepter de discuter avec nous d'avoir épuisé toutes les hypothèses militaires, vous serez morte depuis longtemps.

- Je n'attends rien d'eux, je ne suis pas citoyenne d'Israël ; je suis canadienne.

- Non, votre passeport est un faux ; un faux de qualité, mais un faux. J'ai vérifié cet après-midi auprès de l'ambassade du Canada. Les Canadiens sont furieux, cela fait plusieurs fois qu'ils demandent à votre gouvernement de cesser d'utiliser de fausses identités canadiennes pour vos couvertures.

Vous n'êtes jamais entrée dans ce pays, vous n'y existez pas ! Personne ne réclamera votre cadavre ! »

La blonde n'avait pourtant pas craqué.

Vendredi 20 septembre

Philippe Lauriol était venu discrètement prendre des nouvelles ; sa hiérarchie était très excitée. La blonde avait officiellement regagné Israël, quelques mois après l'assassinat à Athènes le 21 août 1983 du leader palestinien Mamoun Meraish, pour s'y consacrer à ses études de droit. Sa présence sur la terre de France était une violation des accords tacites conclus entre la France et Israël au plus haut niveau et sans doute l'illustration de l'importance du réseau d'espionnage découvert par Escort. Là où les Irakiens se trouvaient, les Israéliens étaient toujours en observateurs très attentifs. L'affaire du réacteur nucléaire Osirak, construit en Irak avec la coopération de la France, empoisonnait les relations entre les deux pays depuis des années. L'inconscience, il faut bien l'appeler ainsi, des Français dans cette affaire rendait les services secrets d'Israël quasi hystériques !

Charles était maintenant persuadé que le Mossad ne bougerait en aucun cas avant le week-end. Le courage de la jeune femme l'impressionnait de plus en plus et forçait son admiration ; il décida de changer de tactique : seuls les imbéciles ne changent pas d'avis ! Il prit Clotilde et Anne avec lui et se rendit auprès de leur prisonnière. Elle paraissait vraiment en mauvais état ; une journée de plus sans boire et il faudrait sans doute la réhydrater en milieu hospitalier.

« Qui êtes-vous ? »

Il n'obtint aucune réponse.

« Vos chefs n'osent pas faire le nécessaire pour obtenir votre libération ; je n'ai pas l'intention de vous laisser mourir tout de suite à cause de leur manque d'initiative. Aujourd'hui, demain et dimanche, vous allez pouvoir boire, manger, vous laver, dormir comme si vous étiez dans une prison civilisée ! Je ne vous demande rien en échange. Si vous voulez quelque chose de spécial, demandez-le. Mais lundi, nous recommencerons la diète, le reste, et probablement davantage... »

Charles avait fait chercher un lit dans une chambre de La Bergerie et un matelas.

« Vous pourrez dormir confortablement ainsi. Vous n'aurez pas de draps, je n'aimerais pas que vous vous pendiez avant d'avoir parlé.

Valérie et Kiki vous accompagneront dans une salle de bains. Elles ne vous quitteront pas des yeux une seconde… »

Anne était retournée la voir tard dans la soirée, escortée par Kiki et son Beretta.

« Je n'ai pas d'armes, mais ma coéquipière monte bonne garde dehors, et elle, elle est armée.

- Je ne suis pas folle. Moi aussi, je sais qui vous êtes. Je craignais que vous travailliez pour les Irakiens ou les Iraniens, mais dans ce cas, vous m'auriez déjà livrée à eux.

- Je vais chercher Charles et Clotilde. »

Anne était allée chercher Clotilde et Charles dans le lit de celui-ci :

« Navrée de vous interrompre dans vos travaux pratiques, notre amie semble disposée à nous raconter des choses intéressantes.

- Que lui as-tu fait ?

- Rien ; comme prévu, notre brutal changement d'attitude l'a rendue plus coopérative.

- Battons le fer tant qu'il est chaud ! »

Quelques instants plus tard, ils s'étaient retrouvés dans l'appartement de leur captive.

« Que voulez-vous savoir ?

- Tout et même un peu plus…

- Soyons clairs, si mes amis, apprenaient un jour que je vous ai informés, ils me liquideraient sans la moindre hésitation.

- Je ne désespère pas d'obtenir rapidement la venue d'un de vos chefs parmi nous qui puisse vous donner l'autorisation de nous informer, ou qui nous informerait lui-même.

- Ce serait l'idéal, mais y croyez-vous réellement ?

- Je n'y crois pas, j'en suis certain ; au plus haut niveau de votre hiérarchie, dans le « Hadar Dafna Building[73] » du boulevard King Saul à Tel-Aviv, j'ai d'excellentes relations…

[73] Quartier Général du Mossad

Cet homme curieux qui la regardait bizarrement de ses yeux à la surprenante couleur la troublait au plus profond de son esprit, de son corps. Sa profession l'avait obligée à coucher avec beaucoup d'inconnus ; si elle avait été libre, elle se serait jetée dans ses bras, elle l'aurait imploré, supplié jusqu'à ce qu'il lui ouvre son lit.

Anne comprenait la position de la jeune femme, elle la respectait tellement qu'elle se permit de suggérer :

« Si vous parliez ce soir, ceci pourrait-il changer le cours de certaines choses ?

- Absolument pas ; vous avez éliminé tous les protagonistes de cette affaire susceptibles de nuire aux intérêts de la France, et même quelques correspondants ou amis de mon pays.

- Ce serait bien que vous attendiez le feu vert de votre hiérarchie pour nous parler ; vous n'aurez ainsi aucune mesure de rétorsion à craindre de leur part.

Ne vous méprenez pas sur notre changement d'attitude, il a été conditionné par votre désir de coopération. Si je devais me rendre compte d'une ruse de votre part, vous auriez le choix entre les crocodiles du zoo de Vincennes, les services secrets de Saddam Hussein et pourquoi pas, ceux de l'Ayatollah Khomeini. »

Charles était ravi de la nouvelle tournure des événements :

« Si un jour, vous décidiez de quitter Israël pour venir en France, nous serions peut-être heureux de vous accueillir parmi nous !

- Mais je ne vous ai jamais dit que j'étais Israélienne !

- C'est vrai ; j'aurais pourtant aimé vous permettre de vous habiller un peu ! Mais Valérie me dit que les espionnes irakiennes ont l'habitude de se pendre avec leurs vêtements… »

Mardi 24 septembre 1985

Ils avaient profité du week-end pour aller voir le Pont-Neuf emballé par Christo. Pour Charles, c'était « *surprenant* » ; Kiki avait trouvé ça « *marrant* », Laure et Clotilde n'avaient pas émis d'opinion et Valérie avait trouvé honteux que l'on puisse camoufler, dissimuler aux yeux des touristes venus de loin d'aussi belles pierres.

Charles commençait à s'impatienter sérieusement à propos de leur prisonnière. S'il éprouvait une certaine admiration pour son caractère bien trempé et son intelligence, il n'oubliait pas non plus qu'elle avait froidement fait assassiner la malheureuse prostituée Marie-Claude Magal dont le seul tort avait été de lui faire confiance. Il n'était pas homme à renier sa parole et la jeune femme bénéficiait maintenant de conditions de détention plus honorables que lors de son arrivée. Il savait néanmoins qu'ils devaient se méfier de cette vipère ; si elle en avait l'occasion, elle n'hésiterait pas à tuer de sang-froid n'importe qui pour tenter de recouvrer sa liberté. Anne et Clotilde approuvaient sans réserve l'attitude modérée de Charles vis-à-vis de la fausse canadienne, mais Valérie, Kiki et Laure étaient toutes prêtes à en découdre avec elle. Laure au nom de la malheureuse Marie-Claude Magal et Valérie parce qu'elle souscrivait entièrement aux sentiments de son amie Laure et que la « *vipère blonde* » lui déplaisait :

« Je lui ai déjà mis deux ou trois pastèques[74] de la droite, j'aimerais bien lui en mettre autant de la gauche, histoire qu'elle se rende compte que j'ai bien récupéré de ma rencontre avec ses amis ! »

Les hommes du Mossad étaient restés complètement sourds aux multiples appels de Charles ; il était pourtant certain qu'elle était des leurs. Il répondit au téléphone intérieur qui venait de sonner, on l'appelait de La Bergerie, il reconnut tout de suite la voix chantante de Valérie et son accent sentant bon la farigoule et le romarin comme un livre de Pagnol :

---

[74] Argot du rugby provençal : Coups violents. Du côté d'Agen, on dit des « prunes » ou des « pêches ».

« C'est Valérie, Charles ; si tu n'es pas trop occupé, ce serait bien que tu montes ; rien de grave, mais si tu peux monter…

- J'arrive ! »

La voix de Valérie ne reflétait aucune angoisse mais Charles imagina tout de suite qu'il s'était passé quelque chose avec la prisonnière.

« Elle a cherché à s'évader en sautant sur Kiki…

- Kiki est blessée ?

- Oh, non ! Mais je crois qu'elle a eu la main un peu lourde ; elle l'a sérieusement escagassée ! »

Ils étaient arrivés devant la pièce qui servait de cellule à l'Israélienne depuis près d'une semaine, la porte était entrouverte. Charles vit tout de suite le corps inerte de la blonde couchée sur le flanc, il eut peur qu'elle ait reçu un coup fatal.

« T'inquiète pas, elle respire cette conne ; je l'ai mise en PLS[75] des fois qu'elle voudrait vomir un peu.

- Que s'est-il passé ?

- Je suis passée la voir pour lui demander gentiment si elle voulait boire ou manger quelque chose. Je lui ai fait un café et porté un croissant qui restait du petit-déjeuner. Nous avons discuté un moment ; elle me disait qu'elle avait eu beaucoup de chance de tomber sur nous, qu'elle appréciait que finalement nous la traitions bien et « bla et bla et bla » !

Ensuite, elle m'a demandé si je pouvais la détacher et la conduire aux toilettes. Certes, j'aurais dû appeler Valérie, mais elle paraissait bien peu agressive. Heureusement, je suis restée vigilante et elle a décidé de me sauter dessus tout de suite. Cette salope a tenté de m'étrangler.

- J'ai l'impression, vu son état, que cette étreinte t'a déplu !

- Plutôt oui ! Je suis sûre que cette ordure, elle m'a choisie parce que je suis la plus petite.

- Alors, tu t'es sentie vexée ! Et une Kiki vexée en vaut deux !

- Oui, je crois que je me suis un peu énervée sur elle… »

La gloire du Mossad avait pris une sérieuse leçon. Charles vérifia qu'elle n'était pas en danger de mort. En vieux joueur de rugby, il fit

---

[75] Position latérale de sécurité : Il ne faut jamais laisser sur le dos une victime inconsciente qui respire, sa langue ou ses vomissements risquant de l'étouffer.

chercher une éponge d'eau très fraîche qu'il utilisa pour la faire ressusciter.

Ils attendirent un bon quart d'heure avant qu'elle reprenne ses esprits.

« Décidément, on ne peut pas vous faire confiance ; je croyais que nous avions conclu un pacte de civilité. S'évader est un droit sacré pour tout prisonnier, mais vous n'étiez plus considérée ici comme une véritable prisonnière. Nous allons revenir aux bonnes vieilles méthodes.

- Vous êtes tous des sauvages ! Mes amis vous détruiront !

- Vos amis les étudiants canadiens ?

Attachez-la de nouveau sur sa chaise ! Pas le moindre vêtement, et plus rien à boire ni à manger jusqu'à nouvel ordre.

- Salauds !

- Je vous préviens que si vous continuez à nous insulter, cette fois, ce sera à Valérie que vous aurez affaire, avec ma bénédiction et une couverture absolue en cas de bavure ! »

Le soir, Valérie lui installa une bouteille pleine d'eau entre les cuisses avec une paille pour pouvoir boire.

« C'est une largesse de la maison ! Ordre du Chef ! »

L'autre ne répondit pas.

« Qui t'a appris la politesse ? Il paraît que tu as fait des études de droit ; ils auraient mieux fait de t'apprendre à dire : merci Madame, s'il vous plaît Madame et tout le reste ! »

Anne était arrivée juste à temps ; le mutisme de la fausse canadienne n'allait pas tarder à avoir raison de la patience de la grande Tropézienne !

« Valérie a raison, vous êtes très décevante. Que vous ayez tenté de vous évader malgré nos accords, je veux bien l'admettre. Kiki a dû se résoudre à vous corriger un peu ; vous auriez pu être belle joueuse. Ce n'est quand même pas de notre faute si vos copains n'ont rien à faire de vous. Si je peux me permettre un conseil, n'énervez pas trop Charles en continuant à mal vous comporter. Pour le moment, il est votre dernier soutien. Sans lui, vous seriez déjà entre les mains des hommes de Saddam Hussein ou de ceux de l'Ayatollah ; vous paraissez beaucoup les intéresser, ils nous ont proposé beaucoup d'argent pour vous récupérer… »

Anne était sortie sans un mot de plus. Passant près de l'Israélienne, Valérie avait volontairement renversé la bouteille d'eau qu'elle lui avait installée quelques minutes auparavant :

« Oh ! Dommage, il n'y aura pas de deuxième tournée aujourd'hui, j'ai terminé mon service… Si tu veux boire, tu lécheras par terre, comme une chienne que tu es.

Je ne sais pas ce qui me retient de te filer une véritable correction, probablement la peur de te tuer sans que tu aies eu le temps de te mettre à table, de répondre de tes crimes. Moi, je suis certaine que tu travailles pour ces salopards d'Irakiens de Saddam Hussein, ceux qui m'ont tiré dessus. Je te jure que je vais te le faire payer dès que les autres auront le dos tourné. Et si tu es vraiment celle que dit Charles, je vais te faire payer l'assassinat de la copine de Séverine et de Laure. Tu penses peut-être que la vie d'une prostituée ne vaut pas grand-chose, qu'on peut l'assassiner comme on écrase une fourmi ; je vais te démontrer le contraire. Tu ne t'en tireras pas avec une balle dans la tête ! Ce serait trop doux pour toi !

Je vais te tuer, je te le promets, dès que l'occasion se présentera. Et ce sera *avant que l'on ramasse les noix avec des fourches*.[76] »

Et elle était sortie. Après qu'elle eût fermé la porte, elle entendit leur pensionnaire s'effondrer en larmes et piquer une crise de nerfs.

---

[76] Cette expression provençale n'a pas besoin de traduction !

Mercredi 25 septembre

Charles avait appelé à nouveau son correspondant du Mossad à Tel-Aviv ; on lui avait dit qu'il était encore absent, mais cette fois, en l'assurant de l'examen du problème en haut lieu. Son ami, lui avait-on affirmé, se démenait pour faire avancer les choses et, de toute façon, il allait le rappeler dans la journée.

« Les Irakiens m'appellent dix fois par jour pour me la demander en échange d'un fabuleux paquet de dollars, ne m'obligez pas à la leur livrer ni à donner satisfaction à mes collaborateurs qui bouillent d'envie de la donner à manger aux crocodiles du zoo de Vincennes. »

Il connaissait bien les lourdeurs des administrations et il imaginait sans peine que son allié dans la place, probablement fraîchement rentré de vacances, devait se battre comme un beau diable pour obtenir les autorisations nécessaires à l'ouverture d'un dialogue.

Pendant le déjeuner pris ensemble à La Bergerie, Séverine exprima le souhait de parler à leur captive.

« Je voudrais lui parler de Marie-Claude Magal... »

Charles avait réfléchi et donné son accord ; il avait accompagné lui-même la belle rousse auprès de l'espionne. Séverine avait souhaité que son interlocutrice fût libre de ses mouvements lors de leur entretien et aussi propre et habillée. Avant de les laisser seules, Charles avait prévenu :

« À l'extérieur, Valérie et Kiki vont monter la garde ; si vous sortez d'ici, vous serez abattue sans sommation, comme une hyène. Si vous touchez à un seul cheveu de Mademoiselle, je vous jure que je vous égorgerai moi-même avec votre rasoir comme vous avez égorgé le Dr Yahya El Mashad. Et, croyez-moi, je tiens mes promesses, toutes mes promesses. »

Trois heures plus tard, Séverine sortait manifestement retournée, mais la tête droite :

« Elle veut parler à Charles. »

Anne trouva Charles au téléphone, il lui fit signe d'entrer :

« Je comprends que tu aies du mal, mais nous ne pouvons garder cette fille éternellement ici. Nous avions un peu adouci ses conditions de détention, elle en a profité pour tenter de s'évader en cherchant à étrangler une de mes filles.

. . . .

Elle m'avait donné sa parole qu'elle n'en profiterait pas pour tenter de s'évader. Elle avait manifestement choisi de s'attaquer à la plus petite de ses gardiennes, elle a pris une sacrée dérouillée.

. . . .

Elles ne sont payées ni pour se faire tabasser ni pour se faire canarder, comprends-le !

. . . .

Oui, bien sûr, je te fais confiance, mais dis-leur qu'il y a urgence ! »

Charles avait raccroché.

« Séverine vient de sortir de son entretien avec la blonde ; il paraît qu'elle veut te parler.

- D'accord, j'arrive. »

Laure avait prêté un slip et un débardeur à la captive ; assise sur sa chaise, libre de toute entrave, elle paraissait complètement abattue.

« Je ne crains pas que vous me donniez en pâture aux crocodiles du zoo de Vincennes ; je suis convaincue que vous ne souhaitez pas me livrer aux sbires de Saddam Hussein ; je conçois par contre que l'inertie de mes supérieurs vous conduise à me livrer à vos services secrets et ensuite à la police de votre pays. Nous avons vu récemment que vos prisons ne sont pas sûres pour leurs occupants, le commissaire Leboucq en a fait les frais ; je pense que j'en serais également victime si je devais y être incarcérée. Trop de notables de ce pays sont liés, pour ne pas dire pire, aux pétrodollars irakiens. Sortie de chez vous, ma vie ne vaudra plus un centime.

Jusqu'à ce matin, j'étais fière de ce que j'avais fait depuis que j'ai intégré le Mossad, je ne regrettais aucun des assassinats pour lesquels j'avais reçu une mission de mon gouvernement. Mon pays est en guerre depuis sa création, assailli par toutes sortes de terroristes et je croyais de bonne foi que ceci justifiait toutes ces exécutions.

Et puis Séverine est venue, sans haine face à moi ; elle m'a dit :

- Tu sais, ce n'est pas à toi que j'en veux, tu n'étais qu'un pion et j'aimerais pouvoir te pardonner un jour.

- Mais le pion que j'étais a tué son amie. Elle m'a raconté leur vie de galère, la manière dont elles économisaient péniblement pour un jour pouvoir se libérer de leurs souteneurs et monter ensemble un salon de coiffure. Notre mission s'est mal passée et mes équipiers m'ont convaincue qu'il fallait éliminer cette malheureuse jeune femme. J'étais le chef du groupe, je ne cherche pas à m'abriter derrière les autres, c'est moi qui ai commandé son exécution quand nous avons appris, par une fuite, que la DST l'avait à nouveau convoquée pour l'interroger.

Je ne serai jamais la même femme ; j'ai imploré son pardon, mais je sais que je ne pourrai jamais réparer le mal que j'ai fait. Je ne me remettrai jamais de cet entretien bouleversant que je viens d'avoir avec elle ; je me sens détruite moralement.

Est-ce que vous pourriez me laisser du papier, des envelopppes et un stylo à bille ? Je voudrais écrire cette nuit. »

Seul Charles pouvait prendre ce genre de décision après ce qui s'était passé la veille :

« Entendu, mais vous ne resterez pas seule ; les filles se relaieront deux par deux pour vous surveiller, je n'ai pas envie de vous voir avaler votre plume !

Quand vous la laisserez, vous lui enlèverez ses vêtements ; on ne peut pas imaginer quelles conneries elle est encore capable d'inventer. Elle ne doit pas mourir sans avoir parlé. »

Eclaircie générale

Jeudi 26 septembre

Lorsque Charles était arrivé à son bureau ce matin, Evelyne, la standardiste l'accueillit le sourire aux lèvres comme chaque matin.

« Votre ami de Tel-Aviv a appelé il y a une heure, il ne s'était pas rendu compte du décalage horaire ; il devrait rappeler dans quelques minutes...

- Et puis Valérie est sortie ce matin de très bonne heure, elle appellera entre midi et deux heures pour savoir s'il y a du nouveau. Elle m'a demandé de vous prévenir qu'elle est peut-être sur le point d'aboutir. »

Charles en s'installant à son bureau se rendit compte qu'il avait oublié quelque chose :

« Evelyne, pouvez-vous venir me voir s'il vous plaît ? »

Elle était arrivée aussitôt, un peu inquiète quand même.

« Evelyne, depuis quatre mois, nous marchons un peu la tête à l'envers avec l'affaire du *Frisé*. Je crois que vous vous entendez bien avec Madame Grouvard...

- Oh ! Oui Monsieur ! Elle est super-sympa.

- Elle vous aime bien elle aussi, elle aimerait vous avoir comme secrétaire quand elle va commencer à travailler ici.

- C'est vrai ?

- Nous en avons parlé ensemble ; je lui ai donné mon feu vert.

- C'est trop génial ! Et quand commence-t-on ?

- Dès qu'elle travaillera officiellement avec nous, d'ici un ou deux mois, dès que le médecin aura donné son feu vert. »

Le téléphone s'égosillait pendant ce temps, Evelyne était partie comme une folle.

« Monsieur, c'est votre correspondant de Tel-Aviv ! »

Une demi-heure plus tard, Charles sortait de son bureau, l'air réjoui. Il avait fait appeler Pablo qui était en bas dans les locaux de

Barberg, Anne qui s'affairait dans ses papiers et Clotilde qui organisait son futur bureau.

« Nous allons recevoir cet après-midi le vrai responsable du Mossad à Paris ; ils m'ont promis que tout serait limpide entre nous. »

Ils étaient montés pour boire un café à La Bergerie.

Clotilde avait trouvé « *un drôle d'air* » à Evelyne :

« Je ne sais pas ce qu'elle a ce matin, on la dirait sur un nuage ; elle est peut-être amoureuse !

- On aurait pu lui annoncer qu'on n'avait pas oublié sa promotion. »

Kiki avait été chargée d'aller chercher la fausse Géraldine.

« Elle a écrit jusqu'à deux heures du matin cette nuit ; on aurait dit qu'elle rédigeait son testament !

- Avant qu'elle ne te saute à la gorge, explique-lui que tout va pour le mieux. Je serais confus si tu devais lui administrer une nouvelle correction et qu'elle soit un peu plus bosselée pour l'arrivée de son chef ! »

Deux minutes plus tard, « *Géraldine* » était arrivée suivie de Kiki qui la tenait en respect avec son Beretta.

« Votre responsable à Paris sera dans nos murs à 15 heures.

- Mordechaï L.... ?

- Non, pas lui, le vrai responsable : Isaac D....

Le dernier problème a été résolu ce matin ; je tenais absolument à ce que Philippe Lauriol, l'homme de la DST, soit partie prenante à nos entretiens. Vos amis étaient très réticents...

Tzipi, il est impossible de sortir d'ici subrepticement... »

La jeune femme avait tressailli à l'énoncé de ce prénom : il connaissait sa véritable identité.

« Vous avez ma parole d'officier, Monsieur, que je ne vais pas solliciter une nouvelle leçon de Kiki.

- Kiki, tu peux ranger ton flingue ! »

Pendant qu'ils prenaient le café, Charles regardait la jeune femme avec intérêt. Il avait détesté qu'elle ait tenté de s'évader, qu'elle ait essayé d'étrangler Kiki ; mais il ne pouvait s'empêcher de l'admirer. Elle n'aurait pas déparé parmi ses filles ; elle était moins costaud qu'Anne, que Kiki et évidemment que Valérie mais elle était, elle aussi, indomptable, animée d'un courage à toute épreuve et certainement incorruptible.

Deux voitures blindées avaient déposé une demi-douzaine de gorilles, armés jusqu'aux dents, rue de la Pompe. Le petit homme qui était descendu d'une des deux Mercedes ressemblait à s'y méprendre à Woody Allen. Charles était venu l'accueillir dans le hall d'entrée de Barberg.

Le faux Woody Allen avait été impressionné par le luxe de sécurité qui protégeait les bureaux d'Escort.

Prise dans des embouteillages, Valérie avait téléphoné et prié qu'on veuille bien l'attendre un petit quart d'heure. Puis, Charles avait ouvert la réunion et tout de suite donné la parole au chef du Mossad.

« Ma hiérarchie m'a demandé de jouer cartes sur table avec vous. Nous avons longuement tergiversé car nous ne souhaitions pas la présence d'un représentant des services secrets français et vous, vous l'exigiez.

Depuis quatre mois nous avons perdu, deux hommes à nous la semaine dernière, et plusieurs indicateurs qui travaillaient au suivi des réseaux de Saddam Hussein en France ; en plus, vous détenez une des nôtres prisonnière. Il est évident que si, dès la fusillade de Colombes, nous avions pris contact, nous aurions évité, aux uns et aux autres bien des ennuis, nous aurions sauvé quelques vies même si certaines victimes n'ont aucune raison d'être pleurées !

Tzipi, je te confirme que tu peux dire à ces messieurs et à ces dames tout ce que tu sais de cet imbroglio.

Avant de lui passer la parole, je voudrais vous dire que nous sommes navrés d'avoir dû faire revenir en France notre amie Tzipi contrairement aux engagements que nous avions pris auprès de votre Président. Mais, ainsi qu'elle va vous l'apprendre, elle avait des relations particulières avec plusieurs personnes impliquées et nous savions que ce réseau était devenu particulièrement dangereux puisque non seulement il vendait vos secrets nucléaires stratégiques aux Irakiens, mais aussi commençait à les proposer à d'autres pays terroristes dont la Corée du Nord et probablement l'Iran.

Dès que vous aurez décidé de nous remettre notre collaboratrice, nous la rapatrierons en Israël où l'attendent ses études de droit interrompues et la perspective de fonder enfin un foyer.

- Isaac vient de vous décrire la généralité de l'intervention que j'ai menée dans cette histoire que nous appellerons en effet : *l'affaire du Frisé*. *Frisé* qui nous a donné bien du fil à retordre.

J'avais en 1980, après la lamentable affaire Marie-Claude Magal…

Le faux Woody Allen avait interrompu sa jeune collaboratrice :

« Mais ceci ne fait pas partie des accords que nous avons pris avec Monsieur Le Barp ! Reviens à notre sujet direct…

- Isaac, ils savent tout de cet épisode ; c'est d'ailleurs ainsi qu'ils ont remonté ma piste et qu'ils m'ont interceptée. La seule chose qui leur manquait, c'était une photo m'identifiant. Je vous avais déjà informés combien le meurtre absurde de cette innocente m'avait traumatisée. J'ai rencontré l'amie de Marie-Claude Magal, j'ai été bouleversée par cet entretien ; ma décision de quitter le Mossad est maintenant irrévocable.

Donc, à la fin de l'automne 1980, alors que j'attendais une autre mission, j'avais lié connaissance avec un curieux jeune homme russe qui semblait traîner, au Quartier Latin, de bistrot en bistrot, à la recherche d'aventures faciles et rapides. Je me suis rapidement rendue compte qu'il recrutait pour *Le Frisé* ; je lui ai expliqué que j'étais étudiante canadienne, que j'avais suffisamment d'argent pour vivre sans devoir vendre mon corps. J'aurais dû mettre un terme immédiat à notre relation, mais, son passé de déserteur de l'Armée Rouge excitait ma curiosité. J'ai donc entretenu, avec lui, une liaison régulière qui a duré jusqu'à ce que je quitte la France, à la demande de votre gouvernement, il y a un peu plus d'un an. Je lui avais dit que ma famille était partiellement d'origine russe et que je parlais un peu la langue de son pays. Je me suis longtemps demandée s'il faisait, ou pas, partie du KGB ; c'était une des raisons pour lesquelles je restais en contact étroit avec lui. Le fait qu'il parlât aussi bien le français m'avait étonnée et contribuait à ce que je le suspectasse d'appartenir aux services secrets de son pays. Il m'avait expliqué qu'une de ses grands-mères avait travaillé à la cour du Tsar avant la révolution, qu'elle était très fière d'y avoir appris le français et qu'elle le lui avait enseigné à son tour.

Le passé de Dimitri dans les commandos d'élite de l'Armée Rouge avait impressionné *Le Frisé* qui en avait très rapidement fait un de ses favoris. Un jour, Dimitri m'a présentée au *Frisé* ; pendant des semaines, il a relancé Dimitri pour me mettre sur le trottoir. Heureusement, je pouvais justifier de revenus suffisants me venant, soi-disant, de mes parents !

La béatitude de leur sexe rend la plupart des hommes bavards. En fait les seuls qui fassent exception sont probablement les professionnels du renseignement comme vous Charles, comme toi Isaac. Dimitri n'était pas un professionnel du renseignement ; et j'ai fini par apprendre tout sur le fonctionnement de la bande du *Frisé*. Pour en savoir un peu plus et pour connaître la fameuse *École Privée*, j'ai même proposé à Dimitri de l'aider à compromettre dans leur délictueuse entreprise un savant français dont nous savions qu'il était déjà très pro-irakien. Mon statut d'étudiante me facilitait l'approche et la séduction de ces professeurs et savants assez âgés très souvent attirés par les jeunes et candides colombes !

J'ai ensuite croisé le trajet d'un éminent énarque du Ministère de la Justice, Paul Lemancheau. Il avait pratiquement le double de mon âge ; c'était un amant répugnant et un véritable pervers sexuel comme vous le savez Clotilde et Laure pour l'avoir expérimenté. Mais il avait plusieurs qualités selon moi : c'était un très haut fonctionnaire d'une part, il était très pro-israélien d'autre part. Après avoir testé sa discrétion, je lui ai indiqué que je faisais partie d'une association luttant contre l'influence du lobby irakien en Europe. Mon jeune âge lui a masqué que je pouvais appartenir au Mossad ; peut-être l'avait-il compris, mais il ne m'en a jamais parlé, se satisfaisant de profiter de mon corps. Dans un premier temps, il me renseignait uniquement sur tout ce qu'il observait à droite et à gauche susceptible d'intéresser ma soi-disant association. Nous avons réussi à introduire Lemancheau parmi les VIP qui fréquentaient *L'École Privée*. Officiellement, il n'était qu'un petit fonctionnaire qui se démenait pour obtenir quelques vrais faux papiers pour Dimitri et pour les Russes qui pourraient le rejoindre. *Le Frisé* le recevait avec les honneurs à la demande de Dimitri auquel « *Le Mono* » était censé rendre service.

Il m'a fallu presque trois ans pour démasquer Leboucq. Bien sûr, Dimitri me parlait de *La Voix* qui donnait des instructions au *Frisé*, qui lui donnait les noms de ceux et celles qu'il devait corrompre ou faire tomber, mais je n'arrivais pas à en savoir plus. Dimitri ne savait rien de l'identité de ce personnage essentiel ; en fait ceci ne le préoccupait pas le moins du monde. J'allais me résoudre à laisser tout tomber lorsque Dimitri a décidé d'effectuer une longue mission au Liban et au Pakistan ; il devait prendre contact avec d'autres déserteurs de l'Armée Rouge. *Le Frisé* se figurait, sans doute à juste titre, que son succès risquait d'attiser certaines jalousies ; il avait conçu le projet de se doter d'une garde prétorienne d'anciens commandos d'élite russes placés sous la houlette de Dimitri. J'avais prévu d'aller me protéger de la convoitise du *Frisé* dès le lendemain du départ de Dimitri en allant dormir ailleurs. Hélas, le soir même, avec quatre de ses proches, il était déjà chez moi.

Le lendemain, lorsqu'ils sont enfin partis, *Le Frisé* m'a demandé si j'avais compris pourquoi c'était lui le Chef ! J'avais beau avoir passé une nuit cauchemardesque, il me restait quelques réflexes et je lui ai répondu que c'était une expérience inoubliable mais que pour me remercier de mes faveurs, il pourrait m'offrir une nuit avec *La Voix* dont j'avais entendu dire qu'il était un sommet de perversité. Trois jours plus tard, il est venu me revoir en me proposant un rendez-vous chez moi avec le célèbre inconnu pour le samedi soir suivant à condition que j'accepte de poursuivre ma liaison avec lui jusqu'au retour de Dimitri.

J'avais été prévenue que l'individu était relativement impuissant et très vicieux et aussi qu'ils feraient en sorte que je ne puisse ni voir ni entendre quoi que ce soit. Le jour dit, à l'heure dite, accompagné du seul *Frisé*, il est venu chez moi comme prévu. Le soir de sa venue, l'immeuble fourmillait d'hommes et de femmes à nous. Le studio à côté du mien appartenait à notre organisation, il servait de poste de commandement. Des micros affleurant la tapisserie permettaient d'écouter tout ce qui se disait, plusieurs caméras dernier cri de la technologie surveillaient toutes les pièces du studio, toilettes comprises. Le lendemain, regardant les films pris sur mes instructions, découvrant Leboucq, j'ai vomi en visualisant ce que nous avions fait ensemble.

J'ai vomi, mais nous le tenions enfin ! Découvrir ses coordonnées ne fut qu'un jeu d'enfant. Vos services secrets n'étaient jamais parvenus à m'identifier, et nous ne voulions pas courir le risque qu'ils y parvinssent. Je devais donc quitter la France le plus rapidement possible. Nous avons heureusement pu filmer Leboucq entrant discrètement en compagnie du *Frisé* dans la propriété qu'ils appelaient *L'École Privée*.

Lemancheau a pris ma relève ; il a fait parvenir à Leboucq des photos le montrant entrant à *L'École Privée* et une photo prise chez moi me montrant en train de le fouetter, manifestement à sa demande ! Leboucq ne savait rien de Lemancheau, sinon qu'il téléphonait depuis le ministère de la place Vendôme pour lui donner ses instructions et lui demander des nouvelles de ce qui se passait chez *Le Frisé*. Dimitri, à qui j'avais expliqué que je poursuivais mes études en Israël, me tenait régulièrement au courant également.

Nous pouvions surveiller les activités du réseau du *Frisé*, et nous ne nous en privions pas. Il y a six mois, nous avons appris qu'ils avaient réussi à mettre la main sur des secrets concernant cette fois directement vos plus récentes armes nucléaires et qu'ils s'apprêtaient à les diffuser aux plus offrants. En cette période de guerre Iran-Irak, les enchères n'allaient pas tarder à monter.

Il nous fallait rapidement vérifier ces renseignements, identifier les points de passage prévus avant de les anéantir sans détruire une organisation puissante et efficace que nous avions très bien noyautée et au travers de laquelle nous avions la capacité de surveiller les besoins en renseignements de certains de nos plus farouches ennemis. Vous avez entièrement détruit cet édifice ; nous ne pouvions ni les protéger ni les aider sans nous heurter à vous ce que nous ne voulions faire en aucun cas… »

La jeune femme avait parlé près de dix minutes sans être interrompue, dans un silence quasi religieux.

« Je me tiens à votre disposition si vous avez des questions à poser… »

Charles commença :

« Merci, nous avons maintenant bien en place les pièces du puzzle. La majorité des filles du *Frisé* travaillant dans Paris intra-muros, comment se fait-il que la protection de Marcianni lui ait suffi ? Comment se fait-il également que personne ne l'ait pisté ? Philippe, as-tu une idée ?

- J'imagine que Marcianni avait dû recommander *Le Frisé* à un ou plusieurs de ses collègues ayant compétence territoriale en centre-ville, ce sont des pratiques relativement courantes. N'oublions pas que jusqu'à votre intervention, *Le Frisé* n'était connu que comme un petit souteneur parmi beaucoup d'autres avec des filles travaillant relativement discrètement et parfaitement silencieuses lorsqu'elles se faisaient intercepter par les services de Police. Nous avions affaire à des gens très malins passés maîtres en camouflage. Marcianni lui-même n'était pas au courant des activités antinationales du *Frisé*.

Clotilde prit la parole, pas très souriante. Charles en la regardant songea que si ce n'était la coiffure parfaitement nette de ses longs cheveux brillants sous les néons, si ce n'étaient ses vêtements impeccables mettant en valeur les courbes de son corps, on aurait presque retrouvé la juge revêche de Nanterre.

« J'ai beaucoup de mal à admettre votre comportement depuis le début de cette histoire. Vous nous avez indiqué que vous contrôliez Dimitri, Lemancheau et par l'intermédiaire de celui-ci : Leboucq.

Si vous maîtrisiez aussi bien que vous le prétendez Dimitri, j'imagine qu'il a dû vous informer de ma capture. Vous auriez peut-être pu via Lemancheau intervenir auprès de Leboucq pour qu'il cesse de réclamer ma tête au *Frisé*.

Pourquoi Dimitri a-t-il exécuté le gynécologue de Laure ?

Enfin, lorsque Dimitri nous a conduits, Charles Le Barp et moi auprès de Leboucq, nous allions au devant d'une mort certaine…

Qu'avez-vous à répondre ?

- Je ne vais bien certainement pas vous répondre que tout est pour le mieux dans le meilleur des mondes ; je pourrais vous dire, sous le contrôle du Commandant Le Barp, du Commissaire Lauriol et d'Isaac, sous celui de Mademoiselle Pietrelli aussi qui a réussi, vous le savez sans doute mieux que moi, quelques missions remarquables, qu'il est très difficile de faire un déménagement sans casser de la vaisselle.

Pour répondre plus précisément aux trois parties de votre question je vais vous dire que nous avons jugé curieux votre comportement à l'encontre de Monsieur Le Barp lorsque vous l'avez reçu avec Madame Lafont. Ni Monsieur Lemancheau, ni le commissaire Leboucq n'avaient l'air de vous porter dans leur cœur. Ni l'un ni l'autre, qui vous connaissaient intimement, n'ont rien fait pour vous sortir du mauvais pas dans lequel vous vous étiez mise, bien au contraire. Lemancheau semblait vous vouer une haine inextinguible ; selon lui, vous étiez à la botte des Irakiens ce qui justifiait votre attitude à l'encontre de Monsieur Le Barp. C'est également lui qui a voulu que vous soyez capturée par *Le Frisé* et traitée comme vous l'avez été ; il espérait manifestement que vous ne survivriez point à de pareils sévices. Celles d'entre nous qui ont expérimenté les amours du *Frisé*, et nous sommes hélas plusieurs ici, savent qu'elles n'étaient pas idylliques ; mais vous, vous avez, selon Dimitri, été particulièrement soignée, à la demande expresse de la hiérarchie de *La Voix,* c'est-à-dire de Lemancheau.

Dans le cas de l'assassinat du médecin, Dimitri a évidemment agi sans nous consulter. Le comparse avec lequel il avait réussi à fuir le Château qui abritait *L'École Privée* a certainement prévu d'être en danger si le praticien pouvait être interrogé par la police. Pour avoir une chance de quitter la France, il fallait impérativement à Dimitri un associé français ; il a dû lui donner satisfaction sur ce point.

Dans le dernier cas, vous devez savoir que Dimitri avait prévu de vous livrer Leboucq et non de vous livrer à lui…

- Pourquoi l'aurait-il fait ainsi ?

- Parce qu'il voulait réellement négocier son évasion vers Israël avec vous. Il devait se figurer que c'était le meilleur moyen de ne pas moisir dans les prisons françaises ; il n'avait pas tout à fait tort, il savait que nous ne pouvions rien faire pour lui à part lui remettre de l'argent.

Sans doute aurait-il mieux fait de négocier en douceur avec vous que de tenter de passer en force. Mais auriez-vous cru à sa bonne foi ? Il comptait probablement sur la remise de Leboucq pour vous convaincre. Il nous avait annoncé qu'il allait trahir Leboucq en vous le livrant ; il nous a peut-être trahis ! On ne peut en effet pas exclure qu'il ait changé d'idée entre-temps ; n'oubliez pas qu'il n'était absolument pas un spécialiste de la guerre de l'ombre. Le résultat est là : il a commis une erreur mortelle. »

Charles avait une autre question à poser à la citoyenne d'Israël :

« Que faisiez-vous dans les jardins du Pré Catelan lorsque nous vous avons interceptée ?

- Nous protégions Madame Grouvard. Nous pensions que Lemancheau avait l'intention de l'assassiner et nous, nous savions qu'elle allait le confondre et qu'il en avait conscience :

Elle allait sûrement très rapidement le soupçonner de l'assassinat de Leboucq puisqu'il était le dernier à l'avoir visité et se souvenir qu'il était un des très rares à qui elle avait donné son adresse personnelle lorsqu'elle avait emménagé à Rueil-Malmaison. Il savait qu'elle le démasquerait en recoupant les deux informations, en fait dès l'instant qu'elle aurait découvert qu'il était passé par la cellule de Leboucq sans laisser de traces écrites. Les gardiens qui avaient cru bon de le laisser entrer sans lui faire remplir les documents nécessaires allaient un jour ou l'autre avouer leur dramatique erreur.

De plus, il éprouvait à son encontre une haine féroce pour avoir refusé d'être sa maîtresse ; il était prêt à tout pour la tuer ou la faire tuer. Il est même étonnant qu'il n'ait pas utilisé plus tôt un tueur à gage quelconque !

C'était un passionnel, il n'y avait rien à y faire ; il ne surmontait pas son dépit amoureux. Cette réunion à laquelle il avait trouvé le moyen de se faire inviter était une occasion rêvée pour lui ; il comptait sans doute pouvoir s'éclipser dans le parc avec vous Madame, et vous y exécuter avec l'arme qu'il avait sur lui. Dans le contexte de l'affaire, il aurait facilement trouvé un alibi. C'est pour cette raison que nous nous étions mis en faction dans les jardins à proximité de la salle de réception. Je ne pense pas qu'il ait eu l'idée d'assassiner Laure ; il n'avait aucune raison de lui en vouloir, il a simplement dû perdre la tête face à votre superbe amie, probablement rendu fou de désir en fantasmant sur son ancienne activité. Il a cru qu'il allait pouvoir la culbuter facilement, comme lorsqu'elle était esclave du *Frisé*. Lorsque, Madame Grouvard, vous lui avez dit que son obsession sexuelle l'avait perdu, vous n'imaginiez pas si bien dire ; son vice vous a peut-être sauvé la vie à vous et à votre ami Duplat.

- Et s'il était sorti avec Madame Grouvard ?

- J'avais donné comme consigne qu'on l'abatte immédiatement…

Heureusement, Laure lui a fait perdre la tête. Le reste du temps, Madame Grouvard était soit avec vous, soit avec une de vos tigresses et là, il savait qu'il n'avait aucune chance.

- Et pourquoi n'êtes-vous pas partis immédiatement après la chute de Lemancheau, tout de suite après qu'Anne l'a abattu ?

- Nous avons craint que des hommes de vos services secrets ne soient postés autour du domaine pour le surveiller. Battre en retraite précipitamment aurait fatalement attiré l'attention sur nous et sur moi en particulier. J'étais la seule à posséder une invitation officielle fournie par Lemancheau ; mes deux coéquipiers avaient des imitations. Nous ne savions pas que vous m'aviez identifiée photographiquement, personne ne nous en avait informés ; c'est pour cela que je suis tombée dans les griffes de Valérie après qu'elle m'a confondue.

Isaac ? Une autre question à poser ?

- Non, en effet, rien de plus concernant cette affaire.

Puis-je vous confier Tzipi une ou deux semaines ? Elle me semble bien entourée chez vous et en sécurité. Dès que nous aurons réglé les formalités pratiques de son retour en Israël, nous vous en débarrasserons !

- J'avais promis à mes filles deux semaines de vacances chez moi à Arcachon, me permettez-vous de l'emmener ? »

Isaac avait donné son accord :

« Elle est assez grande pour savoir ce qu'elle doit faire ! Et je suis convaincu qu'elle peut vous faire confiance. Se mettre au vert lui fera le plus grand bien. »

Charles était remonté après avoir raccompagné Isaac et Philippe ; il semblait vraiment d'excellente humeur.

« Demain dans la matinée, départ pour Arcachon en voitures.

Des questions ?

- Oui répondit Valérie, je voudrais te voir seul quelques instants. »

Ils étaient ressortis, l'air grave, quelques minutes plus tard du bureau de Charles et avaient rejoint le reste du groupe.

« Ce que Valérie doit nous dire peut mettre en danger la vie de celles et ceux qui l'entendront. Séverine, par prudence, je te conseille d'attendre que nous ayons terminé, j'espère que tu le comprendras.

- Je viens d'un milieu où l'on apprend vite que moins on en sait et mieux on se porte, répondit en souriant la fausse Jane Russell. »

Pendant que Séverine regagnait la Bergerie, ils s'étaient engouffrés dans le bureau de Charles et Valérie avait tout de suite pris la parole :

« Tzipi, je crois avoir bien écouté vos explications, mais je dois vous dire qu'elles ne m'ont pas totalement séduite, il y a encore beaucoup d'ombre et de flou dans cette histoire.

Pardonnez-moi, mais je n'ai pas tout compris.

Vous nous avez dit que Le Frisé et le Commissaire Leboucq avaient commencé leur association tous les deux, puis qu'ils avaient mouillé Marcianni qui ignorait la présence de Leboucq dans l'organisation. Jusque-là, rien ne me choque vraiment.

À partir de quand avez-vous connu Dimitri ? »

Charles ne pouvait s'empêcher de comparer Valérie à Simon ; lorsque celui-ci avait réussi à se mettre dans la queue d'un Mig, il ne le lâchait qu'après l'avoir descendu. Et Charles sentait que Valérie allait descendre la jeune Israélienne. Blanche et crispée, celle-ci finit par répondre à Valérie en essayant de sourire :

« Automne 1980, Valérie. Pourquoi cette question ?

- Et vous avez rencontré Lemancheau en quelle année ?

- Au printemps 1982…

- Si j'ai bien retenu votre explication, depuis deux ans environ, votre ami Lemancheau contrôlait l'organisation par le biais de Leboucq qu'il faisait chanter…

- Je croyais que nous en avions fini, répondit l'espionne du Mossad.

- Répondez-moi s'il vous plaît. »

Valérie tenait ostensiblement une grande enveloppe contenant quelques photographies.

« Oui, c'est bien cela.

- Je vous ai dit ne pas être séduite par vos explications. Selon vous, Leboucq et le Frisé travaillaient pour les Irakiens, et Lemancheau et Dimitri, conquis par vos charmes travaillaient pour vous. Ai-je bien compris ? »

Lorsque Valérie se taisait, on aurait cru que la terre s'arrêtait de tourner. La grande blonde s'était absentée ce matin et était arrivée en retard ; elle était revenue avec une bombe…

« Tzipi, je ne vais pas vous faire languir longtemps : dans cette histoire, vous et vos chefs avez été manipulés comme des gamins.

Vous nous avez présenté Dimitri comme un primaire tout à fait ignorant des choses du renseignement subjugué par votre relation sexuelle, vous livrant tous les secrets du Frisé. Vous nous avez dit que « La béatitude de leur sexe rend la plupart des hommes bavards » l'autosatisfaction vous a rendue imprudente et aveugle.

Dimitri n'a jamais été soldat de l'Armée Rouge, il n'a jamais été en Afghanistan avec les troupes soviétiques…

Par contre, Obeid Zakani est né en 1958, comme vous, à Zahedan en Iran à quelques kilomètres de la frontière de l'Iran avec l'Afghanistan et le Pakistan.

Né dans une famille très religieuse, il fuit l'Iran du Shah avec ses parents après les manifestations réprimées dans le sang ayant succédé à l'internement de Khomeini en 1964. D'Afghanistan où ils se sont d'abord réfugiés, ils émigrent pour la Russie où il apprend le russe.

Nous le retrouvons à partir d'octobre 1978 à Neauphle-le-Château dans l'entourage immédiat du futur « *Guide de la Révolution* ». Il y apprend le français et commence à arpenter Paris.

Voici une photo de lui, barbu et enturbanné sortant de la résidence de l'ayatollah en novembre 1978... »

Charles s'était saisi de la photo que Valérie venait de sortir de son enveloppe. Après y avoir jeté un rapide coup d'œil, il l'avait transmise à Tzipi. Celle-ci était visiblement effondrée.

« Je me suis tout de suite demandée quand on m'a donné cette photo s'il ne s'agissait pas d'une extraordinaire ressemblance comme entre Anne et Laure...

Mais non, si vous comparez avec cette photo de Dimitri prise par les services de médecine légale après sa rencontre avec Charles, vous pouvez observer le même grain de beauté sous l'œil droit et la même cicatrice au milieu de l'arcade sourcilière gauche...

Cette photo prise à Téhéran dans les premiers jours de février alors que l'ayatollah n'a pas encore pris le pouvoir montre Obeid Zakani faisant office de garde du corps de Khomeini.

À partir de là, nous perdons sa trace. Il est probablement revenu sans barbe et sans turban en France dès la fin du même mois, après la prise du pouvoir par le Guide de la Révolution.

« Obeid Zakani » devient alors, dans les bas-fonds de Paris « Dimitri », déserteur de l'Armée Rouge...

- Mais demeure agent de Khomeini et nous manipule comme des imbéciles. »

Si Tzipi semblait complètement atterrée, son cerveau fonctionnait à toute vitesse !

« Quand je vois qu'il reste encore quelques photos dans votre enveloppe, j'imagine que vous n'avez pas terminé vos révélations...

- Assurément, ces photos, également prises à Neauphle-le-Château en décembre 1978 devraient vous intéresser : vous y reconnaîtrez sans peine « Obeid Zakani » alias « Dimitri » et L'Ayatollah serrant dans ses bras... Paul Lemancheau !

Attendez, je n'ai pas terminé.

Voici, au début juillet 1980, Paul Lemancheau attablé à la terrasse d'un petit café en compagnie de Dimitri et d'Anis Naccache, l'homme qui le 18 va tenter d'assassiner l'ancien Premier ministre du Chah d'Iran : Shapour Bakhtiar...

Je ne ferai aucun autre commentaire, mais Tzipi, dans cette affaire, pardonnez-moi l'expression, vous avez été roulée dans la farine par les Iraniens. Dimitri et Lemancheau travaillaient bien pour le Guide Suprême de la Révolution Iranienne. »

Laure avait suivi les explications de celle qui était devenue son idole absolue comme Moïse avait dû écouter son Dieu lui remettant les tables de la loi… Mais Anne, Clotilde et Kiki semblaient tout aussi éberluées par les révélations de leur amie et surtout par l'importance des informations qu'elle avait recueillies. Charles rompit le silence :

« Tzipi, vous n'aviez pas tout faux quand même, loin de là. Vous nous avez appris que notre amie Valérie possédait une expérience des services secrets que nous ne lui connaissions pas encore. Il me paraît maintenant que vous aviez tout à fait raison… Entre gens du monde, nous ne lui demanderons bien sûr pas de nous indiquer ses sources, ce serait du dernier malappris ! Mais peut-être avez-vous des questions à lui poser ? »

Bien qu'assommée par les révélations de la Tropézienne, Tzipi eut le courage de prendre la parole.

« Vous dire que je suis abasourdie est un délicat euphémisme. Je suis morte de honte, j'ai été bernée et mes chefs aussi. Puis-je savoir pourquoi avoir attendu maintenant pour faire ces révélations ?

- Que vous ayez été manipulée par les Iraniens ou par quiconque ne me paraît guère avoir d'importance aujourd'hui que ce réseau a été détruit. J'ai du respect pour votre courage ; vous avez donné le meilleur de vous pour votre pays, pour une cause qui vous semblait juste. Vous avez commis l'erreur de faire assassiner Marie-Claude Magal, mais la guerre, c'est la guerre, une saloperie sans nom. J'ai pensé qu'il ne servirait en rien de vous dégrader auprès de vos chefs.

Je sais que tous ceux qui sont dans ce bureau garderont pour eux ce que je viens de dire et qu'ils n'auront jamais vu les photos que je viens de faire circuler et que nous allons détruire.

Tzipi, nous avons assez combattu, si tu le veux bien, j'aimerais maintenant que nous puissions être amies et je pense partager ce désir avec celles et ceux qui sont ici avec nous. »

L'Israélienne, chaperonnée par Laure, était allée se coucher dans une vraie chambre confortable sur ces bonnes paroles.

Charles avait gardé Valérie, Anne, Clotilde et Kiki avec lui.

Il avait félicité Valérie pour son travail. Elle leur avait raconté avoir eu l'assurance par Ivan que Dimitri n'avait jamais appartenu à l'Armée Rouge. Le reste ?

« Je n'appartiens bien sûr à aucun réseau secret, mais j'ai eu l'occasion de me frotter à plusieurs d'entre eux lorsque j'étais militaire et j'ai gardé quelques bons contacts. Vous comprendrez bien sûr, comme l'a dit Charles, que je ne puisse vous en dire plus, pour la sécurité des uns et des autres. »

Charles l'avait longuement embrassée en la serrant dans ses bras. Personne n'en demanderait jamais plus à Valérie, Charles venait de refermer la porte des questions par cette sorte de bénédiction.

Tzipi avait passé une très mauvaise nuit, sa pire nuit depuis son arrivée à la Bergerie. Mais le lendemain, ils étaient partis en vacances, deux semaines à Arcachon avec Séverine.

Epilogue

Lundi 14 octobre

Tzipi était partie en début d'après-midi sur un vol régulier d'El Al à destination de Tel-Aviv ; elle avait gagné directement sa place de première dans l'avion en évitant tous les contrôles de police pilotée par Philippe Lauriol et le patron de la PAF de Roissy en personne. Ils étaient tous venus l'accompagner, ses compagnons de vacances à Arcachon, Charles, Anne, Clotilde, Kiki, Laure, Séverine et Valérie.

« Nous ne t'oublierons jamais, avait chuchoté Clotilde.

- Je t'aime, je t'ai pardonné, j'ai compris que tu étais un soldat en guerre, lui avait soufflé Séverine.

- Tu es notre amie pour toujours, lui avait dit Anne.

- Ça me fait mal de te quitter, lui avait murmuré Kiki, tu es une fille formidable.

- Dommage que tu nous quittes, avait bougonné Laure.

- Si un jour tu cherches du travail, chez nous, tu éviteras les entretiens d'embauche ! lui glissa Charles.

Valérie, chose rarissime, en avait la parole coupée. Mais la manière dont elle serra Tzipi dans ses bras trahissait son émotion.

« Vous serez toujours les bienvenus chez moi… »

Celle qui n'avait jamais tremblé lors des interrogatoires musclés qu'elle avait subis dans les locaux d'Escort n'avait pas pu terminer sa phrase avant de s'engouffrer dans l'avion…

Kiki et Valérie avaient prévenu Charles et Anne qu'elles souhaitaient s'entretenir avec eux dès leur retour « *pour une affaire urgente* ».

Kiki avait tendu une grosse enveloppe à Charles : « Monsieur Charles Le Barp ». Il y avait une assez longue lettre et une autre enveloppe.

« C'est ce que Tzipi avait écrit la nuit avant qu'elle soit libre. Elle nous avait demandé de ne te le remettre qu'après son départ, ou après sa mort si nous devions l'exécuter. »

Charles commença à lire la fine écriture :

« Monsieur,

J'ai demandé à Kiki et à Valérie de vous remettre cette lettre lorsque je ne serai plus sous votre protection, soit que vous m'ayez donnée en pâture aux crocodiles du zoo de Vincennes, soit pire encore livrée aux bons soins des Irakiens.

Avec un peu de chance et beaucoup d'obstination de votre part, je peux aussi retourner dans mon pays.

Dans ce dernier cas, vous recevrez très rapidement un chèque à votre ordre d'environ trois cent mille francs. C'est le montant de mes économies, celles que j'ai pu constituer pendant mes sept années au service de mon pays.

Le crime que j'ai commis en faisant assassiner Marie-Claude Magal est imprescriptible, il m'est devenu tout à fait insupportable, il hantera le restant de ma vie. J'aimerais que cet argent serve à Séverine pour acheter ce salon de coiffure dont elle a tant rêvé avec son amie Marie-Claude. Je sais que ce n'est pas avec de l'argent que l'on peut ressusciter quelqu'un, reconstituer un cœur brisé, mais au moins, en faisant ce geste, aurai-je le sentiment d'avoir fait quelque chose. Lorsque Valérie a mis un terme à la vie de mes équipiers, lorsque vous avez décapité Dimitri et son ami, lorsque Anne a abattu Lemancheau, nous étions en guerre… Cette malheureuse Marie-Claude était une très chic fille, totalement étrangère à nos conflits, et j'ai ordonné son exécution uniquement pour éviter de tomber entre les mains de votre police. »

La lettre se poursuivait en indiquant que s'il devait arriver un mauvais sort à Tzipi, elle avait joint une lettre à l'intention de sa mère pour qu'elle accomplisse ses dernières volontés.

La lecture de la lettre avait laissé Anne, Kiki, Valérie et Charles sans voix.

« Elle croyait vraiment que Dimitri et Lemancheau étaient de son côté ; tes révélations, Valérie ont dû être un choc terrible pour elle. Tu as été bien inspirée de te montrer muette vis-à-vis de sa hiérarchie, c'est vraiment une fille bien. Bien entendu, tout ceci reste entre nous quatre, comme le reste. »

Vendredi 25 octobre

Charles avait reçu un chèque sur la banque Leumi[77] de trois cent quarante-quatre mille Francs. Manifestement, Tzipi avait raclé ses fonds de tiroir et offert toutes ses économies pour Séverine. Il lui avait immédiatement écrit pour la remercier et lui dire qu'il la tiendrait au courant de l'utilisation de son don.

---

[77] Banque créée en 1902 - Une des plus grandes banques d'Israël.

Lundi 11 novembre

Mettant à profit le calme du 11 novembre, Charles avait écrit à Tzipi :

« Nous avons trouvé un salon de coiffure pour dames à vendre à Boulogne, près de la place Marcel Sembat. Sa propriétaire prend sa retraite, nous allons aussi pouvoir acheter les murs. Les filles et moi avons décidé de compléter ton magnifique geste en abandonnant à Séverine l'ensemble des fonds secrets du gouvernement qui nous ont été versés. Clotilde et Anne se sont occupées des formalités administratives de manière à ce qu'elle ne soit au courant de tout qu'au dernier moment. Pour l'instant, elle suppose que nous allons simplement lui prêter l'argent pour acheter le fonds ! Nous avons l'intention de lui faire cette surprise vendredi 29 au soir après l'inauguration de son salon. Nous lui dirons que c'est notre cadeau à nous tous et toutes, en précisant que tout ceci a été fait à ton initiative. Nous savons que Marie-Claude t'a pardonné définitivement après avoir compris en notre compagnie, à Arcachon, les grandeurs et les servitudes du métier de soldat. Pour que la fête soit parfaite, un billet d'avion t'attendra au comptoir d'Air France à Tel-Aviv le matin même, tu rentreras quand tu le souhaiteras. Philippe Lauriol a déjà téléphoné à Isaac pour les formalités administratives de ta venue. Tu voyageras sous ton vrai nom, avec, pour une fois, un vrai passeport, sous ma responsabilité, mais avec la bénédiction personnelle du président de la République !

Vendredi 29 novembre

Kiki et Valérie étaient allées chercher Tzipi à Roissy avec la toute nouvelle Renault 25 V6 Limousine blindée d'Escort. Elles lui avaient expliqué pendant le trajet que Clotilde avait officiellement intégré Escort le 1er novembre et que conformément aux engagements pris entre eux, elle et Charles avaient mis un terme à leur relation. Clotilde faisait face… Kiki en était toute heureuse, elle s'était trouvée deux nouvelles copines pour draguer en boîte : Clotilde et sa sœur Elizabeth, même si cette dernière semblait fréquenter Simon de plus en plus assidûment !

En entrant dans le salon de coiffure entièrement rénové, l'ancienne espionne eut un frémissement en découvrant l'enseigne « *Chez Marie-Claude* » et puis un autre lorsqu'elle remarqua sur un des murs un portrait géant de Marie-Claude Magal. La jeune femme possédait un sang-froid à toute épreuve ; elle ne put s'empêcher d'être bouleversée. Splendide dans une robe à motifs multicolores, Séverine rayonnait de bonheur ; elle avait accueilli Tzipi en lui ouvrant les bras ce qui accrut le trouble de l'Israélienne. Tzipi reprit contenance lorsque Charles vint l'accueillir.

« Sans toi, la fête n'aurait pas été complète. »

Elle s'était abandonnée contre lui de telle manière qu'il comprenne clairement que s'il voulait en profiter, elle ne lui résisterait pas, elle ne demandait que ça.

Simon avait demandé à Séverine si elle accepterait, dans son salon pour dames, de lui faire sa couleur… Après le repas, Clotilde et Anne avaient expliqué à Séverine le montage juridique qui la rendait propriétaire du fonds et des murs. La grande rousse avait eu beaucoup de mal à comprendre ce qui lui arrivait, il avait fallu que Kiki synthétise :

« Tzipi a eu l'idée et a apporté la première pierre ; nous nous sommes ensuite cotisés. Maintenant, tu es chez toi, tu ne dois rien à personne. Nous serons tes plus fidèles clientes et Charles va offrir le champagne ! Le reste ce sont des discours de notaires ! »

Tard, très tard dans la nuit, Charles s'était éclipsé presque discrètement en tenant Tzipi par la taille… Il venait de confier Escort à Anne et à Clotilde pour une dizaine de jours.

Les personnages
et
Quelques autres noms propres
Par ordre alphabétique

Ne pas oublier, pour calculer les âges que l'action se déroule en 1985.

Alan : Voir Jones Alan

Allison, John : Né en 1945. Cet agent de la CIA a été délivré des rebelles Tchadiens par Valérie. Habite à Brookmont en Virginie, non loin de Langley.

Anne : Voir Lafont Anne

Barnier, Yves : Né en 1948. Ancien collègue à la préfecture de police d'Anne Lafont.

Bergerie (La) : Appartements hautement sécurisés appartenant à Escort situés au-dessus de leurs bureaux.

Biasi, Alessandro : Frère de Gilda né en 1967.

Biasi, Gilda : Née en 1946 : Ancienne du réseau du Frisé. A un faible très prononcé pour les femmes qu'elle a un don pour séduire.

Bolton, Simon : Né en 1945 aux USA d'un père américain et d'une mère française. Ancien pilote de l'US Navy au Vietnam. Renvoyé sur présomption d'homosexualité. Moniteur de pilotage dans un aéroclub parisien mais aussi pilote « free-lance » pour toutes sortes d'opérations, dont celles de Charles. « Donnez-moi une planche et un moteur et je vous les fais voler » est la devise de Simon.

Boudjedra, Hafsa : Née en 1955 à Mostaganem. Elle a été championne de judo universitaire et professeur des écoles. C'est une intellectuelle amateur de poésie et de musique classique. Elle parle couramment français, arabe et espagnol. C'est un des piliers d'Escort dont elle est un des plus anciens éléments.

Bourkoff, Ivan Sergueïevitch : Né en 1945 à Leningrad. Ancien colonel au KGB. Possède une affaire d'import-export à Beyrouth.

Burton, Maggy : née en 1938. Exerce la profession de plombier à Oklahoma City. Aime beaucoup les Français !

Chalumeau, Séverine : Née en 1942 à Paris. Prostituée. Grande rousse au physique somptueux, sosie de Jane Russell. Amie de Laure et de Marie-Claude Magal.

Chassaing, Fred : Né en 1940. C'est le plus ancien collaborateur d'Escort. Cet ancien de la BAC est le roi de la filature. Charles dit de lui qu'il est capable de passer inaperçu sur une feuille de papier blanc.

Clarac de Saint-Lary, Pierre : Né en 1916. Lieutenant-colonel. Authentique héros de la Seconde Guerre mondiale et de la guerre d'Indochine où il est fait prisonnier à Diên Biên Phu. Libéré grâce à l'action de Kim Le Barp, il trouve une mort héroïque mais stupide le

16 juillet 1956 en sauvant la vie d'un enfant pendant le Tour de France. Père de Charles après avoir été le compagnon de sa mère Isabelle Le Barp connue en Indochine pendant la guerre.

Clotilde (Clo) : Voir Grouvard Clotilde

Cortaberg, Richard : Le premier associé de Pablo Escobar. L'ancien légionnaire d'origine suédoise avait participé à la création d'Escort (**ES**cobar + **CORT**aberg). Leur société de surveillance s'appelant, elle : Barberg (Esco**BAR** + Corta**BERG**).

Dencicil, Zoran : Né en Serbie en 1948. Collaborateur d'Escort. Spécialiste des explosifs et de la pentrite en particulier. Ancien de la Légion après avoir fui la Yougoslavie de Tito. Formidable guerrier.

Denis (chez) : La cantine d'Escort au Quartier Latin.

Devaz, Christiane : Née en 1955 à Paris. C'est le titi parisien de la bande. Si elle était une pierre précieuse parmi les joyaux d'Escort, elle serait un rubis tant elle est flamboyante. Si elle avait été un homme, elle aurait été moniteur de sports aux pompiers de Paris. Si elle avait été plus studieuse au lycée, elle aurait été professeur de gymnastique. Moniteur de judo, de natation, de golf et de tennis, Kiki est ce que l'on appelle une sportive accomplie. Aime les hommes, mais se lasse vite et en use beaucoup ! Un seul regret dans la vie : mesurer trente centimètres de moins que son amie Valérie !

Duplat, Serge : Né en 1955. Jeune juge d'instruction à Nanterre. A longtemps travaillé avec Clotilde Grouvard. Blessé sur le parvis du tribunal avec Valérie lors de l'attentat contre Charles en 1985.

El Loco : Truand parisien d'origine espagnole. C'est un géant doté d'une force herculéenne.

Elizabeth : Voir Grouvard Elizabeth.

Escobar, Pablo : Né à Tolède en 1919. Fondateur d'Escort et aujourd'hui associé de Charles Le Barp. A fui l'Espagne après l'assassinat par les républicains de son ami Luis Moscardo. L'horreur de ce crime lui fait quitter le camp républicain sans pour autant embrasser la cause des Franquistes qu'il détestera toujours. En France, il s'engage dans la Légion et combat partout où celle-ci est engagée jusqu'en 1940, puis avec les troupes gaullistes à partir de 1941. Vit avec Montserrat Hereu dont il n'a pas d'enfant.

Étienne : Voir Martel Étienne.

Evelyne : Voir Goupil Evelyne.

Francis Walter : Voir Walter Francis.

Fred : Voir Chassaing Fred.

Gensac, Ned : Né en 1950. Le propriétaire du Nautilus est ami avec Charles depuis l'école primaire. Le Nautilus est l'endroit où il faut chercher Charles à Arcachon le soir s'il n'est ni chez lui ni chez leur ami Vincent au « Reste à Terre ». Ned a été nageur de combat dans la Marine.

Georges Pujol : Voir Pujol Georges.

Gilda : Voir Biasi Gilda.

Goupil, Evelyne : Née en 1960 à Paris : Standardiste d'Escort

Grouvard, Clotilde : Née en 1945. « Cette emmerdeuse de juge d'instruction de Nanterre » comme l'appelle Charles. Revêche, aigrie, sèche et solitaire, malgré un déluge de réussites professionnelles, la juge d'instruction Grouvard, sera enlevée par les hommes du *Frisé*.

Grouvard, Elizabeth : Née en 1942. Divorcée 2 fils. Agrégée de Lettres classiques. Professeur de lycée. Elizabeth est la sœur aînée de Clotilde. Comme Kiki, elle aime changer d'homme.

Hafsa : Voir Boudjedra Hafsa.

Hereu, Montserrat : née en 1921 à Barcelone. Fille d'une figure républicaine catalane, elle aussi réfugiée en France en 1936. Compagne de Pablo Escobar. Sans enfant.

Isabelle : Voir Le Barp Isabelle.

Ivan : Voir Bourkoff Ivan.

John : Voir Allison John

Jones, Alan : Né en 1948. Ancien des SAS. Patron de LBGS (London Body Guard and Safety) les correspondants d'Escort à Londres.

Kiki : Voir Devaz Christiane.

Kim : Voir Le Barp Kim.

Lafont, Anne Née en 1952 à Alger où son père était fonctionnaire. A toujours voulu être commissaire de police à la BAC ou à la BRI, mais s'est retrouvée chargée des problèmes des prostituées, des femmes battues et autres problèmes sociaux au sein de la Préfecture de Police de Paris. La brune aux yeux bleus, sosie presque complète de Laure Sahoui, est docteur en droit romain, ceinture noire de judo et tireuse au pistolet émérite. Elle est la seule avec Fred Chassaing à ne pas utiliser les Beretta 92 d'Escort. Son arme personnelle est un énorme pistolet Colt 45 auquel elle tient comme à la prunelle de ses yeux. Dans la catégorie, pierres précieuses des joyaux d'Escort, elle serait un saphir.

Laure : Voir Sahoui Laure.

Lauriol Philippe : Commissaire de police à la DST, ami d'Anne.

LBGS : London Body Guard and Safety. La société crée par Alan Jones est la correspondante d'Escort en Grande-Bretagne.

Le Barp, Charles : Né en 1951, il a été Saint-Cyrien dans la promotion 1970 « Charles de Gaulle ». Après diverses affectations dans la Marine Nationale, il a dirigé les prestigieux commandos Hubert avant de s'associer avec Pablo Escobar pour faire revivre Escort, agence de protection de personnalités en déplacement. Célibataire.

Le Barp, Isabelle : Née en 1922. Mère de Charles Le Barp. Médecin anesthésiste, elle s'est engagée en 1949 puis a été parachutée en Indochine où elle s'est distinguée sur le front. A également exercé en Algérie puis, la paix revenue à l'hôpital militaire Robert Picqué de Bordeaux. Veuve de son compagnon, le lieutenant-colonel Pierre Clarac de Saint-Lary père de Charles Le Barp.

Le Barp, Kim : Né en 1900 en Indochine. Grand Maître en sports de combat asiatiques. Ancien légionnaire, époux de Marie-Gracieuse, père d'Isabelle et de Marie. Prend le nom de « Le Barp » en entrant dans la Légion.

Le Barp, Marie : Née en 1928 en Indochine. Tante de Charles Le Barp. Docteur ès lettres. Agrégée de Latin, de Grec et d'Histoire. Enseigne l'histoire des civilisations grecque et latine à La Sorbonne. Egalement spécialiste de l'histoire de l'Indochine. Célibataire, sans enfant. Habite à Paris l'appartement en face de celui de Charles.

Le Barp, Marie-Gracieuse : Née en 1902 à Le Barp (Gironde). Grand-mère de Charles Le Barp. Infirmière en Indochine après la guerre 1914-1918, elle rencontre Kim le père de ses filles et l'épouse. Devant cette civile, toute la famille Le Barp cale doux !

Le Chevalet : né en 1924. Ce vieux truand parisien a un café à Nanterre « Le Gauguin » qui sert de repère à la bande du Frisé.

Leboucq, Bernard : Né en 1930. Commissaire de police. Fut un temps l'amant de Clotilde Grouvard.

Lefebvre, Michel : né en 1952. Avocat. A été le compagnon d'Anne Lafont pendant vingt ans.

Magal, Marie-Claude : Née en 1948. Amie de Séverine Chalumeau. Prostituée française témoin du meurtre du physicien égyptien Yahya El Meshad. Assassinée Bd St Germain par des agents du Mossad le 12 juillet 1980.

Marie-Claude : Voir Magal Marie Claude.

Martel, Étienne : Né en 1921. Médecin général des armées. Chirurgien. Vieil ami d'Isabelle Le Barp avec qui il a opéré en Indochine comme en Algérie.

Mauvoisin, Roland : Né en 1940. Ancien parachutiste. A joué un rôle trouble lors du conflit algérien en supportant l'OAS. Amnistié en 1969. A créé une société concurrente d'Escort. Probablement membre du SAC. Jalouse et déteste Charles depuis que celui-ci a repris le flambeau d'Escort.

Michel : Voir Clarac de Saint-Lary Michel.

Montserrat : Voir Hereu Montserrat.

Ned : Voir Gensac Ned.

Pablo Escobar : Voir Escobar Pablo.

Pietrelli, Jean : Né en 1927 près de Corte en Corse. Père de Valérie. Tailleur de pierre et sculpteur. Joueur de boules professionnel dit « Le Mozart des boules ». Décédé en 1974.

Pietrelli, Suzanne : Née en 1930 à Saint-Tropez d'une très vieille famille Tropézienne. Epouse de Jean Pietrelli. Mère de Valérie. Décédée en 1960 alors que Valérie a trois ans.

Pietrelli, Valérie : Née en 1957 à Saint-Tropez. Sa mère décède alors qu'elle a à peine trois ans et son père l'élève seul jusqu'à son décès en 1974 alors qu'elle n'a pas encore dix-huit ans. Si les filles d'Escort sont des joyaux, elle en est incontestablement l'émeraude, la couleur de ses yeux. Sportive de haut niveau, championne de Provence du 400 mètres 4 nages, championne du monde de pétanque par équipe avec son père, elle devient, après le décès de celui-ci, infirmière dans les parachutistes, puis se retrouve au Tchad. Pour ses amis, elle est « l'extraterrestre ».

Pujol, Georges (dit Jordi) : Né en 1946 à Saint-Laurent-de-Cerdans. Fait prisonnier au Tchad puis libéré par Valérie.

Richard Cortaberg : Voir Cortaberg Richard.

Sahoui, Laure : Née en 1960 à Bône en Algérie (devenue depuis Annaba). Son père, un supplétif de l'armée française est assassiné à Constantine par des éléments « incontrôlés » du FLN après la proclamation du cessez-le-feu en juin 1962. Sa mère, se réfugie en métropole et s'établit à Marseille où elle vit de petits boulots. Livrée à elle-même, Laure brille plus par ses absences à l'école puis au lycée que par ses résultats. Elle se retrouve vite sur le trottoir où son physique éblouissant lui vaut une rapide ascension. Sa rencontre avec « *Le Frisé* » la fait plonger au sein de la pire pègre parisienne. Laure

Sarbier Alexis : Né en 1955. Comme Charles il a été Saint-Cyrien, puis commando de marines avant de diriger les « Commandos Hubert » quelques années après Charles Le Barp.

Sarbier, Richard : Né en 1957. Comme Charles, comme son frère Alexis, c'est un ancien de Saint-Cyr. Il a choisi la Gendarmerie et commande la Gendarmerie des Hautes-Pyrénées.

Séverine : Voir Chalumeau Séverine.

Simon : Voir Bolton Simon.

Tzipi : Née en Israël en 1958. Version romancée de la véritable Tzipi Livni, célèbre agent spécial du Mossad devenue plus tard ministre du gouvernement d'Israël. Responsable de l'assassinat de Marie-Claude Magal.

Valérie : Voir Pietrelli Valérie.

Vincent : Né en 1949. Le patron du « Reste à Terre » à La Teste-de-Buch est un ancien camarade d'école de Charles, un de ses plus vieux amis avec Ned. Le Reste à Terre est la cantine de la famille Le Barp et donc d'Escort.

Walter, Francis : Né en 1949. Camarade de promotion de Charles à Saint-Cyr. Il a été chef de bataillon au Tchad pendant l'opération Tacaud et a eu Valérie sous ses ordres. Fait prisonnier par des rebelles, il est libéré au terme d'une extravagante opération lancée par les services secrets mais entièrement gérée par Valérie. Lorsque celle-ci se retrouve dans la dèche, c'est lui qui la recommande chaleureusement à Charles.

Zoran : Voir Dencicil Zoran.

ISBN : 978-2-9542950-0-8
Dépôt Légal : février 2013

Les Editions du Chêne-Liège
2, rue des chênes
LE BOULOU

Imprimé aux U.S.A.

www.ingramcontent.com/pod-product-compliance
Lightning Source LLC
Chambersburg PA
CBHW051522050726
47503CB00014B/595